图书在版编目（**CIP**）数据

世说人语 / 郑逸梅著 . -- 哈尔滨 : 北方文艺出版社 , 2019.7
ISBN 978-7-5317-4571-6

Ⅰ . ①世… Ⅱ . ①郑… Ⅲ . ①散文集 – 中国 – 当代
Ⅳ . ① I267

中国版本图书馆 CIP 数据核字（2019）第 111024 号

世说人语

Shishuo Renyu

作　者 / 郑逸梅
责任编辑 / 路　嵩　张贺然
封面设计 / 张　爽

出版发行 / 北方文艺出版社
邮　编 / 150080
发行电话 /（0451）85951921 85951915
经　销 / 新华书店
地　址 / 哈尔滨市南岗区林兴街 3 号
网　址 / www.bfwy.com

印　刷 / 三河市嵩川印刷有限公司
开　本 / 880mm × 1230mm　1/32
字　数 / 258 千
印　张 / 13.25
版　次 / 2019 年 7 月第 1 版
印　次 / 2020 年 8 月第 2 次印刷

书　号 / ISBN 978-7-5317-4571-6
定　价 / 69.00 元

目录

马君武

马君武

马君武，名和，广西桂林人。一八八二年生，一九三九年卒，享年五十七岁。著述很多，有人这样评论：“究心科学，奈端康德之伦；肆力政谭，孟德卢梭之亚。”朱少屏为他刊印《马君武诗稿》，合欧亚文学于一炉，也和寻常吟弄风月不同。诗集首冠自叙，仿佛一篇小传，如云：“君武九岁失怙，赖慈母之教养，亲戚之扶助，继续读书。十二岁从戴毓驯先生学，好读历史古今文集。十五岁，友况晴皋、龙伯纯，告以康有为读书法。是时居外祖陈允庵家，藏书颇备，二年间略尽读之。十七岁入体用学堂，从利文石先生学算。十九岁值庚子之变，四海鼎沸。君武乃去桂林，游南洋，归历粤沪。辛丑冬游日本，自此以后，读中国书之时较少矣。初至日本时，颇穷困，辄作文投诸报馆，以谋自给，故壬癸间作文最多。癸卯秋间，入日本西京大学学工艺化学。丙午夏返国，主教中国公学(这时，他和王云五为同事，胡适之读书该校，具有师生关系，后王云五进商务印书馆，即出于适之推荐），时端方督两江，购捕颇急，从友人杨笃生之劝，复得高啸桐兄弟岑云阶诸公之助，西游欧罗巴，学冶金于柏林工艺大学，辛亥冬间归国，值武汉革命军兴，随诸君子之后，东西奔驰。今事稍定，从友人之请，搜集旧有诗文，刻为一卷，殆皆为壬癸间所作，十年前旧物也。自兹以后，方将利用所学，以图新民国工业之发展，不复作文矣。此寥寥短篇，断无文学存在之价值，惟十年以前，君武于鼓吹新学思潮，标榜爱国主义，固有微力焉，以作个人之纪念而已。”君武思想很新颖，清末，他力劝母亲读书，亲友认为只有父母督促子女读书，从没有儿子劝母亲上学，传为笔柄。民国八九年间，他和居觉生同居沪郊杨行镇，经营种植，实行农人生活。谢无量赠君武诗：“不信堂堂马居士，种田担粪了平生。”他喜下棋，不多考虑，迅速得很，自称下“革命棋”，但每下必悔子，尝与程善之对弈，君武悔一子，善之亦悔一子，致连悔十余子至二十子。有一次，竟把所下之子悔完，成为弈林趣话。围棋家徐润周，有诗咏这趣事：“余兴枰边两社翁，考工革命未全融。随缘胜败随缘悔，细事真情识见通。”(原注：王安石诗：“莫将细事扰真情，且可随缘道我赢。战罢两枰收黑白，一枰何处有亏成。”）他译诗很敏捷，一面阅西文原作，一面译为中文，同时又吸烟与友朋交谈。李思纯的《仙河集》谓：“近人译诗有三式，苏曼殊式，以格律轻疏之古体译之。马君武式，以格律谨严之近体译之。胡适则白话直译，尽弛格律矣。”陈子展的《最近三十年中国文学史》谓：“三式中却爱马式，如译嚣俄题其情人《阿黛儿遗札》诗云：‘此是当年红叶书，而今重展泪盈裾。斜风斜雨人将老，青史青山事总虚。两字题碑记恩爱，十年去国共艰虞。茫茫乐土知何在？人世苍黄一梦知。’诵之令人荡气回肠，不能自已也。”晚年，他任广西大学校长，公余喜涉足戏院。他研究化学，为中国制无烟火药的第一人。当第一次欧战，外货来源断绝，广州石井兵工厂制造枪弹，缺乏原料，君武自制，以应急需。夫人彭蕴英，子保罗，后觉得“保罗”二字似耶稣教徒，改为保云。著述外，又编辑《翻译世界》《世界月刊》《南华杂志》《醒狮》《建设杂志》《漓江潮》等。

马叙伦

马叙伦，字夷初，浙江杭县（今余杭）人。一八八四年生。师事陈仲恕、陈介石、王会澧，词则就正于刘毓盘、吴瞿安。幼时读于杭州宗文义塾，某晚，学侣相聚比赛书法，同作一“九”字，叙伦年最小，却得标为第一，原来他摹临《九成宫帖》，寒暑不辍，已有数年了。他治学很博，训诂、诗词和书法，都有独到之处。他自负：“环顾宇内，尚无敌手。”他对古人书法，也少许可。论宋人书：“米虎儿亲承海岳之传，于海岳书若具体矣，海岳直欲凌唐入晋，而虎儿局促唐人辕下，仍是宋人面目，且其骨气不清，则子不能得之于父，殆天也。”又评赵于昂：“除侧媚外无所有。”评董香光：“若大家婢女，鬓影钗光，亦是美人风度，然不堪与深闺少女并肩。”他又说：“书自悬肘来之拙，是真拙，非不知书者之自然拙，亦非知书者之模仿拙，自然美不美，模仿拙反丑。”又说：“学书者，写壁实为无上善法。苟能书壁，则案上悬肘绝无难矣。”他又自负识字多，一次宴会遇到一人，交换名片，那名片上，却为“马弜蟲”三字，叙伦莫名其妙，以谓“弜”“蟲”出于杜撰，及翻检《康熙字典》，果有这二字，为之自愧。林畏庐评其文：“似恽子居。”又有人评其书：“似唐人写经。”他中年已蓄须，有老气横秋之概。曾执教江山县中学堂，和余绍宋同事，又很相得。一度在北京大学讲老庄哲学，其时康白情读书北大，经常迟到，叙伦严辞诘责，康答住居太远，不及赶到。叙伦道：“你不是住在翠花胡同吗？仅隔一条马路，三五分钟即可到达，怎能说远！”康答：“先生不是讲哲学吗？彼一是非，此亦一是非，先生不以为远，而我以为远哩。”叙伦无以置词。他喜制肴馔，有所谓“三白汤”，白菜、笋、豆腐，佐以二十种调味物，其味绝佳。一天，他饮于北京中央公园的长美轩，因没有美味的羹汤，便开若干调味品，嘱如法炮制。从此肆中称为“马先生汤”。他爱吃大蒜烧豆腐，说是：“色香味三者具备，且又价廉物美，大快朵颐。”他又审音顾曲，说：“程砚秋之歌，婉转促顿，固别有所长。其最佳处，纳音至于塞绝，而忽悠扬清曼，乃如高山坠石，戛然而止。”于花木中最喜杏花，在北京时，每逢仲春，往往赏杏于大觉寺，一再赋杏花诗，如：“山中莫道无春色，门外家家有杏花。”又：“移来小宋尚书宅，染得环山十里红。”又：“风景依稀似故乡，故乡只少杏花香。”制联也多佳构，挽夏穗卿联：“先生是郑渔仲一流，乃以贫而死乎！后世有扬子云复生，必能读其书矣。”颇自许以为恰当。他经常浏览说部，阅《荡寇志》，谓：“所述战具，如奔雷车之类，竟如现代之坦克车、机关枪、高射炮，亦奇思也。”后曾官浙江省民政厅厅长。解放后，主高教部、全国人大常务委员等。晚年病废，失去知觉。一九七〇年逝世。所藏书，全归辅仁大学，凡二万余册，其中近代词人集很多。他主编《国粹学报》《大共和日报》《选报》《政艺通报》《昌言月刊》。后人克强、龙潜。

叶楚伧

叶楚伧，原名宗源，以古人往往有重叠其姓名的，如明末有“沈沈”，清代有“孙孙”，他署姓名为“叶叶”，又以父亲字凤巢，便号小凤。江苏吴县（今并入苏州）人，生于一八八三年。师事刘昌熙。状貌魁梧，有幽燕气，为文却很秀丽，胡朴安向他开玩笑说：“以貌求之，不愧楚伧，以文求之，不愧小凤。”他参加南社、国学商兑会、鸥社，春音社，历主《民立报》、汕头《中华新报》《大风报》《太平洋报》《民国日报》笔政。他常为《民国日报》的经济来源，往往四处向友人借贷，或零购些白报纸以应付出版。此后历任国民党中央宣传部长、江苏省建设厅长、江苏省政府秘书长、建设委员会委员、江苏省主席等职。他有酒癖，兴之所至，连浮大白。若抑塞于怀，又必借酒以浇块垒。佳客来临，以为酒逢知己，非醉不可，风雨连朝，杜门不出，那就衔怀展卷，罄壶乃止。醉则温醇自克，他有句云：“酒中人是性中人，豪放恬祥各有真。”汪旭初谓：“恬祥二字，是楚伧写照。”他的短篇小说及小说杂论，又《金昌三月记》等，合刊为《小凤杂著》。东江王大觉评之谓：“星斗罗于胸中，风雷动于腕底，所撰诸书，辄自抒悲愤，意态至

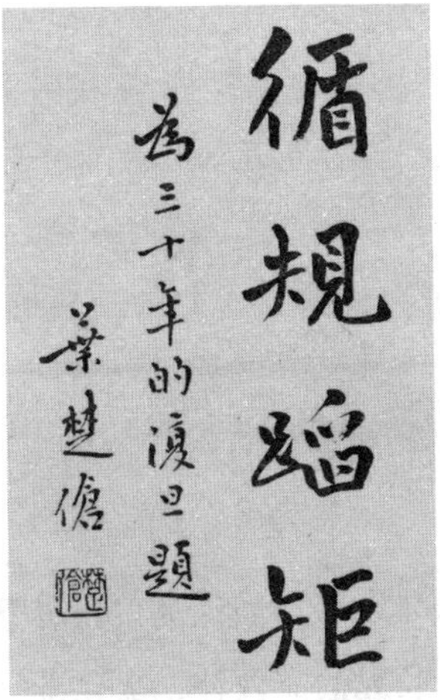

叶楚伧为复旦大学成立三十周年题字

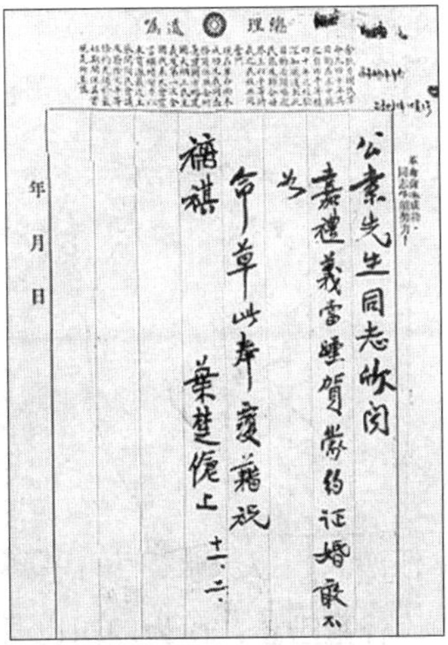

叶楚伧信札

雄杰，有幽并健儿拍手横刀之概。而《金昌三月记》一篇，则又轻蒨婉约，笔致绵緲，不脱吴儿山温水软之习。”后来刊《世徽楼笔记》《楚伧文存》，那《金昌三月记》，以过于风华，被芟除了。后人叶元、叶南，有声海外。

任鸿隽

任鸿隽，字叔永，生于一八八六年。原籍浙江吴兴，清季应试，著籍巴县，便为四川巴县人。长兄治家敦朴，次兄喜研内典，鸿隽行三，四弟季彭。他游学日本，参加同盟会。民国初年，主四川《新中华报》笔政。袁世凯祸国，暗杀宋教仁，弟季彭痛国事无望，奔杭州，投烟霞山井中死。鸿隽师事章太炎，一九〇八年赴日本，和孙中山交往，二年后归。辛亥光复，南都新建，他任南京临时大总统府秘书，不数月去职。一九一三年，留学美国康奈尔大学，攻理化，一九一八年回国。在美时，与胡明复、赵元任、周仁、秉志、杨铨等发起组织中国科学社，创刊《科学》杂志，时黄克强在美，克强为书报眉，该杂志赓续至一九六〇年才辍止，由高君宾整理全份保存。鸿隽在该杂志上发表稿件，连篇累牍，也由君宾摘出，编《任鸿隽著述年表》，其中有译有著，也有和人合作的。中国科学社是我国最早的科学团体，《科学》杂志是我国最早的科学期刊，当时对于推动中国科学文化，传播科学技术知识，曾起了筚路蓝缕的作用。而在此四十余年中鞠躬尽瘁，始终社事者，当推鸿隽。第一期发刊词，署名“社员”，也是鸿隽手笔。自一九二五年起，至一九三五年止，他连任中华文化基金委员会秘书及干事长，达十年之久。一九三五年，和他的夫人陈衡哲联翩入川，任四川大学校长。他一方面致力教育，一方面也留意地方政局，看到四川政客的蝇营狗苟，非常痛恨，曾撰了一篇《入蜀观感》，寄北京《独立评论》发刊。一班被诋的政客，大为反对，几有群起而攻之之势，因此鸿隽不安于位，只得辞职。离川之日，幸赖某方仗义护送，始得安全抵沪。他在报上再度揭发川省政治内幕及社会腐败状况，那些贪吏劣绅无法为难他了。解放后，任中国人民政协会议全国委员会委员，上海市人民代表大会代表、上海科技图书馆馆长、上海市科技协会副主席等职。能诗，但所作不多，仅见其作于北美纽约以色佳城的《岁暮杂咏》四首，和《嫦娥》二首，及农山《咏月球火箭》，书法亦秀逸有致。一九六一年，殁于沪寓，年七十五。

朱少屏

朱剑芒所撰《我所知道的南社》一文，提到南社有四位创始人，就是陈巢南、柳亚子、高天梅外，再加一位朱少屏。这个提法有相当的理由，原来少屏在南社未成立之前，便和陈、柳、高三位相求相应，很是密切。一自南社成立，他更为亚子的最得力助手。少屏原名葆康，以字行，生于一八八一年，上海市人，行三，有朱三之称。中国同盟会会员。时任《民立报》记者，南社的通讯处，即借用《民立报》社，后来少屏在沪军都督府当过三天总务科长，即出了乱子，从此凡二十多年，不任政府机关工作。曾主办寰球中国学生会，把学生会作为南社通讯处。少屏美风姿，濯濯如春日柳，西装革履。精通英文，办事又干练，举凡南社的收支款项，印行刊物，联络宣传，都由他一手包办。南社每次雅集，也归他发柬通知，因有“圣手书生”之号。南社社友，数以千计，他接触最多，几乎普遍认识，虽陈、柳、高三位也不及他。且有若干位蓄道德能文章而具气节的人士，都由他介绍入社。当时有申睨观其人，为朝鲜独立党巨子，和少屏过从甚密，南社有外籍社友，即从睨观开始。少屏娶同邑周湘云为室，其弟亦同日结婚，胡寄尘题其摄影：“一夜秋水澄如许，印出鸳鸯双复双。”周为务本女塾高材生，颇识大体。少屏和高天梅等兴办健行公学于沪西，凡百草创，费用孔殷。少屏拮据摒当，奔走劳瘁，湘云慨然斥金饰为助。越年，少屏游学日本，尚拟渡洋赴美，以事阻归国，而湘云患病逝世，年仅二十有三。少屏以中馈乏人，续娶岳麟书。岳嘉兴人，毕业松江景贤女学，娴文史，善治家。少屏襄理南洋中学，继复经营《民呼》《民吁》报事，不遑顾家，麟书一身支持门户。操劳之余，犹不废吟咏，请少屏介绍入南社。某岁秋，麟书归宁，少屏赴禾探之，以正谋《民立报》出版，匆匆返沪，旋大病几殆，而麟书同时亦病，竟致不起，家人秘而不告，及少屏得知，麟书死已匝月了。少屏草行述，载之《南社丛刻》。少屏文章，见于《丛刻》，仅此一篇。少屏一度为《南社社友通讯录》题签，书法亦属仅见，又铸版印麟书遗像于卷端。此后《丛刻》一再登载亡友小影，此亦首开其例。当太平洋战争，少屏任副领事于菲律宾，和总领事卓还来同时被敌所杀，时为一九四一年十二月。寿六十。子二，鸿杰、鸿俊，女青。

刘季平

刘季平，原名钟龢，行三，又取龚定盦诗意：“刘三今义士”，别署江南刘三，上海华泾人。一八九〇年十二月二十三日生。廉卿子。毕业日本成城学校，归国后，在陆军小学当教官。仗侠好义。蜀人邹蔚丹以著《革命军》一书，被逮入狱，瘐死狱中，季平为之埋葬华泾。章太炎作墓志，如云：“邹君讳容，字蔚丹，四川巴县人。以著书称《革命军》，为清廷所讼，与炳麟同囚于上海，岁余瘐死，年二十一，时清光绪三十一年二月二十九日也。上海刘三，葬之华泾。民国兴，赠大将军。于是海内无不知义士刘三其人。”他的华泾家中，曾办丽泽学院，和刘东海、费公直、秦毓鎏、吴钦业，一同主持院事，但不久即停办。他和岐黄家陆士谔为葭莩亲，夫人陆灵素，即士谔妹，双栖华泾黄叶楼，人比诸赵明诚和李清照。灵素擅昆曲，季平每逢宴客，陆唱曲，季平吹箫，欢腾一室。一度在家园种植梅花，花时出售。他擅写隶书，摹《石门铭》功力极深。他写字，从不对客挥毫，认为这是恶俗的海派表演，但如二三知己在座，那就破例为之，无所谓了。他嗜饮成癖，家中贮有佳酿，苏曼殊常往饮啖。曼殊窘困，资助无吝色，因此曼殊贻刘三画特多。

姚鹓雏有一短文，涉及刘三饮酒，有云："与季平交二十余年。民元，相见于沪上太平洋报社。二三年间，各里居，时相过从。尝聚饮松江酒家，君偶遗其束带，明日复过，曰：'昔龚定盦与人剧谈，辄飞其靴，人题其室曰：定庵飞靴处，此则刘三解带处也'，相与大噱。"鹓雏且有诗，"闭户树梅如种菜，引杯解带比飞靴"，很为贴切哩。民国二十年，季平为监察委员，病衄假归，目睹旅沪西侨，常赴四郊赛马，田亩被马蹄践踏，庄稼颇受损失，上海县长不敢抗议。季平无所顾忌，向监察院提案，以县长溺职，请予撤办。案文很长，其末云："县长纵容外骑，不恤农功，溺职丧权，已无可讳。大抵外人觊觎领土，其先托于般游，迨至里道周知，然后肆其蚕食，上海租界之扩充，其先例殆无不如是，是则可为太息者也。"季平于一九三八年夏大病，不久即逝世。他的诗有油印本，名《黄叶楼遗诗》，名句有："一天风雪艺黄精。"又送曼殊至印度："早岁耽禅见性真，江山故宅独怆神。担经忽作图南计，白马投荒第二人。"他参加南社，《南社丛刻》第一集，曾载诗几首，马叙伦为作一传。他的后人缃、细，女婿唐敬皋，编有《日文辞典》。

刘成禺

刘成禺，字禺生，湖北武昌人。一八七六年生于广东番禺，因以“禺”为名。兆霖子。容闳弟子。面有痘瘢，人们称他为“麻哥”，他不以为忤。京师大学堂毕业，来上海，馆于王培孙家。培孙家多藏书，得以博览。后赴日本，又留学三藩市。一日，成禺从大学课罢归寓，途中有一少女竭声号叫，谓其母在楼上四层火场中，倘有人设法救出，愿终身为伺。成禺自告奋勇，飞奔上楼，竟冒烈焰，把她的母亲负之出险，于是成为佳偶。杨千里刻了一方“火里奇缘”印章赠给他，作为纪念。归国后，历任参议院议员，袁世凯笼络他，颁给嘉禾章。癸丑，袁解散国会，成禺在通缉之列。他逋逃海上，开设一杂货铺，招牌为“嘉禾居”，嵌嘉禾章于招牌中，作为商标，有人劝他，这是肇祸之端，明哲保身，不宜如此，不久辍业。后又任大元帅府高等顾问，大总统府宣传局主任，大本营参议，监察院监察委员。一九四四年，他在重庆，朋好为他祝七十寿，不久，腹病解剖，幸得转险为夷。他信太素脉，谓“尚有十年命运”。友人劝他把从前所见所闻，记述出来，作为国故文献的实录，于是他每天写《世载堂杂忆》。他生平首尾没有完毕的著述很多，如《禺生四唱》《洪宪纪事诗簿注》《忆江南杂诗注》《容闳辜汤生马相伯伍廷芳外交口授录》《世载堂笔记》与《自传》等等，尽纳于《杂忆》中。于一九四六年九月十五日起，排日揭载上海《新闻报》附刊，凡年余始毕。第一篇为《张南皮罢除宾师》，一九六〇年，由钱实甫整理，中华书局出版，为《近代史料笔记丛刊》之一，内容删去什之二三，先后次序也变动了，首冠董必武一序，略谓："武昌刘禺生以诗名海内，其脍炙人口者为《洪宪纪事诗》近三百首。余所见刊本为《洪宪纪事诗簿注》四卷，孙中山、章太炎两先生为之序。中山先生称其'宣阐民主主义'，太炎先生谓：'所知袁氏乱政时事，刘诗略备，后之作史者可资摭拾。'《杂忆》多遗闻佚事，其中有《纪事诗簿注》所未及者，甚可喜，亦可观也。"一九五三年卒，享年七十七岁。《杂忆》出版，未及目睹。而七十岁时，据太素脉谓"尚有十年命运"，成为托空子虚之谈。

成舍我

成舍我，名平，湖南湘乡人。一八九八年戊戌七月生。当柳亚子主持南社，以唐宋诗之争，驱逐朱鸳雏出社。舍我供职于《民国日报》，大为鸳雏不平，便助鸳雏向亚子大开笔战，亚子大怒，驱逐鸳雏复驱舍我。但驱逐鸳雏，在《南社丛刻》二十集上载一布告，驱逐舍我，二十集已印成，不及登载，乃印一单张，夹在社集内。《民国日报》由叶楚伧主笔政，楚伧固倾向于亚子，舍我乃不安于位，欲辞职作北京之行，然绌于川资，不得已，译成西洋短篇小说三篇，投稿《大共和日报》，得稿酬一百元，毅然乘舟而北。既抵北京，彷徨无所适从，想进北京大学以谋深造，可是没有中学毕业文凭，不能遽升大学，辗转思维，立草万言书，致北京大学校长蔡孑民，自述好学之殷，请校长予以通融办法，俾得有所成就。孑民阅了他的万言书，觉得文笔条畅，言之有理，怜其情况，竟纳之为旁听生，且许其参与考试，居然名列前茅，才收为正式大学生。他课余辑《世界晚报》，张恨水的《春明外史》即在该报登载。此后历编数报，又到上海，创办《立报》，轰动一时。后来，亚子写了《我和朱鸳雏的公案》一文，对于鸳雏、舍我，都深致歉意。

李根源

李根源，字印泉，云南腾冲人，一八七九年生。从赵石禅游，早年留学日本。归国后，历任云南讲武堂监督，云南督练处参议。辛亥革命风起云涌时，他和蔡锷、唐继尧等，共谋云南独立，奋力作战，掌握军政。在黎元洪当国时，他任国务总理，确是一时的风云人物。可是他看到军阀混战，政局日非，便激流勇退，奉母赴苏，在葑门十全街购了一所园林式的旧住宅，修葺一新，因他的母亲姓阙，命名“阙园”。这时章太炎、金鹤望等名宿，都在苏州，常谈艺论文，甚为相契，便结为金兰兄弟。而苏州为吴王阖闾故都，数千年来，古迹散列，有许多是素来著名的，还有许多尚待搜幽索隐的，甚至断碑仆地，湮没丛篁芜草间，非有好事者，不克发见证考。他却好古成癖，特地备了一艘小船，深入探寻，往往登阜陟岭，披蒙翳，驱狐灺，得一碑碣，摩挲辨认，走笔录存。夜则宿于小船中，一灯荧然，和他的伴从相对。这样经过了数月，以饱受霜威雨虐，加之饮食失常，归家一病几殆。既愈，他把搜集的资料，撰成《吴郡西山访古记》，印成一大本，遍送朋好。且又参加吴荫培主持的保墓会，到处寻访古代名人的墓穴，一一为之封植。

当时王秋湄讥讽他："与冢中枯骨为伍"。他说"这与临摹古碑摩挲故物同一意义"，用以还讽秋湄的好古物而集藏六朝造像的习性。某岁他为萱堂祝寿，那时他虽高蹈远引，不问政事，但究属阀阅簪缨，门生故旧，都一时显达，晋觞上寿的来自四方，轩屋厅堂，极富丽繁衍之盛。当杯酌笙箫，群情欢动之际，他忽然想到左右邻居，也应当请他们来热闹一番。老人的母亲，于一九二八年逝世。他就在距城西南四十里的穹窿余脉小王山，卜葬其母，且种松万株，名之为"松海"，又加以点缀，小王山竟成为风景区。章太炎题小隆中云："余昔为印泉作楹语，称治世之能臣，乱世之奸雄。盖戏以魏武相拟，以印泉尚在位也。退处十年，筑室松泉，自署小隆中，又追慕武侯，盖仕隐不同，故淡泊宁静，亦山林之趣，余因据其所称榜之。"其他如叶誉虎、陈石遗、朱彊村、费韦斋、陈弢庵、陈巢南等，均有题识。老人能作隶书，夫人马树兰能画花卉，常合作书画扇送人。又擅象棋，曾和谢侠逊对弈，结果和棋。晚年寓居北京，为全国政协委员，一九六二年的祝寿会，周恩来同志亲往祝贺，摄有一照。翌年七月六日逝世，年八十六岁。著作等身，又辑有《河南图书馆藏石目》《云南金石目略》《明滇南五名臣遗集》。

寿石工

寿石工，名玺，一署石公，又作硕功，浙江绍兴人。擅刻印，自号“印侯”，有时作“印丐”，又工书法。他寓居北京，荣宝斋笺铺为他收件。他无纸不书，无石不刻，每天治事归，必过荣宝斋，有件即在铺中挥毫奏刀，从不带回，求他的，以其既速且工，无不欢迎，生涯乃大盛。戚叔玉刻印，从丁佛言，由巢章甫的介绍，叔玉也常到石工处有所请益。此后石工每刻一印，必钤一纸给叔玉，若干年来，叔玉汇订印拓，凡三百余小册，封面署“石工之印叔玉玩存”八字。解放后，由叔玉捐献公家。石工喜欢和人开玩笑，一次，在北京参加稷园雅集，张大千也在座，石工忽对大千说：“你盗窃了黄宾虹的名号。”大千为之愕然，后经石工说明，才知宾虹于民初，有所写作，即署名“大千”，登载《真相画报》。石工面黑体矮，人们也喜欢作弄他。他不以为忤，一笑而已。他有一怪习性，从不吃鱼，所以榜其居为“不食鱼斋”。喜藏古墨，又藏名人用过的毛笔。关于藏墨方面，著有《重玄琐记》。未刊，张子高藏有节抄本。同时向迪琮，也是臧墨名家，撰有《玄燕室知见墨录》，抄存二本，一本赠给石工，一本流至日本，都是珍贵的秘笈。他的夫人宋君方，善绘事，一门风雅，载誉春明。一九五〇年，石工病逝，六十二岁，其夫人请徐悲鸿题墓石，而以石工所藏梁山舟著书墨为酬。

吕碧城

《近三百年名家词选》，为龙榆生手编。曾把吕碧城的词作为三百年词家的殿军。碧城，号圣因，安徽旌德人，一八八三年生。为风岐太史之女，姊妹四人，惠如任南京两江女子师范校长、美荪任奉天女子师范校长、坤秀任厦门女子师范国文教师、碧城则任天津北洋女子师范校长。四人一同从事教育工作，且又以文学著名，尤为难得。碧城参加教育界，有一小小渊源，原来她胸襟开拓，具有新思想，不甘为寻常闺阁中人。某年，她只身由旌德赴天津，颇思有所作为，奈一无所遇，旅居舍中，很感无聊，她就撰写一文寄《大公报》，主笔政者英敛之，看到这篇文章，大为赏识，便介绍她和严复相见，严复也觉得她卓荦不群，因留她居住家中，她从严复习逻辑，严复又为之推毂，认识了学部大臣严修，因此她长北洋师范，乃出于严修所举荐。她曾从樊云门游，云门呼之为侄，致碧城信，有："得手书，知吾侄不以得失为喜愠，巾帼英雄，如天马行空，即论十许年来，以一弱女子，自立于社会，手散万金而不措意；笔扫千人而不自矜，乃老人所深佩者也。"云门的推崇有如此。碧城放诞风流，有比诸红楼梦的史湘云，沾溉西方习俗，擅舞蹈，于乐声琤玐中，翩翩作交际舞，开海上摩登风气之先。性爱小动物，养着一对芙蓉鸟，每天亲自喂食，又畜一犬，被某西人的汽车所辗伤，她延律师向某西人交涉，并送犬入兽医院，及愈，交涉才罢。约在一九二五年间，襟霞阁主所编某报上载有《李红郊与犬》一文，碧城认为故意影射，污辱其人格，诉之于法。襟霞阁主避匿吴中，化姓名为沈亚公，她不知其踪迹，便登报究缉，谓："如得其人，当以所藏慈禧太后亲笔所绘花卉立幅以为酬。"襟霞阁主终日杜门不出，很感闷损，为消遣计，撰长篇小说《人海潮》一书，半年脱稿，这事后由钱须弥出为调解。碧城有一次赴苏访老名士金鹤望，鹤望约她作江乡之游，特雇了一汽艇，邀费韦斋、彭子嘉作陪。她曾作欧西之行，撰有《鸿雪因缘》及《欧美漫游录》。她晚年究治佛学，室中悬观音大士像，常以戒杀劝人。她说："人类侈谈美术，图画雕刻，一切工艺，仅物质之美，形而上者，厥为美德。"又谓："世界进化，最终之点曰美，美之广义为善，其一切残暴欺诈，皆为丑恶，譬之盗贼其行，而锦绣其服，可谓美乎？况以它类之痛苦流血，供一己口腹之快，丑恶极矣。欧美有禁止虐待牲畜等会，未始非天良上一线之光明也。"第二次欧战爆发，她由欧洲移居香港，购小洋房于山光道，甚为精美，后又迁居莲苑佛堂，一九四三年一月二十四日殁于香港。遗嘱："遗体火化，把骨灰和入面粉为小丸，抛入海中，供鱼吞食。"这和她早年愿望有所变易了，原来她游吴中邓尉，爱香雪海之胜，有"青山埋骨他年愿，好共梅花万祀香"之句。她著有《信芳集》，首列小影，作欧西装，娟然有风致。又有《晓珠词》一册，其跋，也谈及她的思想过程，略云："词一卷，刊于己巳岁杪，迨庚午春，余皈依佛法，遂绝笔文艺。然旧作已流海内外，世俗言词，多违戒律，疚焉于怀，乃略事删窜，重付锓工，虽绮语仍存，亦蕴微旨；丽情所托，大抵寓言，写重瀛花月，故国沧桑之感。年来十洲浪迹，瓌奇山水，涉览略遍，故于词境，渐厌横拓，而耽直陟，多出世之想。闻颇有俗伧，揣以凡情，妄构谣诼，爰为诠释，以辟其误，西昆体晦，自作郑笺，恨未能详也。卷尾若干阕，乃今夏寝疾医舍无聊之作，遣怀兼以学道，反映前尘，梦幻泡影，无非般若，播梵音于乐苑，此其先声，傥亦士林慧业之一助欤！”她旧时所作，的确绮语很多，为人所传诵，如：“来处冷云迷玉步，归途花雨著轻绡。”又：“微颦世外成千劫，一睇人间抵万欢。”又：“人能奔月真遗世，天遣投荒绝艳才。”她姊美荪，诗才不在碧城下，两人以细故失和，碧城倦游归来，诸戚友劝之毋乖骨肉，碧城不加可否。固劝之，她返身向观音礼拜，诵佛号南无观世音菩萨，戚友知无效，遂罢。她抱独身主义，追求她的人很多，她都婉拒。能书能画，海外无毛笔，即辍止，因此画幅绝少见。

张溥泉

张溥泉，名继，河北沧县人，一八八二年壬午七月十八日生。以南子。留学日本，早年参加华兴会、同盟会。归国后，历任参议院议长、国民党中央执行委员、司法院副院长、蒙藏委员会委员，及故宫博物院文献馆馆长、国史馆馆长。曾辑《国史馆馆刊》数期。他和章太炎、章行严、邹蔚丹结为异姓兄弟，以伯仲叔季论，溥泉居叔位，因此人呼他为三将军。《民报》初刊，写稿者多所顾虑，大都化名，他独署真姓名，在日本时曾极力鼓吹无政府主义。他擅书，吴湖帆忽发奇想，以吴中寒山寺因唐张懿孙“月落乌啼”一诗传为胜迹，懿孙名继，和溥泉同名，吴托濮一尘为介，请溥泉挥写那月落乌啼诗碑，不意没有多久，溥泉逝世，湖帆引为遗憾。岂知旬日后，一尘却把溥泉所书诗碑送来，原来溥泉临死前一天所书，成为绝笔。湖帆即请黄怀觉镌刻，立石寺中。溥泉捐馆，为一九四七年十二月十五日，年六十六岁。他所编刊的除《民报》外，尚有《东京国民报》《衡报》《国民日日报》《新世纪报》《新世界》杂志，又辑《黄帝魂》。

汪　东

汪东，本名东宝。凤藻太史子，与荣宝为昆弟。字旭初，号寄庵。一八八九年生。江苏吴县（今并入苏州）人。留学日本，先后入成城学校和早稻田大学。参加同盟会，任《民报》编辑，驳徐佛苏的政论，笔名弹佛。著有《法国革命史论》，为时传诵。余杭章太炎居东京，倡导汉学，东与黄季刚、钱玄同等，列籍为弟子。归国后一年（一九一一年）武昌起义，江苏都督程雪楼聘为秘书，又与章太炎等创办《大共和日报》，东为总编辑。民国二年冬，侍亲燕邸。历任总统府谘议、内务部佥事、礼制馆主任及编纂等职。民国六年，出任浙江象山、于潜、余杭等县知事。在余杭时，探索杨乃武档案不得为憾。后谢去，创刊《华国杂志》，识者谓其精审不下于《国粹学报》。十六年秋，应聘中央大学，任文学院院长。他和金松岑相晤，松岑吐语温蔼，诗文却凌厉兀傲，他说："松岑其行类儒，其气类侠，其文类纵横家。"人以为的评。他又和黄季刚所居相近，游宴过从，乐数晨夕。一日，季刚忽对汪东说："倘我一旦化去，你当怎样对我？"东立集古人诗应之："我意独怜才，平生风义兼师友，谁能长寿考，九重泉路尽交期。"季刚大为称善。东能画，季刚营宅，名量守庐，东为绘“量守庐图”，并作一联语：“此地宜有词仙，山鸟山花皆上客；何人重赋清景，一丘一壑也风流。”东喜绘梅花，曾为画家吴湖帆画梅，又画山水扇，湖帆认为书卷气充溢缣素间，非常珍爱。抗战时入蜀，胜利后，由渝东归，这时上海《新闻报》附刊连载刘成禺《世载堂杂忆》完毕，编者以读者欢迎掌故笔记，便请东有所赓继，他就排日撰《寄庵随笔》，随写随刊，凡一百数十则，内容丰赡，笔墨隽雅，可惜没有刊成单本，一九六六年卒。无子。词稿由吕贞白代为保存，有侄星伯为吴中名书家，又擅园艺，于一九七九年卒。他的女弟子能词的，以沈祖棻为第一，著有《涉江词》，一九七七年，车祸死。

沈钧儒

沈钧儒

沈钧儒，字衡山，浙江嘉兴人，生于一八七四年甲戌一月二日。前清进士，后东游日本，入法政大学，遂为当代名法学家。曾加入同盟会，参与辛亥光复运动。解放后，历任全国人大副委员长、政协全国委员会副主席。他秉性坚强，特别喜爱石头，他蓄石与一般旧式士大夫不同。他不当作是古董欣赏，而是行旅的采拾，朋好的纪念，意志的寄托，地质的研究，所以他什么石头，只要符合以上四项，便兼收并蓄。他的书斋，橱架累累，不仅藏着图史，而且列着大小不一的石头。石头都标着小纸片，说明这是从八达岭拣来的，这是从庐山五老峰拾得的，这是苏联拉兹里夫车站旁的一块石，列宁同志曾经躲藏在这个地方，这是伊斯库湖边的东西，唐代玄奘法师一度走过这个湖边，这是中朝边界鸭绿江畔国界桥的，这是罗盛教烈士墓上的，这是他祖上传下来先人摩挲过的。真是光怪陆离，不可方物。因此题了斋名为“与石居”，于伯循书，侯外庐加以识语：“右三字斋名为民主老人属题，寓意深远。昔朱舜水鼎镬之下，有明志之句云：‘涅之缁之，莫污其白，磨专磷专，孰漓其淳，硁硁其象，硗硗其质，是非眩之而益明，东西冲之而不决。’与石居，其斯之谓欤！”总之他所蓄石，有赭有黄，有白有黑，有长有短，有圆有方，极蕴怪含灵怀奇蓄变之致。老人顾而乐之，自夸着说：“不但拥有百城，而且囊括四海。”他的诗有云：“吾生尤好石，谓是取其坚。掇拾满所居，于斛为榜焉。”他很率直地作自道语，也是很可喜的。谈到他的诗，亦不例外，富有革命性。邹韬奋这样说过：“沈先生的人格的伟大，与爱国爱友爱同胞爱人类的热情，读了他的诗，更可得到亲切的感动，我希望他的诗能培养成千千万万的爱国志士，参加我们的神圣的民族解放战争，从艰苦奋斗中建立光明灿烂的祖国。”他和韬奋及史良、沙千里、李公朴等于一九三五年发起救国会，力主抗战，一九三六年一同被蒋介石逮捕入狱，为著名的“七君子”，当然相知更深的了。他的诗，由他哲嗣叔羊编成《寥寥集》(按：《寥寥集》现由三联书店出版)，中分数类，而以在苏州时列于卷首。这个时期，便是被禁苏州高等法院看守所，恰巧这看守所即在他幼时所住的盘门新桥巷旧居相近，他因有“新桥垂柳儿时巷，四十年光一卷舒”之句。又在狱中听李公朴等唱《义勇军进行曲》，又以吴慈堪端午饷以光福枇杷，都作为诗料。又李印泉送盆梅，他把棕缚解去，有诗：“无限商量矜惜意，先从解放到梅花”，也是意在言外。又张小楼善画，张是公朴的岳丈，一再绘绿萼华与怒涛送进狱中，博公朴解闷，公朴与钧儒同赏，钧儒亦一再赋诗，公朴因之从老人学韵语(后有《怒涛集》)，囹圄之中，居然逸兴遄飞，

救国会领导人沈钧儒(前排左1)、史良(前排左2)等在上海领导群众反日游行

意志奋发。他自己曾谈作诗经过："有时正在盥洗，赶紧放了手巾，找纸头来写，有时从被窝里起来开了电灯来写，想到就写，抓住就写，写出就算，有的竟不像诗了，亦不管它，择其较像诗的录在本子上。"他充满着乐观主义精神，真是非常可贵的。他长须飘飘然，额部微突，远望之，几如南极老寿星。一九六三年六月十一日逝世，九十岁。蔚文是他的弟弟，擅画芍药，有沈芍药之称，也已作古了。

吴虞

吴虞，字又陵，四川新繁人，生于一八七一年。师事寥平、吴伯朅、谢无量。留学日本，主编《醒群报》，提倡新学。一九一七年，在《新青年》发表《吃人与礼教》等文章，抨击封建制度与孔子学说。一次召集亲友，宣布与父亲脱离关系，谓：“父亲为孔教徒，封建头脑，难于相处。与其神离貌合，不如各行其道。”一时被人称为：“中国思想界的清道夫。”守旧的却认为人伦大变。他对于前人，推崇李卓吾，作《李卓吾别传》，著有《吴虞文录》《秋水诗集》，诗集后面，附《朝华词》，那是他为同邑陈朝华女士而作，且裒集朋好赠诗，成为一编。此外又辑《宋元学案粹语》《唐文粹诗补遗》《八代文选录》等。一九四九年卒，七十八岁。夫人曾香祖，先虞逝世。

吴 梅

近代治曲学的，有两大家，一王国维，一吴梅。钱基博撰《现代中国文学史》，对于两人所述甚详，且略有轩轾，谓："曲学之兴，国维治之三年，未若吴梅之劬以毕生。国维限于元曲，未若吴梅之集其大成。国维详其历史，未若吴梅之发其条例。国维赏其文采，未若吴梅之析其声律。而论曲学者，并世要推吴梅为大师。"其推重有如此。吴梅，江苏吴县（今并入苏州）人，生于一八八四年甲申七月二十二日。寓居邑中蒲林巷有年，和明代名画家金俊明的春草闲房旧址相近。他幼年即有志治曲，年十八，作《风洞山传奇》，但仅为词语，尚不能度曲，心中不毋怏怏。乃取古今杂剧传奇，博览详核，又从里中度曲耆宿俞粟庐游，益明涂径。戊戌变法，六君子被杀，他很为哀愤，为谱《血花飞传奇》，黄摩西作序。他的祖父，深怕文字贾祸，取其稿，付诸一炬。后来他到上海，任教民立中学，和名画家姚叔平同隶一校。姚很滑稽，吴梅每发言，姚辄作顽笑式之争辩，他往往无法对付，然颇引以为乐。这时他参加南社，为同社徐自华题"西冷悲秋图"，用越调《小桃红》一套，为惬意之作。一般人大都以词与曲并举，他论词与曲的演变，非常精细，北曲和南曲之别，清曲和戏曲之判，讲得头头是道。他既以治曲负盛名，北京大学、东南大学、中山大学等，都聘他去当教授。他上教室，常携一笛师，在教室中当场度曲，抑扬亢坠，余音绕梁，莘莘学子，很感兴趣。他喜唱青衣，但他方脸八字须，极不相称，却满不在乎，只管唱着。他在东南大学任教时，甚为闲适，姚鹓雏有《南社琐记》一文，谈及吴梅，谓："吴瞿安（吴梅字）居白下之石板桥，陈巢南亦来宁，同事大学。暇与余相过从，时入新秋，秦淮河画舫渐冷落，无赁之者，吾侪以三金雇一舫，供匝月之用。嗣以每日须鼓棹抵复成桥，增一金以酬舟子，总四金耳。吾侪恒以傍晚下舟，具酒肴，陈笔砚，觞咏磅礴其中，夜分始散。余有诗云："银尊桦烛酒如泉，容与中流望若仙。莫脱纶巾长啸去，恐教人作画图传。"有一年，他息影沪上，闭门不出，这时有位金融界巨子贯庐主人，竭诚地请他担任西席，束修之厚，不下大学教授的待遇，且丰其酒食，供以一切的特殊享受，可是大学一再敦请，他情不可却，不到一年，又复秉铎上庠，离沪而去。同时有位丹徒名士丁传靖，也工词曲，著有《沧桑艳》《霜天碧》二书，词采斐然，才名藉甚，把所著二曲邮寄吴梅，请他指正。吴梅写了一通很长的复信，不客气地指出二曲的不合韵律，和传靖商榷宫调与音韵，传靖为之心折。他又为金针度世计，编著了《顾曲麈谈》《百嘉室曲选》《南北九宫简谱》。又藏曲六百种（他所藏《琵琶记》，为元刻本，最为珍贵。本常熟钱谦益弟谦孝物，辗转入士礼居，后为端方所得，赠给翁松禅，再由翁家流出，归诸吴梅），刊其尤者，为《奢摩他室曲丛》第一第二集：分散曲、杂剧、传奇三类。他的弟子，有江都任仲敏，居住在奢摩他室，尽读其藏曲，纂《读曲概录》五册。又宜兴童伯章，纂《中乐

吴梅作扇面

寻源》一书。又王玉章亦能传其衣钵。他能诗文，有《霜厓诗录》及《文录》。鉴赏古画，有《霜厓读画录》。书法亦雅秀。好饮，喜与友好边饮边谈，腹笥既富，谈锋又健。抗战军兴，东南沦陷，他避氛桂林及昆明的玉龙堆，起居失常，于一九三九年己卯正月二十七日病喘逝世，年五十六岁。上海《戏曲月刊》为出《吴霜厓先生三周年祭特辑》，徐调孚有《霜厓先生著述考略》，分创作之部、论著之部、编选之部、校刻之部，甚为详尽。门下士卢冀野、徐一帆为作年谱，郑逸梅撰一别传。

邵力子

邵力子

邵力子，原名闻泰，字仲辉，浙江绍兴人。一八八一年生。清末举人。读书南洋公学，与黄炎培、谢无量同班。后读震旦大学，与于伯循、张秉三同学。在震旦时，同学喜私题绰号，力子短小面麻，称之为“麻团”。伯循主《民立报》，聘任编辑，为署名力子的开始。成语有“力子天所富”，因取号力子，并戴一金戒指，上篆“天富”二字。创刊《民国日报》，鼓吹民族革命。其时与陈望道同住一屋，又同在上海大学任课。又任复旦大学国文教授、大夏大学新闻学教授、吴淞中国公学校长。民国十六年北伐，任国民革命军总司令部秘书长、中央监察委员、甘肃省政府主席、陕西省政府主席。虽居高位，依然书生本色。从重庆归后，他和夫人傅学文在南京创设小学，合二人的名，称为“力学小学”，专力教育，若将终身。他参加南社，一自新文化运动蓬勃开展，

1938年3月27日“中华全国文艺界抗敌协会”成立时在汉口总商会门前合影，这是一张被舒乙称作“国宝级”的照片。

认为以南社的旧基础，改组为新南社，就和柳亚子、叶楚伧、胡朴安、余十眉、陈望道、曹聚仁、陈德征为发起人，这时他尚在《民国日报》，所以亚子说：“新南社是以《民国日报》为大本营。”他又担任过《新南社社刊》的编辑主任。解放后，任全国人大常务委员、政协全国委员会常务委员等。一九六七年逝世，八十六岁。

邵元冲

邵元冲，名庸舒，浙江绍兴人。一八九〇年生。从吴雷川游，读书浙江高等学校，和陶望潮为同学。辛亥武昌起义，元冲与望潮同入革命军戎幕。光复后，元冲任《民国日报》总编辑，特约望潮为撰述员，许为文字知己。夫人张默君，为张通典女，结婚时，设喜筵于上海沧洲饭店。沧洲为西人寄寓宴会之所，国人在那儿觥筹交错还是第一次。他和苏曼殊又很契合，时通函札，所以《曼殊遗集》中所致元冲书，就有好多通。曼殊书有："棠姬淑媚无伦，阿蕉已亭亭玉立，似盛思阁下云云。"不知棠姬、阿蕉为何许人，此中当有影事哩。袁氏专权，钩捕党人，他牢骚抑塞，形于言辞。致心三书，有："众悦蛾眉，犹憎芳草，矰弋上设，罻罗下张，则苟非栖山枕谷，亦必扪舌涩言。矫矫者折，庸庸者安，形若木鸡，其德乃全"等语。结果他愤而任讨袁军总司令部秘书长，羽檄星驰，大都出于他的手笔。晚年事非其主。他曾主党史史料编纂委员会，欲编《中国文学史》，未果。除主持《民国日报》外，尚有《民国新闻》《建国月刊》。

苏曼殊

南社有四个和尚，即半路出家的李叔同，酒肉和尚铁禅，半僧半俗的乌目山僧黄宗仰，出家还俗的革命和尚苏曼殊。他于一八八四年生在日本江户，卒于一九一八年五月二日，年只三十五岁。他的死实由于饮食无节所致。他喜吃吴江土产麦芽塔饼，常人吃三四枚，已称健胃，曼殊能吃二十枚。尝在日本，一日饮冰五六斤，晚上不能动，人以为死，视之犹有气，到了明天，饮冰如故。他写给亚子等信，末尾有“写于红烧牛肉鸡片黄鱼之畔”字样。费公直在日本东京遇到曼殊，相偕而行，公直有一段记事：“偕归寓庐，对坐手雪茄谈，适箧中有缣素，出索大师诗。未及成，已亭午进膳。大师欲得生鳆，遣下女出市，大师啖之不足，更市之再，尽三器，余大恐，禁弗与。急煮咖啡，多入糖饮之，促完书幅。”贵州周南陔的《绮兰精舍笔记》，载着那么一段：“他好吃，不能茹素，尤好食苏州酥糖，一日尽数十包。又好食糖炒栗子，卒于肠胃病逝世，病革时，予往宝昌路某医院两次，曼殊詈医生不善看护，嘱余交涉。余出询院长，院长出糖栗三四包示余，反责曼殊之不遵所戒，私食禁忌之物，此由彼枕畔搜得者，犹望其疾之速效耶！”后

苏曼殊故居

移往广慈医院，医生仍以食糖为禁戒，死后其枕下又搜得累累的糖果。他以茶花女嗜食摩尔登糖，这糖是他生平不离口的，一次没有钱购买，便把所镶的金齿变了钱买若干瓶，自号糖僧。又喜吃八宝饭，江南刘三的夫人陆灵素特制了八宝饭邀他来吃。有一天，胡朴安赴友人宴，路上逢到曼殊，朴安问何往？曼殊答以赴友饮。朴安问何处？曼殊说不知。再问谁招你？亦说不知。曼殊复问朴安何往？朴安说，也赴友饮。曼殊说，同样是朋友请客，我就随你同去吧！至则大啖，亦不问主人，实则朴安的友人，不识曼殊，并没有招曼殊。曼殊既死，沈尹默吊他一首古风，犹涉及八宝饭，题为：“刘三来，言子穀(曼殊的字)死矣。”节录其诗云：“君言子穀死，我闻情恻恻。满座谈笑人，一时皆太息。平生殊可怜，痴黠人莫识。既不游方外，亦不拘绳墨。任性以游行，关心惟食色。大嚼酒案旁，呆坐歌筵侧。

寻常觉无用，当此见风力。十年春申楼，一饱犹能忆。于今八宝饭，和尚吃不得。”他生前和刘三很相契，金钱到手即花掉，常在窘乡，刘三则经常资助他，所以曼殊诗，有：“刘三旧是多情种，浪迹烟波又一年。”又有：“多谢刘三问消息，尚留微命作诗僧。”刘便以“多情种，问消息”，请费龙丁、寿石工刻为印章，和文友通讯，辄钤牍尾。曼殊披剃于广州长寿寺。他的出家经过，陈少白所知特详。一九二九年，陈到上海，向陆丹林缕述，陆记录之，刊载《申报》附刊上，时亚子已作《苏玄瑛传》，成后殊不惬意，复作《苏玄瑛新传》，除考证曼殊自传式的说部《断鸿零雁记》及余杭章氏的《曼殊遗画弁言》外，也取资于陆氏所记的陈少白语。原来曼殊当年由日本赴香港，寄寓陈所主持的中国日报社，剃发为僧，即在此时，一切经过，陈都知道。曼殊诗，风华逸宕，雅类晚唐的杜樊川，有却扇一顾，倾城无色之概，刊《燕子龛上人遗诗》，传诵于世。

苏曼殊 篆书 四屏

其中本事诗一绝："春雨楼头尺八箫，何时归看浙江潮？芒鞋破钵无人识，踏过樱花第几桥。"赞美他的说："在灵明镜中，尤为出神入化。"可是朱大可却谓："诗有语病，既在楼头吹箫，何以又托钵过桥。且第二句提及浙江潮，三四句不从此着想，衡以诗法，也太疏忽。"各有看法，奈不能起曼殊于地下而加以商榷。又萧纫秋藏有《曼殊杂记》手迹，录有二句："芙蓉腰滞春风影，茉莉心香细雨天"，饶有风韵，但不知是否曼殊所作。曼殊多才多艺，他的画为世所珍，有人看到他所书的巨幅对联，张于普陀普济寺的五言联："乾坤容我静，名利任人忙。"魄力很大。他又能刻印，曾刻给程演生二方，苍古别有刀法。兼谙日文、英文、梵文，曾为梵学会译师，著《梵文典》，又将《燕子笺传奇》译为英文。又有一篇《断鸿零雁记》，凡二十七章，初登南洋某日报，随写随刊，不多时，该报停刊，他也停笔。民国元年，胡寄尘主编《太平洋报》文艺，《断鸿零雁记》从头登起，由曼殊续写，数月后，《太平洋报》因债务被封，寄尘得讯，赶到印刷所把原稿取回，为之添加结束语，印成单本，有人译成英文，商务印书馆出版。编《汉英辞典》《汉英三昧集》《粤英辞典》《泰西群芳谱》，深惜其重译《茶花女》未成书。逝世后，南社同人发出曼殊上人安葬孤山通告："兹定阳历六月八号（即甲子五月初七日）上午九时，奉柩由沪北站启程，约下午四时到杭。凡沪杭两地同人，与有交谊者，请准期在站迎候可也。九号午时登穴。特此通告。"建塔院疏，出于陈巢南手笔，塔铭，诸宗元撰，林之夏书。有人建议塔院旁别筑"燕子龛"，未果。

陈英士

陈英士，名其美，浙江吴兴人。父延祐早卒，母杨氏。英士行二，兄其文、弟其采。生于一八七八年，少即机敏。东渡日本，入警监学校，兼习政法。第二年，改入东斌学校，学习军事，入同盟会。归国后，奔走革命，曾任上海《民立报》记者，又创办精武学校，集合有志青年，学习我国固有的武术，潜养发难人才。武昌起义，他发动同志，进攻上海高昌庙的制造局，没有攻下，他挺身前往，预备劝说局方主持人，反正归降。结果被缚，囚禁一日夜，次日援军至，攻下制造局，他才得出险，被举为沪军都督，镇扬子江下游。苏州九江相继响应，南京既破，成立南京临时政府，授英士工商总长。袁氏盗国，暗杀宋教仁，遂有癸丑二次革命之役，发难于江西、江苏、广东、湖南、福建，同起兵讨袁。英士以上海地据要冲，率兵占吴淞炮台，奈北军大至，海军得贿，反击民军，上海失守。他潜赴日本，参加中华革命党。民国三年，举事于大连，不利，次年谋浙江，又告失败。运动海军得数舰，诸舰中以肇和、通济最为有力，约期举义，不料通济以事阻，不克如约，肇和独力不支，事又无成。帝制取消后，他寓居上海萨坡赛路，被政敌羽翼程国瑞所暗杀，时一九一六年五月十八日。三十九岁。妻姚氏，子二，祖华、祖和。柳亚子的《更生斋随笔》，有《陈英士之纸匣》一文，记英士的机警。如云："沪军起义前数夕，余偕朱少屏坐铁笔报馆，夜深矣，英士忽施施然来，值座多杂宾，即伪为商人口吻，谓：'鄂乱已深，大局堪虞，吾辈虱虮细氓，贸迁有无，以博升斗，恐遂折阅，则糊口无地矣。'且言且喟，竟悄然别去。来时携一纸匣，颇坚硬，帽肆之名赫然，遗置火炉架上。若无意中忘却者，明晨始遣人来取去。不数日，制造局战事作，嗣晤他友，谓：'匣中所贮非他，盖累累者赫然爆裂弹耳。'"叶小凤又有《哀陈英士先生》及《悼英士先生杂语》。何仲箫作《陈其美年谱》。蔡寅撰《英公被刺案情概要》。

林白水

林白水

林白水，旧名獬，字万里，又字少泉，号白水，是泉字的分拆，福建闽侯人。一八七三年生，乃甲午战役牺牲的扬威军舰指挥员林少谷的侄子。早年游学日本，倡导狭义的民族革命主义，辛亥革命后，官福建省府法制局局长。又历任众议院议员、参政院参政。曾来上海，与书家黄蔼农比邻居。黄劝他订润例卖字，因循没有实行。他主编报刊很多，如杭州《白话报》、上海《警钟日报》《俄事警闻》《公言报》《和平日报》《舆论日报》《生春红报》，那《生春红报》是小型的三日刊(戈公振的《报学史》，说南方小报以《晶报》享盛名，北方便推《生春红报》）。后在北京办《社会日报》，言论犀利，颇受读者欢迎。袁世凯月致三千金，白水顿时服食奢华，锋芒稍戢，他坦然对人说，“我为金人了”，指的是三千金钤口而言。可是过了一时，又复纵发言论，讥讽财政次长潘馨航，潘依附军阀张宗昌，显赫一时，触怒了潘，潘便借端把白水抓了去，执行枪决，时为一九二六年八月七日。女慰君撰《先君行述》，历举办报等事。所发讣告，且有："经某部枪决于北京天桥刑场"字样，为讣告的创格。章行严有诗一首："人生难得是从容，死日方征澹定功。吾友堂堂真自了，诸公衮衮孰为雄。世人妄诋盆成括，闲气堪追杨大洪。谁知黄垆在宏庙(林死时寓北京西斜街宏庙二十号)，剩看秋碧照春红。"所谓"春红"，便指白水所喜爱的一方生春红砚。那砚是很有来历的，原来砚为闽中十砚老人黄莘田家旧藏，由他的宠姬金樱守护着，莘田在砚背刻留识记："余在端州日，室人蓄此砚，戏名生春红。盖取东坡'小窗书幌相妩媚，令君晓梦生春红'之句，室人摩挲不去手。迩来砚匣尘封，启砚尚墨沈津津欲滴也。而室人逝已兼旬矣，悲何可言！因镌以诗云：'端江共汝买归舟，翠羽明珠汝不收。只裹生春红一片，至今墨沈泪交流'。乾隆甲子二月，莘田黄任。"按乾隆甲子，为一七四四年，传到白水手中，已有一百八十年之久了。他因爱好故，即取室名为"生春红斋"，又名其所办的报为《生春红》。自逝世后，据马叙伦所撰《潘复杀邵飘萍林白水》一文，砚归吴兴胡馨吾(维德)所有。高伯雨藏有生春红砚拓本，曾制版在某报登载着。又张次溪藏有白水死前的遗嘱，白水被逮至死，为时仓卒，是否来得及写遗嘱，成为疑问了。

经亨颐

经亨颐

经亨颐，字子渊，号颐渊，浙江上虞人。生于一八七二年丁丑四月，一九三八年戊寅闰七月二十八日卒，六十二岁。他颀然身长，风度潇洒。弱冠时，留学日本，专攻教育，返国后，任浙江省立第一师范学校校长，兼省教育会会长。民国十年，任北京高等师范学校总务长。返浙后，任春晖中学校长，为时较久，浙江教育界人士，多出其门下。他又提倡人格教育，和提倡职业教育的黄炎培，齐名当时。他对于学生的请求，只要理由充足，总是应允的。有一学生刘质平（一九七八年，在沪逝世），在校时耽于音乐，音乐以外的功课，大都不及格，他为了培养音乐专门人材，给以宽容，照样授以毕业文凭，后来刘质平果然成为音乐名家。他好金石篆刻，书法《爨宝子碑》，得其神髓。五十以后作画，画多花卉，经常画松，因榜其斋舍为“长松山房”。他和何香凝、

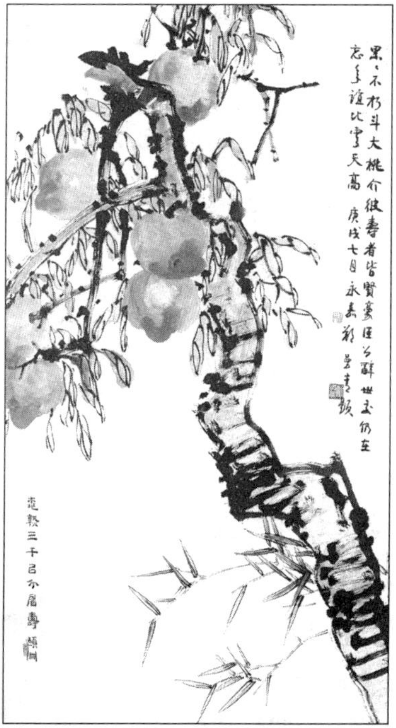

经亨颐《以介眉寿》立轴

柳亚子友善，香凝为作长松图，亚子游浙，即下榻于长松山房，所以亚子诗有："名湖东道谁为主，一老峥嵘未白头"，即指此而言。当时亚子又为长松图题一古风："长松先生人中豪，结庐喜在山之坳。岁寒不数梅与竹，苍龙直干云霄。两松揖让恰相对，一松偃蹇山墙外。蟠天拔地百轮囷，戴月披风万光怪。放毫谁写长松图，须眉巾帼南海何。养疴适馆逾两月，兴来时对长松哦。贱子东西南北人，短缘暂与松为邻。命题敢拂主人意，为松写照惭不文。"他又和几位画侣，结寒之友社。子一，已故世，女普椿。魏金枝为撰《经颐渊先生事略》，载《茶话》月刊。

范烟桥

范烟桥，名镛，江苏吴江同里人。读书吴中草桥中学，为胡石予弟子。后入南京东南大学，体健硕，人以南人北相称之。当其十三四岁时，居故乡同里，即耽好文史，从金鹤望游。喜发表文章，便和同乡张圣瑜发起油印新闻纸，初名《元旦》，继改《惜阴》，又扩充为《同言》，经二三载，地方人士竟视为舆论所托，且改用铅字排印，为吴江报纸之首创。此后以文会友，结同南社，把乡先贤袁东篱的故居复斋作为社址，发行《同南社社刊》十集，社友达三百余人。又从事地方教育，任劝学员，被举为县教育会会长。他二十九岁，随父葵忱孝廉移家吴中，购屋于温家岸，是屋具有园林之胜，老树参天，浓荫长蔽，有池塘，一泓清水，奇旱弗涸。因父字葵忱，取葵心向日之意，名其居为向庐，又以墙西为顾阿瑛雅园遗址，又榜其东偏小室为邻雅小筑，旧栽山茶，尚着花繁荣，他有"一角雅园风物旧，海红花发艳于庭"之句。他昆仲甚多，如佩萸、菊高、剑威，均治文艺，系千却擅画，绘有向庐十胜画册。他潜心著述，有《中国小说史》《鸱夷室杂缀》《吴江县乡土志》等，日记数十年不辍。又和赵眠云等结星社，办《星报》，编《珊瑚杂志》，又主讲东吴大学。东吴图书馆所藏古今笔记特多，他发宏愿，于一年中遍读一过。抗战军兴，他避居沪上，仍以教书写作为生。一度为某报撰笔记，专谈吴中食品，名其篇为《苏味道》，借用唐凤阁舍人的姓名，颇具巧思。他又写了一篇《离鸾记》，以小说家言，叙述一个被遗弃的妇女，楚楚可怜，没人加以援助，由于描写逼真，似乎此中有人，呼之欲出，发表在《申报》上，忽有一读者，自金陵来书，托报社转达作者范烟桥，问书中弃妇的姓氏里居，愿为之偶。烟桥告以纯出虚构，才罢。他和同社曹蘧庐（纫秋）女士唱和，月必数次。曹习《灵飞经》，妙得神髓，他把所贻书札诗词，裱装成四巨帙，后来他刊印短篇笔记《茶烟歇》，便请蘧庐书写封面。他又和同社徐稚稚很相契合，往来信函，俱填成《离亭燕》小令，一月间成二十余阕。他撰小说，从不为旖旎言情之作，有强之者，他婉谢说："言情之乐者近乎荡，言情之哀者近乎伤，都足影响青年的进步思想和革命意志。"他嗜洞庭碧螺春茶，酒兴又甚豪。书法得其舅父钱云翚的指导，工于行草。能绘折枝墨梅。解放后，为江苏省政协代表，先后供职苏州文化局及博物馆。四凶横行，遭受迫害。一九六七年丁未二月二十一日卒，七十四岁。生于一八九四年，岁值甲午，因与郑午昌、汪亚尘、吴湖帆、梅兰芳、周信芳等结甲午同庚会。四凶被斥，吴中文化界曾为昭雪平反，举行追悼。

郁　华

郁华，原名庆云，别署曼陀，浙江萧山人。是作家郁达夫之兄。一八八四年生，一九三九年卒。父亲是私塾教师，早死，母亲以针黹为生，领着郁华和他的两个弟弟养吾、达夫过着艰苦的生活。郁华读书很聪颖，成绩很好，考取了官费留学日本，先后肄业早稻田大学和法政大学，后来官费停发，他就写稿投寄报刊，用稿酬来缴学费，才得勉强毕业。回国后，供职司法界。一九一三年，又被派到日本考察司法，那时他的二弟养吾正在学医。他就把三弟达夫带往日本留学。达夫天才横溢，成为五四以来的名作家，不能不归功于他的栽培。郁华历任朝阳大学、东吴大学法科教授，撰有《刑法总则》及《判例》，作教材。一九三一年"九一八"事变，他任沈阳最高法院东北分院刑庭庭长，沈阳沦陷，日方拟委以要职，他潜逃皇姑屯，辗转回北平。一九三二年到上海，担任江苏高二分院刑庭庭长。该院设在英租界海宁路相近，俗呼新衙门。公暇常赴相距不远的吉祥寺，访若瓢和尚，藉以疏散，谓"煮茗谈禅，人生一乐"。若瓢善画兰竹，他擅画山水，兴至，相互调丹泼墨，作一二小幅，都是很潇洒的。一九三三年，廖承志在沪被捕，南京军法处要求引渡，郁华不同意交给特务机构非法处理。当时何香凝老人严辞责问南京政府，并多方设法营救，宋庆龄也委托民主人士唐鸣时律师向郁华说明承志的被诬，承志才赖郁华之力，开释出狱，香凝老人绘了一幅春兰秋菊图，赠给郁华作为纪念。一九三七年"八一三"事变以后，他仍留沪，坚持司法岗位，那时敌伪奸徒，作恶多端，这些罪犯在他审判之下，莫不严加惩处。敌伪方面恨之刺骨，一再给他恐吓信，谓："如不参加我们的组织，难保你的生命。"可是他置诸不理。结果于一九三九年十一月二十三日清晨，他在赴法院途中，被奸徒狙击，连中三弹殒命。这件政治暗杀案，《中美日报》记载很详。各地报纸，也纷纷揭载，表示愤慨。次年春，上海律师工会、市商会及各界人士，在湖社举行盛大的追悼会，这时他的三弟达夫在新加坡写来一副挽联："天壤薄王郎，节见穷时，各有清名扬海内。乾坤扶正气，神伤雨夜，好凭血债索江东。"富阳地方人士为他在鹳山筑着血衣冢，郭沫若在碑上写道："先生持法平而守己刚正……爱国青年之得其庇护以存活者甚众。"对他的评价，是非常适当的。郁华不仅邃于法律，擅画山水，又喜作诗，他在日本时，参加思古诗社，和唐企林、侯疑始、杨楚孙、刘揆一、黄子彦、盛倚南，及日本汉诗学家森槐南等唱和为乐，社课刊为单本。他有《静远堂诗画集》，柳亚子为作序言，有云："三十年前，余与同人结南社，以文章气节为当世倡，一时不乏断头沥血之雄……顾自嵎夷构难，中原板荡，反颜事仇，颇多败类。而富阳郁君曼陀独能守正弗挠，壮烈以死，谓非吾社之光荣哉！"他的女儿郁风，曾主持《救亡日报》笔政，善摄影，又擅长水彩画和油画，间作国画，任美术馆展览部主任，中国美术家协会理事，和黄苗子为伉俪。

周越然

周越然，名之彦，浙江吴兴人，一八八五年生。祖父岷帆，著《螟巢日记》。父镜芙，吴平斋为题小像，有云："二十成进士，声闻满帝京，观政在铨曹，激扬励官箴。"可知是宦途中人。越然任职上海商务印书馆编审室，治英文，其兄由廑，主编商务《英语周刊》。越然所编的《英语模范读本》，为各校所采用，销数广大，因此所得版税之多，为从来所未有。他喜买书，有外国书，有线装书，有外国古本，有宋元明版，有中外的绝版书，以及食色方面的秘籍，包罗万象。他榜其室为言言斋，有问他取义所在，他说："我藏书以说部及词话为多，说与词二字的偏旁，都是'言'字，故叠二字以寓意而已。"他沪寓虹口，"一·二八"之役，被焚古本书一百七八十箱，西书十几大橱，但他却不以此而稍挫其气，广事补购，不数年又复坐拥百城，以藏书家见称于时。他藏不同版本《金瓶梅》，竟多至数十种，又藏《续镜花缘》四十回稿本，作者华琴珊，别署醉花生，斋名竹风梧月轩，外间知之者甚少。他的著作，有关于书的，有《书书书》《生命与书籍》《书与观念》。又《六十回忆》，内容有《苏人苏事》《言言斋》《我与商务印书馆》《康有为伍廷芳陈独秀》《小难不死》等篇，颇饶趣味。戴季陶曾从他学英文，有师生之谊，戴任考试院院长，曾聘请他，遭拒绝。他待人极谦恭，青年晚辈，亦尊称之为“兄”。酒量很宏，能饮黄酒五六斤，或啤酒十二瓶，抗战胜利后逝世。后人贤珉，祉民。

胡先骕

胡先骕，名步曾，号忏庵，江西新建人，一八九四年生。留学美国，得科学博士学衔。归国后，历任江西庐山森林局局长、中国科学社生物研究所植物部主任、静生生物调查所所长、中国植物学会会长、北京博物学会会长、江西省农业院理事，北京大学、南京东南大学教授。他工诗词，曾以苏东坡诗，译为英文诗以饷西人。复把西方的名卉，如海仙花 Hyocinthus orientalis、金合欢 Acacio、馥丽蕤花 Freesia refrocto 等，以天香、声声慢、齐天乐等词调为咏，极典丽婉约之致。他诗派宗宋，南社发生内部纠纷，起因由于先骕的论诗，他推崇宋诗，柳亚子大为反对，有："诗派江西宁足道，妄将燕石诋琼琚。平生自有千秋在，不向群儿问毁誉。"先骕看到了，认为："亚子狂妄自大，毫无学者风度，既属无理可喻，也就不加反驳。"当时王无为、成舍我、朱鸳雏为抱不平，致造成驱朱驱成，掀起极大风波，他与泾阳吴宓办《学衡杂志》，因新旧学问题，指斥胡适之。又和任鸿隽合译《科学大纲》。一九四四年，鄂省利川县磨刀溪，于森林中获得罕见的树木，误为水松，后经先骕和郑万钧鉴定说："这是一般植物学家认为绝种的水杉。"

青年时代的胡先骕

六十年代的胡先骕

于是引起社会人士的重视，分植布种，水杉才得普及全国各地。解放后，他任中国科学院植物研究所研究员，著有《经济植物学》等书，并油印《忏庵诗稿》，流传绝少。一九六八年逝世。

黄克强

黄克强，原名轸，字廑午，湖南善化（今长沙）东乡人。生于一八七四年甲戌九月十六日。湘中名诸生，筱村子。幼时读书两湖书院，张之洞督湖广，拔送日本留学。他素具民族思想，和陈天华、宋教仁等组织华兴会，后在日本得日人宫崎寅藏的介绍，得识孙中山，合组同盟会。曾策划长沙起义，失败，遭清吏通缉，他改名为兴，字克强，无非寓再接再厉的意思。且和周震鳞、曹亚伯一度在基督教会受洗礼为信徒，借此掩护革命工作，亚伯更伪作传教士。辛亥黄花冈之役，他与赵声实为主谋，克强有《起义报告书》，事后，原件由谢良牧收藏，付诸装池，克强儿子一欧根据原件，摄影多帧，留为纪念。黄花冈之役，失败更甚，他深自引咎，致冯自由书有云："广州之役，弟实才德薄弱，不足以激发众人，以致临时多畏惧退缩，遭此大败，而闽蜀两省英锐之同志亦损失殆尽，弟之负国负友，虽万死无以蔽其辜。自念惟有躬自狙击此次最为害之虏贼，以酬死事诸人，庶于心始安，亦以励吾党之气。"民国建立，克强任陆军总长，临时政府北迁，任南京留守。二次革命，他据南京，起兵讨袁，失败后亡命日本，继游美国，在海外力事宣传。一九一六年(民国五年),袁世凯死后,他回国寓居上海福开森路。他能诗,如三十九岁初度作云:“三九年知四十非,大风歌罢不如归。惊人事业随流水,爱我园林想落晖。入夜鱼龙都寂寂,故山猿鹤正依依。苍茫独立无端感,时有清风振我衣。”又擅书法,加入南社,为《南社丛刻》题签。克强逝世,《丛刻》十九集载其遗像二帧,西装蓄髭,奕奕有神。附《谨书黄克强先生》及《悼克强先生杂语》二文。讣文如:“黄公讳兴,字克强,痛于民国五年十月三十一日午前四时疾终沪寓,享年四十有三,于十一月二日午前五时入殓。谨定十二月二十一、二日在福开森路本宅开吊,二十三日举殡长沙,哀此讣闻。子一欧、一中、一美、一球,女振华、文华、德华。负责友人孙文、唐绍仪、李烈钧、蔡元培、柏文蔚、谭人凤。”克强遗墨及一枝猎枪,解放后,由其家人捐献湖南文管会。夫人徐宗汉,曾以南京贫儿院院长身份,赴美劝募基金,“九·一八”事变发生,宗汉即力劝侨胞踊跃捐助救国金。贫儿院劝募,暂行停止。她也是非常干练的。

黄季刚

黄季刚，名侃，湖北蕲春人。一八八六年生，一九三五年十月八日卒，五十岁。他是黄云鹄（翔云）的幼子。云鹄为鄂中宿儒，季刚幼时，即授以《许氏说文》，声韵训诂之学。十六岁后，留学日本，时章太炎因提倡革命，避地东京，群请讲学，季刚亦同居《民报》社，从太炎为师，创古韵二十八部，太炎很高兴地对他说："历来治小学的，都没有你这样的精深！"此后太炎所著的书，广引群说，末了把季刚所云作为定论。季刚历任北京大学、东南大学、武昌高等师范学校、金陵大学等教授。他的弟子章璠黄记其训导后进的读书法，如论经学："为学必先读经，而读经先要明句读，未有句读不明，而能探索义理者。诵经文，看注疏，其本也，由疏以明注，由注以绎经。由一经之注疏，以通他经之注疏，则涣然而会通矣。"论文学："学文者寝馈唐以前书，方窥秘钥，《文选》《唐文粹》可终身诵习。"季刚性怪僻，动与人忤，喜饮酒，酒后骂人，使人难堪。刘禺生和他相处很久，所著《世载堂杂忆》，记他的趣事，说他平生有三怕，一怕兵、二怕狗、三怕雷。如云："在武昌居黄土坡，放哨兵游弋街上，季刚惧不敢出，停教授课七日。又武昌友人请宴，季刚乘车往，有狗在门，向之狂吠，急命回车。又十年前，四川何奎元，邀宴长洲寓沪，吾辈皆往。季刚与人争论音韵，击案怒辩，忽来巨雷，震屋欲动，季刚不知何往，寻之，则踡踞案下。问曰：‘何前之耻居人后，而今之甘居人下也？’季刚摇手曰：‘迅雷风烈必变。’”此外还有一趣闻，杂忆所不载，马叙伦一天访季刚，季刚约明日午饭于其家，请早些来，大家多谈谈。到了明天，叙伦如约去，岂知季刚犹高卧未起，等了半小时，尚无反应，直至正午，绝没有会食之象。等了再等，叙伦饥肠辘辘，便向他提及宿约，季刚双目瞠然曰：“对不起，我忘怀了。”即草草设食而罢。他除著述外，有日记数十册，上海开明书局拟为刊印，不料抗战军兴，不知散落到哪里去了。季刚参加南社，又参加国学保存会、孝义会、思辨社。曾辑《制言》《民报》《民声报》《汉口大江报》。

黄晦闻

黄晦闻，名节，广东顺德人，南社诗人之杰出者。生于一八七三年，师事简朝梁，应顺天乡试，被抑于主试陆润庠，即废举子业。主《国粹学报》笔政，又编《政艺通报》，先后执教北京大学、清华大学、广州高等学堂。和刘申叔友善，袁氏当国，那热中干禄之流，组织筹安会，上劝进表，刘申叔亦会中人，晦闻致书反对，有云：“革命之初，诸将解兵，陈书劝逊，清之臣庶，岂尽忘君，盖为改建民主，非让人以君位，是以不嫌而不仇，故根本解决，定于当日。今若复倡君主，则对于旧君，为有惭德；对于民国，为负初志，斯议一出，动摇国本，召致祸败，心所谓危，愿因足下以告诸君，深察得失，速为罢止。”但彼辈利令智昏，忠言逆耳，他为之长叹。后和苏曼殊、蔡哲夫，为诗酒之交，生平绝不与遗老唱和。他诗学陈后山，刻一印为“后山以后”四字，颇有自负之意。二次革命失败，他有感于时，请徐星洲刻“如此江山”印，为人作书，经常钤用。他尝谓：“诸葛武侯苟全性命于乱世，‘苟全’二字，便有无限功夫。性命者，又不独生命之谓也。”一度因刘栽甫推荐，由京返粤，任教育厅厅长，晦闻素无政治头脑，日与幕僚谈诗唱和，广州报界称之为“诗人厅长”。后获得陈白沙砚，更有兴挥毫。嗜食三鯠鱼（广东人称鲥鱼为三鯠鱼），视为无上珍品。晚年著《诗旨纂辞》一书，赠给门人吴宓，在书面上写：“搜箧仅存此册，欲续成全编，恐年力不继矣，后有续余此编者，余所至望也。”他卒于一九三五年（民国二十四年）一月二十四日，六十二岁。临死前，犹为富藏焚毁书的孙名棪写“壁书楼”三字榜额，为最后绝笔。葬广州御书阁畔，墓志铭为章炳麟手笔，余绍宋书丹、张尔田篆盖。藏书以《诗经》《楚辞》《文选》这三类书为多，这是他生前所专治者。他又发愿拟作《故宫赋》，期以三年，谓：“此文有关一代典章文物，不可无人述作。”奈亦未竟其功。他的《兼葭楼诗》，出版时他已作古，未及目睹初样本。子大星、大辰。晦闻喜藏砚，既逝世，遗砚廿六方，由其如夫人送至马叙伦处，托代觅受主，蕉叶白一方，背有晦闻自作铭语：“不方不完，亦毁亦完，如吾砚然，晦闻自道矣。”汤尔和购去。又明代李云谷砚，有陈白沙铭，屈翁山跋，本叙伦物，赠给晦闻有年，叙伦出价购回。

黄宾虹

南社社友，以丹青负一时盛名的，当推黄宾虹了。他名质，安徽歙县潭渡村人。一八六五年乙丑元旦，生于浙江金华城南铁岭头。十岁开始学画，从李国柽、陈春帆游，兼学篆刻，悉心钻研，孜孜不倦。一方面又致力于诗文，有很高的造诣。四十余岁，来到上海。他参加南社很早，第一次雅集于苏州，他便是十七人之一。一度寓居沪市老垃圾桥北，和宣古愚同办宙合斋，时与朋好谈叙其间，自撰一联语："宙有往古来今之训，合于天工物巧而珍。"这时他喜欢搜集古代玺印，积年累月，所获颇多佳品，成为大观。和一般好古敏求之士，结贞社相互欣赏，那篇《贞社启》略云："桑海屡变，杞天是忧，仓皇烽燧，自历劫销毁以来，络绎轮蹄，或重译转输而去。"这种语气，无非为保存文物，泽古心殷，深致珍惜，这是他老人家的一贯作风。曾助邓秋枚辑《神州国光集》和《美术丛书》，成为艺林的两大贡献。他生活很清苦，过着冷板凳生活。为了解闷，常和陈巢南、胡朴安、陈倦鹤、叶小凤等，在小酒肆买醉，发芽豆一盆作为下酒物。六十高龄，他历游天台、雁荡、武夷、匡庐、峨嵋、嘉陵等地。他家在黄山之麓，因别署"黄山山中人”，著《黄山析览》，频以黄山景迹入画，且有《黄山画家源流考》。他绘画不喜临摹前人作品，晚年作山水，墨气浓厚，人问其故，他说：“这是实景，不信，远看人物、山水、树木，是否界画清晰？以透视学言之，这样才不违背科学。”有人说：“他每天昧爽即起，出观景物，山水在晨雾朝霭中，模糊一片，这确是他目给有素的实景。”也有人说他坏话的：“画幅漆黑一团，绝类乌金纸，古拓碑。”郑午昌却不以为然，且驰函宾虹，请绘一加重浓墨的山水，宾虹引为知音，精心绘了一幅大黑而特黑的山水画送给他。又有人以宾虹和齐白石画作对比：“宾虹以繁胜，白石以简胜。宾虹的画用加法，一加再加，加到不可再加为止。白石画用减法，一减再减，减到不可再减为止。”宾虹论画，颇有独到处，他说：“墨中当见笔，笔中亦当见墨，方为上乘。”又说：“吾人惟有看山入骨髓，才能写山之真，才能心手相应，益臻化境。”又说：“磨墨心要细，落笔胆要大。有爱惜光阴者，磨墨之际，亦即打腹稿之时。”又说：“游黄山，可以想到石涛与梅瞿山的画。画黄山，心中不可先存石涛的画法。王石谷、王原祁心中无刻不存大痴的画法，故所画一山一水，便是大痴的画，并非自己的面貌。但作画也得有传统的画法，否则如狩猎田野，不带一点武器，徒有气力，依然所获不大。”又有很风趣的画话，他说：“山可以任意画，画出来便算做山，如果有人说不像山，那么请他到桂林、阳朔两处去找，一定可以找到。”王伯敏曾把他作画经验之谈，编成《黄宾虹画语录》。从他学画得其神髓的，有朴学大师胡朴安的女儿沣平，大漠诗人顾佛影的妹妹顾飞。顾飞的丈夫裘柱常，且为宾虹写了十万言的传记，又录存了宾虹与人谈艺书札若干万言（歙人汪改庐别有《黄宾虹年谱》刊行）。解放后，党和政府非常关怀他、尊敬他，特颁发荣誉奖状，称他为“中国人民优秀的画家”。有一位林岚同志到杭州栖霞岭去拜访他，写有一文，叙述他所居的环境：“黄老先生家在栖霞岭离山脚不远的地方，附近的邻居都知道这里住着一位老年艺术家，一问就可以问到他的家。栖霞岭上有一条小溪涧，不知道是不是旧时的桃花溪，不过两岸人家门口，桃花杏花是开得像朝霞似的。走进月洞门，从两傍合抱着小花坛的，是长满绿苔的细石子甬道，院子里还种着碧桃和杨柳之类，幽静之中，掩抑不住春天繁荣的生意。走完甬道，就是老画家素朴的居处，一幢白色的平房，右边是一间小小的客室，左边是他的工作室兼卧室，四壁晾着许许多多画，有的已经完成了，有的尚未完工，全是山水。除了画，就是书，图书典籍也像山一样的堆积着，案上、床上都有。此外书案上还摆着许多古代的陶器、铜器等美术品。”读了这篇小文，仿佛身历其境，一亲謦欬。他收藏的书画文物很为丰富，计画幅画稿三千余帧，手稿一大箱，历代书画一千又三十八件，铜玉印八百九十三方，铜器七十九件，玉器二百十九件，陶瓷器及砚，一百六十二件，都捐献给国家。一九五五年三月二十五日胃癌不治逝世，九十二岁。栖霞岭故居，建立“画家黄宾虹纪念室”。后人有映宇、用明。除自己著作外，编刊《雁来红丛书》《宾虹草堂藏印》二集、《宾虹集古印谱》《历代名家书画集》《中国名画集》，又他遗留下来的钵印，由金石家罗福颐、王福厂整理审定，交吴朴堂编写成目，尚有二百四十方，刊《宾虹草堂钵印释文》行世。王伯敏为撰《黄宾虹》一书，为《中国画家丛书》的一种。

谢无量

谢无量，名蒙，又名沉。和马一浮友善，马有时署名仅一“浮”字，谢沉马浮，相映成趣。四川乐至人，一八八四年生。其弟名希安，兄弟志趣不同，各不相谋。无量诗文瑰诡渊古，别饶奇气。掌教各大学，几乎桃李满天下。抗战前，供职监察院。解放后，应聘北京中央文史馆，任副馆长，与叶恭绰、章行严、邢赞亭辈研讨学术，相互启发、正拟有所著述，岂知一病缠绵，手腕崛强，不能执笔，直至一九六四年十二月七日病逝北京，年正八十。他工书法，往往纵其笔势，气充神旺。有时故作稚拙，如出孩儿之手，但是别有一种风格。他有一特殊脾气，为人写屏联扇册，例不钤盖印章，有强之，便道：“我的书法，艺术表演，已很充沛，用不到再加印章，否则反觉画蛇添足，多此一举。”实则他是有印章的，记得秀水朱其石曾镌刻了一印送给他，可是他藏诸秘箧，兀是不用。其石认为他不用名章，不妨刻一闲章给他，且动了脑筋，刻“无量寿”三个字，似闲章而为名章，似名章而为闲章，一而二，二而一以试之，还是搁置不用。甚至一度卖字，也是有款无章。世俗的人，总认为书法没有钤印，好像美人有目无眉，未免有欠姿媚，因此花钱请他写字的人不多，他也满不在乎，任之而已。他很自负，有一次为人写联，他集了古人的诗句："我书意造本无法，此老胸中常有诗"，简直是夫子自道。又编撰一文学史，称为《中国大文学史》，很早就刊行于世，为国人介绍西洋文学，无量也是很早的，在一九〇一年，他即和马一浮、马君武编刊《世界月刊》，译著很多。

瞿兑之学有师承

长沙瞿子玖，为清同治辛未翰林，官军机大臣，慈禧后见了他，不觉垂泪，以其貌和同治有虎贲中郎之似。同治为慈禧后所出，在位十三年卒。当子玖逝世，冯蒿叟有联挽之："寝寐念周京，逸社诗成，每集逋臣赋鹃血；音容疑毅庙，旧朝梦断，应追先帝挽龙髯。"毅庙即指同治而言。我认识子玖的哲嗣兑之。一次闲谈，我询问他："尊容是否与令先尊相肖？"兑之答以酷类，因此我作非非想，看到兑之，也就仿佛见到所谓皇帝的"龙颜"了。

兑之名宣颖，号蜕园，为宣朴之弟，宣朴以羸疾终其身，无所建树。兑之幼从张劭希读，辨许氏说文，十二岁毕读诸经，就试译学馆，成绩优异，列第五名，学英文、算学，治舆地，中外地名，背诵似流。这时，王湘绮、王葵园两名宿时来访子玖，兑之随侍在侧，便请益于两名宿。他偶作《水仙花赋》，雕辞琢句，以骈俪出之，子玖见而色喜，出示曾广钧，曾病其杂而不专，他就秉受父命，从曾为师。可是他于学还是力求宏博。母亲能古琴，他得琴与琴谱，即日习之，能理数曲，沨沨其和，渊渊其深，居然能手。他的外舅聂缉椝中丞，在子玖前力誉湘人尹和白画艺之高，他又执贽于尹氏。初作兰竹，楚楚可观，继授墨梅，尹氏圈花点蕊，异常审慎，说此为扬补之画梅法，当悉心揣摹，毋效冬心两峰的流于侧媚。因此兑之作画必力守规范，从不随意涂抹，且所作较少，得者更为珍视。尹氏擅画，而书法非其所长，题画往往请兑之代笔。兑之书法遒美，有晋人风，古人所谓："即其书，而知其胸中之所养"。不啻为兑之而发。谙英文，一度重译《旧约》，又涉猎希腊、拉丁、俄、德、法、意诸国文字，有意负笈西游，结果没有成为事实。

兑之早年享荫下之福，居长沙朝宗街，为一巨宅，有息舫、虚白簃、超览楼、湛恩堂、赐书堂、柯怡室、扶疏书屋，双海棠阁，是他读书处。他著有《故宅志》，谈及双海棠阁，谓："一生所得文史安闲之乐，于此为最。每当春朝畅晴，海棠霏雪，曲栏徙倚，花气中人。时或桐阴藓砌，秋雨生凉，负手行吟，恍若有会。"的确，这种环境是很难得到了。后来他赴北京，任国务院秘书，外交委员会秘书长，国史编纂处处长，居黄米胡同，宅中复有红白二海棠，花发繁茂，有似锦幄。他认为平生踪迹，若有因缘，名之为后双海棠阁，请黄宾虹绘图，且把湘宅藏书，辇运来京，然已散落大半，重理丛残，榜之为补书堂，著有《补书堂文录》《补书堂诗集》。

兑之藏有其父子玖的《超览楼修禊集诗》，请齐白石绘《超览楼禊集图》，图末有白石题识，略云："辛亥春，湘绮师居长沙，余客谭五家，一日湘绮师笺曰：'明日约文人二三，借瞿氏超览楼宴饮，不妨翩然而来'，是日饮后，瞿相国与湘绮师引诸客看海棠，且索余画禊集图，余因事还乡，不及报命。后二十七年，兑之晤余于燕京，出示禊集诗，委余补此图。"此图兑之珍藏有年，奈在兵乱中散失。后来朱省斋在搜集文献中辗转得原图，兑之见之，为作一长跋，详纪其始末。

兑之的著述，有《杶庐所闻录）、《晚抱轩笔谈》《四山簃诗话》《中国社会史料丛钞》《人物风俗制度丛谈》。他平素喜读人物掌故一类的书，所以他也爱写随笔，偏重于人物有关的史料，认为这与著述能力有很大的关系。他说：“同一记事而有工拙的不同，工于记事的，能把握一事的中心，自然易得其真相。不然则所记者皆枝叶零星，而离事实愈远。近人每以为就某一个有名的人作一番问答，便可得到些掌故。譬如赛金花的生前，就很有人喜欢向她打听她的身世，笔录下来，便成好材料。殊不知赛金花这样的人，不是真能谈天宝遗事的，倘竟以她信口所谈为根据，则未免出入太多。著作的高低不仅在执笔的人，也要看他所从听受的人，是否够得上供给良好的著作材料。”他对于同时写掌故的，最推崇徐一士，一士撰了《一士类稿》，兑之写了一篇很长的序文。他又和燕谷老人张鸿熟稔，张鸿所著的《续孽海花》，首先就在他所辑的《中和杂志》上发表，后来刊为单行本。那黄秋岳的《花随人圣庵摭忆》，最初载于《中央时事周报》，由于秋岳之弟澄怀加以整理，兑之设法刊印单行本，以纸张紧张，仅印了一百部。后来香港刊行的单行本就是根据兑之的印本。

兑之为一书卷气十足的旧式文人，对人很和易。有一次，邓樱桥家宴，邀了兑之，我叨陪末座，他进肴不吃肉，据说他的尊人子玖是不喜吃肉的，他就养成了这个习惯。这时樱桥座头，置有刘麟生的《春灯词》，大家就谈到刘麟生的作品，麟生字宣阁，以《春灯词》著名，因称他为春灯词人。樱桥请教兑之，《春灯词》作何评价？兑之一笑说：“宣阁多才多艺，恐他的长处不在词上！”说得何等含蓄，直到如今，我尚留着很深的印象。兑之晚境坎坷，所居窄隘不堪，戴禹修去访他，有一诗云：“有客时停下驿车，入门但见满床书。两三人似野航坐，斋额应题恰受居。”我也到过他的寓所，同具此感。一自十年浩劫，把他打入冤狱，判决徒刑十年，他闻判叹了口气说：“完了！完了！”不及拨雾见天，瘐死狱中，果真完了，年适八十。四凶垮台，得平反。

方唯一足智多谋

我对于昆山耆宿，最推崇胡石予和余天遂二师，而石予师平素一再道及方唯一其人。

方唯一，是昆山蓬阆镇人，和石予师居同里闬，两人过从甚密。据石予师见告，唯一作诗渊雅入古，而又才思敏捷，有所作，不自珍惜，往往随作随弃，不留其稿。又善八法，为人写扇册，他不录前人诗什，边书边撰，或杂记，或诗话，都成妙谛，这是任何人所不及的。他一度为吴下寓公，石予师也在那儿掌教草桥学舍，且任舍监。唯一后人肄业该校，一次，后人触犯校规，石予师不加袒护，且力主秉公开除，一方面由校方揭出除名布告，一方面石予师走向唯一道歉，唯一不以为憾，交谊如故。唯一又和吴湖帆的父亲讷士友善，讷士承窓斋之后，颇富收藏。又曾斥巨金购得昆山顾亭林《天下郡国利病书稿》，乃黄荛圃旧藏，为经世的名著。稿虽出于当时钞胥之手，但经亭林亲手增损修正，确为艺林瑰宝。讷士既识唯一，以唯一为昆山人，昆山人的著作，应归昆山贤彦保藏，便慨然把这地方文献赠给唯一，唯一欲据为一己之私，湮没故人的风义，转交昆山图书馆，因有“千金赠我亭林稿，藏诸名山两不磨”之句。

奈其时干戈扰攘，图书馆常川驻兵，恐被拉杂摧毁，移庋某银行保管库。他的保存古物，用心亦良苦了。

最近《昆山文史》，谈及方唯一，足补我见闻的疏漏，藉知唯一生于一八六六年，卒于一九三二年，六十六岁。家境贫寒，少时入赘嘉定钱门塘张氏，姓名为张方舟，后改名为方中，既而举贡生，能自立，还到了方家，复改姓名为方还，含有不忘其本的意思。

唯一具有革命思想，武汉起义，他在家乡响应，手持白旗，奔走街坊间，大声疾呼："不怕杀头的跟我走！"得民众支持，推举他为昆山民政长。既光复，他发起办蚕桑场、树艺公司，旋辟为马鞍山公园，又创商会、学款经理处等公共事业，以谋群众福利。唯一又足智多谋，当一九二七年，北伐军尚未进驻昆山，那盘踞在昆山的军阀张宗昌部队，要挟商会，勒索五万元。唯一与商团及救火会等团体密谋对策，并亲自出面，与部队假商会谈判，一面暗嘱商团及救火会人士，趁夜色朦胧，在火车站大放鞭炮，同时拉动火车汽笛，声震数里，佯称北伐军来临。军阀部队，闻讯大惊，仓皇遁逃，地方有"方唯一智退张宗昌"之说。

唯一诗以不留稿故，没有印成诗集。石予师录有多首，转抄一二，以见一斑，如杂诗云："满眼飞花不见天，津桥三月绿阳烟。渔翁那管春将老，日抱芦漪中酒眠。""敢将旧事问春华，春睡初醒日已斜。憔悴江关余白发，一年又是紫藤花。"听说昆山有个迎宾馆，客厅里一副对联："且挂柳梢鞭，此地是玉山佳处；所来天下士，问谁为铁笛道人？"出于唯一书撰。

柳诒徵妙语讽世

前辈柳诒徵，瘦瘦的脸，鬑鬑的须，戴着眼镜，这印象给我很深。我很早就深慕他老人家的大名，可是没有拜访的机会。直至抗战胜利，他由兴化辗转来沪，寄寓中山公园对面的公家屋子。高吹万先生和柳老为旧交，一日，吹万往访，我才得追随吹万的杖履，一谒芝仪，获领教益，引为生平快事。这时为榴红艾绿的初夏，他室中设一桌子，上面堆满了书册文具，靠后为一凉榻，张着葛帐，原来这儿，和园林接近，池蘖隰草，滋生蚊虫，晚间非有帐子不得安睡。柳老手拂葵扇，边拂边谈，和蔼可亲，一点没有大名士的架子。他治学是多方面的，这时他正在研究刺花，这刺花见诸《左传》，所谓“断发文身”，是具有历史性的习俗，可是从没有这方面的专书，柳老颇思写一《刺花考》来填补这个空白。承他不耻下问，并托我留意前人笔记中，如有涉及刺花的，随时录写给他，藉以充实资料。既而谈风展开，谈及有些青年，认为什么都是西洋的好，鄙弃国学，有似敝屣。有一次，一自诩为新学者，偏激地对柳老说：“线装书陈腐不堪，对新社会简直一些没有用处，不如付诸一炬。”柳老对他一笑说：“你这样的提倡，我也非常赞同，但我有一建议，这行动不做则已，要做须做得彻底，否则这儿焚毁，他处没有焚毁，还是起不了大作用，务使全国一致，把所有的通通烧光；且这样还不妥善，因为我国所藏的书，都焚毁掉了，世界各国的图书馆，尚有很多的线装书珍藏着，最好动员他们也如法炮制，否则外国尚有很多汉学家，孳孳矻矻地钻研汉学，倘使他们来华，在经史子集上提出问题，和我们商讨，那么我们瞠目不知所对，这未免贻笑国际，太难为情了。”说得那自诩是新学者，面红耳赤而去。

承柳老不弃，和我一见如故，且经常通讯。此后，他所寓的屋子，被公家收回，他没有办法，只得迁让。但这时屋子异常紧张，哪里能找适当的寓所，不得已，降格以求，赁居一个统厢房。他家人很多，我所认识的，便有他的哲嗣柳杞生，他的文孙柳曾符等，共有十一人。他写了一横幅“吉人天相”，张诸壁间。“吉人天相”，这四个字见诸《元曲》，原意是对受过灾厄，幸而平安的颂庆。柳老无端用这四个字作横幅，似乎有些不伦不类，我请问柳老命意所在？他说：“这四个字，对我所处环境，非常贴切，不是泛语。且望文生义，‘吉人天相’，不是十一口人在一个大厢房吗！‘相’为‘厢’的简写。”我听了为之大笑。

清光绪戊申（一九〇八年），他受李梅庵之聘，为梅庵主持的南京两江师范授课，这时两江总督端方，派幕友梁鼎芬，至各校视察，梁鼎芬遣左孝同其人听柳老的课。他听后回报说：“巡察各校，在施教上，以柳诒徵为最突出，但所听的课，讲的是《元史》，我对于《元史》有欠涉猎，说不出其所以，总觉得他讲得头头是道罢了。”梁鼎芬固擅书法，便写了一个纨扇赠给柳老，并介绍他拜见端方，柳老不喜攀附权贵而没有去。

当时为尊师起见，每月教薪，照例由会计亲送教师，而两江师范因调换了一位新会计，不知此例，教师大都自行向会计处取领，柳老认为有失师道尊严，独不去取，如是者一学期。放暑假时，柳老辞职，梅庵固留不允，乃挽同事陈善余询其辞职的原因，始得其实，梅庵斥责会计，向柳老道歉。柳老对于梅庵有知己之感，且深佩梅庵的书法，时陆维钊却鄙视梅庵所书北魏体，颤抖太做作，不以为然。柳老出示梅庵为他曾祖母工楷所书的墓志两江总督，竭力提倡实业，距今已七十多年，知道的恐怕很少了。这时我在苏州读书，学校例有春秋两季的旅行，由教师带领，我就和一班同学，随着教师到南京，参观大规模的南洋劝业会。

这个会场占地很广，特铺铁轨，驰行小火车，可以绕场一周，以助游客兴趣。这里每省辟一专馆，陈列各省的生产物资。各馆的布局和建筑各不相同，以符合地方特色。如湖北馆，因王禹偁有《黄冈竹楼记》传诵人口，所以该馆所筑材料，都以竹为主体，且复筑一竹楼。构造这座竹楼，曾请樊樊山（云门）为之设计，寄禅诗僧有《庚戌八月于南洋劝业会场观樊山督乡人摹构黄冈竹楼》一诗：“与可胸中几根作，樊山千竿万竿绿。仍呼此君造此楼，黄冈却在钟山麓。我欲借乘黄鹤游，还留鹤背负黄州。飘然直渡南溟外，砍竹谁能更作楼。”按樊云门，别署樊山，樊山乃湖北鄂城县的一个地名，宋苏东坡有《樊山记》，云门即生长该处，督摹竹楼，最为相宜，这也是一件文献哩。还有一个特殊的建筑，这个馆，往参观者不拾级而登楼，那是建成斜坡式，而斜度很微，使人行行重行行，不觉得由下而上，但凭窗一望，才知已更上一层楼了。此外有单独的教育馆，甄选各省各校的优秀作品，如书法、图画、作文、手工等，井井有条地陈列着，真可谓琳琅满目。尤使我欣羡的，是我的同学金芳雄(季鹤)，他是吴江大名士金鹤望的儿子，家学渊源，写了一副对联，行书逸宕，高高地悬挂着使人有亲切之感。又一个什么馆，陈列的都是稀珍之物，最吸引人的，是七尺方床上铺着一条象牙片编成的席子，细致得无可再细致，中间的蟠龙纹，敛爪翘首，生动得很。据说这是乾隆皇帝的御用品。如此享受，常人是难以想象的了。我师章伯寅先生的弟弟，当然是我的师叔了，他在这儿学陆军，就领我们参观陆军馆。当时的种种武器，应有尽有，师叔是很在行的，一一的讲给我们听。这时颜文梁同学对于陆军大感兴趣，愿从戎为国家守卫疆土，抗御外侮，充干城之选。还家后，坚决要投身军伍，经他父亲纯生的劝阻，才学美术，今为名驰中外的油画大家。会中附设有旅社、餐馆、戏院、游泳池，因为种种商品和工艺美术，标新立异，一天难以全部看完，备了膳宿，可以连续浏览，还可看戏、游泳，调剂一下生活，考虑可算周到的了，民国后，杭州的西湖博览会，那是步南洋劝业会的后尘。

劝业会有黄鹤楼旧迹模型，当时我没有注意到，顷阅高吹万前辈的年谱，却提到这个模型，有云："到南京后，晤识者顺德蔡哲夫、淮阴周实丹及其同乡周人菊、曹书城等，在劝业会见黄鹤楼旧迹模型。楼于光绪九年毁于火，建筑形状，文献几不足证，有姜氏老人，年八十九，自云在楼煮茗二十余年，此时在火焰中，自二楼跃下，得不死。是楼形状，历历在目，造型者经其口授指点，历四阅月而成，与原迹毫发无异。"这也是一段掌故，录存于此，以充实我的纪录吧！

墨巢主人李拔可

海内外收藏伊秉绶著作者，以李拔可为最富。秉绶字墨卿，因榜其书斋为墨巢，并出所藏，用珂罗版影印问世，而秉绶的手迹，在古玩市场上顿时增价倍蓰，人犹争购。至于李拔可其人其事，也是值得一谈的。

拔可，名宣龚，福建闽侯人，为双辛夷楼主人李次玉的哲嗣。前清光绪甲午举人，官江苏候补知府。少时和戊戌六君子之一林暾谷为文字骨肉交，共治后山诗，各有心得。所居观槿斋，多隙地，卉木滋茂，蔚然成荫，而日本枫叶红于花，境绝清旷，拔可吟啸其间，脱尽尘俗。一度赴通州，把观槿斋让给夏剑丞居住。此后又从事鄂渚，所至不废吟咏，诗境一变而为王荆公，工于嗟叹，陈石遗谓其凄婉得江山之助。客桃源，于城濠种柳数千株，春风飘拂，别饶烟景，为地方人士所称道。郑海藏为汉口铁路局总办，聘拔可任文牍。海藏于临江辟数椽曰盟鸥榭，为宴客谈诗之所，拔可为座上常客。时陈石遗在武昌，拔可旬日必过访石遗，周爰咨诹，诗学为之大进，后刊《硕果亭诗正续集》，实植基于此。

拔可在上海商务印书馆，凡若干年。诗友诸贞壮困居杭州，兴嗟仰屋，拔可怜之，便委托杭州商务分馆的负责者华吟水，月致数十金，藉以沾润，且为贞壮裒集其诗什，以谋剞劂。拔可嫌其诗少，贞壮说："得此已足，必求益，那是卖菜佣所为了！"印成一册，即《大至阁集》。又为林暾谷刻《晚翠轩遗诗》，更刊林亮奇的《寒碧诗》，以垂久远，其笃厚于友谊有如此。我友沈禹钟时年尚少，进商务馆，拔可对他很为赏识，一方面请他抄诗，一方面循循善诱，启迪不倦。后禹钟为南社诗人，著《萱照庐诗》，对拔可的垂教，念念不忘。

拔可收藏，除伊秉绶法书外，又藏林琴南及溥心畬的画幅为特多，原因是林琴南家累很重，收入虽多，往往以周恤寒族，时感拮据，不得已，辄向拔可告贷，无以为偿，即把自己的画较精审的，赠给拔可，作为酬报。那位旧王孙溥心畬，居北京，频托拔可购物沪上，也以画幅为抵偿品，积年累月，林、溥二人的丹青充斥橱笥间了。拔可工书法，晚年手颤，遒劲古拙，益饶趣致，订润鬻书，求者不绝。他没有嗣君，仅有二女，一名昭质，先拔可卒。一嫁王一之，远旅海外。某年拔可抱病，其友陈祖壬，为陈散原高足，匮乏不能自存，乃往访乞其援助。入门，见拔可僵卧榻上，药铛茶灶，奄奄一息。祖壬固疏狂成性之流，不顾忌讳，径直向垂死的拔可谓："我翁倘有不测，那墓志铭非我莫属，润例以五百金计，深希先颁半数，济我燃眉之急吧！"拔可听了，竟如数给之，面无愠色，大度宽容，为常人所不及，而祖壬的行径，亦迥出恒情，坦率可喜。祖壬别署病树，作诗很多，有"流传恶札满江湖"之句。

拔可收藏伊秉绶法书，那是有一段经过的，这时长乐黄蔼农，写伊书得其神髓，为商务印书馆美术部主任，和拔可时相周旋。一日，蔼农同乡某，以伊书求售，适蔼农囊无余资，便转介拔可受之，并谓："伊书在赵光的《退庵随笔》，称其'遥接汉隶真传，能拓汉隶而大之，愈大愈壮。'包安吴的《艺舟双楫》，又列伊的行书为逸品，这是很珍稀的东西，不容失诸交臂。"拔可固无可无不可，碍于蔼农情面，姑斥资购之，悬诸室中，以为点缀。既而在家宴客，客有嗜伊书成癖的，力赞伊书的涵盖一切，天骨开张，是当薰以都梁，袭以云锦。拔可听他的一番话，觉得伊书确具独特的风格，大有当年欧阳率更初见索靖碑，等闲视之，既而回骑坐对，三日不去之概。从此托蔼农广为罗致，而书画商闻讯，纷纷挟载而来，物归所好，于是丘垤成为崇岭，溪涧汇为江湖，墨巢之所以为墨巢，蔼农与有力也。

拔可不饮酒，宴客例不置酒。江翊云有诗调之："不供樽酒频邀客，独种园梅早占春。"每逢邀宴，客多自携酒去。

丹阳画家吕凤子

吕凤子

大画家吕凤子，他是江苏丹阳人。生于一八八五年，距今恰为一个世纪，丹阳地方人士，正筹备纪念活动，这样对待一位过去的典型人物，的确是应有的一种仪式。

凤子名浚，别署凤痴，又署江南凤，作画自称凤先生，这可和张大千自称张先生，同为画坛趣闻。我和他老人家仅通过信，没有会过面，可说是神交有素。他写信有一习惯，结末具名，往往拉得很长，几乎直拖到底，有摇曳生致之概，这给我的印象，是很深的。我的朋好，如陈汝衡、张翼鸿，都是他的高足。又蒋吟秋和他是苏州师院的同事，我从朋好中，听到凤子的一些概况，最后又看到凤子哲嗣去疾一篇《著名国画家吕凤子先生》的纪述，所知就更较详赡了。他画花卉，喜画苍松，画人物喜画罗汉，藉以寄托他秉性的坚强，和对劳苦众生的悲悯。他的传世作品，有《华山松》《四阿罗汉》《忆江南》《思归》。又《庐山云》为一巨幅，曾被选送世界博览会，由十个国家的大画师参加评定，凤子这画获得第一奖，汪采白的山水，和张书旂的花鸟，获得二、三等奖，同享国际荣誉。

他生平倾佩陈其年的词，认为凌厉光怪，变化无穷，其年号迦陵，为绘迦陵填词图，简直有当年顾虎头颊上添毫之妙。

他指导学生，要言不烦，如云："笔力不仅是笔与墨的结合，最重要是力与感情的结合，一起活动，笔到之处，便是感情活动的表达。"又云："一画一形，画面的种种，要使它成为一个整体。"又云："作画一定要有熟练的构线技巧，但成画后，又一定要看不见构线技巧，只看到具有某种意义的整个形象。"

他办过正则艺术学校，设计构造的门窗，都融洽着诗情画意，加之花木掩映，益增其美，在这样的环境中，培育了许多艺术人才。他对女生学习刺绣，提创乱针绣，绣成近看，一片模糊，挂起来欣赏，那就层次井然，有条不紊。这个绣法，也就推广开来，成为一种特殊风格。他兼擅篆刻，刻有"廿七年入蜀以后""如此江山""如此人间""凤先生写绝妙好词"等印，都浑朴入古。他于一九五七年六月六日，患肺癌逝世。在临卒前四日，曾作自画像，题云："教了五十年书，没有教好，画了近六十年画，没有画好，就这样算了么？不，还要作最后的努力。"可见他坚强的秉性，是始终不变的。他的作品，刊行了好多种，如《吕凤子画集》《中国画法研究》，这几种尤具代表性。

一代艺人钱瘦铁

一代艺人钱瘦铁，生于一八九六年，江苏无锡人，名厓，字叔厓，瘦铁是他的号。早年在苏州护龙街某刻碑店当学徒，那时金石家郑大鹤经常到某刻碑店裱碑帖及其它拓片，裱好了，即命瘦铁送到大鹤家，大鹤喜欢他诚朴好学，也就循循加以指导。又介绍他和吴昌硕、俞语霜相识，因即拜三人为师，这时瘦铁年仅十九岁，后来的成就，于郑大鹤得其雅，于吴昌硕得其古，于俞语霜得其苍，终而成为瘦铁自己的面目。在篆刻、书画、金石考据几方面都有了成就。他到上海鬻艺后，所作饶有特殊风格。他以画会友，参加了“海上题襟馆”，认识了陆廉夫、王一亭、赵叔孺、了辅之、黄宾虹、任堇叔、吴待秋许多画家，得切磋之益。一九二二年，主持“红叶书画社”，后又创办“中国画会”，其它如“素月画社”“停云书画社”“古欢今雨社”“蜜蜂画社”“上海美术协会”等多种组织，他都是其中的中坚份子。

有一年，我国画家应日本文化事务局的邀请，赴日参与“中日美术展览会”。画家们回国时，和日本西京名画家桥本关雪一同来沪，“解衣社”同人宴请桥本关雪于武昌路春晖里徐小圃医寓的庭园中，瘦铁这天参与其盛，和关雪一见如故，关雪看到瘦铁的画幅，称许他为“支那巨手，东亚奇才”。一经誉扬，在沪日人，都很仰慕，一再为他开书画展，如鹿叟的“六三园”，饭岛政男的“翰墨林”，都陈列了瘦铁的山水和花卉，博得很高的评价。关雪在日本，又为瘦铁宣传，造成他东渡的有利条件。所以他每次前往，总是满载而归。一次，他的老师俞语霜把所作的书画和收藏的文物，托他带去，求善价以沽，这事守着秘密，并俞氏家人也没有知道。既而瘦铁不负所托，把所带去的尽行卖掉，归沪报命，岂知语霜已遽尔逝世，瘦铁大为痛悼，谓俞师身死而画未死，就把这笔钱为师用珂罗版印成《春水草堂遗墨》一大册，如《红杏山庄图》《峯青馆图》《钟阜谈龙图》《寒江独钓图》《可斋读画图》《祭诗图》《横琴待月》《女梦秋思》都是语霜的精品。

当“八一三”事变前，瘦铁流寓日本东京，这时日本军阀，野心勃勃，蓄意侵华。瘦铁和郭沫若友善，同在彼邦，沫若义愤填胸，联络留日学生，起而反抗，日警窥伺多时，正拟拘捕，不料被瘦铁先行探知，连夜密告沫若，一方面和金祖同相商，买了船票备好衣履，约定时间，请沫若在门口等侯。沫若穿着浴衣，拖着拖鞋，立在门口作闲眺状，瘦铁雇了一辆小汽车，开到门口，乘没有人发觉，汽车载着沫若辗转到了神户，再乘加拿大邮船回国，之后将浴衣拖鞋丢掉，换上西装革履，化名杨伯勉，居然金蝉脱壳，脱离危险。于是日本警察，就怀疑到瘦铁，正想对付他，恰巧某处举行文艺会，瘦铁前往列席，他竟在大庭广众间发表言论，对于日本的阴谋诡计，直截痛快加以辛辣的讽刺，结果当场被警察抓了去。隔天受审法警要他跪下，他抗不服从，说文明国家决没有逼人下跪不可。瘦铁这时怒不可遏，就抓了案上的铜墨盒，向法警头部掷去。这么一来，秩序大乱，审判官认为他大闹法庭，罪上加罪，判为徒刑五年，瘦铁虽身入囹圄，态度仍很强硬，铁窗风味，苦不堪言，瘦铁凛然不为所动。幸而桥本关雪暗地里为他疏通关节，在监禁中得有特殊照顾。囚室也较大，有一桌子，可以作画。且该案在报上揭载，瘦铁的名画，反而引起一般日本人爱好中国画的崇仰心，纷纷请他作画，不论山水花卉，大幅小帧，都视为瑰宝，甚至法官也有请他作画的。他又擅刻印，运刀似笔，苍劲入古，和吴昌硕别署苦铁、王冠山别署冰铁，素有“江南三铁”之号，求刻的也纷至沓来，所以润资收入，出于意外，狱中生活不算太苦。由于关雪的疏通关系，只三年半，就提早释放。他出狱即返国，上海许多书画家设宴欢迎他，摄有照片，以留纪念。有一天，他接到一封日本人寄给他的信，信中附有一当票，这人说明爱好他的画，可是囊中无钱，向质铺当了衣服才买到一幅，作为珍藏，这当票无非表示敬慕和爱好。瘦铁大为感动，认为唯一知音，特地精心绘了二帧送给对方，作为朋好关心之赠。

小说家徐卓呆，曾赴日本研究园艺，和瘦铁同为彼邦寓公，往还很密。瘦铁入狱，其时卓呆已先返国，瘦铁还时常和卓呆通讯。卓呆知道笔者素喜搜罗时人手札，便把瘦铁的狱中书数通见赠，大约狱中条件较差，信用钢笔写，且字迹也很草率，信上地址：“日本东京市丰岛区西巢鸭三二七七”，即监狱所在地。信中有云：“狱中听蝉，心烦头晕，想必沪地更热，炎天苦人，饮食珍摄，宜多休养，少用脑力为是。”又一信云：“来示忻悉，承关注，心感无已，弟自入狱以来，安心修养，读书静坐，颇有益于身心。近得裁判所通知，定于本月二十七日九时开第三次公庭，罪名为违反治安维持法。”又一信云：“本月十日，乃开辩护庭，请岛野武律师出庭辩护，或得缓刑出狱，亦未可知。弟近情请速致江新，或能有助吾家用，则感德吾哥不浅矣。”信中提到的江新，即美术家江小鹣。

金祖同和瘦铁设法护助郭沫若归国，祖同善自韬晦，没有被日警注意，不久就扬帆来沪，署名殷尘，撰《郭沫若归国实录》，由言行出版社列行，用小说体裁撰写，很是生动。瘦铁就是小说中的主要人物，惜这书印数不多，早已绝版，看到的人寥寥无几。

一九五〇年后，瘦铁应聘入上海画院任画师，这时他画兴很高，泼墨作巨幅，苍古胜昔。逢到星期天，常到襄阳公园，与笔者时常共叙，狱中经历，都是他自己讲给笔者听的。他最擅长为梅花写照。当时家藏王元章画梅而自题其斋为“梅王阁”的高野侯，喜画梅，刻有一印：“画到梅花不让人”。有一次集会，画家各抒彩笔，争奇斗胜，野侯画了一幅梅花，瘦铁在旁瞧到了，挥毫也画梅花。有人开玩笑说：“‘画到梅花不让人’的梅王在此，您好大胆啊！”瘦铁边挥毫边回答道：“我是画到梅花不‘怕’人的。”大家为之哄堂大笑。瘦铁因笔者署名有一梅字，便把他最得意的一帧有桥本关雪题跋的梅轴送给了我，借以留念，岂知十年浩劫，付诸荡然，而瘦铁本人也由于四凶的迫害，含冤而死，时为一九六八年。

奇人奇事汤临泽

汤临泽名安，又名韩，临泽其字，一作陵石、邻石、陵翁，有时仅署一“磷”字，浙江嘉兴凤桥人。一八八七年十二月二日生。父亲行医，母亲为鲁人，家族曾参加太平天国革命，洪杨失败，才逃至嘉兴。临泽读了五年私塾，读书时期，很是顽皮。新春元旦，家家户户，贴着春联，都是吉祥祉祉的辞句，他却偷偷地在联对上加着詈恶之语，被他的父亲痛施棰楚。既而随父学医，有一年适值瘟疫，他擅自把家里所有的药剂，统通散给病家，又被父亲斥责了一顿。他对于岐黄，不感兴趣，在家中设一私塾，教蒙童十余人，过着青毡绛帐生活。后来父亲强迫他和邻村杨家女结婚，他不愿意，其父对他施加压力，他逃婚来到上海。先后在照相馆、邮政局当职员，一方面从胡菊邻学金石书画，又从潘兰史学诗古文辞。他天资聪颖，触类旁通，居然有了很高的造诣。一九一〇年任《商务日报》编辑，才与沈玉德结合，为家室之好。时狄平子创有正书局，发行珂罗版画册和碑帖，由临泽主持其事，兼治篆刻，声誉很隆，暨南大学聘他教美术史及金石书画考据，与黄宾虹、陶冷月共事，得切磋之益。

他又潜心研究复制宋元书画，仿古陶瓷、铜器、碑帖、古纸、竹刻、砚台、印章等，先后共三十多年，所制和真的一模一样。田寄苇（桓）和临泽很熟稔，曾口述临泽的轶事：当时镇江有一大户人家拍卖家产，临泽买进一批犀牛角料，又购了一本印谱，他根据印谱，用犀角仿刻了一大批明代官印，古朴浑厚，绝类真品，被一粤富商看到了，大为称赏，善价买去。粤商请吴昌硕、丁辅之，各写鉴定识语，还特制了银质印盒，非常精致，也请寄苇去观看。此后粤商远渡重洋，把这批印都带了出去。寄苇才把仿造内情告诉了昌硕，昌硕拍案大骂："汤临泽这小子，竟骗到我老头子头上来了！"过几天，寄苇陪同临泽拜访昌硕，昌硕非但面无愠色，且一见如故，此后临泽便成了缶庐的常客。隔数年，临泽和狄平子、张葱玉、田寄苇组成钟王学会，每周一次，在葱玉家讨论书画金石。平子、葱玉、寄苇三人，时常因不同见解，争得面红耳赤，临泽往往默不作声，询之，才吐露其意见，为最后之裁决。临泽有一次访寄苇，见桌上置着一铜香炉，这是寄苇从冷摊上购来，用来点蚊烟香的，是一件新货，价仅四元左右。临泽端详了一下，说："您是否肯见借若干天？"寄苇慨然说："送给您好了！"临泽持之去，过了数天，把这香炉送了回来，寄苇认不出来了，上面斑斑剥剥，都是绿锈，还带些泥土痕迹，好像新近出土的文物，炉底还刻了年号，竟有人赏识，愿出五百元作为代价，寄苇婉谢，留着作为纪念。又当徐森玉主持文物保管会时，请临泽到博物馆鉴别近年来捐献和收购的一批紫砂壶及诸摆件。临泽看了说，"这十二把砂壶，其中八把是我仿造的，一些花果摆件也大都出于我手。其他是劣手仿古，没有收藏价值。"临泽一度在谭敬家里作客，谭请他复制一批宋元书画，为时一年，参加者有郑竹友、金仲鱼、胡经、许徵白，都属一时能手，所作可以乱真。又某出版社影印了北宋李延之所绘的《梨花鳜鱼图》，临泽看到了，告诉人说："这是我仿造的伪品。"又《书法》，有味琴所著的《赵孟頫的圆朱文印章》一文，也涉及临泽："前平湖葛氏得到一批旧犀角印，刻面都是宋元明的著名收藏印和书画家的名号章，赵孟頫的一些印章，也在其内。葛氏还以此集拓为《宋元明犀角玺印留真》，但这批印章，实为嘉兴汤某用旧料仿刻的，并非原物。"又江苏人民出版社刊行的《书画鉴定简述》，这是王以坤编撰的，中有《上海书画做假小集团》一则："解放前，上海有个做假书画的小集团，专做有著录的假画。他们有绘画、写字、刻印、装裱等分工，所做出的假画与原作极为相似，即使放在一起，也看不出有什么太大的差别，对于鉴定经验不足的人来说，简直是无从分辨真伪。例如他们伪造的过去许多书上均有著录的宋代马远的《四皓图》，为纸本墨笔长卷，画心有乾隆长题，末纸有元代杨维祯至明代胡俨等几十人题跋，收藏印累累。据说他们认为这一件做得不太好，怕露出破绽来，影响到其他伪品书画的出售，结果没有卖出。元代盛懋《秋江待渡图》轴，纸本墨笔画，有真伪二件，真迹现藏故宫博物院。据说这件假的，也是这个小集团做的。"按语："该集团是指以汤临泽为首，许徵白（山水）、金仲鱼、刘伯年（花鸟）、陈竹友（写字）、汤临泽、胡经（刻印）、周桂生（装裱）。总设计、构图、做旧、选材，都由汤临泽负责。"

据我所知，吴湖帆家有曼生壶一，因请临泽仿制一柄。既成，交给湖帆，湖帆不辨孰真孰伪，临泽指示之，湖帆分别贮藏。不多几天，临泽又以一柄给湖帆，湖帆大为讶异，问他“哪里来这第三柄”？临泽才告以“这乃尊藏原物，前二柄均仿制，聊以戏探而已”。临泽寓居沪西拉都路雷米路兴顺北里四十号（今为永康路三十八弄四十号）一楼一底，凡二宅，一为其起居之所，一为其仿古书画的工场，工场设一裱画桌，雇一工友。庭除墙壁间，悬有文徵明、祝允明，甚至文天祥、史可法等条幅，一任雨淋日晒，破损不完，然后就破损处加以修补，居然古香古色，人以名件视之。他初来上海，刻印乏人过问，黄晦闻力为揄扬，生涯乃大盛。王秋湄却鄙视临泽，故临泽对晦闻有好感。上面所称平湖葛家，乃葛昌楹。所得印既知为临泽所仿，便质入某银行，未赎。临泽家有项墨林书桌，后捐献公家。

临泽外甥胡道言，现尚居住永康路的外公旧寓。他小时候，犹见庭除间有一只烧紫砂壶和摆件的窑，由他外公设计打样，到宜兴请了一位戴司务来，与胡经（临泽弟子）一起配料、捏泥、烧窑，循序进行，甚为便利。南言又见唐吉生、钱镜塘时常挟画来请外公鉴定。有一次，镜塘出示宋元无款花卉册页，外公笑道，“这是我仿的，倘价不高，你可以收下来，不吃亏的。”

临泽曾应聘北京，任故宫博物院金石书画鉴定委员会专门委员。返沪时，购得宋元明清破旧宣纸一批，又在故宫裱画工场，收集不少从旧画上拆下来的旧裱头，他把它化成纸浆，加以锤炼，放在细竹帘上做成整幅，这种细竹帘南言家尚藏有一些。

临泽体质不健，畏寒特甚，人们拂扇饮冰，他却穿着夹衣。一次患病，盖了五条被头，还用热汤婆子，他还是瑟缩无温气。最令人惊奇的，他突然抱病，进入医院，医药无效而死，送进太平间，夜半他忽然醒转，大叫："我没有死，你们为什么把我送到这里？"此后行动如常，直至一九六七年六月四日，才病逝大华医院。

他的著作，有《石鼓文句释》《商周金文集联》《中国文字组织法发微举例》《古今韵通》《二泉山馆杂缀》《杜诗双声叠韵标注》等。

邮票大王周今觉

大家谈到集邮掌故，不免述及邮票大王周今觉。一九二二年，他在上海，创办神州邮票研究会，“以收集研究中国邮票为宗旨，出版会刊，提倡交流，举行邮展，开我国民族集邮活动的先声。”一九二五年，该会改组为中华邮票研究会，会员遍布大江南北，并出版了在集邮界有重要影响的《邮乘》会刊，使华邮日渐见重于世界邮坛。在这前一年，今觉购得红印花小字当一元四方连票，号称东半球最稀罕的华邮孤品。翌年他担任中华邮票研究会会长，在上海招待美国集华邮专家斯塔氏，今觉能英语，谈晤很为融洽。据说在一九四九年，今觉把这珍邮让给郭植芳，后郭氏携此赴美定居，立志不愿转让外人，直至郭氏逝世，犹保存不失。旅菲名集邮家黄光城所著《红印花小一元票存世考图鉴》，把先后收藏及易手的史料，搜罗详尽，为邮学的重要典籍。并闻某岁，今觉因有急需，不得已把所藏珍邮，经人介绍，割爱出售，得黄金十五条，以济燃眉之急。过了年许，上海举行一次大规模的邮展，曾邀今觉参观。今觉应邀前往，见自己所让出的珍邮赫然在内，他驻足瞻视，不毋恋惜。旁人不知他便是邮票大王，恣谈邮史，且指着这些珍邮，谓："此是邮票大王的旧藏，当时售出，代价黄金三十条。"今觉听了，为之愕然，始知受了中间人的愚骗，所得半数被吞没了。

周今觉究竟是怎样一个人，大都语焉不详，浮光掠影。我和他会晤多次，为忘年交。略知其身世和学术，原来他不仅是位集邮家，又擅算学，复工诗文，对于经世之道，也有相当研究。他是安徽建德人，两江总督周玉山为其祖父，世代缨簪，书香不迭。他童年即列上舍为秀才，工制举文，但他不喜这一套，独嗜算学，自周髀九章，以迄清季徐有壬、李善兰之书，旁及五十三家历法，兼习英文，广罗欧美新著，与古法校勘异同，成一代宗匠。辛亥革命，他移家上海，当道推举他为国会议员，他婉辞不就。在沪西买地五亩，结庐筑园，杂植松栝棠梨等卉木，春秋佳日，和一班诗人词客，唱和为乐。常结伴观桃龙华，赏樱六三园，探梅双清别墅，所至有诗。他诗律精严，自西昆转入简斋、白石，后结集刊《今觉盦诗》四卷，印成二册，陈苍虬题签，陈鹤柴、陈病树作序，断句为人传诵的，如"灭烛海生残夜月，拥衾人语四更霜"，又"异种也堪称国艳，繁英真欲裹春城"，直可入前人堂奥。

文人经营货殖，什九失败，今觉在这方面，大丧其资，不得已，把园宅卖掉，弥补债务，致居无定所，他请人刻了方印章"居无庐"，常钤在诗笺上。后来他经济上略有好转，又购宅拉都路，称为还巢小筑，我和他相识，就在这时候。他朋好很多，如陈散原、冒鹤亭、朱沤尹、王病山、陈叔通、王蕙农、汤颐琐、袁伯夔、狄平子、徐积余、黄公渚、陈彦通等，这时死的死，散的散，为了赓续嘤鸣友声之乐，每个月总选择一个星期天的下午，折柬邀了三五素心人，到他家里备了几色佳肴，小酌一番，觥筹交错，谈笑风生。常到的有黄蔼农、陈病树、宋小坡，我也叨陪末座。有一次，在他小园的池塘边，举行修禊，居然永和兰亭，去古不远。他的斋舍很是整洁，除陈设品外，不见一些杂乱的东西。一间是中式的，那就书画彝鼎，古色古香，一间西式的，柚木案，玻璃盅，点缀几座意大利石雕裸女像。记得他有一首石美人诗："难从皮骨论妍媸，着眼分明欲语时。突兀最怜秦女化，温馨不禁汉皇窥。凿开混沌终何取，炼到通灵亦已痴。长日祇宜甘后侧，较量玉质与柔肌。"不脱不黏，甚为得体。他有一位好友，精金石，藏古钱的黄叶翁宣古愚，邀之小酌，始终没来，人问其故，才知他落拓不羁，随地涕唾，这对他来说，未免拘束不习惯了，我们听了为之失笑。有一次闲谈，谈到《红楼梦》，我说："曹雪芹写小说才华卓绝，可是小说中的诗篇，格调欠高。"今觉说："这种诗最好没有的了，须知这些是代表公子闺媛的，倘然做到盛唐的李杜，南北宋的东坡和放翁，那就不符合贾宝玉、林黛玉的口吻了。"我听了为之首肯。

今觉名达，号美权，一号梅泉，别署炁公。他的著作除《今觉盦诗》外，尚有《夜读书室随笔》。这个《随笔》，我辑《永安月刊》时，曾发表了一部分，全稿没有刊印过。他又在《晶报》上连续撰写《邮话》，若把它汇集成书，是邮学的大好史料，袁寒云的《说邮》，还是步他的后尘。他很风趣，五十岁，取钱牧斋"头白周郎掩泪听"句，刻了"头白周郎"印。那梁众异忽做了一首诗，其中有一句："四海笑余霜满髩"，他就作诗讽刺众异的夸言，如云："鲰生亦有霜盈髩，未必能令四海知。"他早年眷恋一个女子，可是好事多磨，彼此分手。过了三十年，他忽在冷摊上买得无款仕女画一帧，携归审视，画中人的眉目，酷肖那个女子，他就把画装裱起来，悬诸室中，题为“画中爱宠图”，征求朋辈题咏，他自己也题了五首绝诗，有句云：“怜汝凤飘鸾泊苦，倾囊不惜赎蛾眉”，一时传为韵事。叔弢是他的弟弟，深目录版本之学，收罗宋元明佳刊精抄，有宋本《王右丞集》，黄荛圃旧物，尤为珍稀，筑“自庄严龛”，为藏书之所。

回忆老报人邵飘萍

邵飘萍其人，对我来说，并不陌生，但也不够熟悉。我所知的，他原名振青，飘萍是他的笔名，有时署阿平、青萍。那青萍的名儿，更为巧妙，原来同时有位林万里，号白水，从事新闻工作，倡言无忌，触犯了万恶的军阀，而被借端杀害，因此“白水青萍”，成为一副对子了。飘萍是浙江金华人，生于一八八四年，死于一九二六年，仅四十二岁，倘不死于非命，正是有为之年，尚有一番事业可做哩。

我为什么说对他并不陌生呢？飘萍是南社成员，我前几年为上海人民出版社撰《南社丛谈》，曾给飘萍写过传略。又我以前担任肇和中学的课务，该校校长姓关，他和飘萍的妹妹一萍和一萍的丈夫何汉文相稔。一萍工画山水，又擅花卉，一度在上海举行画展，由关校长介绍，约了我和一萍会晤，参观了她的数十件作品，花鸟流妍，林岚殊色，为之引企清辉，倾佩无量，即为她写了一篇宣传文章，在报刊上发表。此后又从包天笑前辈处，得知飘萍夫妇的遗闻佚事。天笑前辈年老不出门，拟把飘萍的遗物，一根手杖转赠给我。这时他远在香岛，没有便人带来，也就作罢。凡此种种，飘萍其人，兀是在我头脑里萦系着，留了一些印象。

天笑前辈和飘萍结成友谊，往还很密，彼此熟不拘礼，那是有一段经过的。天笑认识飘萍，是他的夫人汤修慧介绍的。修慧很贤能，又善文墨，喜欢投稿。这时天笑应狄楚青的邀请，担任《时报》的附刊编辑，又兼编《妇女时报》，那是一种定期杂志，既以妇女为名，当然欢迎妇女的作品。但其时风气未开，闺阁笔墨，秘不示人，所发表的，大都是男子所作，化名某某女士。即使真的是妇女，也往往幕后有人捉刀。修慧却是例外，笔下很来得，又和天笑是苏州同乡，她寄寓杭州，肄业杭州的浙江女子师范学校，经常写些教育、卫生方面的短文，其中适合《妇女时报》体裁的，她一篇篇寄去，一篇篇照登。她是落落大方的新妇女，一次来到上海，便去拜访编辑包天笑，天笑和她一接触，知道她颇有文化，这些文章确是出于她的手笔，因而对她非常欢迎。过了几个月，她和飘萍同来上海，便偕访天笑。谈得很投契，天笑请他们夫妇俩吃小馆子，盘桓了数天才回杭州。有一次，天笑游杭，他们夫妇俩竭诚招待，到楼外楼吃醋溜鱼，荡舟三潭印月，进白莲藕粉，进一步加深了友谊。

一九一二年，飘萍在杭州，和杭辛斋创办《汉民日报》，经常在报上揭露贪官污吏与地方豪绅的丑行。对袁世凯盗民国之名，行专制之实，加以尖锐的讥讽。袁氏于一九一四年，将《汉民日报》封禁，飘萍流亡日本，组织东京通讯社。当一九一五年初，日本向袁氏提出丧权辱国的“二十一条”，首先在外国报刊上透露，飘萍立即驰报国内，从而激起全国人民对袁氏的愤怒声讨。一九一六年邵飘萍回国，任《申报》《时报》《时事新报》通讯员。他任《时报》通讯员，就是由天笑介绍的。一九一八年，他创办新闻编译社，同年又办《京报》。他在《创刊词》上写着“必使政府听命于正当民意”。“五四”运动爆发时，飘萍激于爱国义愤，在报上公开揭露曹汝霖、陆宗舆、章宗祥的卖国罪行，触怒了段祺瑞政府，下令查封《京报》。

《京报》被封后，他再度往日本，过了两年返国。《京报》复刊，请潘公弼为编辑主任。公弼，上海嘉定人，曾任《时事新报》经理，也是老报人，时凌霄汉阁主徐彬彬赋闲着，飘萍也在《京报》社，安排了他一个位置。天笑到北京，经常住在飘萍家里，长日无聊，便和汤修慧、潘公弼、徐彬彬打小牌消遣。飘萍忙得很，日间总在外面交际应酬，有时逛妓院，因为这儿颇多官场中人，在谈笑中可以探得些政治消息，充作新闻资料。

飘萍嫉恶如仇，反对帝制派，反对大军阀和一些卖国贼，被拘禁了多次，释放后还是把笔墨当作匕首，锋利无比，所以他到哪里，侦探跟到哪里。这些侦探化了装，很隐秘。有一次，军警到《京报》馆来抄查，飘萍不在馆中，却把潘公弼捉将官里去。修慧能干得很，四出疏通和呼吁，公弼居然给她保释出来。飘萍暂来上海，经济很窘，向天笑告贷，意志还是坚强不屈，对天笑说：“这些军阀，鬼鬼祟祟，捣乱世界，设计害民，我偏要撕破他们的画皮。”过了一个时期，飘萍又到北京，照样活动，照样应酬。那些军阀，尤其是张宗昌，对其恨之切齿，欲得之而甘心，表面上不露声色，若无其事，暗中派了密探，亦步亦趋地跟踪着。可是飘萍警惕性很高，觉得不对头，避居东交民巷六国饭店，不敢贸然外出。他在那儿住了好多日子，思家心切，深夜偷偷地回到家里，天没亮再赴东交民巷。有一次，在东交民巷出来，碰到熟人张汉举，张告诉飘萍：“外间已没有什么风声，事已过去，你何必这样顾虑，自讨苦吃？”飘萍信以为真，回家会友，弛其防卫。没有几天，在一个晚上，一些狐假虎威的军警，直闯进来，拔出手枪，强迫飘萍登上囚车，张宗昌立命他的鹰犬王琦，把飘萍枪决。他的夫人汤修慧潜避他处，以防株连。直至一九二八年，北伐军到了北京，汤修慧复刊《京报》，以纪念飘萍。并刊印了飘萍的著作《失业的问题》《各国社会思想》等。

上面不是谈到飘萍的遗物一根手杖吗？这根手杖，怎么到了天笑手里，也得带一笔，作为说明。一次，天笑由北京乘火车回上海，飘萍买了一张月台票，亲自送天笑上车，依依惜别，讲了许多话，及听到开车信号，飘萍急忙下车，遗忘了手杖，天笑立即把手杖伸出窗外，请飘萍来接。奈车已驶动，飘萍扬着手说："不要了，不要了，这根手杖给你留作纪念吧！"果真这是最后一面，人亡物在，作为纪念品了。

公家为了纪念飘萍，把北京宣武区魏染胡同他的故居，重加修葺，供人瞻观。

最近，友人安健从无锡来沪，与我谈及飘萍当时还有一位夫人祝文秀，今已八十多高龄，尚寓居无锡郊区，安健曾去采访，得知一些飘萍有关的佚事。文秀早年是一位京剧演员，略有一些小名气，飘萍观剧，很赏识她，颇思委禽娶纳。可是文秀认为飘萍是报界中人，不符她的理想。飘萍却认识文秀的母亲某氏，某氏能作几笔国画，飘萍便经常带些名人画册，赠给她，她很为欣感。有一次，飘萍不知从哪里物色到一幅摹仇十洲韵仕女画，设色蒨丽，仪态万方，更逗某氏的喜爱，便怂恿其女随伺飘萍，成为佳偶。飘萍得暇，教之读书，因此具有相当文化，曾与飘萍到过日本，摄有照片，今尚留存。据闻，飘萍被害，马连良为之收尸，遗体亦留一照，右眼下有一洞，即饮弹的创痕。又有一墓地照。这些东西，文秀匿藏了数十年，直至飘萍昭雪，列为烈士，才敢出以示人。至于文秀早年的倩影，上面有飘萍亲笔题着“七妹留念”四字。人们以为她是飘萍第七个夫人，实则不然，所谓七妹，是文秀在家为第七个女儿而已。这个倩影，文秀也保存着没有失掉。所居处且有一书桌，一旋转椅，都是飘萍生前所用的家具，今则旋椅的足，以越年久远，被蛀虫所蛀蚀，失其效用了。又飘萍生前，和张季鸾相友善，及飘萍死，文秀生活很苦，季鸾怜悯，月致生活费，文秀非常铭感，但她不肯受例外的惠贻，坚辞不取，结果却不过情，只得留存不用，积有若干数字。一日，季鸾忽来，向她商恳说：“近正做着一注生意，手头尚缺数百金，能否和你相商，挪移一下，以供急需，容日后奉还。”文秀当然慨允所请，如数与之。大约过了一二个月，季鸾欣然往访，奉还借项，且云：“这注生意，获得意外利润，你相助一臂之力，应得半数，这是你份内之钱，由你贴补家用吧！”事后，经文秀调查，才知季鸾做生意，并没有这回事，无非故弄玄虚，务使她取之心安理得罢了。季鸾重生死之谊，的确可以风世。

忆戈公振

戈公振是报界很著声誉的老前辈，名绍发，字春霆，江苏东台人。生于一八九〇年十一月二十七日。一九一二年，即供职《东台日报》，为桑梓服务。翌年来上海，狄平子赏识他，请他担任《时报》编辑，直至黄伯惠接办《时报》，他仍蝉联着。伯惠喜摄影，把影片印成画刊，随报赠送，增加了《时报》的销数，这个工作，就是公振负责的。照片多，画刊一时用不了，往往搁置着。恰巧这时钱芥尘接办《上海画报》，需要大量的照片，芥尘和公振相熟，便和公振相商，借刊一些多余的照片，不料伯惠知道了，大不以为然，公振因之拂袖离去。

公振著有《新闻学撮要》，梁任公为作序。继之在国民大学讲授新闻学，并组织上海报学社编著《中国报学史》一大册，由商务印书馆出版。该书分六章，一、绪论；二、官报独占时期；三、外报开始时期；四、民报勃兴时期；五、民国成立以后；六、报界之现状。附有许多图片，如报人胡政之、梁任公、于右任、汪穰卿、狄平子、章太炎、陈景韩、黄远生等，今已不易看到。他对于黄远生极端推崇，谓“其理解力及文字之组织力，实有过人处，盖报界之奇才也”。公振熟悉《时报》，所以谈《时报》

亦特详。又复谈及筹安会时期，有面目全非的伪造《时报》，有云：项城在京中取阅上海各报，皆由梁士诒、袁乃宽辈先行过目，凡载有反对帝制文电，皆易以拥戴字样，重制一版，每日如是，然后始进呈，项城不知也。一日，赵尔巽来谒，项城方在居仁堂楼上阅报，命侍卫延之入。寒暄毕，赵于无意中随手取《时报》一纸阅之，眉宇不觉流露一种惊讶之状，项城奇之，询其故，赵曰："此报与吾家送阅者截然不同，然此固明明为上海《时报》也，故以为异。"项城乃命人往赵家持报来，阅竟，大震怒，立传乃宽至，严词诘之，乃宽瞠目结舌，觳觫不能对。这出丑角戏，多么可笑。

我由钱化佛介绍，认识公振其人。他颀然身长，目御眼镜，容蔼然可亲。此后他赴德、法、意、奥、捷克斯洛伐克、苏联等国考察返国，我又和化佛在黄浦码头欢迎他，握手言欢，这印象迄今犹留脑幕。他于一九三五年十月二十二日逝世上海，患的是盲肠炎转为腹膜炎，享年四十四岁。

公振生前有一隐痛事：他早年在上海，有一次无意中遇到一个漂泊无依的女子，其人虽服御朴素，然不掩其姿色。问她身世，才知她父母逝世，依赖叔父为生，叔父又失业，困窘不堪，言时，珠泪夺眶而出。公振动了恻隐之心，安慰了她一番。探女意，颇欲读书以图日后自立。公振认为她有志向上，力斥资为谋入学，她奋发攻读，成绩很好。每逢星期日，公振总是和她逛逛公园，吃吃小馆子，很相契合，直至该女大学毕业，公振喜其学业之有成，乃谋婚事之履约。不料她忽地变其面目，说："地位有今昔之不同，请勿见扰。"公振听了，有如晴天之闻疾雷，为之震噤了半天。从此和该女断绝，对于婚姻有了寒心，终身不娶以为誓。

耿直成性的陆丹林

陆丹林在南社中，秉性是较率直的。我在《南社丛谈》中，曾为他撰一小传，当时匆促为之，颇多遗漏，兹在这儿补记一些，以资谈助。

他参加南社，在我之前。他曾向柳亚子提议，把南社的种种，编写一部史料性质的书册，可是亚子认为社事太繁琐，成员太庞杂，不容易搞。愿把所有的资料和图片，供给丹林，请丹林一挥椽笔。可是丹林却谨谢不敏，默尔而息，实则他对于社事和社友是相当熟悉，当时他没有争取撰写，是很可惜的。

他是广东三水人，旅沪数十年，还是乡音未改。记得冒鹤亭前辈，生于广东，因名广生，某年粤省修志，请鹤亭参加辑政。这时鹤亭误以为丹林已作古，把他列入儒林中。丹林知之，引为生入儒林传，这是破例的光荣。他叩门往谢，鹤亭向之道歉，遂为订交之始。

丹林一目失明，装一瓷目，宛然天成，人罕知之。他一足微蹇，我问了他，才知他早年遇盗时因奋勇抵抗，被盗枪击中踝，幸未丧生，但影响步履罢了。

他喜搜罗书画，有出于遗老的，也有出于革命人士的，遗老和革命人士，截然两个阶级，是处于敌对地位，他却从艺术角度来看，无分轩轾。在民初，顺德有位书画家温其球，丹林慕其名，便托同社蔡哲夫代求一画，温慨然为绘红树室图，丹林从此以红树室为其斋名。此后又请人为绘红树丛中自在身图，又因红树而衍为枫园，别有枫园读史图、枫园忆凤图，题咏纷纷，蔚为大观。他又喜搜罗印章，宜兴储南强得一明人所刻的瓷印，恰为“丹林”二字，即寄赠丹林，他大为得意。又红树室印，有吴朴堂简琴斋、杨千里、王个簃、邓粪翁、朱其石刻的，其石所刻，且有好多字的边款，如云：“人是丹林室红树，为冒鹤亭题红树室图句，丹林吾兄属刻，庚子秋日，朱其石并记。”又吴仲坰、顾青瑶、单孝天，李涤、冯康侯等，也都为之奏刀。他又自己试刻“自在长老”四字朱文印，颇饶古意，原来他的别署为“自在”。总之，他的名章和闲意，凡百余方，最小者仅二分，出陈巨来手，最大者高四寸，出易大庵手。他于女子刻印，说顾青瑶胜于谈月色，赵含英又胜过顾青瑶。(按柳亚子的“青兕”别署印，即顾青瑶刻)

丹林和张大千为莫逆交，藏大千画一百多幅。有大千为书的六尺巨联，句云：“无忧唯著述，有道即功勋。”集屈大均句，浑成自然，书法大气磅礴，见者无不称为大手笔。他又有大千所绘六尺巨幅的荷花，中华书局印《张大千画集》，收入集中，丹林为该集撰一白话长序，时为抗战胜利后。

他编辑的刊物，有好多种，《中国美术年鉴》，他是编审委员会的编审委员。若干年前，香港把这书翻印一下，称之为《中国现代艺术家像传》，竟列丹林为主编，实则主编为王扆昌，非陆丹林。他主编的有《人之初》，那是吕白华助他编的。有《逸经》，那是和简又文（号大华烈士）、谢兴尧合编的，他所征求到的稿件，一经发表，便将该稿复印一二十份，寄给作者，俾作者保存。续有所作，即续为复印，积多了装订一下，俨然为一单行本。这个办法很博得作者的欢迎。他首先获得瞿秋白的《多余的话》，载该刊上，顿增销数。共出三十六期，第三十七期已见到校样，因抗战军兴，没有刊行，所以他所藏，比外间多一册，引为珍稀之品。《逸经》停刊，不久，丹林赴香港，继辑《大风》。这时郁达夫和王映霞闹离婚，郁作了《毁家诗纪》，每诗附有注释。登载于《大风》。王映霞以诋语太多，很不甘服，也如法炮制，做了许多诗，附着注释，反唇相讥，交给丹林。丹林登载了诗，注释却被删除，王对此认为不公允，颇有意见。丹林编《道路月刊》，为时最久。它是上海道路协会发行的，隔邻恰为沪市公用局局长徐佩璜的私邸，私邸没有电话，徐以局长身份，经常到协会借打。一次适被丹林遇见，徐也不打招呼，傲然拨机，丹林立即面斥，徐忿然作色，诉诸市长吴铁城，吴谓“借打电话，扰人办公，确不合理”。从此徐自装电话，不再借打。

丹林为人刚直，是他的一贯作风。有一次，旧王孙溥心畬(儒)，假上海南京西路康乐酒家(即美术馆的前身)举行书画展，事前宴客，我和丹林同席。这天来客很多，那爱俪园的姬觉弥(姬氏得犹太巨商哈同、罗迦陵夫妇的信任，主管爱俪园。交识遗老，附庸风雅，遂为社会知名人士。)也在被邀之列。姬很高兴，持杯向各席敬酒，当然大家起立，共干一杯。既而持杯来到我席，丹林瞧不起姬氏，非但不起立为酬，并斥姬氏：“我不认识你，干什么杯！”姬氏讨着没趣，退席而去。又有一次，某举行画虎展。某庸才自夸，所作既乏负隅出柙之势，亦无啸谷震林之风，形和神两不具备，丹林鄙之。这时丹林适主某报笔政，某投寄一宣传稿，请丹林发表，丹林为之删易，且把“虎展”改为“猫展”，某为之啼笑皆非。又杭州有碧峰居士其人，办一书画社，为客代求当代名家书画，自诩任何不易求得的书画家作品，该社均能辗转请托，如愿以偿。实则该社雇得平素默默无闻的书画和篆刻作手，摹仿伪造，借此骗取润资罢了。这事给丹林知道了，他故意开一书画家名单，其中有健在的，也有已逝世的，假说受南洋华侨所托，按这名单，每人作一直幅，并附尺寸，寄给该社，询问能否办到？那位居士认为这是一注大宗收入，完全包办下来。丹林得此回信，在报上登一文章，带着讥讽说：“某社不惜人力物力，为爱好书画者服务，不仅能求当代名家的缣幅，并在天之灵，在地之魄，亦得通其声气，以应所求，为旷古所未有，敬告海内大雅，如此良机，幸弗坐失……”不久，该社也就自动停业。又某出版社刊有涉及邹容烈士一书，乃柬邀诸同文举行座谈会，每人各赠该书，请提意见，大家都认为内容丰富，史料性强，以及其他种种谀辞。丹林突然发言：“这真是活见鬼，年月有极大出入，事实上生死倒置，刊物宜向读者负责，岂容如此草率！”闻者为之愕然。主编在座，立即自我批评，谓：“我应当负失检和疏忽之责。”某出版社以丹林耿直敢言，持论正确，遂聘之为顾问。又《永安月刊》，我为编委之一，力主多载掌故一类的作品。丹林写了好多篇，我征求李鸿章后人李伯琦撰写晚清宫廷史迹，伯琦提到李鸿章，辄称“先文忠公”，丹林不以为然，谓：“在此民国时代，不应当再见封建性的旧谥法。”

丹林在浩劫中受到冲击，生活艰困，便预写遗嘱，略云：“人总是要去世的，自己做好身后的安排，那是必要的。我离世后，遗体送殡仪馆，不要再换衣服，也不要整容，这是愚蠢的人所做的笨事，切勿盲从，否则是糟掉物料，对死者无补，对生者有损。遗体送到殡仪馆，即行结账，定于何时火葬，不必管它。这样更加做得撇脱，省却许多无聊琐事。骨灰不要取回，交托殡仪馆可了，因为它没有一些用处，反成累赘的废物。黑纱、纸花和其他形式的东西，和虚伪庸俗的陋习，都应该彻底扫除。即朋友也不须你们通知，我已预托一人代为函知一些朋辈了。我生平集藏的文物，早已星散，现在没有什么，只剩几件破旧衣服，此外有一端砚，砚底刻有文字，可以留为纪念。至于所存的书，我在世时，还可以看看，其他可选择一些，给大光存阅，因为他爱好史料的。我平日生活俭朴，量入为出，素不负债，近年经济困难，百病丛生，才向友人挪借周转，我在生时，应由我设法归还，死后就不能清偿了，朋友是会体谅的。本件分写两份，一交朱杏如、陆少兰、陆大光收执，一交陆筱丹、余慧蒨、陆敬平、陆禹平收执。一九七二年三月五日。”这年七月三日，他便逝世。朱杏如是丹林的继室，大光、少兰，朱氏所出。筱丹是丹林前妻苏燕翩所出。所谓留存的端砚，乃黄宾虹遗物。丹林逝世后，被抄之文物书籍大都发还，随即平反。

丹林逝世后，香港某出版社，刊有《中国现代艺术家像传》一书，煌然列陆丹林主编。实则此书乃一九四七年，王端（扆昌）所主编，丹林仅为编审委员之一。书名《中国美术年鉴》，是屠诗聘刊印的。

琐记包天笑

包天笑生于一八七六年丙子三月二十日，卒于一九七三年癸丑十月三十日，年九十八岁。当时他的讣告却谓享寿一百零三岁，据说是把闰月积存计算，天笑的媳妇乃广东人，大概是沿袭广东的习俗吧！

他晚年寓居香港开平道，那儿都是很高的楼屋，他所居是二楼，几有欧阳醉翁所谓“环滁皆山”之概。这样他很不舒服，视野受到限制了。他广东菜肴吃不惯，广东话听不懂，讲不来，交际又受到了限制，他很气闷，只好与朋好通讯作为消遣，尤其和我翰札往来为最勤，谈家常，谈往事，积得三四百遍，深惜失诸浩劫中，否则把这些汇编一下，可作《钏影楼回忆录》的外编了。至于他的斋名钏影楼，不知者以为寓着一段绮香罗艳的罗曼史，实则不然。其时他的老太爷韵竹，有个熟友孙宝楚，做投机生意，大蚀其本。除夕，债户临门，逼着偿款，无法应付，想寻短见自戕。既而转念姑赴包家试作商量，奈韵竹手头没有现款，无以应急。而天笑母亲怜悯之余，脱下手腕上一对绞丝金钏给了宝楚，才救了他一命。天笑认为母范足式，寄其孝思即以钏影楼三字作为斋名。此后又撰了《钏影楼回忆录》《钏影楼回忆录续编》两厚册，由香港大华出版社出版，上海也有印本，销行是很广泛的。我所珍藏的正续集，正集扉页上，尚有他老人家的题字：“逸梅我兄惠存，一九七三年四月在香港天笑时年九十八。”毛笔小楷，写得很端秀，并钤一朱文印章。续集出版，他老人家已垂危，这书是高伯雨邮来的（大华出版社，即伯雨主办），伯雨用钢笔写着：“逸梅兄惠存，一九七三年十二月，伯雨寄赠。”时距天笑之死，已五个月了。

我是怎样认识他老人家的，也得叙述一下。我曾读书苏州草桥附近的江苏省立第二中学，简称草桥中学。其时有一比我低一班的同学江铸，字镜心，他是天笑的内弟，受了天笑的写作影响，也喜欢写些短篇小说，笔墨很清丽，我也东涂西抹惯的，便和江铸很接近。毕业后，江铸到上海谋生，住在天笑的沪寓爱而近路庆祥里，天笑的寓所，先后迁徙，如爱文义路，爱麦虞限路，因三处路名，第一个字都有一个“爱”字，因此朋好戏称他为“三爱主义”。时江铸读了江建霞的《红蕉词》，便取红蕉二字为笔名。此后他撰写了《大千世界》《海上明月》《江南春雨记》《嫁后光阴》《江红蕉小说集》，刊印行世。又续了毕倚虹的《黑暗上海》，江红蕉成为小说界红人。我这时和赵眠云合辑《消闲月刊》，颇想征请天笑为《消闲》执笔。恰巧我有事来到上海，便一访红蕉，由红蕉介绍，得与前辈谈晤。天笑奖掖后进，和易近人，慨然允我所请，和红蕉合撰了一篇小说，给我发表，并见赠照片一帧。尚记得这小说，篇名为《无法投递》。照片亦印入书端。

当时小说界以扬州、苏州两个系统最饶声誉，扬州的主脑为李涵秋，如贡少芹、贡芹孙（当时称贡家父子兵）、俞牖云等，都经涵秋提携而成名。苏州的主脑当然是包老天笑了，如江红蕉、范烟桥、周瘦鹃等，都经天笑提掖成名。这两个系统，仅以地域而分，双方是融洽无间的。那时赵苕狂为大东书局主编《游戏世界》，便开玩笑写了一篇《苏扬斗法记》的游戏小说，仿着《封神榜》式，天笑和涵秋各自祭起法宝来，更滑稽的是双方对白，一方说的是苏州话，一方说的是扬州话，如“你勿要直梗凶”“不经干”，这类口吻，引人发噱。至于天笑的提携后进，却和《时报》有关。原来天笑到了上海，认识那位别署冷血的陈景韩，景韩担任狄楚青（平子）所办的《时报》编辑，天笑到报社访景韩，景韩顺便介绍天笑和楚青相识，两人一见如故，楚青即请天笑为编《时报》的副刊《馀兴》。范烟桥经常投稿《馀兴》，天笑很赏识他的文笔诙谐有趣，为之赓续登载，其时《时报》附设有正书局，发行小说笔记碑帖一类的书，《馀兴》所载的作品是没有稿费的，以有正书局的书券作为酬劳，烟桥获得了许多书券，很为高兴，写着再写着，烟桥也就成为著名作家了。《时报》又发行《小说时报》和《妇女时报》，是景韩和天笑轮流主编的，《小说时报》上，时有周国贤的作品，周国贤就是后来的周瘦鹃。天笑和瘦鹃后来关系很密切，凡瘦鹃所编的刊物，总有天笑的写作，天笑所编的刊物，总有瘦鹃的写作。一自浩劫来临，瘦鹃遭到厄运，时天笑寓居香港，很关心瘦鹃，再三写信给我，探问瘦鹃消息，实则瘦鹃已含冤投井而死，我不能率直告诉天笑，只能含糊其辞。所以天笑直到下世，始终没有知道瘦鹃的悲惨结果。

天笑所提携的后进，还有一位张毅汉。毅汉家境困难，颇想卖稿为生，奈其名不见经传，写稿没人采用，天笑爱才成性，毅汉的作品，加上天笑的名字，算是两人合作。又有一单行本《血印枪声记》，两人一同署名，毅汉也就一登龙门，声价十倍，所有稿酬悉数归给毅汉。毅汉对于天笑非常感戴。某年我主编一刊物，天笑把毅汉的作品介绍给我，以后我和毅汉也颇多交往。

天笑和陈景韩是老朋友，在《时报》时期，常撰时评，两人合作，署名“冷笑”。景韩在上海城东女学教过书，对于同学，铁板面孔，似乎没有一些感情，女学生很促狭，背后称他为冷血动物。后来给景韩知道了，他认为名我固当，在报端即署冷血。冷血对人的确很冷漠，缺少笑容，沉默寡言。他和天笑同事了若干年，后来两人各任其他工作，暌违了相近二十寒暑。一次园艺家黄岳渊邀客欣赏他所培植的名菊，天笑景韩二人在黄氏园中相值，这天，我亦在那儿，总认为景韩虽沉默寡言，一旦遇到二十年不见的老友，一定有许多话要说。不料天笑招呼了他，他略点头，仅说了一句话，“久违了！”天笑也只好回答他，“久违久违！”两人相对无言了。不知道的，以为他们两人有些仇隙，实则两人是很莫逆的。

天笑所编的刊物，除《时报》《小说时报》《妇女时报》外，尚为文明书局编《小说大观》，这所谓“大观”，的确当得起“大观两字，挺大挺厚的每季一册，售价一元，在当时的杂志，每册至多四角，这一元的定价是最高的了。还有一特点，每期所登小说均首尾完全，长篇小说，有十余万言，或二十余万言，均一期登完。这许多长篇小说，后来都由文明书局抽印单行本。又大东书局的《星期》，每周一期，也是天笑主编。他采纳了烟桥的《生活之歌》《海天雁影》《绿叶成荫子满枝》等，毅汉的《生儿的报偿》《男女同学》等。姚赓夔也有作品，赓夔后来改名苏凤，他的先德姚孟起是吴中老名士，复擅书法，为天笑的老师，所以苏凤的成名，也是天笑一手提携的。又长篇署名老主顾的《交易所现形记》，老主顾即江红蕉的化名。当时大东书局又出《滑稽画报》，仿欧美所谓泼克 Puok 办法，用彩色版精印，内容图画文字参半，文字方面由天笑为主干，写了长篇小说《新镜花缘》，奈《画报》只出了两期，《新镜花缘》仅登了四回，不了而了。到了三十年代，成舍我办了一张大报中的小型报《立报》，为什么有这名号呢？因为它规模较大，排场和大报差不多，可是形式却是四开的小型报，该报副刊《花果山》，原是张恨水编的，恨水忽有远行，便拉了天笑来继任编辑。天笑曾写了《纪上海立报》一文，详述经过。

《小说月报》，先后同名有四种，最早为竞立社彭逊之所编。继之为商务印书馆王蕴章、恽铁樵所编，声名最大。三为联华广告公司出版顾冷观所编，冷观慕天笑的大名，可是却素不相识，乃托我作介绍，征到天笑的长篇小说《换巢鸾凤》，登毕了，赓续撰《燕归来》。该刊的发行人陆守伦拟请天笑编《笔记月报》，和《小说月报》成为姊妹刊物，天笑很感兴趣，约了我做他的助手，后来因局势变迁，《笔记月报》成为泡影。年来刊物如雨后春笋，别有一种《小说月报》，以新姿态出现。所以这《小说月报》之名，前后共有四种。

天笑的著作很多，他是南社前辈，我编写《南社丛谈》，把他的作品列为一表，共计一百多种，获得教育部嘉奖者为《馨儿就学记》，当时的国文教科书中，曾取“就学记”片段编入为教材。译本与人合译的，如和徐卓呆合译《怨》《牺牲》。和屺瞻生合译《天方夜谭》。和杨紫麟合译《迦因小传》《身毒叛变记》。那《迦因小传》，林琴南和魏易也合译了这部书，却向天笑打招呼，说明为免书名混淆，他们的书在因字上加一草头为《迦茵小传》，以示区别。《空谷兰》《梅花落》，是天笑由日文翻译过来而加以中国化，经明星影片公司搬上银幕，轰动一时，天笑的大名，几乎妇孺皆知了。天笑有《苦儿流浪记》小说，郑正秋把天笑原作又改编为《小朋友》。后明星公司索性请天笑担任编剧，有《好男儿》《良心复活》《富人之女》《可怜的女伶》等放映都很卖座。天笑在《小说时报》上登载了他的《一缕麻》，这是真人真事的小说，梅兰芳取这故事编演为时装京剧，为梅兰芳在舞台上以时装出现的力作之一。天笑又有一部《留芳记》，写民国以来的朝野史事，而以梅兰芳为书中线索，封面即印着梅兰芳的小影，大有玉皇香吏，暂谪尘寰，碧落侍郎，侨居瀛海之概。又署名娑婆生的毕倚虹，在《申报》副刊上写长篇小说《人间地狱》，笔墨隽永，情节动人，报坛耆宿孙东吴推举这部书为《孽海花》外无与伦比的杰构。某出版社为刊单行本凡六本，这时倚虹逝世，书没有结束，天笑为续二本，得以完成。续集很难写，往往写不好，天笑却写得铢两悉称，因为倚虹所知道的，天笑都知道，抽引攀附，不用费多大力气的。

天笑晚年的生活，都在香港，寓居开平道二号，他是在抗战胜利时期，由他的后人迎养而去的，先到台湾，后到香港。他操觚弄翰一辈子，养成习惯，虽不靠稿费为生，可是每天还得写着数百字或一二千字，寄给各刊物发表，他所发表作品的报纸，都备着双份，一份自留，一份剪下，附在信里给我留存。记得有一种题名《且楼随笔》，约有百则左右，都是些掌故珍闻，我很喜欢，把它粘成册子。有时他把高伯雨所写的掌故笔记，亦加以剪裁，由邮寄来。他喜阅在上海出版的《新民晚报》的《繁星》版，这《繁星》版是副刊性质，由已故唐云旌（大郎）主编，常常登载瞿兑之、周知堂、邓散木一些有质量的东西，我阅过了就寄给他老人家，赓续不断，直至“文革”开始，才不通邮。他的港寓，夏日太阳照灼，窗前种植牵牛花，藤蔓叶衍，以代疏帘。这些牵牛花的种子，每岁由我寄去，色泽各个不同，品类亦各个相异，他老人家悦目赏心，引为乐事。他七十寿辰，女篆刻家藕姑刻赠了“古稀书生”四字印章，当我七十岁，他把这印章移赠给我。天笑尚有苏曼殊写给他的明信片，上有调筝人像，又林白水在临死前数天赠给他的一根手杖，天笑都拟给我保存，因无便人带来而作罢。

天笑最后的沪寓是爱麦虞限路的静村，他离沪赴台，所有书籍图册，都留存在静村。他久旅不归，书籍等失于照料，也就流散殆尽，甚至他自己的作品，也付诸荡然，便托我代为物色，我在旧书铺购到了数种邮寄给他。有一次，我获得他的《留芳记》，立即付邮，他接到这书是上午，恰巧那天下午，得知梅兰芳逝世噩耗，他不胜感悼，在书上题了两句：“着意留芳留不住，天南地北痛斯人。”

他的笔记，在香港发表的，有《且楼随笔》，在上海发表的，有《秋星阁笔记》，都和清末民初的史料有关，但都没有刊成单行本。由于他是小说家的前辈，和翻译欧美小说的林琴南、著《老残游记》的刘铁云、著《官场现形记》的李伯元、著《九尾龟》的张春帆、著《海上繁华梦》的孙玉声、著《孽海花》的曾孟朴，都有接触。其中更和孟朴见面较多。蔡松坡与小凤仙的一段姻缘，是孟朴撮合的，所以天笑谈这事经过，尤为详细：“中国名妓，往往在政海中获有艳名，赛金花之后，更有小凤仙。小凤仙起初是曾孟朴家中的婢女，孟朴夫人身边所雇用的。她是一个旗人，革命以后，旗民生计很苦，便沦为婢仆。性颇慧黠，姿态也不俗，后来她的母亲把她领了回去。岂知她们却把她卖到北京胡同里为妓女，她艳帜高张，便唤小凤仙。那时孟朴也在北京，孟朴与蔡松坡是相识的。因松坡喜欢结交名士，所以常与在京一班名流相叙。他们花酒流连，几无虚日。在清末民初的时候，北里中生涯最盛，原来他们借饮酒看花为屏障，甚至聚一班同志在妓院中，商量军国大事，以避侦吏之目。有一次，小凤仙应征到某一妓院，时蔡松坡、曾孟朴俱在座，而小凤仙见了孟朴，用吴语呼老爷，以示亲昵，松坡因此好奇地问道：你们素来认识的么？孟朴便告以原由，说：她小时节是寒家一侍儿，所以她仍照旧时称呼。既而又戏语之曰：您赏识她吗？我可以为蹇修。松坡觉得小凤仙便娟可喜，并且他正要觅一个地方，与诸名士相酬酢，即点头报可。而小凤仙得识蔡松坡，名将风流，那有不一见倾心的呢。在松坡出走的那一天晚上，蔡正在小凤仙妆阁大宴客，共设八席，称一时豪举。正在觥筹交错，谈笑风生，而不知蔡已登京津火车，逃出龙潭虎穴了。后来松坡逝世，曾开追悼会，小凤仙缟衣素裳，亲来一吊，有一挽联：可惜周郎偏短命，早知李靖是英雄！”那是有人为之捉刀的。按曾虚白为他父亲孟朴所撰的年谱，却有些出入，年谱略云：“孟朴留京时，与蔡松坡常相往来，而孟朴得识松坡，还是小凤仙的介绍。小凤仙原本是杭州一个旗人姨太太的女儿，那旗人死了，姨太太不容于大妇，竟被赶了出来。那姨太太就带着一个老妈子，扶养着小凤仙，过苦日子。过了几年，姨太太也死了，老妈子领着小凤仙，就住在孟朴杭寓的对门，那时孟朴看见了，便商诸老妈子，把这小姑娘领到自己家里来，好好地抚养。不料那老妈子自居养母，缠扰不休。孟朴可怜小凤仙的境遇，与她养母约，每年贴她若干钱，叫她带着小凤仙到上海进学堂，不得让她堕落，养母欣然应允。讵意民元时，孟朴到南京，在友人席上，突遇小凤仙，竟是袅袅婷婷的一个妓女了。一次，孟朴北上，又在北京遇见了小凤仙，她已变成为红极一时的红姑娘，对于孟朴，倒还有一些感恩知己的意思。松坡那时正迷恋于小凤仙，可是金屋之议，因小凤仙不易就范，始终没有办法。松坡知道孟朴与小凤仙很有渊源，因设法与孟朴交，以撮合的重任相委托。后经孟朴从中劝解，成了一段英雄美人的结合，也可说是千古佳话了。”天笑认为：“松坡当时以声色自娱，原是一种烟幕弹，以避袁政府侦探之目，何至有金屋之议，他只要使人知道蔡某醇酒妇人，初无大志，于愿已足。看他后来出走，如出柙之虎，绝无留恋，便可知了。”好得两说出入不大，可资后人考证。

有人见告，蔡死，凤仙飘泊烟花，粉奁脂箧间，留置玳瑁骨聚头扇一把，上有蔡所书浣溪纱词一首：“蓦地相逢油碧车，夕阳流水板桥斜，笑声飞出几盘鸦。新绿眉棱裁柳叶，小红□(此字模糊不辨)扇掩琵琶，粉墙转过是天涯。”书既秀媚，词尤婉丽，但不知是否蔡作？倘出自亲撰，那么蔡的文事足与勋功并美哩。

天笑病逝于香港法国医院，当时《新晚报》的罗孚，笔名“思韦”写了一篇哀悼的文章，开头这样说：“一个不幸的消息，一件希望至少过了明年才发生却在昨天就发生了的事情：包天笑老先生去世了。”原来港地报界和作家，都准备他九十九岁，按习俗为祝百岁大寿，不料竟差一年，已等不及了，认为莫大遗憾。消息传到北京，王益知、黄君坦几位老先生作了挽联，有云“外史不殊吴敬梓，耆年已迈沈归愚”。据高伯雨说，“天笑是我国当代最老的作家，章行严只活到九十四岁，即外国罗素活到九十七岁，萧伯纳九十四，邱吉尔八十九，毛姆九十，他们晚年极少作品，但包老在逝世前两个月还写了数万言。”

琐琐碎碎，写到这儿，打算结束，可是想到尚有几件更琐碎的事，似乎也得述及。

天笑在苏时，居都亭桥承天寺前，对门一井，即宋遗民郑所南沉“铁函心史”处。他喜读《红楼梦》，对于书中人物，最敬爱者为紫鹃。又一同姓包某请人刻一印章“孝肃后人”，他看到了说：“包孝肃当然是包拯，包拯是没有儿子的。”他的手心腴厚红润，相者说他“日后定发大财”，我和他握手，觉得特别柔软，这确是异秉，发财与否，那是不相干的，相者胡说八道罢了。他在香港一切不习惯，既不通粤语，又不喜吃粤菜，因为他的媳妇是广东人，所烹饪的都是广东口味。最妙的，他一次外出，失足倾仆，老年人倾仆容易骨折，可是他毫不损伤，因那儿正在修建房屋，他恰巧跌入黄沙坑中，起了保护作用。他写得一手好小楷，仿佛美女簪花格，朋好们请他写扇写册页，他往往录他自己的诗。他的诗清婉轻蒨，我见辄录存，他为我写的小册子，题为自叹：“已是斜阳欲暮时，不成一事鬓如丝。文章无用人飘泊，惆怅樽前再赋诗。”又自嘲：“悄向尘寰走一巡，南鸿北雁了无因。偶为云掩原非暮，倘遇花开即是春。拄杖乍添新健仆，亡书如忆旧情人。阿婆早已萧萧发，犹作东施强效颦。”感怀二首：“轻衫细葛软风含，千尺深情指碧潭。早起离巢同晓雀，迟眠裹茧作春蚕。山茶虽冷偏多艳，林橘微酸不碍甘。谁道先生归去也，落花腻雨忆江南。”“驱车曳杖出春城，静听风声杂市声。痴婢临妆常作态，奇花满院竟无名。每因得句偏忘韵，不着围棋却有枰。蟪蛄春秋蛮触斗，人间何事不平鸣。”又题曼殊遗墨二绝：“曼殊骑驴入苏州，柳色青青笛韵幽。卸却僧衣抛去笠，偏教遗墨作长留。”“渡海东来是一瘫，芒鞋布衲到姑苏。悠悠六十年前事，忆否儿童扑满图？”(原注：曼殊初到苏州，在辛亥之前，今又辛亥年矣。忆在吴中公学，为我画儿童扑满图之便面，寓意殊深，惜已遗失，今睹此图，如见故人）。又某岁天笑游锡，泛舟万顷堂，后乘人力车至荣巷所见，有一绝曰：“冬桑犹记旧郊风，扶杖呼儿野渡中。秋老亦如人老健，芦花头白映丹枫。”这是锡友孙伯亮抄给我的。他又有一首，记得两句：“笑看儿女都成媪，懒问孙曾读圣贤。”这时恰好搞批孔运动，平襟亚开着玩笑说，下一句宜改为“重读诗书批圣贤”。襟亚和天笑开玩笑是惯常的。有一次，襟亚故意取一别署为“地哭”，和“天笑”相对成趣。天笑住爱而近路时，晚上碰到盗匪，剥掉他的大衣，并一爱而近牌的手表，他认为大衣不足惜，所惜的就是这个和他居住路名相同的爱而近手表，有人给他作首打油诗：“爱而路近天涯远”，他就接着一句：“一日思君十二时”。天笑谈到这事，曾诙谐地说：“我当时可惜没有张慧冲那样的本领，否则大衣和手表，不会损失的。”我问他，“张慧冲有什么本领？”他告诉我：“这位在武侠影片中担任主角的张慧冲，孔武多力，某夜路遇‘剥猪猡’（沪人称劫衣的盗匪为剥猪猡），慧冲一试身手，非但衣服没有剥去，反而盗匪所持的一把手枪，却被他夺了下来，盗匪狼狈逃走了。”此外还有一件趣事，有一次，他赴戚家喜宴，戚家临时请他做证婚人，证婚人是要钤印的，他没有带印来，不得已，戚家找到了一方闲章，请他钤盖，却是“乐此不疲”四个字，朋友们知道了，对他说：“你老人家既对证婚感兴趣，那么我们应当替你做义务宣传，你不妨像书画家订润例一般，定一个价格，这样生财有道，大财虽没有，发发小财，也是一桩生意经呢！”

短命诗人朱鸳雏

南社社员中，多才短命、仅二十余岁即逝世者，有徐天复、邹亚云、江山渊、岳麟书、胡沛平、朱谨侯、陆子美、阮梦桃、孙竹丹、朱鸳雏。鸳雏诗迥出群伦，而坎坷困厄，肺病不治而死，时为一九二一年。他是松江人，名玺，字尔王，为某姓家弃儿，朱氏拾之，松江音读拾如孽，因号孽儿，笔名银箫旧主。曾从泗泾马潄予学韵语，复投邑中耆宿杨了公为寄父，磨砺涵濡，诗益清绵茂美。所居附近有醉白池，曲廊回环，奇石累积，壁端有“云间邦彦图”石刻，尤足恣人瞻仰。鸳雏暇日，辄与吴遇春、俞白壶、张破浪、沈受百、蔡仲瑜等盘桓其间，诗牌酒盏，尽竟日之欢。这时嘉定陈巽倩太史执教两江公学，所有课卷，委鸳雏为之批改，分得酬润，于生活不无小补。他平素喜读林琴南所译说部，如《洪罕女郎传》《雾中人》《红礁画桨录》，各为题诗。姚鹓雏固琴南弟子，文仿琴南，鸳雏乃北面韦鹓雏，尊之为师。所作小记，幽倩峭拔，致趣盎然，邮寄《申报》副刊编辑周瘦鹃，先后凡数十篇。此后瘦鹃为大东书局辑刊《紫罗兰庵小丛书》，列鸳雏小记为《丛书》第七种，名《红蚕茧集》，首冠一小像，印行问世。

鸳雏喜爱新剧，也献身其中，貌娟秀似好女子，因饰旦角，红氍演出，楚楚可人。同时有李子韩（冷），气宇轩朗，善饰生角，二人经常同演，可谓珠联璧合。因此与张破浪、陈念慈、沈浸之等，办松江剧社，宣传社会教育。鸳雏所演《双鸳碑》最受观众欢迎，松沪各报纷纷赞誉。旋由杨了公、姚鹓雏介绍鸳雏加入南社，不意南社盟主柳亚子诗崇唐音，排斥宋诗，实则亚子富民族思想，鄙弃前清遗老，以遗老诗宗两宋，乃因鄙弃遗老，并宋诗亦在被摈之列。社中杨万里、陈后山、胡先骕、闻野鹤、蔡哲夫等，不以亚子为然，引起唐宋诗之争论。鸳雏甘作先锋，展开笔战，亚子少年气盛，一怒而逐鸳雏出社，即在《南社丛刻》二十集上刊登南社紧急布告，附《斥朱玺》一文，时为民国六年八月一日。事隔若干年，鸳雏已下世，亚子回忆之余，在《越风》半月刊上发表了《我与朱鸳雏的公案》，有引咎自悔之意，文中有“我虽不杀伯仁，伯仁由我而死”等语。原来鸳雏体质羸弱，遭此刺激，抑郁寡欢，以致一病不起，终于逝世。

鸳雏夫人许蟾仙，温婉娴雅，伉俪甚笃，鸳雏旅食沪上，书翰不断，鸳雏汇之为《与妇笺》，凡数十通以留念。鸳雏寄蟾仙诗，有“安得米盐诸事了，一家憩脚水云西”，徒成虚愿。自鸳雏死，蟾仙忧伤憔悴，仅隔半载亦玉殒，身后萧条，双棺久厝，未谋窀穸。及李子韩来任松江县长，才和鹓雏相商，发起公葬，从谷水道院发引，直抵云间公墓，执绋者二百多人，在万年堂，由李县长主祭，陈念慈读祭文，叶楚伧撰墓志铭。鸳雏遗一子星曲，一女回春。李子韩认星曲为义子，陈念慈认回春为义女。

鸳雏所遗著述，尚有《峰屏泖镜录》《玉楼珠网》《桃李因缘》《帘外桃花记》《痴凤血》《上海闲话》。又与鹓雏合刊《二雏余墨》，时希圣摭拾杂作，刊《朱鸳雏遗著》。

死于飙轮下的许啸天

市虎杀人，未免有行路难之慨，而所杀的又为掉弄笔墨的我辈中人，那是很可惋惜的。据我所知，最先为林寒碧，继之为沈商耆、李浩然，而上虞的许啸天，也牺牲于飙轮疾驰之下。其时谈不到交通管理，马路如虎口，生命没有保障，这种冤苦，向谁申诉呢！

许啸天，名家恩，字泽斋，啸天是他的别号，又有一别号黄帝子孙之嫡派许则华。他早年即喜欢写作，投寄章太炎、邹蔚丹所编撰的《苏报》，太炎很赏识他的文才。后来他喜欢写剧本，登载于《民呼报》《天铎报》。他的夫人高剑华，能诗文，夫妇俩合辑《眉语》杂志，搜罗许多女子文艺作品，出了十八期，内容是很丰富的。

他著《清宫十三朝演义》，刊成单行本，且曾演于红氍，播诸弦管，给社会影响很大，经过一二十年，不知再版了若干次。自从他被汽车辗死，消息在报上一登载，书贾又大量再版，在报上宣传，又销去数万部，赚了很多钱。

他除了撰小说外，辑成《名言大辞典》，为学者的工具书。五四运动后，提倡白话文和新标点，他首先把《黄梨洲集》《王阳明集》《朱舜水集》《王船山集》《顾亭林集》《颜习斋集》等，加以新式标点。又用白话注解了《诗经》《战国策》《史记》《经史百家杂钞》《小仓山房尺牍》等。在旧小说方面，又标点了《封神榜》《东周列国志》《隋唐演义》《西游记》《三国演义》《水浒传》《今古奇观》《儒林外史》《儿女英雄传》等，均由群学书社发行。

他平素对于话剧，颇感兴趣，参加春柳社、春阳社，粉墨登场，声容并茂。当初上海新舞台所演的时装新剧，如《拿破仑》《明末遗恨》《黑籍冤魂》，所有题材和台词，也都由啸天供给。后和诸同志组织人本剧社、文艺动员剧社，“八一三”之变，社员便风流云散了。

在八年抗战中，他为了避难，步行万里，足迹遍江、浙、皖、赣、湘、桂各省。胜利后一年，复来上海，任教蒋维乔所主持的诚明文学院，我也在文学院和他同事。这时他已蓄须鬑鬑，两鬓斑白，可是拊掌谈笑，还是奕奕有神，绝无颓唐之气。他的夫人剑华，据说和秋瑾结拜姊妹，她是最幼的一个。擅长书法，曾写了一个小直幅赠给我。啸天知道我喜欢尺牍，不论前贤时彦，都在搜罗之列，他就写了一封篆书信寄给我。我辑《永安月刊》，征他写稿，蒙他给了我两篇：《人生何处不相逢》和《十万青年》，都是写他在抗战时期的斗争生活。发表了没有几天，他老人家在闹市被汽车辗死，门生故旧为他开追悼会，这笔稿费，就送到追悼会，作为例外的奠仪。

向恺然熟习武术

民国初年，盛行言情小说，如徐枕亚的《玉梨魂》、吴双热的《孽冤镜》等，缠绵悱恻，满纸哀音，人们称之为鸳鸯蝴蝶派。此后一些作者纷纷模仿，每况愈下，读者觉得厌腻了，一个大转变，喜读虎虎有生气的武侠小说。当时写这一类小说的代表，有“北赵南向”之称，“北赵”指河北玉田的赵焕亭，名绂章，著有《英雄走国记》。“南向”指湖南平江向恺然，生于一八八九年，他著的书更多于赵焕亭，写稿常署平江不肖生。他懂得武术，一九一二年，在湖南长沙创办国技会，提倡中华武术。一九三三年任湖南国术训练所秘书兼教育长。一九四九年，随程潜起义，一九五六年，第一届全国武术观摩表演大会，他任评判委员。他自己也有一手，因此以武侠小说著名于当时，如《江湖奇侠传》《近代侠义英雄传》《江湖大侠传》《江湖小侠传》《半夜飞头记》《江湖怪异传》《江湖异人传》《现代奇人传》《烟花女侠》，其他尚有《双雏记》《艳塔记》《猎人偶记》《玉玦金环录》《留东外史》。《留东外史》是他的成名作，他是早期的日本留学生，尚在明治四十年。他所写的什九是事实。那江鹣霞太后公的哲嗣江小鹣，是位著名的雕塑家，初留学日本，后再留学法国，《留东外史》中的江新，指的便是小鹣。这时上海招商局有一轮船同名江新，是行驶长江一带的，客运货运，生涯很盛。小鹣蓄着一撮羊萌子，人很风趣，他自欧返国，文艺集团星社诸子为他开了宴会，戏问他："近来生意好不好？"把他拟作轮船一艘了。恺然后又续写《留东新史》。

他的《江湖奇侠传》，是他成名之后，世界书局的沈知方请他撰写的。他在上海，杜门不出，从不与人酬酢，适包天笑主编《小说大观》，想请他写小说，可是遍访其人不得，后由《中国晚报》张某的指引，才得访到其寓所在新闸路新康里。天笑有一小文，谈及恺然："向有烟霞癖，寓居一小楼，甚仄。室中除其如夫人外，蓄有一猴一狗。猴与狗时起冲突，全仗主人为之调解。一日，向君对我说：'屋子里有三样动物，都见到吗？'我很诧异说，'只有一猴一狗，怎么有三样动物？'他指着坐在他旁边的如夫人道，'她也算一动物。'他的如夫人握着拳头打他，他笑道，'你难道还是静物，不是动物吗？'他们惯于调笑，不以为忤。向君写稿子，要到半夜才动笔，一直写到天明。他的稿纸很是特别，常写极小的字，长不到一尺的纸，他每行可以写一百四五十字，有时甚至一行写一百七八十字，却是笔直一线，并不歪斜。这样排字工人觉得不很便当，常把它每行截短，从新粘贴起来。他原籍平江，地近苗族，常和我谈苗人的生活习惯，我因此请他以此背景写小说。后来世界书局沈知方，欲请其撰写，我为之介绍。沈以商人头脑，见武侠小说能销行于时，遂请他专写那一路小说了。"

过了一个时期，何键（芸樵）在湖南办国术分馆，请恺然主持其事，恺然欣然应命，离开上海，《江湖奇侠传》尚没有结束，沈知方急于刊为单行本以牟利，便请赵苕狂代作尾语，草草率率，敷衍了事。及书出版，恺然看到了，大不满意。有一次，恺然由湘来沪，知方款宴他，请他再为世界书局写些小说，恺然故意拍拍他的钱袋说："今尚得生活，不再煮字疗饥了。"原来知方付给他的稿酬很低，《江湖奇侠传》这样畅销，除微薄的稿费外，其他一无补酬，他说的两句话是有感而发的。

《江湖奇侠传》，各图书馆纷纷采购。商务印书馆附设的东方图书馆，每日前往看书的络绎不绝。但看文学和科技书的，没有像看武侠小说的那么多，一部《江湖奇侠传》，因看的人多了，翻得破烂不堪，字迹模糊不能辨认，便重行购置，凡十几次，又翻得不成样子了。明星影片公司，把这书拍为电影，取名《火烧红莲寺》，胡蝶饰红姑一角，这时都是黑白片，没有彩色的。为了突出红姑，用人工着以红色，居然吸引了广大观众，连拍了十六集，卖座不衰。因此，这部《江湖奇侠传》，又大销而特销。不料国民党政府，忽下令禁止武侠小说，沈知方不敢发行了。这时平襟亚创办了中央书店，他和知方是很熟稔的，便去拜访知方，直截痛快地对知方说，"这部书，世界书局决不能印行了，触犯禁令，封起门来，这损失是很大的。那么与其搁着，不如给我作一折五扣书印行，万一封门，中央书店范围小，且是独资的，冒冒险无所谓。"知方一想，这个人情乐得做，便无条件让给了襟亚，一折五扣，销行之广，为任何小说所不及。那国民党政府的禁令后来并未完全实行，因此襟亚在这部书上，大发其财，出入汽车代步，很是神气。知方深悔失策，收还自印，可是由于襟亚一折五扣的大倾销，到了饱和点，畅销一变而为滞销了。

恺然写《江湖奇侠传》，是载登《红玫瑰》，同时世界书局尚有《侦探世界》月刊的发行，由陆澹安主编。以侦探稿不足，兼登武侠小说，又约恺然别写一长篇，当时恺然所标的一个篇名，澹安认为不够通俗，改为《近代侠义英雄传》，且每回加以评语，后来也刊单行本。这书所记，大都是实事，没有《江湖奇侠传》的诞怪离奇，销数较逊。那《玉玦金环录》，是排日登在《新闻报》的副刊上，登毕也刊印了单行本。其他几种，销行不多。恺然是写惯长篇的，大开大合，游刃有余，他也偶然写短篇小说，那就虎头蛇尾，不够精彩了。

某年，我辑一刊物，适恺然又来上海，寓居大东旅馆，我想请他写些稿，特去拜访他。他颀然身长，一见如故，因他的自族某，我曾执教过，有些渊源的。他说：“抛荒笔墨已久，不拟重作冯妇。”闲谈之下，我问他：“尊作《江湖奇侠传》，有昆仑派和崆峒派之争，是不是有这两派？”他说：“这是出于虚构，只有少林派、武当派等等，昆仑派和崆峒派是没有的。且武侠小说，动辄飞檐走壁，读者认为本领大得很，实则古时屋舍，大都是低矮的，所以飞檐走壁，不算了不起，若然是现代建筑，二三十层的高楼，便属不可能的事了。”

他偶事吟咏，秘不示人，我却获见其闺情一首：“微风细雨酿春潮，红杏枝头渐放娇。不惜苔痕粘绣履，金铃亲自系花梢。”诗虽不算怎样，但物稀为贵，也就录存在此。

写到这儿，又想到向氏的无端受讥事。上海某书商发行《国术大观》一书，以向氏名重一时，托人转恳向氏在《国术大观》中，列一编辑之名，以增光宠。及书出版，其中有一篇，谓：“太极拳的单鞭，一无实用。”岂知其时有陈志进其人，对于国术有相当研究，瞧了大不以为然，便致书向氏，有云：“《国术大观》之作，以内容言之，名不副实，似不足称为《大观》。

且对于太极拳，尤不免有门外汉之议论，恐为识者所笑。孔子曰：‘知之为知之，不知为不知，是知也’，何必强不知为知，作一知半解之言，而贻笑大方。太极拳练柔以至刚，防身之法，莫善于太极拳，而君所知者，只为单鞭，可云陋矣！盖用拳之道，与医家用药无二，药无论贵贱，宜用得其当，拳亦如之。单鞭自有单鞭之用，不能因太极拳有单鞭，遂以为其他手法亦单鞭之类则误矣。我国拳术之不发达，由于学之者，学此而轻彼，学彼而轻此，未窥门径，即露轻视之态，略知梗概，未知其奥。辄议论其短长，多见其不自量也……”向氏立致一复书，说明《国术大观》与彼无涉，并责志进不应冒昧相诮，因此书信往来，大开笔战。结果二人由相嫌而成相契，向氏介绍志进同主湖南国术分馆事，是真所谓“不打不成相识”了。

梅兰芳的家庭生活

梅兰芳为我国四大名旦的翘楚，在抗战时期，蓄须明志，不为敌伪演出，又是爱国艺人的典范。他的私生活相当严肃，不吸烟、不喝酒、不狎邪、不赌博。他培植的许多弟子，如程砚秋、张君秋、言慧珠、杜近芳等，都具很高的艺术造诣，享有很高的声誉。

兰芳，名澜，字畹华，一八九四年旧历九月二十四日诞生于北京李铁拐斜街，一九六一年逝世。他的祖父梅巧玲，伯父梅雨田，父亲梅竹芬，直至他的后人梅葆玖、梅葆玥，剧艺四代相传，成为梨园佳话。

他幼年家住北京百顺胡同，和杨小楼为比邻，多少受到些杨氏的熏陶。又正式拜吴菱仙为师。十一岁，开始在广和楼演《天仙配》，雏凤清声，不同凡响，崭然露着头角。他在北京居住无定，先时情况，这手迹犹留在我处，如云："古稀人健，美眷如花面。滴滴音娇歌宛转，醉酒游园都便。年时创展新声，名驰京国欢腾，重见太平乐府，春风万里龙庭。"湖帆于"文革"中受屈而死，这纸也是可珍的遗墨了。诗人王退斋，与兰芳为泰州同乡，为了纪念兰芳九十周年，绘了一幅遗容，广征题咏，我也题诗首："莫问今人犹昔人，唱残白雪值阳春。梅魂菊影商量遍，合配琳琅万轴身。"前二句集王荆公，后二句集龚定盦，似乎尚为切合。

兰芳乐于接受观众的意见。对人和蔼可亲，同台演剧，不论配角与跑龙套，下了台，必向之拱手道"辛苦"。

他的夫人福芝芳，人称福中堂，诸弟子呼之为香妈，本来也有声红氍，一自嫁了兰芳，便放弃舞台生涯，主持中馈，处理家务，井井有条，使兰芳无内顾之忧，专力于剧艺创造。兰芳患心肌梗塞不治死，所有班底，有找不到职业的，由芝芳资助生活。数年前，又挟资来到上海，访问和兰芳有旧而沦落的，一一有所赡贶，又带了许多与兰芳合拍的照片，分给其人，或其后裔，以留鸿雪。有冯幼伟其人，为赏识兰芳的第一知音，在浩劫中辞世，骨灰无人领取，被埋荒烟废墟中，芝芳辗转探询，才得找到，请人把骨灰匣发掘出来，携往北京安葬。

半路出家的欧阳予倩

最近我获得一通欧阳中鹄的尺牍，他是湖南浏阳人，著有《瓣姜文集》，谭嗣同、唐才常都拜他为师，又是欧阳予倩的祖父，因此就想到一度和我同事于新华影业公司的欧阳予倩来。他名立袁，又名南杰，号小草，予倩是他的字，生于一八八九年五月一日。他读书经正中学，诚校教师有几位是同盟会会员，所以他的思想，受到反清革命的影响。此后又留学日本，认识了李叔同，参加了开风气之先的新剧团体春柳社。李芳远有《春柳时代的李哀先生》一文（李哀即李叔同丧母后的署名）："他们拜晤了戏剧家藤泽浅二郎，得到他的帮助和指导，于是大胆地组织了一个春柳社。其先发起而算其中最早的杰出人才，要推曾孝谷和李哀二先生。稍迟加入的有欧阳予倩、陆镜若、马绛士，在日本演过《黑奴吁天录》等，在戏剧艺术上得到甚大的成功。"该剧的小海雷一角，就是予倩扮饰的。予倩谈李叔同，有那么一段记载："他（指李叔同）的脾气，却是异常的孤僻。有一次，他约我早晨八点钟去看他，我住在牛区，他住在上野不忍池畔，相隔很远，总不免赶电车有些耽误。及我到了他那里，名片递进去，不多时，他开了楼窗，对我说：'我和你约的是八点钟，可是你已经过了五分钟，我现在没有工夫了，我们改天再约吧！’说完，他便一点头，关窗进去了。我知道他的脾气，只好回头就走。”这是春柳时代的往事，大家引为趣谈。

予倩对京剧很感兴趣，就揣摹起京剧来，请益于青衣小喜禄、江梦花和陈祥云，每天清早起身，到味莼园(俗称张家花园)空旷处练嗓子，寒暑不辍，直至一九一六年，半路出家任京剧演员。他往往自编自演，据他的女儿欧阳敬如的统计，予倩自编自导的有《晚霞》《宝蟾送酒》《馒头庵》《鸳声剑》《鸳鸯剪发》《黛玉焚稿》《王熙凤大闹宁国府》《摔玉请罪》《卧薪尝胆》《青梅》《仇大娘》《嫦娥》《申屠氏》《人面桃花》《哀鸿泪》《杨贵妃》《最后知侬心》《潘金莲》，大都取材于《红楼梦》《聊斋》《今古奇观》等，借古以讽刺旧社会的黑暗面。尤以《潘金莲》一剧，他自饰潘金莲，把潘氏作为一个叛逆的被压迫的女性来描写，翻了案，成为正面人物，可见他的革新精神，迥异凡流了。但我仅看到他的《宝蟾送酒》，其他都没有看到，引为莫大的遗憾。

他对于当时的京剧和影剧有这样的看法，认为犯同一的毛病，就是剧情过剩。看了说明书，情节曲折，头绪纷繁，然表演时间，有相当的限定，那么往往匆遽急促，不能畅其发挥，尤以京剧为甚。只见慌忙上场，慌忙下场，虽极可做戏处，也任之轻轻放过，这样还有什么精彩可谈。所以他以为与其剧情多而戏少，不如剧情少，而戏多。寥寥数语，却是很中肯的。

他和梅兰芳颇多交往，很钦佩梅兰芳古典舞蹈上卓越的成就，打算写一本《梅兰芳的舞蹈艺术》，可是没有成为事实，他另写了《唐代舞蹈》。

予倩对电影工作颇有研究，他写了一本《电影半路出家记》，编了《玉洁冰清》《三年以后》《天涯歌女》《清明时节》《小玲子》《如此繁华》《木兰从军》《梁红玉》《新桃花扇》等。《新桃花扇》由新华影业公司出品，该公司的办事处，设在共舞台京剧院的前台。共舞台的京剧，重机关布景，在设计过程中，先制小模型，给布景主任审察，认为妥善了，才制正式大布景，以避免浪费材料。这个办法，予倩大为赞同。

予倩一度应张季直的邀请，和梅兰芳同赴南通演剧，一经海报登载，轰动一时。并主持南通伶工学社，又编了一个册子，名《梅欧集》，图文并茂，成为挺厚的纪念本。宋代诗人，有梅圣俞和欧阳修，时称梅欧，所以梅欧二字联起来，很现成。我友赵眠云获得了梅兰芳的画梅扇，一面空白，颇想配上予倩的手书。这时予倩寓居复兴西路的颖村，我去求他，居然立即挥毫，行书是很遒秀的。予倩又能诗，参加南社，夫人刘倩秋工绣，有“针神”之号。当时某杂志曾铸版登载。他藏有谭嗣同写给他祖父中鹄的尺牍，凡二十一通，临卒前献给公家。他的著作除上述以外，尚有《一得余抄》《予倩论剧》《舞台小札》《自我演戏以来》《话剧新秧歌与中国戏剧传统》《全唐诗中乐舞资料》等。他的《忠王李秀成》一剧，更具有重大的现实意义。予倩于一九六二年九月二十一日逝世。

一代艺人冯春航

柳亚子的“上天下地说冯郎”，冯郎就是指冯春航而言。春航生于一八八五年，艺名为小子和，以别于京剧青衫的常子和。在民初，经氍毹上小子和的声誉非常子和所能及。他的扮相和演艺，的确有独到处，享名不是幸致的。

春航有鉴于旧社会轻视伶人，凡学校招生，例定倡优隶卒的子弟，不准入正规的学校读书，所谓“优”即优孟衣冠中人。后来无锡俞仲寰，廉南湖（泉）等，在上海创办文明书局，附设文明小学，秉着孔仲尼“有教无类”的垂训，打破此例，京剧演员夏月润的儿子，便在该校读书。但文明小学是为文明书局职工的子弟办的，不能例外多收其他学生。且一些伶工颇多自己失学，尚需学些文化，子弟的读书，更不必说了。况即使有读书门路，也付不起学费，只得抱向隅之叹。春航身为伶工，时于同道深为体恤，毅然斥资办一伶界义务半日学校。我友汪仲贤知道春航办学的经过，为迓该校收录的学生，不限年龄和资格，凡是伶界中人，都能去读书，一切经费，均由春航负担，他又自任校长兼教师。有时聘请一些名人来讲课，这时春航自己也会坐在课室中当学生。因不限年龄，学生中年岁最大的，有将近五十的宋志普，有已成名的赵桐珊，他和荀慧生、尚小云为师兄弟，艺名芙蓉草，声誉是很高的。除了各戏院的演员外，尚有许多管箱的，和演员的跟包来当学生，春航也给予平等看待。学生由十数人至数十人，直至一百多人，春风时雨，表率同伦，的确是很难得的。

他自己好学不倦，柳亚子介绍他参加南社，乃从同社张冥飞、陈越流学诗，一经指导，即能吟咏。《南社丛刻》载其湖上诗云："此日别杭州，何时续胜游。山灵如识我，再放木兰舟。"又彼在杭州演冯小青一剧，且凭吊小青墓，有诗云："小青遗迹尽徘徊，若梦浮生剧可哀。千古湖山一荒冢，曾移明月二分来。"又忆孤山："柔风细雨黯杭州，遥忆湖山幽处游。长笛一声云际落，恍闻嫠妇泣孤舟。"冥飞有附识："春航学诗于越流，有巧思而句不能工。五月余晤之于孤山，以留别诗见示，因为改定，并言作诗之法，不外眼前景物，雕镂而成。今重晤春航于沪，则已自立课程，颇能致力，又前者孤山之游，景物良佳，而春航苦不能收束于绝句中，余使试用前韵，连缀成句，酌易数字，居然合作矣。识此以见春航之会心。"春航又努力学书，亡友朱剑芒著有《南社感旧录》，述及其事："春航喜研习书法，自与余相稔，时以晋唐以来之书学相叩，余以学书当先识篆隶告之，春航遂遍购隶篆法帖，请余指导笔法，余遂以门下士贺君所赠之北宋拓石鼓文转贻之，春航得之狂喜，临摹三月，居然有神肖处。嗣复习绘事，闻海上书画会副会长黄克明君，执贽往谒，坚邀余作介，既晤，黄嘱试涂木芙蓉数叶，许其能，约翌日授艺，及复往，则黄于午夜急疾暴卒，正阖室举哀，吊客盈门矣。春航亦哭于灵前，尽弟子礼，黄之家人，以春航实未一日受业，欲璧返其贽仪，春航曰：我实不幸，弗获承师教，师固面许我立门墙矣，却我贽仪，不将使师生名义湮没耶！闻者莫不叹春航之知礼！春航一九四二年逝世。我曾见其遗墨，一为朱大可作屏幅，一为钱化佛写纪念册，一为诗人陈微明书扇，陈诗以谢之："清风生坐隅，美人贻纨扇。颜色日益新，交亲日益故。"春航子玉珍，媳魏黛珍在南京，犹与我通问。

李伯元推销《官场现形记》

年来出版界对于清末谴责小说，加以选辑，久已绝版的有好多种重复印行了。尤其认为李伯元的作品具有一定的价值。他是江苏武进人，名宝嘉，别号南亭亭长，一八六七年生于山东。三岁父死，由堂伯父李念之扶养成人，一八九二年，念之自山东辞官，伯元也随之回乡，卜居常州青果巷。过了两年，念之逝世，伯元来上海创办《指南报》，继办《游戏报》。他自己的作品，常署游戏主人。后改办《繁华报》，不久商务印书馆聘他编辑《绣像小说》半月刊。在这半月刊中，载有署名讴歌变俗人的《醒世缘弹词》，宗旨在破除迷信，反对缠足及吸食鸦片等恶习，也是出于李的手笔。

李的名作，有《文明小史》，它全面地反映了满清末年，在维新运动中，在帝国主义侵略下的旧中国的形形色色，讽刺了封建知识分子对于文明的误解，揭发了外国传教的横行霸道，更痛斥了对外屈膝求和，对内残暴压迫的统治阶级。陆侃如的《中国文学史》认为“他的描写，的确能在一定程度上体现了新与旧的冲突与转变”。又《活地狱》，李写至三十九回即病卒。吴趼人续两回，欧阳巨源续一回，共四十二回。又《海天鸿雪记》

二十回，描写青楼生活，揭发特殊愁惨的社会阴影。又《庚子国变弹词》四十回，完全写实。这时陕西臬司冯仲梓，于赵舒翘赐死事，亲睹赵宛转死难之状，后冯看到了这部弹词，也深赞他描写的真实。又《中国现在记》十二回。尤其受读者欢迎的，要算那六十回的《官场现形记》。该书专对封建官僚的昏庸、卑鄙、贪污、残酷，力加谴责，把他们比为仇人、强盗、畜生，笔触是很尖锐而辛辣的。且什九为实事，如第三十八回的丫姑爷乘龙充快婿，影射湖北协统张彪。第四十三回的八座荒唐起居无节，那是指张之洞而言。四十四回中提到的太监黑大叔，便是李莲英。若细心阅读，更能发掘出许多真人真事来。

李和楚园主人刘聚卿（公鲁的父亲）是老朋友，常通书札，有一札致刘聚卿，谈到《官场现形记》，确是小说考证的大好资料。札云：

拙著《官场现形记》随手拈来，绝无成见，不料督幕赵君（疑即书中的西席周大爷或赵大架子），竟因此辞馆，殊出意外。刻三编已付排印，约七月中旬出版，当将赵君原书，附刊书后，以代表白。洁身远嫌，弟转深佩其人。此书第一二编，皆承公代售若干部，三编既有此嫌，不敢复托，我辈文字交无所不可，官场疑忌最多，不能不为我公计耳。兹将历年所积谈丛、《时事嬉谈》《滑稽新语》等稍加编辑，得书二十本，拟改版精印二千部，竟非千金不办，平昔文字交已集得数百金，颇望公为筹两三数，能借我毛诗(按即三百元）尤感。九月出书，后一月，即可归楚，此举颇觉冒昧，知公提倡风雅，或不竟绝我也。

另一札：

拙著《官场现形记》初编、续编各一部，祈赐教为幸。另初、续编各十五部，《夺嫡奇冤》十册，寄存尊处，倘同人中有欲购阅者，便乞销去。琐琐奉渎，不安之至。

李在上海先后共十年，其他著作，尚有《南亭笔记》《南亭四话》(即诗话词话联话曲话》《芋香印谱》《艺苑丛话》《尘海妙品》《奇书快睹》等。著《官场现形记》时，住在南京路附近的劳合路(现改名为六合路)。那劳合路一带，是雉妓卖淫的大本营，他在大门上贴着一副梅红笺的春联："老骥伏枥，流莺比邻"，上一句可见他的满腹牢骚，下一句却又风趣得很。这位老人家的胸怀态度，不难在这一联中体会出来。他又能画，但不多见，有一幅藏于常州博物馆。

商务两耆宿——高梦旦和张元济

商务印书馆人才济济，尤多耆宿，高梦旦和张元济两位，可称耆宿中的代表。

先谈高梦旦。高名凤谦，梦旦是他的号，福建长乐县人。他的长兄歗桐，为有名的古文家，所以他幼时，即以长兄为师。为文不尚虚浮，创写实体，在杂志上发表，署名崇有。梁启超创办《时务报》于上海，他投稿《论废除拜跪事》，梁阅后，大加称叹，从此书札往还，月必数次。

那位提倡文字改革的先进劳乃宣，任浙江大学堂监督，聘高为总教习，后来大学堂选派学生十人赴日本，高率学生东渡，任留学监督。在日年余，考察该邦所以兴盛之故，首在教育，而教育以小学为基础，因发愿编辑小学教科书，解职归国。

这时商务设编译所于蓬路，张元济任所长。高既返国，和张一谈小学教科书的重要，张立聘高入商务，任国文部长，主编小学国文教科书。他先定全部计划，然后着手编辑，采用合议制，列席者如蒋竹庄、张元济、庄百俞等，由任何人提出一原则性问题，共认为有讨论价值的，互相讨论，不厌其烦。第一册稿成，他每夕携之而去，遇到知友，请他批评，认为识力有限，必须集思广益，以求至当。国文第一册出版，全国采用，历时两年，全稿八册完成，于是这《最新初等小学国文教科书》，在教育界占势力者十余年。修身、历史、地理、唱歌、字帖等教科书，同时并出。他瘁心竭力，计划周详，渐由小学扩充至中学、师范，陆续出版，贡献的确是很伟大的。

他感觉到我国尚没有一部新型辞书，举凡新旧名词，中外典故，必须广事搜罗，作精确的诠释，系统的编制，他就创议编纂《辞源》。于所中另设辞典部，请常州陆尔奎为主编，编纂工作，始于前清光绪二十四年（一八九八年），历时十八年而告成。他没有一天不参与其间，常和陆争辩不休，一如编辑国文时的态度。出版后，大家认为这是一部研究学术的唯一工具书。

高在名义上虽为国文部长，而于公司全部规划，大都由他手订。每一稿件，他逐项加以估计，没有多时，即成一表，这书成本若干，定价又几何，虽老于印刷的，没有他的敏捷和正确。他尝对人说："从前人说，俗士不可医，我说雅人最没用；雅人只知吟风弄月，对于日用的权度数目，有时且不能辨。试问这等人于世何益？"

五四运动，新思想的高潮，普被全国。他这时任商务编译所所长，便起而响应，聘用新人物，刊行了许多合于新思潮的书籍，把《东方杂志》《小说月报》《妇女杂志》，内容全部革新。尤其《小说月报》，由茅盾、郑振铎先后为编辑，他甚至把爱女君箴许配给郑振铎，并称郑为"新文学运动的一位良好的辅导"。所以商务以出版界的权威来提倡新文化，和最高学府的北京大学，成为南北两大主导。这不能不归功于北大的蔡元培、商务的高梦旦。

谈到四角号码检字法，大家知道是王云五创制的，实则不然，那是由高梦旦鉴于《康熙字典》检查困难，他苦思力索，改革部首，其法但管字形，不管字义，把旧字典的二百四十部，就形式相近的并为八十部，并确定上下左右的部居；这样他自己认为不够彻底，再事研究，又经过几度改进。一九二〇年，王云五入商务，他知道王对于此道，颇感兴趣，便把自己钻研若干年的成绩交给王来完成罢了。

他的著作，有《十三月的新历法》。这是他读了沈括的《梦溪笔谈》而引起研究的。又《简字方案》《度量衡方案》《废两为元后处理辅币的小问题》。

张元济，字菊生，海盐人。一九五七年九十大庆，各界人士为他祝寿，曾经热闹过一番。他兄弟三人，都生长粤中，原来他的父亲官广东某县知县。父亲故世，家道中落，靠着他开门授徒，和应书院课试所得膏火钱，聊以度活。戊子中举，壬辰点翰林，授庶吉士，后受上海南洋公学之聘，任译书院院长。为了印书，常到商务去校勘，遇到了夏瑞方，两人一谈，非常谈得来，夏正想扩充商务出版事业，便聘他主持编译事务。当军阀总统曹锟执政时期，拟印《四库全书》二百部，为流传保存之计，曾委朱启钤为监印《四库全书》总裁，电请张元济入京商议印书事宜。结果没有成为事实，原因乃曹嬖人李彦青从中向张私索三万元，张不屑和这卑鄙无耻之流打交道，就向朱启钤婉谢。说：“印这部《四库全书》，卷帙浩繁，须历时五年至十年之久，且目前国内所有的纸张，尚不够用，商务印刷厂条件又太差，只能以后再谈。”过了若干年，商务才承中央图书馆委托，影印《四库全书珍本初集》，据故宫博物院所藏文渊阁本，缩成六开本，共一千九百六十册，于一九三五年全书出齐，也都是张元济从中计划的。后又就经史子集四部中各选其一，如《皇祐新乐图记》《绍熙州县释奠仪图》《家山图书》《钦定补绘萧云从离骚全图》。书版尺寸，完全照着原式，用宣纸朱墨两色套印，粉连史纸衬叶，卷首有校勘官衔，黄色标签，封面分用四色彩绸包装，一如文渊阁藏本原制。

张所主持影印《百衲本二十四史》，由商务发行，这对于史学界是很有功绩的。他不惜资金，搜罗宋元旧刻本，一一影印，然旧本年代久远，不免有残缺及烂叶等情，他就登着广告，访求诸史阙卷，甚至有些流入日本和欧美各国图书馆、博物馆的，便设法拍着照片本弥补缺憾。有些原底黯黑，影印不清楚的，就原底填描白粉衬托出来，真是惨淡经营，不遗余力。结果，各史都很：满意，只有旧五代史得不到薛居正原书，不得已求其次，用吴兴刘氏刊原辑大典本。但一方面仍登报重价征募薛氏原书，始终没有藏家应征才罢。

在影印《二十四史》之前，曾发行《续古逸丛书》，就宋刊原式影印，开中国复印善本古书之新纪元。又创立涵芬楼，由涵芬楼扩充为东方图书馆，全馆虽毁于“一·二八”之役，然涵芬楼所藏古籍得免浩劫的，尚有数万卷。这种功绩，是昭彰在人耳目，不容湮没的。

记上海耆绅——李平书

若然谈到上海耆绅沈缦云、王一亭，那就要联想及于李平书先生了。他讳钟珏，从小即负才名，楷法钟王，行书近赵松雪，圆润明净，很有声誉。光绪乙酉的优贡，丙戌朝考一等，以知县签分广东，历宰陆丰、新宁、遂溪等县，曾一度和法人交涉，力争主权。张之洞督鄂，招他去襄助政务，很有成绩，后充江南制造局提调。

他又和王一亭、孙玉声、郁屏翰辈主办商余学会。这商余学会集合了许多爱国热烈的商界青年，从事革命工作。称为学会，无非为烟幕弹，掩蔽清吏的耳目罢了。那会址设在沪南一粟庵，后来迁至青莲庵。平书便是商余学会的会董，设法购备了许多枪械，改组为商团，每天到九亩地去操演，祈寒盛暑不辍。辛亥之役，陈英士攻打制造局，就是这班商团的力量。后来河山光复，陈英士为沪军都督，对于平书领导这班商团，奋勇当先，颇著勋绩，着实的优礼有加，一再颁奖。既而袁项城具帝制野心，深惧商团的阻碍，为先发制人之计，特遣他的爪牙郑汝成来，诬指商团为乱党，把所有的枪械一股拢强迫缴了去，平书也被嫌，远游东瀛。

他在东时，读书赋诗，临写李阳冰篆书作为消遣，自号且顽老人。凡两年年余，返国，便在昆山创设蚕桑学校。就校旁的隙地，筑庐为休退养静之计，这时，他往来昆沪，颇觉自由自在。七十后，复以地方人士的公举，服务市政数年。

他生平嗜古，收藏唐宋元明清名画法书丛帖，特聘名画家王念慈替他鉴别真赝。每岁春秋佳日，常把他平泉书屋所藏开展览会，供人参观。他老人家，死于丁卯年的冬天。沪上人士，因他有功地方，醵金铸像，并议定私谥通敏。这铜像置存于大南门外的火钟楼头。抗战前，鄙人住在大南门阜民路，时常去瞻仰他的遗像，据闻这铜像至今犹完好未损。最近辛亥光复上海商团同志会，假豫园萃秀堂开了一个大规模的会议，拟在陆家滨辟地筑一辛亥商团为国捐躯的烈士纪念堂，把这平书铜像移到那儿去，设着石座供列出来，想平书地下有知，定必含笑色喜哩。

袁寒云的一生

谈到袁寒云(克文)，一般人似乎对他还不十分陌生。他是洪宪皇帝袁世凯的儿子。世凯多妻妾之奉，生子凡十六人，都以“克”字为名。最长者克定，克文行二，他的生母金氏，为韩国贵族，世凯使韩，韩王选贵族女四人赠世凯，他的生母，即其中之一。从世凯三十余年，生克文，克良，女叔祯、环祯、琮祯。原来世凯之女，都以“祯”字为名。世凯洪宪失败死，生母金氏，未逾年亦卒于天津寓所，年四十九岁。遗产请徐世昌分派，每份八万元，克文得双份，因世凯沈氏妾无后，以克文为嗣子，亦得一份。

克文昔年曾有自述一文，足为证考，如云：“维岁庚寅(前清光绪十六年)，克文生于朝鲜汉城。降之日，先公假寐，梦朝鲜王以金链锁引巨豹来赠，先公受之，系豹堂下，食以果饵，豹忽断链，直窜入内室，先公惊呼而觉，适生文。先生母亦梦一巨兽，状亦豹也，先公遂赐名曰文，命字曰豹焉。文年五岁，遭甲午之战，侍先祖母暨家慈母先生母，自朝鲜返国，先公继归，旋奉诏训旅，次军小站，文从焉。六岁识字，七岁读经史，十岁习文章，十有五学诗赋，十有八，以荫生授法部员外郎。

岁戊申，清德宗及孝钦后先后崩，逊帝继立，载沣摄政。先公以足疾罢官，文亦弃官从归。侍居洹上，日随先公营田园，起亭榭，疏池沼，植卉木，饮酒赋诗，极天伦之乐事。辛亥武汉变作，先公再起督师，命文守洹上，处四方危乱之中，得苟安焉。先公班师，亦奉眷属北上。国难方定，而家祸兴，文不获已，走海上。未几，先公觉为宵人间谗，亟遣使召文归。文感于先公之慈明，不欲复以不谨累先公忧，遂放情山水，不复问家国事。乃北望居庸，登翠微；东游泰岱，观日出；南浮海，挹吴越之胜；溯扬子江而揽金焦；中历嵩高，窥龙门，仰太昊陵，陟百门陂；复东渡汶水，拜孔林，瞻历朝衣冠文物。虽天下未临其半，而名山大川，已足荡胸兴感矣。乙卯，任清史馆纂修，与修清史。杨度等忽倡革政之谋，十一月，尊先公为皇帝，改元洪宪，忽有疑文谋建储者，忌欲中伤，文惧，称疾不出。先公累召，不敢辞，遂陈于先公，乞如清册皇子例，授为皇二子，以释疑者之猜虑，庶文得日侍左右，而无忧顾焉。先公允之，文乃承命，撰宫官制，订礼仪，修冠服，疑者见文钤皇二子印，笑曰：无大志也，焉用忌。丙辰，先公殂。昔先公居洹时，曾自选窀穸地，在太行山中，邃而高旷，永安之所也。及先公殂，群议葬事，文以太行山地请，大兄独不可，欲葬洹上村左，以其地迩，便祭扫也。文力争不获，彼且迫扼，使不可安处，遂遁走天津。先公之葬，竟不得临，此文终天之恨，而不或逭之罪也。十一月，先生母又卒。初文奉慈母南迁，闻先生母病，星夜北驰，及至天津，而先生母已于前一日遐逝矣。弥天之痛。一岁而两丁之，心摧肠崩，而生气尽矣。乃橐笔南下，鬻文于海上。先公召文曰：人贵自立，不可恃先人之泽，而无所建树，建树之道，始于学问，观夫贵豪子弟，多不识一个字，而骄奢淫逸，终至破家亡身，求一棺而不可得者，咸有所恃而自堕也。文书之绅，铭之心，不敢忘焉。今文始三十，正有为之年，面天下嚣攘，群以利征，甘屈躬以求辱溷，此暂侣于烟霞，苟活于刀笔，岂得已哉，岂能已哉！”以上云云，颇多讳言，最为显著的，如袁世凯窃居帝位，而作为由于杨度的推尊，而处被动地位，这是不符合事实的。谈到他们弟兄之间，确有难言之隐，那矛盾是很尖锐的，所以他自比陈思王，一则认为才华足与曹子建相埒，二则煮豆燃萁，同于子桓之迫害，所以弟兄参商，克定归洹上，克文便寓天津。克定赴天津，克文即返洹上，两人是不相往还的。后来克文死，有黄峙青其人哀挽诗云：“风流不作帝王子，更比陈思胜一筹。”即从子建故事而推进一层说法的。

克文的夫人刘姌，字梅真，安徽贵池人，父为盐商，饶资财，捐候补道，与袁世凯相结纳，遂成姻戚（伯雨案：梅真之父名尚文，非盐商，他在天津候补，寒云知其女美，故托人求亲。寒云之内弟名懋贻，今在美国，年亦八十一二矣。周志辅先生为懋贻表弟，周君所告也）。梅真能作小楷，又擅吟咏，著有《倦绣词》，常与克文唱和，或比诸赵明诚与李清照。江南苹女士为刻“俪云阁”印，以博夫妇双粲。克文长子家嘏，字伯崇，号天纯，娶方地山女方根，字初观。当双方定婚，毫无仪式及世俗的礼币等，两亲家交换了一枚绝世稀珍的古泉，及结婚，仅在旅邸中一交拜而已。地山有一联云：“两小无猜，一个古泉先下定；万方多难，三杯淡酒便成婚。”当时步林屋也撰一贺联云：“丈人冰清，女婿玉润；中郎名重，阿大才高。”原来方地山名尔谦，别署大方，为名驰南北的古泉专家，且工联语，有联圣之目。他是克文的老师，又是儿女亲家，是具有双重关系的。克文之次子家彰，字仲燕，号梦清。还有三子家骝，字叔选，号用礼。据说家骝为克文外室花元春校书所生。这时克文年二十余，花元春却比克文大六七岁，夫人梅真知道了，大不以为然，所以未能进门，不久病卒。然家骝读书很勤，留学美国，成为科学专家，在诸子中最露头角。最小的一位名家楫。克文喜冶游，当初次来沪，彼时袁世凯尚在，他以贵公子身份，遍徵北里名花，大事挥霍；及归，送行的粉黛成群，罗绮夹道。他非常得意，认为胜于潘郎掷果。此后又在津沽上海一带，娶了许多侍姬，如无尘、温雪、栖琼、眉云、小桃红、雪里青、苏台春、琴韵楼、高齐云、小莺莺、花小兰、唐志君、于佩文等都是。但这批妾侍不是同时娶的，往往此去彼来，所以克文自己说："或不甘居妾媵，或不甘处澹泊，或过纵而不羁，或过骄而无礼，故皆不能永以为好焉。"姬人中之栖琼，梅真夫人极喜欢她，斥私蓄三千金代为脱籍，常和栖琼出观电影。《寒云日记》中，一再提到。另一姬人眉云于民国十八年冬，在天津逝世，克文哭之以联，为侍姬入庙之一人。相处最久的则为唐志君，志君，浙江平湖人。克文有《平湖好》《平湖灯影》《平湖琐唱》等作，即纪与志君同赴平湖事。志君能文，曾在上海《晶报》上写《陶疯子》《白骨黄金》《永寿室笔记》等，由克文润饰，更觉斐然成章。克文和她同居上海若干年。克文疏懒异常，朝夕偃卧衾中，吞云吐雾，与阿芙蓉结不解缘。古董书籍，堆置枕畔，肥猫二头，呼曰"大桃""小桃"，跳跃于被褥之上。克文见客谈话或撰文，仅欠身欹坐。饮食都由志君悉心侍奉。后志君离去，竟为人批命以自赡，有人劝她以袁皇帝之媳妇登报号召，一定生涯鼎盛，可是志君不愿意这样做，后来克文逝世，噩耗传沪，志君听到，亲到晶报馆详询情况，且谓将为克文写一小传。民国十三年（一九二四年），克文邂逅小莺莺（真姓名为朱月真），克文甚为风魔，为撰《莺征记》《怜渠记》，步林屋为作序。又作《春痕》十首，且以清宫旧制玉版笺四帧，画朱丝栏，精楷写赠小莺莺。不久娶之于北京饭店，辟金屋于鲜鱼口十间屋。某记者有《寒莺佳话》，载于报上。过了若干时期，忽然发生政变，京津间的火车阻阂不通，彼此成为牛郎织女。即而克文别有所欢，与小莺莺无形疏断。这时小莺莺已娠孕数月，旋诞一女，名曰三毛，貌酷似其父，极聪慧。后来克文颇思小莺莺复还故巢，屡遣人至沪，与小莺莺相商，欲一见三毛，小莺莺应允，正拟携赴天津，与克文重晤，初不料约定日期，而克文遽尔病逝，小莺莺很为伤悼。于佩文嘉兴人，最端庄，始终如一。克文初遇时，为撰《槜李西施记》，又集句为嵌字联云："佩玉鸣鸾罢歌舞，文章彪炳光陆离。"佩文能画兰，克文曾题一帧云："清兮芳兮，纫以为佩；妙手得之，萧然坐对。"

克文家在河南彰德洹上村，那是他的父亲世凯所营的菟裘，汤为养寿园，园以养寿堂为主屋，凡三巨楹，周拓广廊，阶前列奇石二，系自太行山移来。楹联集龚定盦诗："君恩彀向渔樵说，身世无如屠钓宽。"甚为堂皇。谦益堂、五柳草堂辅之。东北为乐静楼，西为红叶馆。更有纳凉厅、澄澹阁、葵心阁、啸竹精舍、杏花村、临洹台、天秀峰、碧峰洞、散珠崖、汇流池、鉴影池、卧波桥等。亭更多，有垂钓、盖影、滴翠、枕泉、待春、瑶波、泻练、洗心等名。匾额大都出于克文书题，仿佛大观园试才题对额的宝哥儿，且撰《养寿园志》，其小序云："岁在戊申，先公引疾罢归，以项城旧宅，已悉畀诸亲族，且家人殊众，未敷所居，乃初卜宅汲县，旋迁百泉，逾岁，洹上筑成，居室厥定。洹上村，负安阳北郭，临洹水之上，村之左，辟地百亩，艺花树木，筑石引泉，起覆茅之亭，建望山之阁。漳河带于北，太行障于西，先公优游其中，以清孝钦后曾赠书养寿，爰命曰养寿园。其一椽一卉，咸克文从侍而观厥成焉。兹先公遐逝，园圃云荒，益滋痛慨，溯而志之，用纪林泉之旧尔。”克文的弟妹及夫人梅真都住在园中，并延吴中周梵生教他的儿子读书，他自己不是往京津便到上海，把张居作为传舍，后来洹上附近发生匪劫，便全家迁居天津，住在河北地纬路六号，在北京则居东城遂安伯胡同十四号，门上榜“洹上袁宅”四字。在上海居霞飞路宝康里对过二百七十号，又迁爱多亚路九如里口一千四百三十二号。又住过白克路宝隆医院隔壁侯在里。他白昼高卧，一到晚上，吸足鸦片，兴致勃然，许多友好及弟子们纷纷到他寓所，把晤谈天，真是群贤毕至，少长咸集，尤其《晶报》主持者余大雄，素有“脚编辑”之号，为了索稿，不怕奔走，克文虽允为《晶报》撰述，可是以疏懒故，不逼不写。大雄也就每晚来催促他，坐床前辄亘一二小时之久，然后持归排印。当唐志君时代，克文家政，内由志君作主，外由小舅子唐采之把持，大雄又不得不与唐辈周旋，颇引以为苦。

克文生于前清光绪十六年庚寅（一八九〇年）七月十六日。当民国十一年壬戌（一九二二年）七月十六克文三十寿庆，天台山农作联贺之云：“壬戌之秋，七月既望；庚寅以降，初度揽揆。”上句引《赤壁赋》，下句摘《楚词》，那是非常巧合的。克文生肖属虎，汤临泽为他精刻虎钮象牙印章，铸版印于报上。他卒于民国二十年（一九三一年）三月二十二日午刻，享年四十二岁。所患者为猩红热转肾脏炎，医药无效而死，潘复助理其丧。消息传到上海，《晶报》连日刊登哀挽诸文，如丹翁的《哀寒云》，天倪的《挽寒云》，张聊止的《敬悼袁寒云》，王公弢的《寒云领英之文缘》，郭宇镜的《云莹艳史》。且登载了许多照片，如“十年前之寒云”“寒云志君合影”“寒云扮黄天霸”“小莺莺所生之女三毛男装影”“贻大雄之袁项城遗墨楷书联语影”(联云：“风吹不响铃儿草，雨打无声鼓子花。”)。“寒云最后小影”，旁有克文自书：“庚午岁暮，克文时年四十又一岁。”又“寒云所书英文”“寒云致莺短札”“致大雄信”“寒云信封”等。丹翁《哀寒云》有云：“……初寒云以徐寿辉天启折三钱捺印信笺上，钱至今在大雄处，是又实物之纪念，我则足资纪念故人者，三代玉玺数钮，方系衣带间而日夕摩挲也。”忆语又谈其收藏云：“寒云生平嗜古，所得佳品至伙，但亦偶供消遣，兴尽则视若浮云。或以质钱，或以易物，虽贬价受亏，亦所弗计。如宋椠李长吉、鱼玄机，韦苏州诸集，如元绘佛像巨帧十三幅，六朝人绘《鬼母揭钵图》，如元大朝徐天启诸泉，均以廉值让人，或赠诸友好，后精研各国古金币，荟集各国邮票，价俱达万金，而以数千金挥斥之去。其他小品，如刚卯、严卯、汉罼之属，今殆犹藏诸箧衍以。”上云云，虽很琐碎，然亦足见克文生平的爱好和气度。上海诸友好，如包天笑、严独鹤、周瘦鹃、钱芥尘、步林屋、王钝根、徐郎西、刘山农、张丹翁、孙东吴、刘襄亭、侯疑始、尤半狂、余大雄、蒋伯器、许世英等，且发起为开追悼会，于这年四月二十六日假座牯岭路“普益代办所”举行公祭，并陈列遗墨。当时不收赙金，所得的无非挽诗联而已。其中以孙颂陀、梁众异二联最为贴切。孙联云：“身世难言，词赋江关空寄慨；华年逝水，烟霞风月彀销魂。”梁联云：“穷巷鲁朱家，游侠声名动三府；高门魏无忌，饮醇心事入重泉。”

克文浪游南北，社会活动较多，也就加入了帮会，哥老会成立于清乾隆年间，无非以武犯禁，秘密进行。至清末，哥老会的一种，名青帮的，势力遍江湖间，厥数尤众。排行有大、通、悟、觉等等，以大字辈为最高。

克文和步林屋同拜兴武六帮（青帮中的名目）头子张善亭为师，因此后来同列大字辈。有所谓开香堂、收弟子。外传克文弟子达数百人，实则没有这样多。他深恐过于招摇，生出是非，就在《晶报》上登了一篇《门人题名》，有云："不佞年甫三十，略无学问。政求师之年，岂敢妄为人师。乃有好事少年，不鄙愚陋，强以人之患者，加诸不佞，既避之不获，复却之不可，忝然居之，自觉愧悚。而外间不谅，更有不辞自卑，托言列门墙者，殊繁其人。在彼则偶尔戏言，在予则益增颜汗。或且讥予冗滥，诟予妄谬，不尤自恧欤！乃就及门诸生，记其名字，以告知我厚我者焉。沈通三（一名国桢）、沈恂斋（一名荆香、字馨庵）、邱青山、金碧艳（名景萍）、孔通茂、朱通元、温廷华、李智、董鸿绶、庄仁钰、周天海、唐敦聘、戚承基、徐鹏、金珏屏、陈通海，凡十六人，或学识超迈，或年齿加长，若言师道，实有忝焉！又有荆君剑民，亦曾请列门墙，不佞再三辞谢，并愿附于友例，乃蒙谅原，心乃释然。此外则无矣。苟有自称者，予亦不敢承焉。"据我所知，以后尚有从之为师，不限于帮会，或向他学书，或向他问字，如汪梦华、周世勋、朱柱石、程宫园、俞逸芬、陈慁若、谢之光、张庆霖、李金标、曾焕堂、黄显宗、钟汉杰、张玉山、李耀明、赵士廉等，那十六人中的金碧艳、金珏屏弟兄因行为不检，克文把他们摈诸门墙之外，在《晶报》上写了一篇《小子鸣鼓而攻之》。有人开玩笑说："袁老二居然作孔老二口吻，《晶报》出了圣人了！"此后，王瑶卿来向克文疏通劝解，仍欲进金碧艳而教之，克文又写了一篇：《勖碧艳》，大有留待察看，以观后效之概。

克文喜欢和人结金兰契，他的盟弟兄，有复辟辫帅张勋，号称天王老子的张树声，内廷供奉老乡亲孙菊仙，龙阳才子易实甫，林屋山人步翔棻，网师园旧主人张今颇，书法家刘山农，著述家周南陔、周瘦鹃，都通过谱。瘦鹃辑《半月》杂志，克文写了许多作品供给他，又请谭踽尊为瘦鹃绘《紫罗兰图》，又刻一六面印，朱文“紫罗兰庵”，白文“吴门周瘦鹃一心供养”。边缘之一，刻紫罗兰神像，其他则镌“比花长好，比月常圆。香柔梦永，别有情天，右把明珠，左挥涕泪。愿花之神，持欢毋坠，紫罗兰神赞，寒云撰文，踽庵刻石。”瘦鹃紫罗兰影事，心上温馨，这一颗印章，想尚保存在他的紫兰小筑中吧！（按：此书付印时，周公死已数年矣。）

他信佛，取名陀旷，又名觉旷，甚至为梅真夫人及诸侍姬，都取了法名，治一佛印，刊有“佛弟子袁克文敬造石像一区一心供养”数字，又索梅兰芳绘佛像扇。又信扶鸾，常主持集云宗坛，在沙盘中作龙蛇舞，无非游戏三昧而已。

民国二年癸丑（一九一三年）冬克文居北京，与易哭庵、何鬯威、闵葆之、步林屋、梁众异、黄秋岳、罗瘿公，结吟社于南海流水音，请画师汪鸥客作《寒庐茗话图》，当时好事的人，目为“寒庐七子”，鬯威有《寒庐七子歌》，后罗瘿公逝世，克文挽之：“七子又弱一个，沧海横流，孰堪青眼，十年痛哭二瘿，秋风邻笛，我亦白头。注云：哭庵、鬯威，墓木久拱，今瘿师又逝，溯念昔游，能毋腹痛耶！当光绪丙午，戊申间，予侍居沽上，日从瘿师及吴彦复葆初，方地山师尔谦游，忘年至相得也。吴丈亦号瘿公，时人称二瘿焉。吴丈以癸丑春卒于海上。”那时克文的交好，可见一斑。

克文来沪，和文艺界人士，颇多往还。民国十二年他发起中国文艺协会，九月十四日，开成立大会于大世界之寿石山房，到者六十人，均一时名流，推克文为主席。十一月十五日又开会选举，当然克文仍为主席，余大雄、周南陔为书记，审查九人，为包天笑、周瘦鹃、陈栩园、黄叶翁、伊峻斋、陈飞公、王钝根、孙东吴及袁克文。干事二十人，为严独鹤、钱芥尘、丁慕琴、祁黻卿、戈公振、张碧梧、江红蕉、毕倚虹、刘山农、谢介子、张光宇、胡寄尘、张冥飞、余大雄、周南陔、张舍我、赵苕狂、徐卓呆等。但不久，克文北上，会事也就停止，没有什么活动了。

他又一度和步林屋、徐小麟等发起全国伶选大会，假上海一品香西菜馆，宴请顾曲家及报界人士，由克文宣布该会主旨，公推克文为正会长，步林屋、张聊止为副会长，徐凌霄、何海鸣为名誉正副会长，王钝根为评议长，唐志君为女评议，丁悚、张光宇、郑鹧鸪、张冥飞、邹弢庐为顾问。结果，有组织没有行动，也就无形打消。克文做事，有头无尾，往往如此。

克文著述很多，又复随便署名，或署克文，或署豹岑，有时谐声为抱存，又称抱公，获宋人王晋卿的《蜀道云寒图》，得物志喜，因署寒云，可是外界对寒云与抱存，是一是二，引起疑问，他作六句诗以代说明："抱存今寒云，寒云昔抱存，都是小区区，别无第二人。回汤豆腐干，老牌又刷新。"措辞颇为幽默。民国十六年，克文登报卖字，却又声明："不佞此后将废去寒云名号，因被这寒云叫得一寒寒了十余年，此次署名用克文，在丁卯九月以后，无论何种书件，均不再用寒云二字矣。"但是过了几年，故态复萌，又用寒云。并且寒云的签名式，把云字写成耳朵，好像是四十二，他恰巧活到四十二岁便下世，这又是无巧不成书了。

有一年，寒云获得商代玉龟币一枚，欣喜欲狂，便名书斋为龟庵。咏纪古物之作曰《龟庵杂诗》。黄叶翁为绘《龟庵图》，步林屋为作《龟庵赋》，谭踽庵为刻《龟庵印》，他有时写作，即以龟庵为别署。又得商鉴，斋名一鉴楼，得汉赵飞燕玉环，署名宝燕或燕环；他的收藏品中最珍贵的一件要算白玉刚卯，黄叶翁曾说："海内刚卯之可信者，仅寒云所藏一枚。"又获得严卯，因名佩双印斋，自署佩佩；又得汉永始玉罼，名罼斋，借以表示古缘之厚。

克文擅诗，他最早的作品，所谓处女作，是一首五律。这时为丁未(一九〇七年)六月，他养疴京西翠微山的龙王堂，忽然兴发，成诗为："醉陟翠微顶，狂歌兴已酣，临溪坠危石，寻径越深潭。云气连千树，钟声又一庵，苍茫归去晚，胜地此幽探。"甲寅(一九一四年)之夏，他刊印《寒云诗集》都属早期之诗，可是这诗却没有收入。《寒云诗集》分上中下三卷，由易实甫选定，共选一百余首，用仿宋字排印，线装本。题签出于自己亲笔。冠闵尔昌题词，诗自"郊行循河吟归村舍"起，"三日重游济南"止，其他如"柬萧亮飞""次王介艇游养寿园题二首""和沈吕生论书之作""与程伯葭夜坐""次朱石安留别韵""柬张仲仁费仲深苏州次葆之韵""杨蕴中女士将南归索诗为别""赠杨千里""上地山师二首""哭吴北山丈""平山堂和方泽山丈""和江亢虎赠别""寄罂威天津"等，可见那时他往还酬唱的一斑，当时印数不多，过了几年，他自己一部也不存了。后来他的老师方地山为他征集到一部朱印本，可是只有上下卷，中卷尚付阙如。地山即在诗集扉页上题了首七绝，赠给他保存，诗云："人间孤本寒云集，初写黄庭恰好时，手叠丛残还付与，要君惜取少年诗。"

他的著述，大都散见京沪各报各杂志上，为周瘦鹃主持的《半月》杂志写小说，一、侠情的《侠隐豪飞记》，一、侦探的《万丈魔》，后来由大东书局合印为《袁寒云说集》一册。

《洹上私乘》，最初刊载《半月》，后来亦由大东书局印成单本行世。该书分七卷，卷一先公纪，卷二先嫡母传、慈母传、先生母传，卷三诸庶母传，卷四大兄传、诸弟传、诸姊妹传，卷五自述，卷六养寿园志，卷七遗事，附世系表，又有袁世凯垂钓图，出于无锡杨令茀女士手绘及养寿园照相，都铸铜版印入。

《新华私乘》，继《洹上私乘》而作，那是纠正坊间流行的《新华宫秘史》《洪宪宫闱秘史》而作的。这两种“秘史”，大都虚构胡说，且有把袁世凯的女儿们指为某妃某嫔，更属荒谬，所以书前有一小序，略云：“自先公遐逝，外间多有纪吾家事者，或作札记，或为小说，然皆妄事窥测，无能确详，誉毁全非，事迹终隐，予窃有感焉。爰就昔之朝夕接触于耳目者，笔以存之。善者弗饰，不善无讳，事虽微末，但期于虚构者有以正耳，斯吾家史，故曰‘私乘’。若有系于国故，亦靡或遇焉。”可是克文撰稿，没有恒心，往往有始无终，不了而了。所以该“私乘”首先为“先公纪略”，只登了三四则，也就停止不续了。

《辛丙秘苑》，是他最负盛名的代表作。他写这稿，非常郑重，一再涂乙，乃倩人誊录，再加修润，然后付诸手民，但他为亲者讳，处处为袁世凯辩护，洗刷盗国的罪名，当然立论是不公允的。当时叶楚伧首先排斥他。有一次宴会，邵力子遇见了克文，不与招呼，原来邵也是反对他颠倒黑白的。但这部书涉及许多人物故事，却有很多值得研究的史料，那也不能一笔抹煞的。

当时按期登在《晶报》上，颇能激增销数，不料登至十六续。

忽截然而止。《晶报》主持人余大雄大为惶急，发挥“脚编辑”作用，登门求索。克文却提出条件，欲得张丹翁的陶瓶为酬报，否则没有兴味续写。原来丹翁在民国三年，参陕督戎幕，曾在西安市上，获得陶瓶三个，其中以汉熹平元年朱书一瓶为最珍贵，且有铭文一百有一字。克文欲得之心蓄之已久，可是不好意思向丹翁启齿，直到这时，才向大雄倾吐。大雄立即和丹翁相商，丹翁愿意割爱，便三面谈判，约法数事，陶瓶归克文，克文撰《秘苑》十万言，大雄特许以最厚稿费为丹翁报。且以三代玉盏、汉曹整印、宋苏轼石鼓砚、汉玉核桃串，存丹翁处为质押，期以一百天完稿，逾期议罚。以上这几件古玩，都是克文平素很宝爱的，那么他想把爱物早日归还，《秘苑》必早日交卷，无非含有督促的意思。克文获得了陶瓶，很高兴，在他的《琞斋杂诗》及《易瓶记》中记述其事。《易瓶记》所叙尤详，如云：“文新华奉侍，六易草木，政事野闻，多窥秘邃。先公殂后，遂放江湖，朋侣座中，辄述往昔，闻者骇诧，属纪以永之。文诺而耽逸，久未属草。今秋（民国九年）游西湖归，神思多爽，日纪一二事，命曰《辛丙秘苑》。冀传知见，用矫诞虚，先公遭诬，庶有以白，非故构言孽，实有未忍已于言者。若文荒辞陋，曷敢自饰，但以纪实，胡事藻华哉！为恩为怨，亦非所计也。随纪随付《晶报》刊之，有惊叹者，有骇怪者，或谓有憎怒者，将不利焉。咸一笑置之。惟丹翁嗜痂谬许，谓可与洛阳争贵，欲椠而市焉。文诚惶诚怍，载陈载辞，既祸铅已，复灾枣耶！是非昭示，下愿乃遂。苟厕宛委，徒贻后讥，高谊可载，厥议可罢。翁固不许，且出所储汉熹平元年朱书陶瓶，乞易厥作。后市之赢绌，咸翁负焉。瓶高强及尺，丹漆书文，凡字一百又一，咸道家言，为陈初敬志冢墓者。书作草隶，飞腾具龙虎象。文韵而古，简而趣，汉人手迹，诚大宝也。文欢喜赞叹，载拜受之。书约以《秘苑》报翁，期以十万言，庶副翁之望尔。文慕厥瓶久矣，兹翁竟以下贶，感于翁，爱于瓶，复何有顾耶。作《易瓶记》，永志斯缘。”丹翁附识云：“古人题其鬻文之稿本曰利市。雄于文者，其志固不在利，然欲信文之声价，非利何属。予曩客西安，于无意中获陶瓶三，皆有汉人手迹。五年前，间关携瓶南归，时上虞罗叔言有宋拓汉碑四种，知予之欲得之也，即索三瓶中熹平年者为报，予不忍割爱，乃以永和年朱书瓶及无年号之墨书瓶相易，叔言已大乐，此熹平年之瓶，书法奇肆，毫无漫灭之点画，故藏之吴门，不轻以示人。今年秋，寒云草《辛丙秘苑》视我，骇为不朽之作，读《晶报》者，咸知脱稿必纸贵，觊觎版权者众矣。奈寒云习懒既久，赓续往往中断，知予有是瓶，谓非得此不足以鼓兴。予乐信史之成也，遂不能自守，甫与成约，大雄果以重金购版权去。他日之利市，惟大雄专之。予自愧不能为文，而假他人之文以获利市，则又巧于古人矣。”这样三方面谈好，总认为千妥万当，顺利进行了，岂知克文至二十八续又告停辍。原因以志君的妹妹志英逝世，克文助理丧事，事极纷繁，不暇执笔，而志君却要收回三代玉盏，斟酒来奠她的妹子。克文向丹翁索取，丹翁不答应。克文认为《秘苑》前后已写万余言，在许多质物中，取回一件，于约并不违背，玉盏当归。丹翁认为《秘苑》仅交万言，才及十分之一，玉盏不当归。彼此各趋极端，没有方法调解。克文大发大爷脾气，索性辍笔，看丹翁有什么方法使出来。

这样延搁着，到了约期将满，玉盏既不归，《秘苑》稿也不续，丹翁致书催问，克文大怒，写了篇《山塘坠李记》，揭发丹翁的阴私，丹翁写了篇《韩狗传》还骂克文，克文又用洹上村人署名写《裸体跳舞》，谈霜月家丑事，以霜月影射丹翁。月翁立致克文书："……小说妙绝。仆之逸事，得椽笔写生，且感且快。仆颜之厚，不减先生，而逸事之多，恐先生亦不减仆也，一笑。草草布颂上村人撰安，霜月顿首。"克文复之："不佞以道听途说，偶衍成篇，但觉事之有趣，而不论所指为谁，假拈霜月二字以名之，竟有自承者，奇矣。而自承者又为我好友丹斧，尤奇。迷离惝恍，吾知罪矣。寒。"这样一来，急坏了大雄，亟谋打开僵局，双方奔走，费了许多唇舌，说了许多好话，向双方道歉，好不容易，总算有个转圆余地，克文愿意续写，惟以必得玉盏为言，且不甘受期限的束缚。在丹翁方面，愿得陶瓶的代价以息事。大雄商之于某巨商，贷金以偿陶瓶之值，并毁前约，赎取诸质物于丹翁之手。诸物品中，玉盏归克文，余则质押在某巨商处，俟有力时再谋赎取。《秘苑》视克文兴之所至，陆续撰写，笔战才告一段落。大约过了半年，克文又续《秘苑》，记徐世昌断送东三省，又袁世凯有迁都洛阳之意，命唐在礼督造洛阳官舍。又朱启钤主大典。又孙中山之女秘书。写了数则又复停笔，从此不再续写，而克文、丹翁两人的交谊，久久不复。恰巧丹翁获得了汉赵飞燕玉环，克文艳羡的了不得，结果丹翁与之易古物，乃言归于好。

其他较长的作品连续发表的，有《三十年闻见行录》，登在瘦鹃主编的《半月》杂志上。在未登之前，《半月》的编辑话："下期特载袁寒云的《三十年闻见行录》，尚有独行客之《廿年尘梦录》。此君为寒云老友，工书画金石，并娴武事，尝驰驱白山黑水间，与马贼战。解甲后，漫游宇内，见闻益广，此书即记其廿年间经历之事，足与寒云之《三十年闻见行录》媲美。"的确，这两种作品，都为读者所重视，惜不知所谓寒云老友的独行客为谁。《三十年闻见行录》，有些具有史料性，也有些《子不语》《阅微草堂笔记》式的神怪故事，如记中日战争前夕，袁世凯自韩渡海归来事。又小站练兵时江朝宗司阍。又谭嗣同私见袁世凯挟枪恫吓。又袁世凯严剿义和团，联合东南诸省督抚张之洞、刘坤一等共策东南半壁之计。又大明湖听歌昵歌儿长庚。又山东抚署之狐仙。又德州某县信宿行馆之遇鬼。又自历城入都所乘之驼轿。又德州所见之海市蜃楼。又青苑节署。又孝钦后与德宗止跸时所用之象牙床琉璃灯。又逆伦案请王命。又袁世凯与王莪生、孙慕韩、严又陵、杭辛斋之交往。又吴彦复与彭嫣。他的作品往往兴到为之，兴尽即止。这《三十年闻见行录》题目何等广大，而所记仅此，也是不了而了的。

他喜藏泉币，与江都方地山、高邮宣古愚(即黄叶翁)同癖。他就把方宣二家所藏和他自己所得的周武安金错圜币等珍品，选英撷粹，都凡百品，成为《泉简》。从周代起，明代止，且附杂品及外国古钱，均有泉拓。又有《泉文述变》，那是古泉考证之作，又《古逸币志》一卷，凡十有六品，如周之黄金币，商玉龟币，汉武白选，古错金锡铁诸币，为史志所不及。益以秦汉圜法罕异之品，以补昔谱之厥，而存古制之遗。并附古外币，本为张叔未旧藏，见《清仪阁金石录》，现已归克文所藏了。又短作《宋庆元玉泉记》，为丹翁赠彼古玉泉的考证。又《世界古金币隅录》，又《世界古今币一斑》，又《世界金货集略》。又当时余大雄作《泉鉴》，他辑《货腋》后改《述货》，与之并登《晶报》，彼拟把古泉编成专书，在报上登一启事云："不佞昔昉刘燕庭《论泉绝句》，曾作《古泉杂诗》数十首，旋即弃置，无复赓续。稿为凌霄索去，刊之《小京报》。前岁既主《晶报》笔政，复杂箧中金石，随作随刊，命曰《斝斋杂诗》。

今岁文以世界货币入吟，且因获商玉龟货，易名曰《龟庵》，间亦赋及金石，三类都凡百数十首。叠承癖痂之士，索刊专集。自揣荒陋，曷敢祸枣，惟以雅命，姑更续作若干首，俟各得百章，再为付梓。兹后凡论泉货之作，曰《龟庵杂诗》，纪金石之作，曰《罤斋杂诗》，分类编饰，庶免庞紊云尔。”可是因循未果，没有刊成专书，金山程云岑组织“古泉学会”，克文为会友，颇多商榷。

考古的作品，有《虎庵珠薮》，谈他所藏古玉的第一品商云琮，又错金错银的夏代铜虎钩。又《古琮兰亭歌》，谈白玉精刻兰亭帖。又《尊前小纪》，谈毛公鼎与散氏盘。又《冷泉云合记》，纪游西湖，饮于酒家，酒家女云姑以家酿出飨。克文发现那盛酒之盏，乃宋定瓷官窑，问了云姑，始知是她祖上所传，云姑请克文为家酿题名，克文写“朝霞寒露”四字给她，且作一诗：“无意登楼听冷泉，忽来仙子弄便娟。为斟寒露朝霞色，天外羁愁一度蠲。”饮罢，以四元酬云姑，云姑以盏赠克文，克文更以指上绿宝石指环给云姑以留念。又《吴越砖研记》，原来六舟和尚于临安得古砖，有文：“宝正二年钱氏作”，系吴越王钱氏物，便把它琢成一研，有杨龙石、张叔未题刻。克文辗转获得，请谭踽庵刻“百宋书藏勘画研”七字，该文纪始末甚详。又《双牌记》谈丹翁获五代郭氏面牌，克文以明袁氏嘉趣堂仿宋《世说新语》易之。方地山有宋高宗时临安锛牌，克文以徐天启小平泉一品易之。因作此篇以志喜，并填《双调水仙子》词。又《儿童古玩图录》，有秋声馆的蟋蟀笼，周芷岩的笔筒，周心鉴的盒儿，卢葵生的砚，且附图，实则是雅人的清玩，儿童是不会欣赏的。

关于娱乐方面，撰有《雀谱》一卷，余大雄作序，又《叶子新书》，都是登载在《半月》杂志上。他自谓：“得明代叶子一局，从而略窥古法，复搜集天津、丹徒、临沂、歙县诸地之叶子，附以雀牌，作《沿革表》，纪其嬗变，作《角戏志》，疏其法例，合为一编，命曰《叶子新书》。戏虽无益，亦一代之文物也。”又《鸳鸯局图经》，一局牌，二局位，三局法，四局色，又附图凡七。自志：“壬戌十月初八日，寒云戏造于一鉴楼中”，载《半月》杂志。

其他杂作，如《戊戌定变记》，也是子为亲讳的作品。《瓶庵琐记》，纪端方入川之前往彰德，宿养寿园三夕事。《美艺杂言》，纪黄小松刻篴，黄叶翁所昉元夫人容沂图，欧阳予倩夫人刘韵秋之花鸟，左静如之绣幅，方泽山、李木斋之书法，以及评论吴昌硕石鼓之雄奇，伊峻斋小楷之端严，刘山农行楷之流利，张丹翁隶楷之隽美。未免有溢誉之处。又《听朱荇青弹琵琶记》，纪平湖友人朱荇青的妙技。又《闻声对酒谭》，这时甲子战乱，克文躲在安全地区，照样选色征歌，度其纸醉金迷生活。所纪如小乔、月珠、奇香、雨香、挹云、抱云、净英、小红铃、谭雅云、林爱珠诸妓艳韵事，载《半月》杂志。又《思旧记》，纪庚申浙江督军卢子嘉招游，在西湖畔为辟广厦以居往事。又《春明十日记》，纪与邵次公、吴桐渊、尹石公、侯疑始、冯小隐、闵葆之、徐森玉、方重审、陆彤士、吴静庵、刘竺生游宴，和海王村火神庙观赏古玩事。又《宾筵随笔》，纪人物掌故及书画清玩。有《婉转词》，分纪梦、入梦幽话、迷离、撩乱、归梦，不啻小说情节，大约是有影事的。又《艳云嘉耦记》，纪伶人金碧艳与校书云媞相有恋慕，克文为之撮合事。又《新年之回顾》，叙述当袁世凯督直时，其家人团聚之乐，以及供神等俗尚。又谈到十六岁的除夕，有戚友馈香槟酒四瓶，他独酌于室，连浮大白，把酒罄其半数，颓然倒卧地上，为生平第一次大醉。又仿猎筹，剪纸绘采，凡二百四十八筹，二人三人四人五人六人八人十人十二人，皆可成局。筹图如鸳鸯、凤凰、孔雀、鹤、鹏、鸿、白头翁、精卫、鹦鹉、报春、画眉、翡翠、鹧鸪、鸊鹈、鸲鹆等，集禽类之大成。又有朱色彩图、名之为《团圆乐》。又《惜秋华》，吊校书蒋五娘殉情。又《舟中佳兴》，纪与志君志英舟赴杭州事。又《季女家守阅世记》，纪志君所生之女家守，八十七日即殇事。又《倚虹小说话》，推重倚虹所写载在《小说画报》上之长篇小说《十年回首》，谓“阅读数四，犹津津回甘”。两人开始诗相唱和。又《骗子总长》，骂董康骗去了他所藏的宋刊本《花庵词选》。又《巧工偶记》，一纪沈绍安的漆器，一纪朱子常的雕刻，又《无量寿》，为钱化佛所绘《佛光集》而作。又《挽张勋盟兄》，附挽联，又节录勋子告哀文。此外如纪《曹元度》《宾退小纪》《春痕一瞥》《蘧蘧栩栩》《哀赵无补师》《天王老子病死经过》《寒云杂话》《岁暮京尘》，《沽上春痕》《风国外史》《斝斋随笔》《纪义妇》《萧亮飞》《挽车者言》《近畿劫车记》《相思引》《妙云出家记》《还津后》《鸳鸯波痕》，《泣珠辞》《哀王福寿》《答林屋盟兄》《国香散记》《英秀嗣响》《日下春尘》《读援韩野记》《放言》《新食谱》《西子微波》《翠爪吟》《题缶庐印存》《汪洋传》《海上杂志评》《挽徐国梁》《酬宾篇》《暹罗宫词》《停筝曲》《玉阁谣》《今事谣》《酸祸》《儒林拾屑》《滑稽偶语》《小龙阳守灵抓诗》《谭名》《报馆茶房日记》《鹦波艳咏》《翩翩》《与大雄论镜》《异腋》《非非孝》《杀杀篇》《新状》《新诗话》《万海一尘录》《哀蓝天蔚》《今事比》《腐言》《方尊室杂记》《小言》《青楼辞典》《罡斋联话》《儿时顽皮史》《尊前小语》《修禊诗话》《娑婆生传》《流水音记》《近节小事记》《香梦记》《我与大报》《新年之花》《红豆辞》《金陵春宴记》《岁阑杂兴》《三三考》《书含英画尾》《答北京友人听花、秋岳、小隐书》、又白话小说《枕》，朱凤竹为绘插图，与周瘦鹃合译司各德《紫兰曲》三章，至于零星作品，那是收不胜收，也就无从备举了。自克文逝世，他的弟子俞逸芬，首先为克文征集遗稿，又他的表哥张伯驹，也为克文广事搜罗，巢章甫、郑逸梅相助，所获较多，奈以付印不易，只油印了一本词集，名《洹上词》。

克文所辑录的，有《圭塘倡和诗》，首冠王式通一序，有："寒云主人手书《圭塘倡和诗》既竟，属赞一辞，式通未睹平泉之胜，初闻流水之音，受而读之，移情累日"等语。诗有容庵主人、沈祖宪、凌福彭、史济道、楼静泉、陈夔龙、费树蔚、丁象震、闵葆之、吴保初等。所谓容庵主人，即袁世凯。又于癸亥年终，辑《豕尾集》，载《半月》杂志。上卷有梅真、绿苐、伯崇、初观、仲燕、叔选等《新年乐》诗，下卷有克文"忆海上师友黄叶翁、吴昌硕、伊峻斋、步林屋、刘山农盟兄，周南陔、周瘦鹃两盟弟，又慕陶、佩芸"等人各一首。克文《奉和瘦鹃盟弟赠别诗》，梅真、绿苐、林一和诗，附瘦鹃原唱。又梅真《倦绣室诗草》，又志君之《鬼异》，绿弗之《秋夜》，初观之《可怜之女子》，叔选之《风雪孤儿》等笔记。瘦鹃附识："寒云去津两月矣。近集其家人感时遣兴之作，汇为一编，颜之曰《豕尾集》，集中作者，为其夫人梅真、志君二女士，令妹绿苐，长子伯崇，伯崇夫人初观，次子仲燕，三子叔选，高足林一，并寒云凡十人，刊之春节号，用志一时盛事。"又《围炉唱和诗》，那是甲子年居沽上，极团聚之乐，命题分韵，刻烛联吟，克文首作《大风夜坐怀海上故人诗》，梅真、伯崇、初观、仲燕、叔选和之，其他尚有方地山。总之，克文所有的作品，发表在《晶报》上为最多，甚至特印信笺，笺之左下端有“寒云晶报稿”五字。次则《半月》杂志，再次则《上海画报》《大报》《红豆报》《新声杂志》等。(按：叔选为家骝之字，其夫人名吴健雄。)

袁克文的日记，究有多少册，这是谁也弄不清楚的。据陈赣一说有七册，但钱芥尘说他看到的只有五册，克文生前曾以一千元抵押给芥尘，到克文逝世，张学良瞧见了，很为爱好，芥尘便把其中三册转让给他，芥尘自藏二册，后以七百元让给嘉兴刘少岩(秉义)，少岩影印行世，即丙寅、丁卯两册。汉卿的三册携往香港，太平洋战争，香港沦陷，日记也就失掉，无从寓目了。巢章甫说，克文夫人梅真处尚有数册，草率不精。朱其石对我说，有几册在嘉兴于佩文家，其家人不之重，卖给一个卖面商人。但这商人，略有文化，颇知取舍，有的把它垫面，有的收藏起来。日记或许未作废纸处理，可是经过时局变迁，不知是否存在了。现在可以看到的，便是刘少岩的两册，由上海山西路大吉祥印刷厂印，照原本大小，朱红的直行栏，每页右下角，都有“佩双印斋制”五个字，天地头很宽，很多补注写在上面，封面是瓷青纸的，用藏经笺作签条，书名《寒云日记》用篆文写，下有“少岩藏丙子春褚德彝”九个小字，没有定价，可能是当时送人不出售的。内容照原迹影印，精美秀逸，墨色醒朗，不加圈点，而附着泉币拓印，也是很清晰的。第一册扉页为“丙寅日记”四篆文，右为“正月自日下迁沽上”数字，左为“寒云主人”署名，首冠一序云：“项城袁君寒云，尝手书日记若干卷，自甲子迄庚午，凡七年，年各一册，大抵叙友朋游宴之迹，而于所嗜事物，如图书货币，亦间有记述。寒云既谢世，甲子、乙丑两册，置张汉卿将军所，沈变佚去，丙寅、丁卯两册，辗转为刘少岩先生所得，余不能详也。人情每见所好，过眼即置之，独少岩豪侠异众，出多金藏其手迹，复不靳重值影印，使留真而广流传，用心之笃，可谓难矣，余伤寒云之逝，而喜其手泽得长存人间，少岩风义未可及也，共和二十五年三月新城陈赣一。”张汉卿所藏的实有三册，是失于香港，不是沈阳，陈序有误。又武昌刘成禺题诗四首，也是少岩去征求来的，第二册标为《丁卯日记》，末有刘少岩跋语：“古人以日记传者，如元郭右之《客杭日记》，明李竹懒《味水轩日记》，至今考元明掌故者，犹据二书为考订之资，寒云为项城次子，幼颖悟，受业方地山。诗文古泉学得其师之传，一时名流，皆与之游；书法辞章，考证金石，卓然可传；生平著作，不自爱惜，存者仅《泉简》一卷。此外日记七册，虽征歌载酒之余，日记未尝少”间，予得其丙寅、丁卯两年日记，多考订吉金碑版泉币，所得外国古币奇品尤富，均附墨拓本于后，约数十种。书体秀劲，措词雅饬。其述时事者，只《忆小桃红词》，感洪宪之旧事，《吊林白水词》哀复辟之丧乱，二条而已。其甲子、乙丑年两册，又为沈阳张氏携去，不知今尚存否？幸丙丁二册尚在，可考其梗概，余与寒云无一面缘，然读其‘中天高处多风雨，莫到琼楼最上层’句，未尝不惜其才而悲其遇，使项城帝制不为，寒云以贵公子尽其所学，必可名世，乃天不假年，复潦倒侘傺而没，所留遗者仅日记二册，文人蹇运，良可悲叹，余恐其二册日久散佚，因付影印以传。后之览者，当与郭氏李氏之日记，同为艺林瑰宝也。”克文讽谏他的父亲不要做皇帝，那两句传诵人口的诗是“绝怜高处多风雨，莫到琼楼最上层”。

少岩又说为“中天高处”，那是必须纠正的，至于《泉简》仅登载《半月》杂志，没有单行本，今刘少岩故世了十多年，两册原稿本也不知流落到哪里了。第一册所记往还的，如吴静庵、江南苹、廉南湖、方地山、傅沅叔、杨味云、李壮飞、侯疑始、吴桐渊、张聊止、彭葆真等，所记无非购易泉币，考证古物，以及听歌观剧，与朋友宴饮等事，且时常提到琼姬，可知那时栖琼侍奉着他。日记中间有诗词如《哭倚虹诗》二首，为柔柔作《浣溪纱词》四首，《赠叶针钵诗》《答林屋诗》，有一云：“自今日始，随手录知见闻于册，揭曰《小篋子》”，这《小篋子》当然也是他著述之一，但没有发表过，现已散佚了。第二册《丁卯日记》自沽上到上海，是正月二十五日与张宗昌同来的，那时往还的，如步林屋、何海鸣、孙东吴、钱芥尘、周瘦鹃、黄叶翁、张树声、刘山农、余大雄、冯叔鸾、张振宇、江小鹣、刘公鲁、俞逸芬、许窥豹、吴观蠡、张丹翁、及慕陶、世杰、恒甫、鸿翔、辉堂、焕堂、耀亮、寓如等，非常热闹。初寓远东饭店，邂逅圣婉，克文很倾倒，如云：“明眛皓颜，冰肌玉骨，相逢把手，俨若故人。”圣婉宴之于所居“素兰室”，他为赋《八声甘州词》，写成四屏赠之。越日，又偕圣婉至中华照相馆摄影，因此圣婉亦常趋谈，为座上之客，日记上诗词更多，除谈泉币外，又谈邮票，吴昌硕为他作书画于象牙扇上，陈澹如的精刻，又张楫如精刻楔帖于竹箑，他视为至宝，都把它拓印在日记中。

克文擅制联语，往往极芊绵蕴藉，文采艳发之妙，有时步林屋应酬的联语，也请他捉刀，他一挥而就，很为迅速。有人称方地山为联圣，克文为联贤，因为他们俩既是师生，又是亲家，在制联上也是相仲伯的，现在将他传诵的联语摘录若干于下：

在北京赠春镜楼四娘云：“春岁軑欲啼，马上相逢，为言昨日；镜里花难折，樽前重见，怕说明朝。”

赠春宵楼九娘云：“春去春来，门外风花都不管；宵长宵短，楼头欢好自无涯。”

赠醉红七娘云：“万古闲愁，凭消月子三分，春风十里；一宵沉醉，安得珍珠百颗，玳瑁双栖。”嵌月珍二字乃七娘之名。

赠初霞云：“初时相见，便已留情，况移酒近眉，登楼把手；霞绮成裳，犹嫌污色，愿裁云作履，踏月为盘。”又云：“初弦月，初胎花，便尔许相思，春到三分犹隐约；霞锦裳，霞光佩，又无端邂逅，犀通一点已缠绵。”又云：“何事问眉颦，便是处相逢，春原多丽；无端又樽酒，且今宵坐对，月正初弦。”克文赠联外，更请谢之光为初霞画一像。

赠金铃云：“柳绽金时，春色湖边应早绿；雨淋铃曲，歌声天上许重闻。”又云：“金难买笑，玉更生香，比湖上幽莲，湖边明月；铃便护花，阁应巢凤，望天涯芳草，天末惊鸿。”

赠雨香云：“小雨隔帘，重云出岫；微香吹梦，浊酒催吟。”又代人作云：“庭雨宜幽赏；炉香静远思。”

赠蒋红英老五云：“老去闲情东去水；五更残梦四更潮。”老五死，为撰《殉情记》。又挽云：“老眼无花，早说爱莲能自洁；五云长渺，空悬宝剑寄余哀。”

赠小莺莺云：“漫与谈心，衔花偶向南台见；初知学语，选树还来上苑花。”附注：“别京华五年矣，偶来重游，便尔邂逅，兰花深院，尽我低徊，聊写短句，供莺莺一笑。甲子岁朝春，龟庵。”

别有一妓名莺莺，昔名小桃红，先后二名，适同他的旧欢，因有联云：“提起小名儿，怅昔梦已非，新欢又坠；漫言桃叶渡，念春风依旧，人面谁家。”又云：“薄倖真成小玉悲，折柳分钗，空寻断梦；旧心漫与桃花说，愁红泣绿，不似当年。”

为凤珠写春帖子云：“泉文美富，洗字吉羊，敢祝向东风，愿凤翼双飞，犀灵一点；帖写宜春，楼名燕子，还来就南国，看珠光万丈，月色十分。”

赠名女伶雪芳云：“流水高山，阳春白雪；瑶林琼树，兰秀菊芳。”又赠雪芳妹秋芳云：“秋兰为佩；芳草如茵。”

赠名女伶汪碧云云：“碧玉环，黄金锁，仙佩丁东，歌舞登场原绝代；云丝发，月弓眉，神姿照耀，江湖满地此钟灵。”

芙蓉草在南通演戏，易名赵桐珊，请克文作嵌字联云：“桐柏秋吟，芙蓉夏醉，珊瑚冬艳，草木春芳。”

挽易哭庵盟兄云：“三世分明，才子神童来虎阜；四魂归去，歌儿舞女哭龙阳。”注：“兄自言为弗张梦晋三世后身，前二世皆知之，张船山其一也。兄著《魂东》《魂西》《魂南》《魂北》四集。”

挽张锡銮盟兄云：“矍铄哉是翁，不遇真龙，空悲射虎；逍遥以容与，中年快马，老去骑驴。”张官辽东，以善骑名，人称“快马张”。

挽林万里云：“日下一函书，负汝相期在文字；山阳几声笛，触怀失恸数朋交。”时倚虹新死。

挽况周颐云：“继梦窗白石，宿老成家，尽低唱浅斟，一代词人千古在；溯沤尹缶庐，殷勤共话，怆小楼清夜，十年江国几回逢。”注云：“夔翁词颇自负，然佳固佳矣，持比沤尹，终输一间，方之两宋，半塘，耆卿也；沤尹，美成也，翁则白石也，今工倚声之学者，予所心仪，仅沤尹丈一人耳，伤已！予识翁于缶庐，平生一面耳。”

挽何维朴云：“书画承家，三代儒冠寿耄耋；典型遗世，千秋史笔传贤良。”

挽伍廷芳云：“长恨望中原，瘁躬乱世；大星殒南海，痛哭完人。”

挽周自齐一联云：“干戈俶扰，沧海归来，撒手遽闻跨白鹤；杨柳凄迷，梅花落去，断肠忍使泣红颜。”

李纯死讯传来，克文正在饮酒，酒酣，立成一挽联云：“尽狗盗鸡鸣，举眼未逢真国士；空龙蟠虎踞，杀身谁泣故将军。”

梁任公自日本归，嫁女令娴，女婿周国贤，吉期为花朝，克文撰联贺之：“今代艺蘅词(令娴所作)，三岛客星归故国；传家爱莲说，百花生日贺新郎。”

冯国璋与周道如(柢)结婚，克文贺之云：“英发雄姿，争说小乔初嫁了；清才高负，不逢卢象少年时。”

赠黄叶翁云：“山林平远倪高士；词句清新牵谪仙。”

赠吴昌硕云：“趣诣八家，于三绝而外，更能金石；寿逾百岁，乐一堂之下，几代儿孙。”

赠步章五嵌林屋山人四字云：“林下疏泉清绕屋；山中幽鸟静随人。”

贺叶楚伧与吴蓉结婚云：“一夜入吴，双栖鸾凤；千秋题叶，独占芙蓉。”

偕孙寒崖循梁溪，入太湖，登万顷堂，湖上三山峙立，微雨凭栏，极苍茫之感，曾留题一联云：“几席三山，万顷波涛疑海上；湖天一阁，重阳风雨是江南。”

克文宿西湖广化寺之凌云阁，寺僧谷云索楹帖，立成数联云：“四望林峦归几席；千重云水荡胸脾。”寺后六一泉联云：“登凌云阁，涉凌云想；饮六一泉，读六一词。”又云：“右通岳墓，左接苏坟，忠骨香魂都咫尺；后倚孤山，前临西子，潭光塔影共徘徊。”

题鸳鸯湖烟雨楼云：“十顷湖天，鸳鸯何处；一楼烟雨，杨柳当年。”

自题一鉴楼联云：“屈子骚，龙门史，孟德歌，子建赋，杜陵诗，稼轩词，耐庵传，实父曲，千古精灵，都供心赏；敬行镜，攻胥锁，东宫车，永始斝，梁王玺，宛仁钱，秦嘉印，晋卿匣，一囊珍秘，且与身俱。”克文曾刊一印“与身俱存亡”，在爱好的书籍上钤用之。

克文是多才多艺的，又工书法，华赡流丽，别具姿妙，既能作擘窠书，又能作簪花格。他登报鬻书，由方地山、宣古愚、张丹斧、冯小隐、范君博、余谷民（即余大雄）代订的小引云：“寒云主人好古知书，深得三代汉魏之神髓，主人愈穷而书愈工，泛游江海，求书者不暇应，爰为拟定书例。”民国十六年（一九二七年）夏，登报鬻书，那是在北返之前自订的。如云：“三月南游，羁迟海上，一楼寂处，囊橐萧然，已笑典裘，更愁易米，拙书可鬻，阿堵倘来，用自遣怀，聊将苟活，嗜痂逐臭，或有其人，廿日为期，过兹行矣，彼来求者，立待可焉。”有一年，他书兴甚豪，登报减润鬻书，一日书联四十副，一夕间尽售去，乃购胡开文古墨，写一百联以酬知好，并用冷金笺临秦权全文屏条，又五九纪念写扇四十把，均录其五月九日放歌：“炎炎江海间，骄阳良可畏，安得鲁阳戈，挥日日教坠。五月九日感当年，曜灵下逼山为碎。泪化为血中心摧，哀黎啼断吁天时，天胡梦梦不相语，中宵拔剑为起舞。誓捣黄龙一醉呼，会有谈笑吞骄奴，壮士奋起兮毋踌躇。”爱国仇敌之情怀，溢于行间字里，确是可佩可贵的文字。

民国十一年壬戌（一九二二年），潮汕大风灾，死人十余万，灾情严重，克文鬻帖扇助赈，一为宋宣和玉版兰亭精拓本，装成手卷，克文亲笔题签和引首跋尾。一为折扇，一面拓古金银货币，亲笔题识；一面为其姬人志君亲绘红梅。他写对联，有一特殊本领，就是不用桌子，把联纸悬空，由侍者拉着，他挥毫淋漓，笔笔有力，而纸不坏损，这是一般书家所难做到的。写小字更为奇妙，他终日吞吐烟霞，懒于起身，写时即仰睡在榻上，一手持纸，一手执笔，凭空书之。书成，字迹娟秀，没有欹斜疏懈之病，朋友看到，无不惊叹。当时上海各杂志及小型报，纷纷请他写报头。《上海画报》赠定户的"明星笺""名花笺"，也是他的题识而景印的。单行本的长篇小说，也请他题签。有一次，陶寒翠以所著的《民国艳史》请他写封面，他一挥而就。后来小说出版，送给他，他一阅之下，大懊丧。发现其中骂他的父亲袁世凯之处很厉害。从此他不再轻易应酬了。

他有时也作画。有一次，见河东君乔装初访牧翁之图像影本，喜临一过，周瘦鹃见而拿去，作《紫兰花片》小杂志插图。又绘有西子湖之雾。又画山水便面赠刘山农，又画松梅便面赠陈巨来，又画梅花便面赠梅兰芳。我的敝箧中也有他所绘的红梅扇，一枝虬屈，着花数蕊，甚为妩媚。又画松梅屏条四，铸版登载《大报》上，并作《画屏记》纪其事。

克文嗜剧，不但深于剧学，还写了许多谈剧的文章，如《氍毹怀旧记》，谈汪大头、小叫天、王瑶卿、金秀山往事。《窥妆楼剧谈》，谈旦角戏。《江湖老伶记》，谈薛瑶卿、吴桂芬、钱金福等，别于都下老伶而言。《说曲》，极推重徐凌云，谓："歌与白，固已超超，然尚为人所易能，其面目之传神表情，则多出天授，且又加以揣练，故能毕妙毕肖，求之昔之名伶中，亦不数数觏也。"徐为上海"双清别墅"主人，于一九六六年春逝世。其他如《㜕弄自述》《天津昆曲家表》《云裳艳索隐》《登场琐记》《粉墨轩渠录》《粉墨百表》《瞿俞趣事》《义伶程艳秋》《两义伶记》《一谈刘奎官》《一谈贾璧云》《京沪伶人衣饰比》《释辙》《一鉴楼歌舞记》《歌场纪事》《天蟾名伶小评》《钟吕正响》《捧角秘史》《论学谭调》《述剧装》《誉金少梅》《箴小翠花》《论新剧本》《白眉王九》《谈老伶工王玉芳》。女伶小桂红夭折，为撰《小桂红传》，并为《悼红集》作序。《寒云说曲》《歌场闲话》，《哀潘月樵》《丹桂一夕剧》《岁阑雅集》，谈与童曼秋王艳芳姊妹合演事。《碧艳妙歌记》，谈与金碧艳同演审头刺汤事，《梨园景事》，正徐慕云之误。他又自己编了一个理想派剧本《鸡声》，别有一个独幕剧名《光明》。

克文不但能坐而言，也能立而行，自己粉墨登场，现身说法。除上面所谈与童曼秋、王艳芳姊妹、金碧艳合演外，又民国八年，为赈灾出演上海新舞台，冯小隐为编《红拂记》，克文饰李靖。又与潘月樵别演一戏。是年年冬，应张謇之邀，赴南通客串，与小荣祥合演折柳，与欧阳予倩合演《审头》及《佳期》。有一次，梅兰芳请与克文合演《洛神》，由克文饰曹子建，克文以不日北上辞。又一度与某伶合演《回营》，他饰太宰嚭。又与姚元爽合演《惊变》。又与王汉伦合演《牡丹亭》等于百星大戏院，他的日记中也涉及，如云："王汉沦来，同习琴挑表白。"又曾与俞振飞合演《群英会》，克文饰蒋干，振飞饰周瑜，铢两悉称，且饶书卷气，观者无不击节。他谓官生一角，北方推程继先，南方推俞振飞。他又与人摄戏照甚多，如《群英会》，有与程继先合摄的，有与王少芳、夏荫培合摄的。又与王少芳合摄《胭脂褶》。又与汪笑侬合摄管鲍交。又演《惨睹》，饰建文帝，影载《游戏新报》，范君博题诗其上云：“有脚不踏河北尘，此身即是建文身。闲僧满腹兴亡史，自谱宫商唱与人。”他演该剧，触及自己身世，沉郁苍凉，回肠荡气。方地山听之，为之潸然下涕。他演审头刺汤，小宴惊变，极昆乱之妙。林屋述其串剧经过云：“寒云先试乱弹，其声不宜，乃习小面，以白多而唱少也。试昆曲，其声宜，则唱官生，小生而兼小面。有武进赵子敬者，善笛工曲，乃从而拍焉。”又云：“赵子敬谓拾金，南北曲也；惨睹，小官调也，此二剧最难。寒云先学之。曰吾若能得其难者，则易者迎刃解矣。而学之半载，白不上口，腔不归工，劝其改习他剧，不听，岂知用志不分，乃凝于神。又数月，豁然悟焉。由是更学他剧，率不过数日即工，然必与善昆者，讨论其腔调，考正其字音。其乱弹剧，皆为北京老伶工所授。审头而外，尚有乌龙院之三郎，逍遥津之华歆，琼林宴之樵夫，皆工妙无匹。而昆曲中小生、官生、小面剧，其能者数十出。”又云：“寒云善昆曲，尝自谓所学为赵逸叟一派，与吴瞿安、俞粟庐等不同，虽无党同伐异之论，而自负不凡，字准腔圆确臻上乘，惜爨弄甚稀，音嫌微低，不宜于海上舞台耳。京剧最喜扮小丑，审头刺汤之汤裱背，逍遥津之华歆，群英会之蒋干。每语人曰：汤裱背、华歆、蒋干诸人，或为小人得志，或为枭雄助焰，或为书呆受绐，其境遇截然不同，现身说法者，应推想其当时心理身份，庶可吻合无间。”

克文的收藏是多方面的，他的弟子俞逸芬有《寒云小事》，谓其师：“搜罗之广博，考证之精审，皆足以自成一系统。集藏时间，大约宋籍与古泉同时，而金货与邮票亦不相先后，考其日记可知也。所藏宋本几二百种，因自署‘皕宋书藏，百城坐拥’，殆驾黄荛圃‘百宋一廛’而上之。予藏有《友林乙稿》

印本，及先师手写所藏《宋本廿八种提要》，约略可以窥见一斑。《乙稿》序跋以外，钤印特多，如‘皇二子印’，则当洪宪之际，欲藉此以自晦也。如王冰铁所治廿八岁肖像印，则藏书时年岁也。”据我所知，如宋刊本《鱼玄机集》，为黄荛圃旧藏，跋识累累，且有曹墨琴、张佩珊、玉井道人三人所题，知林屋女弟子汪碧云善书，乃以明宫人朱漆粉盒，托林屋转贻碧云，请碧云题写该集上，而具四美。某岁，克文因急需现款，把该集与古泉一箧，向丁仲祜抵押三千元。后傅增湘欲得该集，不惜重价，克文又向丁赎回，让归傅有，书上即有“皇二子印”。东莞伦明《辛亥以来藏书纪事诗》云：“一时俊物走权家，容易归他又叛他。开卷赫然皇二子，世间何事不昙花。”识云：“袁寒云克文，于乙丙间大收宋椠，不论值，坊贾趋之，几于搜岩熏穴。又多内府物，不知如何得之也，项城败后，随即星散，大半为李赞侯、潘明训所有，诸书首皆钤‘皇二子印章’。”他又获得宋代原刻三坟之书，以证三坟古有而火于秦之说为不确。

古泉收藏很多，如王莽布泉、铅泉、银泉、金错刀，宣和元宝银小平泉，方地山便以政和元宝和银小泉赠之以为耦，据考证和皆通宝铁泉，重宝已稀有，元宝泉那是很珍奇的。后来方地山既得金代崇庆通宝，贞祐通宝泉，知克文有金天兴宝会小泉，以汉莽货泉压胜奇品作为交换。又从董绥经处易得元承华普庆泉，银质，为元小泉中所仅见。他很喜爱，佩不去身。一日易衣，忘未解下，便被浣衣人窃去，他非常痛惜，悬二百金求之，不得。过了数年，忽有人持泉求售，即为该泉。失而复得，他又大为庆幸。又南北朝宋废帝的永光泉。泉品之繁伙，那是不胜枚举的。他的《钱简》《古逸币志》《古泉杂诗》《货腋》等作品，是连篇累牍的谈着。他又写了一篇《还泉记》，记与人交换泉物的趣事。原来他以徐天启小平泉，易方地山金铜铸牌；以元皇庆通宝小银泉，易黄叶翁汉鎏金九狮纽梁玉玺；以蒙古大朝通宝小平银泉，易丹翁宋拓明拓合璧汉景君铭。可知这三泉，为他囊中的最上品，尤以大朝泉为元没有建元前之年号，载《山左金石志》，为世所寡有。易去了，时萦梦寐，不能或释。后来丹翁知道了，以大朝泉见还，且知彼好汉碑，亦不索归原物。他觉得过意不去，把奚铁生、魏柳洲合写的唐宋词八种为报。丹翁素喜长短句，欣然持去，也就各得其所了。又太平天国金货，重九钱七分。据云虽造成，而西洋各国，以太平天国非正式成为一国，不许通行，天王一怒尽毁之，此枚流出很不易。研究太平天国史料的简又文，曾约一观。

又太平天国纪元银锭，又徐世昌大金币，和银质的徐世昌纪念币相同，那是把银质币的模型而铸金的。又清饷金，乃左宗棠西征时所造，与饷银饼并行。又光绪银元有回历一千三百十二年字样，那是行于西陲的。又乾隆五十八年所铸银币，当时廓尔喀侵西藏，既平，铸以颁赉藏人者，侯疑始得于京中，转让克文。又西藏古金币，那是黄叶翁于清季官都中，西藏喇嘛入觐，翁于喇嘛随从中易得五枚，以其一贻克文，克文有西藏银币二，分其一为报，古金币上有回文，不认识，克文拓出，登报请人译之，愿酬所书屏条四幅。又把所藏五十金泉，风花雪月大秘戏泉装成小椟，椟盖方地山书，金铁芝刻。他又从中国古泉推而广之，兼收并蓄各国金银稀币，如古印度银泉，为张叔未旧藏品，又古印度金币，葡萄牙古金币，乃七世纪物，曾载倪氏《古今钱略》。又昭通年号的安南银币，乃余艇生藏，以赠克文的，载《古泉汇》。又法国二十法郎金货，上有拿破仑像。又十八世纪意大利联邦威尔斯共和国银币。又十九世纪的金货。又埃及一百年僻阿斯特金货。又韩国光武二十圜金货。又希腊若耳塞第一世金货。又保加利亚匪地难德第一世金货。又塞尔维亚米兰第一世金货。又罗马尼亚加罗一世金货。又日本元治元年银钱。又古东罗马金货，上有东罗马帝福加司像，以三百元购得。又法兰西沙尔第十金币。又拿破仑一世金币。又罗驾古铜货，正面有尼禄像，背面为女神。另一铜货，正面戈谛安像，背面为女神。又英吉利佐治第二世币。又爱德华三世币。又日本古金币，一安政，一天保，二百年前物，是黄叶翁之友颜仲留学日本时所得，易克文书联，克文写二联报之。一："沧海万流曾濯足；春淞一剪且浮家。"又一："抱癖嗜痂君独异；笼鹅换字我应惭。"克文又取自藏的金银货币，精拓各二纸，凡二百余品，用玉版宣纸，装裱成四厚册，每纸都以精楷亲加题注。外用明瓷青纸为衣，颜曰：《世界古今货币一斑》。共两部，一自存，一让人，总之他所藏的共有七十余国。并征求《世界货币图谱》。这许多金质稀币，后来生活困难，都由周作民介绍向金城银行作贷款质物。

他不仅收藏硬币，纸币亦兼收的。曾登报征求纸币："中国古旧已废之纸币，宋代曰交子，曰会子。金代曰宝钞，曰宝会。元明清均曰宝钞，清又曰户部官票。如有以此数类见让者，毋任欢迎。"

邮票也是他集藏的一部分。他的集邮是来沪后，由周今觉启发的。今觉在《晶报》上写《邮话》，他也在《晶报》上写《说邮》。常赴中华邮会物色佳品，他所藏有清末库伦寄北京的邮函。这是蒙古初设邮政第一次寄出，印文"蒙古库伦己酉腊月初四"，蒙古邮政局即该月初四日成立的。又邮函背贴海关大龙文券五。函面贴法兰西券二十五生丁一枚。西元一千八百八十六年自天津寄往德意志者。又清红印花三分暂作三分邮券倒盖。又万寿倭版大字八分短离券。又台邮古券二品。又以四千金购一邮册，他列有《邮集珍品目》。如海关小龙券五分褐棕色，万寿上海版全新无水印，万寿小字加盖三分作半分缺二字，大字长距离四分作四分，廿四分作三角，日本版十二分作一角，短距离三分作半分倒，第一次日本版二元，汉口临时中立一角六分，及五角，南京临时中立二元及五元，伦敦加盖四分倒，二元宫门倒印，描州中立欠资，自半分至三角，海关加盖四分及一角等，又以千元向德意志人易得一九二七年的《世界邮钞年鉴》。

印章颇多名贵珍稀之品。如汉代私章牧躬印，汉溧阳侯印，汉秦嘉印，汉陈成印，玉质，佩不去身，在沪被妓流所见，攫去，谭踽庵夺回，后与丹翁易物，心不释，仍易归。汉白琉璃印，白若羊脂；汉绿琉璃印，绿若翡翠。成为一对隽物。又匈奴官印，又东晋虎头将军印。又梁孝王玺，玉质，自黄叶翁处易来。又梁庾信玉印。又明杨继盛朱文印，认为忠烈遗物，辉映天地。又绛云楼书画印，象牙质，白文，鹿纽，高寸许。又柳如是联珠铜印又卞玉京牙印，作卞赛朱文，瘦劲有力，克文自谓："触手腻泽，疑有脂痕在焉。"又薛素素联珠印，云影环纽，黄金铸成，重九钱七分。因撰有《明侠女薛素素金印记》。又赵悲庵摹汉镜铭石章，最名贵的，当然要推刚卯和严卯了。他得刚卯于西子湖头，白玉明润，如冰如雪，隶文浅刻，直一小汉碑，诧为奇宝，颇以不得严卯为匹，引为遗憾。丹翁告之，严卯为道州何子贞曾孙星叔，见之于吴门潘氏，鬻三百金，星叔力不胜，便由丹翁得之。克文愿以千金重宝及宋刊《韦苏州集》易归，与刚卯合。丹翁允之，该印为玉质，长寸有二分，方六分。克文因名其居为"佩双印斋"，作文记其经过。既而有人认为克文以重宝易赝鼎，克文听了大发脾气，在报上刊登广告，征求刚卯、严卯："不佞以千金宝易严卯，人皆目为痴，不知人之不痴者，岂足与言好古哉！或竟谓严卯为时人所造以愚不佞者，不佞诚愚，而时人有此神技，可以颉颃周秦，超迈魏晋矣。既有此抱神技之时人，则刻制易易耳。兹特悬两千金，如有以刚卯严卯类于不佞所藏而见让者报之。仅有其一者，刚卯报金五百，严卯倍之。"后来何星叔有诗贺之云："二千年后求知己，双印斋中有主人。已幸燕环归寝阁，更看龙剑合延津。摩挲字比金刀古，赠答情如玉案新。笑我西施亲网得，却无艳福享横陈。"又克文有《洗印记》，亦记其得印之奇迹，略云："……于洹上农家，以玉佩及银币二，易得魏武帝幼子曹整印，适端陶斋信宿村中，便持印往质，端据印赞叹，称奇者再。取印泥拓数纸，印留无还意，且即日欲行，忧之。会群饯端于别馆，乃乘隙入室，怀之以归。后印一度坠颐和园，再坠于西苑之北海，悬赏求得，又为友人巧取而去，以计赚归，系襟带间凡十年，既而与古匈奴玉玺，汉秦嘉玉印，汉虎牙将军银章，同藏宋代错金镂银宝匣中，日夕置枕侧。一日，出印摩挲，坠唾盂中，加以洗拭，忽露光色，用布磨擦，采泽毕现，乃古之紫金。认为获，十载前，昭于十载后，喜而写《洗印记》记其事。"至于这个铁匣，旧为阮元藏秦汉印的，方地山以四百金获得，克文爱之，以明刊《左氏春秋》、清刊《四朝诗》易来。

其他珍藏，首为商鉴，出土于岐山下，丹翁于阎履初处得之，故后归克文，上有象形文字，黄叶翁为撰《商鉴释文》有云："丹斧藏陈簠斋镜拓百七十种，徐积余所藏镜三百余，合余所自藏及友人投赠拓本，为各书所未著录者，亦数十品，其时代皆不越炎汉而上。他若考古博古诸图，西清、宁寿两鉴等，数十年虽一秦镜且未之前闻。宋以来杂家小说，若《侯鲭录》《西溪丛话》《七修类稿》等书，好载奇伟镜文，亦从无此鉴之奇者，铄秦躐周，俯视汉镜不异孙曾，故余信为三千年创见之奇宝也。”因榜所居为“一鉴楼”。又商钿银车饰，又商琮，谓可比吴大澂之夷玉璇玑，秦权有黑的，有金铜合造的。又秦诏版，玉质，又周镮涅，铜质。又楚夹敖玺，又赵东吴车饰，铜质。又宋宣和玉兰亭，乃道君皇帝缩临，尾有跋语，倩名手精拓四纸，点画清朗，足为楷法良范，以玉盖损，不能多拓，一自存，一赠方地山，一赠黄叶翁，一登报出让，或以易物，后由署名自娱斋主的以米襄阳书册易去，书册凡二十叶。

书画方面，他所以署名寒云的《蜀道寒云图》，是足以代表的。又唐人写《洛神赋》。又有宋赵大年《风尘三侠图》精品，以不喜巨幅，拟让售，授诸范仆，结果被一姓宋的骗去，且避而不见，便登报限三日内把画送还，后来不知是否珠还合浦。明女史马邢慈静画观音，纸本白描，称为妙品，罗两峰所绘的《舟中吟诗图》，是为翁覃溪而作的。又吴梅村书札，别有牙牌酒筹，百年上物，命其长媳初观摹录，发表在《晶报》上。时人之作，他也很珍视，如陈巨来为他刻的象牙六面印，他认为其中“君子豹变”一印，与汉印同钤，不能辨别。集峄山碑字书联赠之：“制书刻辞，能为金石；长年久乐，道在高明。”又王克琴绘牡丹，梅兰芳绘红衣达摩合锦扇，又临沂崔涤亵以桃核精雕达摩像赠克文，他说：“不让古之核舟”，酬之以诗。梅兰芳以画鸡竹直幅赠克文，克文题之云：“行思画重宣和谱，千载梅家又见君。雄汉雌秦超象外，漫持翠帚拂青云。”注：“宣和画谱：‘梅行思画鸡最工，号为梅家鸡。’”克文又画梅花便面酬梅兰芳。方地山为作豹岑嵌字联：“窥豹一斑容我说，遥岑寸碧与天齐。”

又余冰人书扇赠给他，他再索沈寿小绣品，颇以未获为憾。

克文的收藏面很广，香水瓶也是他所爱好的。他认为香水瓶，晶莹透剔，精巧玲珑，制作各个不同，尤其是带有香泽，一瓶在握，似亲绝世婵娟，这是很好的玩意儿。他的日记，便有一则：“归途市得香水一樽，香静而永，樽以白琉璃雕弥勒像，欢喜庄严，仿佛唐造像焉。”所以他的居室中，往往把香水瓶杂置在铜瓷玉石书画古董间，虽不伦不类，然有高有矮，有方有圆，有大有小，有浑有扁，错落散列，却也光怪陆离，不可方物。

他又喜藏秘戏图，既有秘戏泉币，又欣羡曼青的秘戏小镜，为题二诗：“并头交颈镜中窥，相对何须更画眉，此是同心双结子，曾从袖底系人思。”“六朝小镜菱华，堪与摩挲遣有涯，何似大泉图秘戏，横陈一例尽无遮。”他搜罗的秘戏图，有中国的，也有外国的，尤以法国的一套，设着彩色，最为冶艳。他又登报征求裸体美人照片，亦获得相当数量。

谈到嗜好，他的鸦片烟瘾很大。这时的大米大约每石十元，他的鸦片烟的消耗，每天却非二十元不办。原来他没有事做，总是一榻横陈，无限度地吸着，朋好中的瘾君子，也来帮他狂吸。替他煎烟的当差，多少揩些油，所以这二十元一天的鸦片消耗，并非惊人之笔。他因高卧惯了，除却出门，总儿短衣，不穿长袍。朋好来，也是短衣相见。他又懒于出门，几件长袍，老是挂在衣架上，难得穿着，尤其寒暑易序，一搁数月，他自己也忘记了，佣仆们往往偷他一两件出去卖了，他糊湖涂涂不加查问。但是说他糊涂，他有时却精细得很，厨子买了一只鸡回来，他却问若干钱一斤，共若干斤两？厨子回答了他，他说：“你去找个秤来，让我亲自秤一下。”为了抽烟，起身很迟，有人去访他，在晚间九时左右，总以为这时他必定起床了，不料到了他的寓所，他尚高卧未醒，由他的小舅子唐采之出见，且深致歉意，说他起身，大约再要过两三个钟头，请稍迟再来。又道："明天一早来，也可以见到，因为这时尚未睡觉，过午又复蝶梦蘧蘧了。"颠倒昼夜如此，难怪不能永寿，后来他也觉得这样下去，与身体健康有关，便立志戒烟。他在丁卯八月十九日的日记中云："延浦生应仙以其自制丹药，为予戒绝罂粟膏之嗜，即自今日始，永与之绝。"二十日云："痼疾既除，身躯遽爽，早起，偕佩文访芥尘。"二十一日云："雨、寒，微不适。林屋来，劝予仍进罂膏，予略进，呛逆不可，亟弃去，誓决不再进。"二十二日云："仍服浦生药，疾良已。衷怀快甚，知从兹烟癖断矣。芥尘来。"二十八日云："得眉云书。予自除痼疾，饮食渐加，起居有序，十四年之束缚，自此解矣。"

过了若干时期，克文体觉肥硕，貌交丰腴，曾摄了小照，与未戒时之照片同刊登《晶报》上，这样一宣传，浦应仙的戒烟丸生涯大好，他在门上挂着"浦子灵速戒烟丸"的牌子，可是一般文化较低的人们便称他为"浦子灵"。他也以浦子灵自居。这和上海的"美丽川菜馆"，大家呼它"美丽川"同一笑话。

他因烟癖故，嗜进水果，更喜啖荔枝，品评之下认为"糯米糍为最佳。桂味荔枝，肉坚皮厚，刺凸味甘，微澹而芳，尤上品也。"烟癖既除，嗜进水果如旧。

他喜欢照相，在杂志及报上见到者，如丙辰年他年二十七岁，在北京西郊玉泉山畔摄一影，称为"听泉图"，范君博题诗，有："此中过尽惊鸿影，多汝王孙听水流"之句。又清京官时代御朝衣冠的小影，又与眉云合影，又与佩文合影，又与周南陔、周瘦鹃结盟弟兄合影。又天马会中影，又游西山碧云寺与江南苹、栖琼合影。又戎装影与何海鸣的儒服影并刊《晶报》，孙癯蝯题一谐诗云：“伟人未必非公子，公子何尝不伟人。颠倒衣裳为狡狯，教人疑赝又疑真。”注云：“寒云海鸣二君同时以其小影，揭诸晶报，以两人貌肖故也。一戎装，一儒服，若非张丹翁为之题识（按海鸣上冠以将军，寒云上冠以公子），咸疑戎装者必海鸣，儒服者必寒云也，乃竟反是，奇已！余与寒云稔，海鸣则未谋面，姑就小影，为求辨别，则寒云戎装而书生文秀之气睟然见于其画，海鸣虽儒服而其眉宇之际，稍含杀伐气象，为寒云所无者，此则两君面貌之同而不同者也。”与汪笑侬合摄戏照，揭载《晶报》，张庆霖谓为“盗宗卷”，刘公鲁谓为管鲍交，引起争论，互相攻击。结果克文作一谐诗以解纷。又与王秀英、富春楼六娘合影，克文居中，王在左，富在右，颜之为“拍肩图”，克文很昵六娘，赠以一匾“海上潮声”，取唐人“潮声满富春”句意，后毕庶澄征召六娘，克文踪迹才疏。又与圣婉合影，又与碧云合影，赠给周瘦鹃的很多，惜经战乱，或已散失或以受潮漫漶，完好者只留一帧。喜观电影，与电影界人士颇多往还，管海峰摄一片，名“红粉骷髅”，即以“袁寒云编剧”为号召。

克文爱猫狗，有一次他的爱猫病了，登报征求药方云：“家育狸奴一，已十年矣，日随卧起，能窥人意，比忽右目流水，色紫如血，而凝如珠，不佞不知医术，敢乞善育猫者，能惠方愈之，当厚酬无吝。”有一次登征狗：“予夫妇皆爱狗，而予尤喜其小者，前岁曾登报访求，笛工程桂生引一鬻狗者来，袖藏两小狗，毛色如一，长仅五寸弱，予时正入寝，佣妇忘言之，此狗遂为他人所得。予至今戚戚憾焉。如海上人士，有以此类小狗见让者，除酬厚值外，更以拙书联屏为报。今予豢二雏狗，长五寸强，一金黑，一黑白相间，日日躬为洗浴，颇以为乐。惟恐渐长渐大，不如生成小狮子狗之怡人也。”他自沪返津，把所蓄猫狗，带回津寓。又在《晶报》上登一书画易物广告：“凡读本报者，不必现金易书画，只以下列各品相易可也。一、邮票奇品；二、北京种极小狮子巴儿狗；三、古泉；四、裸体照片；五、关于金银货币及邮票之英文书报及明信片。”

他又喜玩牌，且带些研究性质，有一次，登报征求纸牌：“不佞前作《雀谱》，未竟而辍，屡欲续之，辄以事阻。今拟专事足成，谱后并附《详考》一篇，厥考必广求物证，博采众言而后始可作也，兹已求得明马吊一具，凡四十张。原牌为贵池刘氏所藏。公鲁影印见惠者，此即雀牌之本源。如有以各省县之纸牌，无论何种见寄者，每副酬例如下：（甲）十元至二十元（必清光绪以前所制，而有年号印记可考者，或系明末清初古旧之物亦可）；（乙）五元至十元（精美或古雅者）；（丙）一元到五元（略佳而完美如新者）；（丁）一元（寻常之牌可留者）。污损不全者俱不收。新制重样者，先到者留，后到者寄还。古制及精美者，先后到俱酬值，如有寄惠佳者，加索不佞书件，亦可报命。如有以明马吊牌原牌见让者，至少酬四十元，并加赠精写书件。如有以古制竹骨象牙之牌见惠者，酬值尤从优。厥谱编成后，由晶报馆专刊成书，并将各种纸牌逐式影印，附于考后，凡寄牌者，另各赠《雀谱》一册，多索数册亦可，如有以《雀牌考》见示者，酬例如下：（甲）每篇五元（须详明确实）；（乙）每篇赠二元价值之书一册；（丙）酬《雀谱》一册。甲乙各加赠《雀谱》一册。此启。”附告：“明马吊牌有二十万贯至万万贯诸牌，全副共四十张”，可是后来晶报馆没有印行该书。另一小告白：“昆山及驷马桥人士公鉴：马吊牌又曰叶子，又曰马掉脚，脚或误为角，始作于昆山，既畅行于驷马桥。二处人士如藏有此物，可以见让者，当按前例厚酬，牌可由邮局快信寄下，无论先到后到，一律有赠。”

克文最脍炙人口的诗要推：“绝怜高处多风雨，莫到琼楼最上层”那一首了，但谁也记不得全诗。三四十年前周瘦鹃知道我写袁克文往事，便把它载在《紫兰花片》中的“历史中有位置的一首诗”全文见寄，原原本本，这是很珍贵的资料，现在把它录在下面：“《星期》周刊中的健将毕倚虹做得一手好小说，这回他从西子湖边赶来顺便要见见寒云，寒云也很要见见他，便推我做了个介绍人，同着倚虹上寒庐去，两下里一见如故，促膝深谈，倚虹忽对寒云说：‘你有一首诗，将来在历史中有位置，就是民国四年份，反对洪宪帝制而作的。’寒云道，‘不错，当时曾有这么一首诗，可惜我不留稿，又是健忘，如今竟想不出说些甚么话了。’那时我在旁沉吟了一下，只记‘莫到琼楼最上层’一句，任是用了九牛二虎之力，再也记不起第二句来，昨天偶翻旧报，却翻见了这首诗，即忙录在下边。诗题叫做《分明》，那诗道：‘乍着微棉强自胜，阴晴向晚未分明。南回寒雁淹孤月（克文南游一次），东去骄风黯九城（指日本交涉）。隙驹留身争一瞬，蛩声催梦欲三更。绝怜高处多风雨，莫到琼楼最上层。’看到末二句，便明明说皇帝是做不得的。孙伯兰也就根据了这首诗，宣言反对说：‘项城的次子克文，也不赞成帝制，何况别人？’那时正在帝制运动极热烈的时代，寒云做这首诗，自有莫大价值，倚虹说：‘将来历史中有位置’，可不是过甚其辞呢！”

克文和毕倚虹交谊是较厚的，他和毕家有亲戚关系，可是他们两人慕名而不相识，直至后来，由瘦鹃介绍才得握手。倚虹作《人间地狱》说部，克文撰了篇序文，并有附录，述及彼此的关系，如云："今世为小说家言者众矣，坊肆之间，汗牛充栋，其能与古人相颉颃者，鲜有见焉，昔予读春明逐客所撰之《十年回首》一书，辄叹为非近代所易有，而向往其人，后于海上，与逐客以文字相过从，始知逐客，即予十五年前故人毕遁庵先生之哲嗣，亲家方地山师之表甥，合肥李伯行太姻丈之外孙婿也，姻谊渊源，交益亲密。比来，逐客又草两说都，一曰《人间地狱》，多述其经行事，间及交游嘉话，其结构衍叙，有《儒林外史》《品花宝鉴》《红楼梦》《花月痕》四书之长。一曰《黑暗上海》，则是海上近时之罪恶史也，可与李伯元之《官场现形记》、吴趼人之《二十年目睹之怪现状》并传，较之《十年回首》益精健矣。……"都是推崇备至，而不免过火的。克文撰有一联赠倚虹："山色湖光映几席；琼思瑰藻纳心胸。"且为倚虹题《冷泉鉴影图》。及倚虹死，克文在津哭之以诗，有"太息江都真慧语，不才乃得永天年"之句，原来江都方地山有是诗，倚虹只三十五岁，也是不永年的。克文日记中载着："得海上人书，悲悉倚虹病殁，挽之曰："地狱人间，孰能赓述？论当世才名，自有文章不朽；桃花潭水，君独深情！念西风夜驿，空教涕泪长挥。"上联指所作《人间地狱》小说，下联谓予前岁北来，君送别车驿，欲伴予渡江，再三谢阻始罢，不期自兹遂不复相见矣，伤哉！"按《人间地狱》倚虹所撰者六册，后由包天笑赓续二册。

克文津寓在地纬路六号，但他却喜欢住在国民饭店，开着长房间，朋友找他，大都到饭店相晤，地纬路的寓所，由他的母亲（不是亲生的）和夫人梅真住着。他有时候回家，一探母亲和他的夫人，家人待之如宾客，探视毕即行，仍赴国民饭店。

有一年的大除夕，他忽然大哭，谓“既不得于父兄，又不得于妻子，家庭骨肉之间，有难言之痛”。究竟是怎么一回事，外人就无从知道了。

民国十二年十月，他为子纳妇，北上，海上友好，设宴祖饯，有孙东吴、严独鹤、周瘦鹃、丁慕琴、沈骏声、步林屋、宣古愚、毕倚虹、戈公振、王钝根、余大雄、张舍我、张光宇、谢介子等，克文写了篇《离筵小记》，群弟子又饯之于“新园”，并摄一集体照片，克文又有《新园照景记》，记述其事。涉及诸人，如俞子英、梅慕陶、王小恒、朱烈桢、李耀亮、陈健生，都是他的弟子。他又有《临歧诗》，毕倚虹、张丹翁、周南陔、陈飞公都有和作。这次他不久即来沪。民国十三年十二月十三日，他又由沪返津，同行的为他的门人沈国桢、李鹏飞、俞子英及朱烈桢四人。在北上之前，先把上海寓所退租，住到远东饭店，朋好往往挟纸乞其挥写，他兴酣，落笔狂书，顷刻尽数十纸，饭店侍役见而羡之，也求他写数字，他却一视同仁，也书联以赠。当时倚虹有《留云琐记》纪其事。克文对步林屋说：“兄好长句，其为我赋宛转之歌，使兄之寄女晚香玉书之。”林屋应允，后果践诺言，克文在临行之前夕，诗兴大发，呼酒，拉周南陔、毕倚虹及其门人梅慕陶痛饮，且倡联句，诗成酒阑，天已大明，行装待发了。到了天津，杨庸斋宴之于其私宅，并约善歌者相聚一堂，有魏易、恽澜生、胡嵩甫、顾公可、翁克斋、朱幼泉等。豪竹哀丝，极宾主相聚之乐，又与侯疑始及五弟规庵饮酒赋诗，排日为欢，连写若干篇小纪，寄给上海《晶报》。

他和上海《晶报》的渊源，是很久的，最早是在民国八年开始发生关系，那时《晶报》辟有“三日一人栏”，就是每期有一社会名流，为该报写几个字，铸版刊印在报端。四月，克文为写“谈天雕龙”四个字，五月，他的夫人刘梅真又为写“董史齐谐”四个字，当然都铸版登载。六月，克文又集六朝人写经字，由梅真双钩，且附信谓：“读《晶报》，得佳趣，集十六字以祝万年，除印入大报外，可用原纸属商务馆制版，以中国纸印成信笺，分酬投稿诸君。”后来余大雄果然印了一些信笺送人，但所印不多，送人亦不普遍，现在一张都找不到了。

余大雄对于克文是很殷勤趋奉的，每月致送稿费，但克文自己是不受的，由他的小舅子唐采之领用，原来克文有一笔特殊收入，即河南焦作福中煤矿公司，月送六百元干薪，因公司主持人为袁世凯旧部，知克文生活不裕，所以每月致送不断，直到北伐后，公司主持者易人，干薪也就停止，所以他就靠卖字卖古董为生，不能过那豪奢富丽的生活了。

克文在报上，时常与人发生笔战，如与胡寄尘，因谈新体诗问题，意见分歧，互相诘责。有一次，克文撰《罪言》一文，力斥当时一般纯盗虚声的文学家，用韵不当，不谙小学，暗中是指姚鹓雏而言。当时有署名健民的，写了一篇《与寒云论小学》，又力斥克文所书不合小学，谓：“何寒云方慨小学之衰乱，而躬自蹈之乎！”既而姚鹓雏致大雄、丹翁书又力斥克文之不知古韵。克文又写《谢罪》一文向健民、鹓雏打招呼。后来胡寄尘写了一篇《大家都错了》，开玩笑说：“《晶报》上寒云说鹓雏错了，鹓雏又说寒云错了。马二先生说涵秋错了，涵秋又说马二先生错了，可以说：寒云、鹓雏、马二先生、涵秋都错了，不但他们错了，连丹翁也错了，为甚么呢？因丹翁硬要把这几篇文章登出来，所以说丹翁也错了，不但丹翁错了，连我也错了，因为我硬要做这篇文章，所以说我也错了，然而我明知道是错，还要犯错，分明是双料的错。我知道丹翁登这些文章是错，我还要强他登我这篇文章，又分明是双双料的错。”大家看了一笑而罢。又周今觉化名炁公，在《晶报》写稿，有署名笑禅的，向炁公挑眼，今觉误笑禅为克文，便向克文反击，克文写“告炁公”一文，却大叙世交戚谊，说：“炁公乃周玉山姻丈之文孙。”(按：周玉山即前两江总督周馥)丹翁谓：“克文不过想做个太老伯罢了。”今觉又猜笑禅为林屋，林屋又有答炁公，有猜瓘蝯，瓘蝯也有文不认，直使今觉莫名其妙。

癸亥岁首，克文忽在《晶报》上刊载《自约二事》云：

“化名骂人，为最不道德之事，往者，不佞犯之屡屡矣，清夜自思，愧悔交并，今特自约，自癸亥正月始，凡披露本报之文，除用名外或署寒云，决不再自欺欺人，而劳读者之测度也。又讥弹政事，针砭世风，为记者之天职，曷敢自弃，若攻揭隐私，肆意诟詈，快一己之口舌，败他人之声誉者，施予不当，即是罪恶，当力忏除，勉毋陨堕。至于巨猾老奸，元凶大恶，应加诛伐者，不在此例。”

克文与余大雄相处是较好的，且和大雄的父亲艇生也有交谊，艇生与张叔驯藏泉都是很多，大雄一一拓了，拟印成《泉鉴》一书，请克文任勘注，可是克文只作了一篇序文，没有勘注，书也没有印成。有一次大雄不知在哪获得袁世凯《戊戌纪略》手稿本，下有“八月廿五日书于小站营次，交诸子密藏”等语。给克文辨真伪，克文一阅之下，觉得可疑，便写了一篇《戊戌纪略书后辨》，谓：“先公有戊戌政变日记详纪靡遗，予读之，略忆始末，故作《定变记》以纪之。今读传录之《戊戌纪略》，谓是先公遗著，中皆泛论，而无事实，与予旧读之日记不同，疑是洹上记室，见先公日记，既欲白先公之苦心，而又虑招人之忌怨，故隐其事实，衍为泛论，先公虽既疏文学，若通籍二字尚非不解，胡竟以通籍自引，此必非先公自撰，可断言也。”按以上云云，那么现在作为史料考证的《戊戌政变纪略》，也就靠不住了！

他和张丹翁也时相调笑，当时张恨水把丹翁两字译作白话“通红老头子”，克文便作碎锦格诗钟云：“极目通明红树老，举头些子碧云残。”又时而相龃龉，有时又和好无间，彼此交换古物。

丹翁的鬻书润例，便是克文所订的，谓：“丹翁获汉熹平漆书，因窥隶草之奥，藏唐人高莫石室记，遂得行楷之神，施于毫墨，极尽工妙。”对于丹翁的书法，始终是推崇的，我的箧中有克文手稿《篆圣丹翁》一文，似乎没有发表过，原文录之于下：“今之书家，学篆籀者夥矣，而能真得古人之旨趣者，盖寡，或描头画脚，或忸怩作态，则去古益远。在老辈中，惟昌硕丈，以猎碣为本，而纵横之，而变化之，能深得古人之真髓者，一人而已，昨丹翁兄见过，出示所临毛鼎，予悚然而惊，悠然而喜，展读逾时许，而不忍释，盖丹翁初得汉简影本而深味之，继参殷墟遗契之文，合两者之神，而出以周金文之体，纵横恣放，超然大化，取古人之精，而不为古人所囿，今之书家，谁能解此耶！其微细处，若绵里之针，其肥壮处，若庙堂之器，具千钧之势，而视若毫毛，吾以为三代人涂漆之文，不过尔尔也，予作篆籀，尚拘守新象，而丹翁则超超于象外矣，俗眼皆谓予为工，而不知共荒率者，难于工者，百倍犹未止也，工者循象迹求，犹易以工力为也；率者神而明之不在方寸之间，无工力不成，无天才亦不成，岂凡夫俗子所能梦见者哉！予能知之，黄叶师能知之，恐再求知者，亦不易也。予读其所作，懔然有悟，它日作书或可进欤！予尝曰：秦以后无篆书，晋以后无隶书，今于数千载下，得见古人，洵予之幸也。”虽多过誉，然论书亦颇有见解。

克文对于南通张季直（謇）深恶痛绝，虽到过南通，参与通俗剧场客串，备受张季直的优礼，但回沪后，一再在《晶报》上讥骂张季直，刊登《箴更俗剧场》《南通小记》《南通竹枝词》等，都对张季直作了贬语，更反对张氏为了梅兰芳与欧阳予倩作《梅欧阁》。当张七十寿诞，他撰了副寿联：“江北大皇帝，天南老寿星”来骂他。原来张在家乡有“土皇帝”之号，克文所以讽笑出之，张看了大不高兴，没有把这联张悬礼堂上。克文为了沈寿事，很同情于沈寿的丈夫余冰人（觉），他有一封复余冰人的信，公开在报上，如云：

“冰人先生辱复，悲感沉痛，欷歔久之，以尊夫人之才之艺，竟遭此厄，冒终身不白之冤，抱弥天长恨而死，人神同泣，江海永哀，天下闻之，应为愤慨，若某老伧，人首兽心，妄窃时誉，三百年后，自有公论，秦奸铸铁，当世未尝不赫赫也，真投彼豺虎，豺虎不食之徒，尊夫人在天有灵，必有以诛，亟望见过，畅言其详，弟虽不才，尚能以口笔布远其恶，使天下后世毋为所欺焉，兄以身受之痛言之，自足昭重，温犀秦镜，好不可遁矣。敝报嫉恶如仇，直书无隐，利势不可屈，威武不可夺，故于兄之恨事，深愿披露，非若其他耸于土皇之尊，甘低首下心，为之臣奴也，临颖企盼，鹄候宠光，此复。”

竟呼张季直为老伧、为秦奸、为豺虎不食之徒，其痛恨可知，未几《晶报》上便刊出赓续若干期的《余觉痛史》。

谈到克文的仪表，温文尔雅，举止洒然，不蓄髭，御眼镜，常戴六合帽，帽上缀着一颗浑圆光莹的明珠，或灿然生辉的虬霞。这是北方宦家子弟的气派，他还是习染着，服御很整洁。

逢到严冬，他穿着一件海龙皮袭，价值很高，他也非常珍惜。至于西装革履，他不喜欢，所以生平从未穿过。

有人仿明末四公子及清末四公子之例，创为民国四公子，所谓民国四公子，是那些人呢？那就是张作霖的儿子张学良，卢永祥的儿子卢小嘉，张季直的儿子张孝若，袁世凯的儿子袁克文。至于醇酒妇人，则袁克文便可上比战国时代四君之一的信陵君。（按：林庚白说，民国四公子，无袁克文份儿，而是孙科，因为民国五年以后，袁世凯已非风云人物了。——编者志）

秋瑾女儿王灿芝

王灿芝，是秋瑾的女儿，那是从秋瑾丈夫王廷钧的姓。秋瑾干革命，和王廷钧宣告离婚，灿芝改姓为秋，但外间叫惯了，还是称她王灿芝。

秋瑾东渡日本，资斧不够，不得已，告贷于盟姊徐自华。自华慨然助之，秋瑾大为感激，立脱腕上翡翠镯给自华说："我干革命，事的成败未可知，这镯留在您处作为纪念吧！"及秋瑾事败牺牲，灿芝渐渐长大，自华即把这镯交给灿芝，说："这是你母的遗物，见物似见你母，由你好好地保留着！"复撰了一篇《还镯记》，又《鉴湖女侠秋君墓表》。民国初年，当时的国文教科书，曾把这两篇作为教材。后来灿芝为其母编《秋侠遗集》，由明日书店刊行。既而中华书局也刊《秋瑾女侠遗集》，较为完备，大都根据灿芝的本子，加以补充的。

灿芝曾肄业上海持志大学，和陈乃文为学友，都是南社诗人胡朴安的女弟子。陈乃文在沪西南阳路主持治中女学，能诗善画，别署蕙漪女史，和我有些翰墨缘。某一个星期日，乃文邀约了几位文艺界人士，在该校举行雅集，朴安老人到得很早，我也参与其盛。灿芝翩然莅止，容态娴雅，但眉宇间露有英气，和寻常女子不同，彼此晤谈，落落大方。朴安在树荫下打了一套太极拳，便请灿芝舞剑，可是霜锋不容易找到，不得已，就用一根手杖来替代。她腾挪上下，左右回旋，真有似杜少陵所谓：“来如雷霆收震怒，罢如江海凝清光。”既止不喘不汗，确有一番功夫。过了一年，我又在诗人王蕖川家中遇到她，一遭生，两遭熟，我就告诉她，“秋雨秋风愁煞人”这句诗，不是令先母自己的作品，而是清吏逼供时想到他人的句儿而应付的。灿芝向我索阅原诗，过了一天，我就把清嘉道年间娄江陶澹人《沧江红雨楼诗集》中《秋暮遣怀》一首抄给她：“人生天地一叶萍，利名役役三秋草。秋草能为春草新，苍颜难换朱颜好。篱前黄菊未开花，寂寞清樽冷怀抱。秋雨秋风愁煞人，寒宵独坐心如捣。出门拔剑壮槃游，霜华拂处尘氛少。朝凌五岳暮三洲，人世风波岂能保。不如归去卧糟丘，老死蓬蒿事幽讨。”秋瑾喜诵前人诗，当逼供时，忆及这句，便写出来，作为供而不供的反抗语罢了。

抗战胜利，灿芝一度供职上海市政府，后远渡重洋，音讯杳然，听说病逝异域。敝笥存有某诗集（书名记忆不起），封面上尚有“灿芝阅读”四字的墨迹。其他书札，在十年动乱中被毁，不胜惋惜。

胡亚光为胡雪岩曾孙

老友胡亚光，最近在上海逝世，年八十六岁。其夫人早已逝世，与一孙同住，临死时，其孙亦不在身边。

胡亚光是人称胡财神胡雪岩的曾孙。杭州胡雪岩，那是《清史·货殖传》中的著名人士，旧居芝园，有延春院、凝禧堂、百狮楼、碧城仙馆诸胜。回廊曲折，叠石玲珑，姹紫嫣红，备极缛丽，在杭垣首屈一指。但盛况无常，传衍数代，就渐感式微，无复当时的排场气派了。亚光出生于牛羊司巷的老宅，那芝园占地很大，前院为元宝街，后院为牛羊司巷，前院早已易主，后院尚留着一部分屋舍哩。亚光幼时，犹目睹一些残余遗迹，谓曲桥栏干是铁质的，外面却套着江西定烧的绿瓷竹节形柱子，晶莹润泽，色翠欲流，下雨后，更为鲜明炫目。所有窗框围柱，都是云南白铜制成的，镂着精致的花纹，即此一端，已足概见当时的穷奢极侈了。

他年逾八十，精神尚健。早年丰度翩翩，很是秀逸。曾有人把江小鹣、汪亚尘、丁慕琴，胡亚光同列为画坛上的美少年。近年亚光虽已垂垂而老，无复张绪当年，然衣履整饬，举止从容，尚有一些气度哩。

李公朴之死

李公朴是七君子之一，被蒋政权监禁多时，抗战军兴，才得恢复自由。曾去山西，任职民教馆和民族革命大学，旋赴重庆，创办读书生活出版社，参加民盟，为西南负责人。后来在昆明和几位朋友开设一书铺子，借此糊口。那天细雨潇潇，公朴和他的夫人张曼筠在寓舍中正在闲话家常，曼筠忽地站起来说："荒唐荒唐！怎么受人之托，却忘得干干净净。"说完，便挟了雨具，欲向外走。公朴莫名其妙，询问之下，才知道她有个女朋友，是位音乐家，拉得一手好提琴，有事想赴重庆，可是没有赀斧。因此预备举行一个音乐会，藉以筹措，她想到曼筠和某剧院负责人很熟稔，便委托曼筠向剧院商借场所。奈曼筠事多，把这委托遗忘了，这时忽地想到，便急匆匆要把这事代为办妥。公朴正闷得慌，说："我同着你去，借此疏散疏散吧！"剧院和寓舍相距不远，转瞬即到。当时剧院负责人一口答应，条件相当优越，曼筠心中很满意，打算明天给朋友一个回音，这事可告圆满了。面上带着喜色，和公朴一同返寓。因为下雨，且时间很晚，路上行人不多，走到离寓大约只四五十家门面，突然公朴大叫一声，随声倒地，血涔涔地流着。原来已给特务用无声手枪击中了要害，特务就一溜烟地逃去。当时公朴尚能开口，说："赶快雇车送医院。"曼筠遵命，送公朴到附近的医院里，可是出血太多，无从挽救了。曼筠是我友张小楼的女儿，这情况是小楼亲自讲给我听的。小楼虚于后嗣，仅有这个女儿，自嫁了公朴，半子之依，老怀弥善，岂料经这个打击，女儿成为寡妇，他老人家抑郁成疾，死于沪上。按公朴，江苏常州人，生于一九〇二年十一月二十六日，被狙击为一九四六年七月十一日。七君子，公朴外，有沈钧儒、邹韬奋、沙千里、史良、王造时、章乃器。

女小说家张爱玲

那消沉多年的女作家张爱玲，现在又复喧腾人口。有写她家世的，有评她小说的，有把她的作品列了著述表的，一致称她为四十年代杰出的女小说家。若干年来她远寓新大陆，和我国文坛较少联系，但她仍没有抛弃写作生涯，撰了一部《红楼梦魇》，原来她是个红楼迷。她还用英文译了《海上花列传》，颇得彼邦人士的喜爱。

张爱玲是名宦张佩纶的孙女，河北丰润县人，曾在香港读大学。一九四三年，她从香港来到上海，认识了一位园艺家黄岳渊。这时喜栽花木的周瘦鹃，常到黄氏园游憩，遇到了张爱玲。经岳渊介绍，知道她写了一部小说《沉香屑》。那小说很特殊，不标第一回、第二回，也不标第一章、第二章，却标着第一炉香，第二炉香，且笔墨轻清流利，逗人喜爱。瘦鹃和她相商，愿不愿意给他刊登在《紫罗兰》杂志上，她当然很高兴她的处女作能在刊物上发表，即请瘦鹃到她寓所，款以茶点，谈的很融洽。《沉香屑》一经刊载，大受读者欢迎。当时平襟亚主办《万象》杂志，也约她写稿，她写了一个长篇，按期登载。后来为了稿酬问题，各有异议，爱玲辍笔，不了而了，致长篇小说有神龙见首不见尾之憾，襟亚因此很不以爱玲为然。有一次，某刊物编辑组织十人写集锦小说，篇名《红叶》，襟亚和我都是被约的撰述者。襟亚不忘宿怨，竟借题发挥。在集锦小说中，描述一对少年夫妇，打算赴友人宴会，一看手表，时候尚早，便在家园中看着新栽和旧植的花树，那女的忽发奇想，问老园丁："这里有没有狐仙？"老园丁回答说："这里是没有的，而某家园中，每逢月夜，时常出现一妖狐，对月儿焚香拜祷，香焚了一炉，又焚一炉，一炉一炉地焚着，直到最后，竟修炼成功，幻为婵娟美女，出来迷人。"无非借此小情节以讽爱玲，襟亚写到这儿，点了我名续写下去。我接着写一对少年夫妇，以所约时间差不多，即驾自备汽车应约而去，把这妖狐云云，一笔撇开。这篇作品，不知道爱玲本人看到与否。

爱玲自称："生来是个写小说的人。"所以她写的小说很多，如《赤地之恋》《秧歌》《怨女》《半生缘》《鸿鸾禧》《倾城之恋》《红玫瑰与白玫瑰》《金锁记》《十八春》等。傅雷生前，对她的作品，写了一篇《论张爱玲的小说》，评价很高。那编撰《小说辞语汇释》的陆澹安，也力赞她的《十八春》，情节与写作技巧，都有独到的地方。

网师园人物写照

网师园在苏州，以精致小巧见称，从建筑角度来看，以水为主，布局紧凑，空间尺度，斟酌恰当，并成功地运用比例陪衬和对比手法，获得较好的艺术效果。居息其间，自具水木清华，考槃徜徉之乐。历来园主，不一其人，兹把几位较著的，列举于下：

李鸿裔，生于一八五一年，卒于一八八五年，字眉生，号香严。得网师园，园距宋苏子美的沧浪亭不远，榜园为苏邻小筑，他就把苏邻作为别署。他原籍蜀中，流寓吴门，清咸丰辛亥举人，官至江苏按察使，署江宁布政使。退隐后，度其林亭清逸生活。园以芍药著名，每逢花开，辄置酒肴，邀几个素心人，觞咏为乐。笔者藏有他一纸大红名片，片端写一字条，有云："小园芍药方开，十九日午刻，祈移玉过我同赏，赓廷仁兄年大人阁下。"赓廷名汝询，为溧阳名士，也侨寓吴中，鸿裔和他是很莫逆的。鸿裔擅诗，稿积盈尺，诸友劝他刊印，他说："人们给我的诗集，我都束诸高阁，我若刊印诗集，难免也被人束诸高阁，我就不欲灾梨祸枣了。"后来还是有人把他诗稿，印成《苏邻诗集》。

继李鸿裔而为园主的，便是张锡銮，治戎于白山黑水间，悍猛善骑，人以快马张呼之。他能诗，刊有《都护集》，诗如《团防暮饮归营》云：“薄饮村醪趁醉归，长河一带晚烟围。暮天风紧雪平野，匹马冲寒山欲飞。”大有王摩诘“回看射鵰处，千里暮云平”的气概，求诸赳赳武夫中，真属不可多得。无奈他瘁于边防戍守，园居享受，为日很少。

当何亚农为园主时，张大千和他的长兄善子，寓居园中，俨然与主人相埒。大千常据园中殿春簃作画，陈从周拜张大千为师，所以他由师门想到殿春簃，便把殿春簃推荐给美国纽约艺术博物馆明斯托夫人，仿造那么一座，不是无因的。善子别号虎痴，他畜虎一头，不用锁链，纵放在园中，虎能听从他的指挥，很为驯伏，虎张开大口，他把头部伸进去，人们看了捏一把汗，他若无其事，虎也从不侵害他。有一次，书家马公愚偶然往游，善子抚着虎，请公愚跨在虎背上，摄一照相，这时笔者正主编一杂志，便把这帧照相制版印入杂志中，标为《伏虎图》。这头虎经过训练，由肉食而为素食，更由善子牵着到北寺请高僧印光法师为之受戒。可是北寺门槛很高，虎脚较矮，跨进去，捩伤了胫骨，顿时不良于行，归去成为问题。不得已，雇一人力车，奈车夫以只载人不载虎辞绝之，再三情赏，倍蓰其值，车夫虽为重赏之下的勇夫，但仍怕被虎所噬，提出要求，虎头由主人抱着向内，才得勉强拖回园中。从此虎一蹶不振，不久奄奄而死。善子留着《十二金钗图》，作为纪念。所谓十二金钗，并没有婴婴宛宛的粉黛中人在内，仅仅是善子早期为虎写生，虎作十二种姿态，善子故意以狡狯名目炫人而已。

谈沈尹默

沈尹默

沈尹默，是浙江吴兴人。本名君默，后来觉得既缄默了，不必开口，就把君字下面的口字省掉，成为尹默。有人说，这是他老人家对于旧时统治阶级不许谈政的讥讽。早年曾任北京大学教授，李大钊、陈独秀都是由他介绍进北大的。他和李大钊、钱玄同等组成编委会，轮流编辑《新青年》杂志，李大钊且在上面发表了许多论文，鲁迅的《狂人日记》也在该刊发表。他写了些新体诗，对五四运动发生巨大的影响。

他晚年住居沪东多伦路，书室在楼上，沿窗设着一案，错列着笔架墨床，砚台纸卷，一望而知这是他临池挥洒之所。他的大弟子张清源介绍了我，才得和他相识。我在香港出版的《清娱漫笔》，他阅到《褚礼堂作书一笔不苟》，就和我大谈褚礼堂，原来他的夫人褚保权，便是礼堂的侄女，家学渊源，也写一手很好的行书。谈了一回，他忽然高兴地说："我写个横幅给你，

沈尹默题 叠彩山

作为纪念，你看我写字吧！”这一下却忙了他的弟子，为他磨墨，他的夫人为他蘸笔伸纸，因为他老人家晚年唯一的缺陷，就是目力不济，患一千几百度的近视，虽戴了深度的眼镜，看东西还是模模糊糊，一切操作，非人帮助他不可。至于执笔写字，那是以意为之，到了熟极而流，神化莫测的境界，尽管自己没有看清楚，那波磔点画，却心中都有尺度，有时也能写挺大的字，曾为吴湖帆写八尺五言联，这样的擘窠大字，更属视力所不及，他觉得一横横到那里差不多了，一直直到那里也差不多了，即行煞住。写好了，整个布局和位置从来不加端详，因为他看不到那么远，那么大，所以索性不看了。可是他写成的楹帖卷幅，无不隽拔遒润，情驰神纵，如春林之绚采，秋水之澄清，为一般书家所不及。他给我写的横幅，那是一首杜子美题王宰山水图诗，他是凭着记忆默录的，写得既流转，又逸放，的确名手不凡。

上海市中国书法篆刻研究会，是他主持的。曾为青少年写习字帖，早已成为范本。他对青少年们说：“为什么要学习书法？书法是传播思想的东西，好的书法，能够有助于使一种见解、一种思想，传之以永，流之以远。我国魏晋六朝的书札，内容大都只谈些个人的生活琐事，但因书法精美，所以能流传至今。如果以好的书法，来传播今天好的思想，好的见解，那岂不是更好！”他供人研究的，尚有《二王书法管窥》《历代名家学书经验谈辑要释义》。又他的词《秋明集》，也是他手写影印的。

他身体很健，不蓄须，没有些儿龙钟颓唐的状态。可是有一年春末，忽觉胸腹不舒，不思饮食。经医生诊断，才知有部分肠子紧缩，起阻塞作用。即施手术，把肠子紧缩部割掉，然后延接起来。我到华东医院去探访，他已能起坐，把良好的经过情况讲给我听，并说：“过几天便能出院。”果然不到旬日，即行返家，又复由夫人伴着，前赴明圣湖，借六桥烟柳，三竺篁溪，作为休养所在。

十年浩劫，他老人家受到冲击，体质大损，于一九七一年六月一日逝世，年八十九岁。他的收藏，悉被掠夺，他写给我的这个横幅，因我家被抄，也不知去向了。

周瘦鹃生平四件得意事

周瘦鹃早年是位小说家，晚年是位园艺家。他幼孤，赖母亲针黹收入，得以就读上海民立中学。他很聪颖，为文深得孙今僧老师的称赏。既而从事写作，前辈包天笑奖掖有加，在杂志报刊上发表了许多小说及笔记，并列籍南社。一九二〇年，应《申报》馆之聘，编辑副刊《自由谈》，继编《春秋》，又兼大东书局编辑，呕心绞脑，一清早忙到晚上，没有暇晷。他对于尘嚣甚上的生活实在厌倦了，回到了苏州。原来他祖籍吴门，无非叶落归根而已。可是为了生计，苏沪奔走，依旧不得闲暇。

解放了，他才得透了一口气安静下来，以平素爱好的园艺为生涯，盆栽盆景，凡数百计。他每晨必亲自搬运灌溉，引为至乐，说是借此锻炼身体，不在气功太极拳之下。他家中的爱莲堂，很为宽畅，朱鱼绿龟，瓶花架石，以及书画古玩，布置得相当雅致。坐在堂中望出去，碧丛丛，浓簇簇的都是树木，什么名花异草都有，他自己榜为紫兰小筑，但人们都称之为周家花园。

某年，《人民画报》记者，特地到他家摄影，用彩色版刊

周瘦鹃

印在《画报》上，更觉引人入胜。他的菊花盆更是名闻遐迩的，人民美术出版社为它印出了彩色画片十六帧，有翠叶紫茎，有红英黄蕊，有珉枝金萼，有琼质冰姿，或悬崖，或玉立，或傍苗，或歧生，或伴以文石，或配以瓜果，菲菲芳芳，英英艳艳，对之悦目赏心，令人不忍离去。

苏州园林，甲于东南，如留园、怡园、网师园、拙政园、沧浪亭、狮子林等，尤有悠久历史。但若干年来，圮败不堪，解放后，由于政府重视，大事修葺，便请瘦鹃规划设计，哪儿堂庑周环，哪儿曲房连比，哪儿嘉树映牖，哪儿芳杜绕阶，不但恢复旧观，且又增华益胜，厥功是很足称述的。

他的写作，除小说外，出版了好多种，如《花花草草》《花道琐记》《花前续记》《花前新记》《盆景趣味》《园艺杂谈》《花弄影》，及记游踪的《行云集》等。当他七十高龄，精神仍很矍铄。他是星社一分子，社友为他祝寿，蘐照主人沈禹钟做了一首七律诗赠他：“意兴词华老更新，从容为国走蒲轮。

文坛跌宕才无敌，稗史流传世共珍。山水柳州都入记，林泉摩诘早收身。生涯烂漫东风里，扶起花间十万春。”他获得后欣喜得很，立即写信道谢。好得彼此交谊深厚，也就老实不客气，请禹钟再做一首古风，并提出要求，须把他生平四件得意事叙述进去。第一件，他在国内为翻译高尔基作品的创始者，得到了鲁迅的表扬。第二件，他赴北京开会，毛泽东主席单独晤叙。第三件，周恩来总理和邓颖超夫人游苏，亲临他的家园。第四件，朱德委员长不但到他家，还赠给他一盆名兰。禹钟果真把它一一写入诗里，古茂浑朴，都数百言。称为《四快歌》，这首歌不久即传诵吴中。奈好事不常，“文革”中四凶肆暴，瘦鹃被迫自沉于井，真非始料所及。

誉满中外的史学家汤志钧

事有凑巧，我认识了著《海上繁华梦》说部的孙玉声前辈，又认识了孙玉声前辈的令坦鸣社祭酒郁葆青，继着又认识了郁葆青的令坦誉满中外的史学家汤志钧，一脉相通，三代连系，这样的事，确是难得碰到的。

十年浩劫，我所藏的文物书籍，被掠一空，及拨开云雾，重见天日，可是文物不知哪里去了，仅归还了部分残册。一检之下，深喜孙玉声的《退醒集》和郁葆青的《餐霞集》，却犹完好，因赋一诗："秦火燔书信有之，丛残收拾夜阑时。《退醒集》与《餐霞集》，差喜尚留翁婿诗。"但玉声和葆青所著，无非稗官家言及古今体诗篇，至于学术方面，研经治史，起补苴张皇作用，那么汤志钧堪称后来居上了。

汤志钧熟于经学的源流系统，谈到这方面，缅缅似数家珍，且多所阐发。他的经学，不是就经论经，而是把经学的起始、开展、消沉，以及怎样的时代因素和社会背景作为要点，因此撰写了《儒家经学与近代史学》一文，见解新颖，鞭辟入里，当然和以往局限于训诂义理的，有鹦雀鹍鹏之判。

关于史学，他重于近代，更注意于戊戌变法及辛亥革命阶段。他既担任上海历史研究所副所长，又兼近代史研究室主任、上海历史学会理事、上海古籍整理研究组顾问，其他又有辞书出版社，请他负责《辞海》《中国历史大辞典》部分纂辑工作。但他还在百忙中抽出时间来写学术论文，近若干年中发表了五百万言左右较高质量的著述。如《戊戌变法人物传稿》，博采旁搜，备极详赡，论断又复确当，在史学上作出一大贡献。又《章太炎年谱长编》，记述了一八六八年至一九三六年章太炎的主要事迹，成为煌煌巨著。复编辑了《章太炎政论选集》，可谓能者多劳，也就责无旁贷了。那日本的《朝日新闻》，载有《中国近代史研究的动向》，力赞汤志钧学术的伟大成就，影响了日本的史学界。又美国哈佛大学、华盛顿大学教授柯文、陈学霖等，都有专文介绍，誉满中外，决不是幸致的。

他一天到晚，捧着书，握着笔，不是读，便是写。甚至夏天不挥扇，冬天不拥炉，以免耗费宝贵时间。但他也有些其他嗜好，喜观球赛，爱听京剧，可是没有暇晷前赴体育馆和京剧院，不得已，每天晚上，在电视机的荧光屏上观赏一下，便算过瘾了。

校注专家钱仲联

钱仲联最近主编苏州大学中文系的《明清诗文研究丛刊》，蒙按期惠寄，读到了他的《梦苕庵文剩》数十篇，劫余所留，尤为难得。所作有骈有散，或序或跋，可谓箫鸣凤管，雅韵欲流，求诸海内，罕与骖靳的了。

我和他通过音问，没有谋过面，仅属神交。据人告诉我："他叔宝神清，仲宣体弱，且体质方面，有一特征，即上肢长，下肢短，坐在较高的凳子上，双足悬空不着地。"是否确实，不得而知了。按仲联字萼孙，号梦苕，和王蘧常有"江南二仲"之称。因蘧常字瑗仲，都以诗名，仲联的《梦苕庵诗》，和瑗仲的《明两庐诗》，合刊为《江南二仲集》。他家原籍浙江吴兴，祖父钱振伦，为清季著名骈文家。自振伦作古，祖母翁端恩依其弟翁同龢居常熟，遂占籍为海虞人。幼年就读于翁氏的锦峰别墅，别墅背虞山而面尚湖，湖烟山霭，春柳秋枫，境绝清旷，尤为读书胜地。他十七岁考入无锡国学专修学校，和王蘧常、唐兰、吴世昌等同受业于唐文治，又从曹元弼名宿治《仪礼》和《孝经》，均能深入堂奥。当时文治对于古文读法，分太阴太阳，少阴少阳，抑扬顿挫，刚柔有别，且以因声以求气为倡。

仲联体会之余，用以朗诵骈文，通其潜气内转之理。文治大为称赏，许为诵文章的唯一继承者。他诗喜王维、孟郊、韦应物、柳宗元及清代厉樊榭，十九岁作《近代诗评》，骈四俪六出之，刊载《学衡》杂志，见者以为出于耆宿之手，不知作者尚属年未弱冠的青年，真可谓异数了。

他的诗，在范烟桥的《诗坛点将录》中，点他为小李广花荣。而诸前辈更奖掖有加，给以很高的评语，如许承尧云："逸气轩举，秀语叠出，造句之巧，卓尔迈伦。"金松岑云："才雄骨秀，独出冠时，老夫对之，隐若敌国。"又一古风有云："少年诗客钱梦苕，大翻觔斗门前过，公然捉住抉弟蓄，蹴踏诗城所向破。"燕谷老人张鸿云："愿君重振虞山诗派，含咀西昆，以入少陵。"杨云史推为异才，谓："诗在仲瞿仲则伯仲之间。"陈衍录其诗入《石遗室诗话续编》。陈鹤柴录其诗入《尊瓠室诗话》。当"一·二八"淞沪抗战时，仲联的《国军撤淞防一百韵》《飞将军歌》等，以及不少反映现实的乐府诗，连续发表在《申报》上，黄炎培见了，为之拍案叫绝，称之为"当代的人境庐"，一再揄扬，大有"到处逢人说项斯"之概。仲联引为知己。

他早年从事词章，后来致力学术，在校注方面化了很多功力，成为专家。他先从黄公度的《人境庐诗草》笺注入手，又补注钱牧斋的《初学集》《有学集》《投笔集》，其他如《李贺年谱会笺》《韩昌黎诗系年集释》《后村词笺注》《剑南诗稿校注》《吴梅村诗补笺》《文廷式年谱》。沈寐叟有《海日楼诗》佛典充斥，难于注释。仲联蓄志于此，竟潜治禅学，既邃佛家大雄之言，便完成了《海日楼诗笺注》的工作。又作《鲍参军集注》，于《岐阳守风》一诗，他根据《太平寰宇记》的记载，指出“歧阳”是“阳岐”的倒文，地在湖北石首，而非旧注所说的陕西岐山或岐水，从而解决了鲍照无从到陕西的疑团。

仲联的记忆力特别强，当他在江苏师范中文系任教时，古代文学理论专业研究生在课堂上提出：钟嵘《诗品》谢灵运一条中有“钱唐杜明师”，问杜明师是什么人？他当场回答：“杜明师乃杜杜，《洞仙传》中即有《杜昺传》。”诸生不能不钦佩他的博闻强识，从而也填补了陈延杰《诗品注》的空白。有一次遇到红学专家吴恩裕，谈笑甚欢，恩裕知他强于记忆，故意提出几个典故问他，他无不对答如流。仲联说：“您是红学专家，我却不治红学，您不妨把《红楼梦》作为根据，藉以试测吧！”恩裕所问，他都能原原本本的回答，甚至比恩裕更熟稔，恩裕为之咋舌。

他于学，力主以专带博，以博辅专，所以对于训诂、史地、考据、词章、哲学、经学、理学、佛学，以及书画鉴赏，都得其关键，窥其奥秘，知识面当然是相当的宏宽了。他担任《汉语大辞典》编委，《中国大百科全书》隋唐五代分卷主编，中国古代文学理论学会理事，又郭绍虞主编的《中国历史文论选》，得他的助力为多。又和王蘧常、郭绍虞合编《论诗绝句丛钞》，有十余巨册之多。

章太炎夫人汤国梨

国学大师章太炎，于一九三六年患胆囊炎，捐馆苏州，距今已四十多年。可是汤夫人国梨，却享高龄，直至一九八〇年冬逝世，年九十有八。

汤夫人，浙江湖州人，字影观，自幼颖慧，眼界很高，选择对象，未免过苛，因此年事渐长，尚没有适当的匹偶。恰巧章太炎以统一党总裁，主办《大共和日报》，黄季刚、钱芥尘、杨千里襄佐辑务，附刊石印画报，由湖州沈明号泊尘的主持。泊尘和国梨为表兄妹，闻太炎没有正式夫人，且知太炎研究音韵学，而以湖州音为标准，颇思择一湖州女子为妇，即以国梨为介绍。双方既洽意，泊尘为乾方媒人，国梨之戚沈和甫为坤方媒人，事遂得谐。旧例，娶妇须先送首饰以为信物，首饰大都四件，奈太炎囊无余资，怎么筹措呢？正在踌躇，适财政次长张岱杉来沪，立馈二千金，报社方面致送一千金，兑得金约指、金臂钏、金锁片，尚缺其一。太炎忽想到黎元洪总统曾颁彼金勋章一枚，凑成四数，赁屋上海北四川路长丰里，购买家具，粉饰墙壁，于一九一三年六月十日，假座爱俪园的天演界剧场举行结婚典礼。蔡元培为证婚人，孙中山、黄克强、张伯纯，陈英士、杨千里、钱芥尘等均为宾客。婚书由太炎自撰，有“文章黼黻，尽尔经纶；玉佩琼琚，振其辞采”等语，且即席赋诗，一时报刊纷纷登载。

袁世凯力谋帝制，深嫉太炎著论反对，便将他软禁北京龙泉寺。太炎经常有家书寄国梨，国梨一一收藏，作为袁氏罪证。解放后，这许多手迹，影印为《章太炎家书》一巨册，成为具有史料价值的文献。

汤国梨夫人在沪时，常赴西门城内静修路三乐里的亲戚沈家，而其时舍弟润苏奉先母住居该里，和沈家同住一宅。国梨喜玩雀牌，时与先母同作方城之戏。余进城探母，恰与国梨相值，因得亲其懿范，而以师母尊呼之。既而国梨与太炎卜居苏州锦帆泾，苏沪暌隔，音问罕通。及太炎作古，又复抗战军兴，国梨避氛海上，一度居拉都路，而这时我任课雷米路的务本女学，与拉都路近在咫尺。课余之暇，辄访国梨，聆其教益。我编《永安月刊》，承撰《李义山锦瑟诗考释》一文，以光篇幅，又见赠其蜡印本《影观诗稿》一册，诗多佳句，如题泊尘画云：“一树高梧报早凉，小庭闲煞竹方床。秋心窈窕无人问，自撷幽花理晚妆。”断句如：“乱山遮断日，一水带孤城。”又：“山连云外树，灯隔水边村。”又：“对镜羞簪花上鬓，开帘喜见月当头。”又：“千山冻雪连溪白，万树梅花绕屋开。”最传诵一时的，如：“不是阳澄湖蟹好，人生何必住苏州。”她又擅作词，词多小令，谓：“词以小令为佳，若中调长调，便有多余语，未免赘疣。”但其词集未见印行。最近上海人民出版社拟刊行《章太炎全集》。社方一再和国梨联系，检点太炎遗稿，岂知事仅及半，而国梨一瞑不视，能不惋惜。

致力日记文献的陈左高

浙江平湖陈左高，久居上海，早年从经学专家唐蔚芝游。蔚老主办国学专修馆，造就人才，不可数计，左高尤为唐门弟子的佼佼者。当时蔚老对于古文的读法，很为讲究，分太阴太阳、少阴少阳四种，那是桐城派后劲吴挚甫亲自传授的，亢坠抑扬，轻重缓急，顿使文章的跌宕迂回，波澜起伏，尽从诵读中表达出来。有一次，选择了贾谊的《过秦论上》，那是一篇气势磅礴的文章，很不易读，蔚老先命左高试读一下，居然铿锵老练，气足神完，蔚老大为称赏，许为诵读古文的唯一继承者。

一九四七年，左高任教上海复旦大学，从历代文献中，发觉到自唐李翱以来的各家日记，内容非常丰富，举凡政治典章，社会经济，风俗习尚，人物交往，以及生活琐屑，都反映在日记上。因为日记是记录者留给自己翻阅的第一手资料，所记的都是真情实据，最为可靠，但尚少有人注意到这个文献价值。左高便下了决心，把毕生的精力，倾注在这方面，至今垂垂已三十多年了。

他脱离了复旦大学，还是尽瘁于教育事业，从事日记的搜讨，空余时间不多，他就利用节日及寒暑假期，甚至星期天也不休息，跑合众图书馆，历史文献图书馆，上海图书馆，勤勤恳恳地找日记，旁及诗文笔记等，考得王荆公和曾巩的弟弟曾布，以及宋季陆秀夫等，都有日记，可惜现已失传了。他又在阅读日记过程中，发现有关自然科学资料，知道气象学专家竺可桢在一次罗马尼亚学术报告会上，谈到十二三世纪亚洲欧洲气候的变化，其理论根据，就是元代郭天锡的《客杭日记》。有一年，南方气温突然下降，有人在报上提到一八六一年，上海奇冷，徐家汇一带积雪，超过人的高度，十几天不融化，就是见之于清王萃元的《星周纪事》(也是一种日记)。又有一般典籍所缺载的政治秘闻，那谈迁、祁彪佳的日记，保存大量的晚明史料。孙宝瑄的日记，保存大量的晚清史料。孙宝瑄和皮锡瑞、叶昌炽、廖寿恒等日记，一同比勘，那戊戌政变的前前后后，更能了如指掌。至于有关经济的，自乾隆到光绪，物价的递变，那就不得不参考《安吉日记》和佚名的《得少佳趣日记》稿。关于各国交往史料，如宋朝和朝鲜来往的具体礼数，经过的途程，就记载在徐兢的《使高丽录》(也是一种日记)上。和欧亚各国的友好来往，在清代人们日记中，记载也很多，尤其李圭的《东行日记》，可说是中美关系的实录。

访求日记的稿抄本，是件很重要的工作，也是很困难的工作。因为图书馆中，印刷本多，稿抄本少，且稿抄本大都不公开，不是任何人可以阅看的，势必要从师友私人所藏，商恳借阅。他幸承师友大力支持，得窥清秘。从赵景深处看到许多有关戏曲方面的日记，如清杨恩寿的《坦园日记》稿，便有大量湘剧演出的史实。袁励准的《秋篱剧话》(也是一种日记)，关于辛亥革命前后东北戏曲演出的情况，谈得很详。又承潘景郑把著砚楼庋藏的日记稿本，全部给他抄阅。他日间没有工夫，晚上埋头灯下，放弃睡眠。如蓼村遁客的《虎窟纪略稿》(也是一种日记)，记有很多太平天国史料。又周颂高出示其先人周介楣日记稿，详知筹修顺天府志的经过和人文的动态。顾起潜熟悉版本目录，更提供了很多日记名目，俾得按图索骥，启迪很大。在许多日记中，如姚觐元、何兆瀛、李星沅的稿本，王韬的《蘅华馆日记》稿，无名氏《绛芸馆日记稿》，充满地方史料，都是足资参考的。

三十多年来，左高看过九百多部日记，特别是稿本，由他一手抄录，而私家所藏的原稿，颇多经过十年浩劫，散佚无存，幸他抄录一过，得保留若干部分，厥功也是很大的。他编撰了《古代日记选注》《明清日记丛谈》《清代日记汇钞》《中国日记史略》，有的已完稿，有的尚拟补充，由出版社约定陆续印行，以充实文献的宝库，这确是大家所盼望的好消息。

谢刚主二三事

安阳谢刚主老人，今年八十一高龄了，他还是不惮跋涉，到处访书，著述等身，钩元提要，真可谓老当益壮。他寓居北京建外永安南里，插架三万几千册，坐拥书城，深自矜喜。他的女儿和女婿在上海工作，每逢岁时令节，总要接他老人家南来团聚。原来谢老鳏居多年，女儿在复旦大学任教，有宿舍可以供奉老人家憩息安砚。那儿半村半郭，远离尘嚣，有这样好的环境，他也就把婿乡当作第二家庭了。

刚主名国桢，别署罗墅湾人，原籍江苏常州。祖仲琴，寄籍河南商丘，晚年驻迹洹上，他随伺读书，就作为安阳人了。稍长，负笈春明，毕业于清华大学，终身从事教育工作，又潜力文史研究。先从吴闿生游，后为梁启超的高足弟子。他孳孳矻矻，不忘师门，所以他有二句诗："回忆当年空立雪，白头愧煞老门生。"著述有《明代社会经济编》《锦城访书记》《江浙访书记》等，这一系列的史料书，不久可以问世。

据他自己说，他三十岁时，为了编撰那部《晚明史籍考》，曾经到江浙和东北大连沈阳等地去访书，这是访书的开始，距今已半个世纪了。他的访书，涉及的方面很广泛，无论是政治、经济、考据、词章，以及科学技术、文艺美术的各种佳本，和罕见的书籍，他都喜浏览，借此作为古为今用的资料。他看到上海东方图书馆的被焚，常熟瞿氏铁琴铜剑楼、南浔刘氏嘉业堂、平湖葛氏传朴堂所有藏书的凌替，便写了《三吴回忆录》，记载了这些藏书家的事迹。那部《江浙访书记》，是近一二年来的访书记录，因经过四凶摧残，藏书损失是很大的。拨乱反正后，百废俱兴，罗致检收，渐行恢复。他在访书记中，介绍了明清史籍二百数十种。他看到了苏州怡园主人顾鹤逸的旧藏本，天一阁的明抄本，以及南京图书馆的许多传抄本。又有许多没有印行的手稿本，如上海图节馆收藏的焦循《理堂书跋》，南京图书馆的明季徐增《池上草》，扬州图书馆的清王心湛《缶林文集》等。尤其引人注目的，是画家新罗山人的《离垢集》稿本，藏于浙江图书馆，诗作闲适冲淡，功力很深，倘把它印行流传，可与郑燮的《郑板桥集》，金农的《金冬心集》，罗聘的《香叶草堂诗集》，成为四美俱了。

刚主健笔如飞，看到稿本，往往抄录副本，卷帙多的，也摘录若干部分。总之，他不惜精力和时间。他又是考古学社的社员，旧时北平图书馆金石部主任。近年来，大量的出土文物，更提高了他的兴趣，并扩大了他的视野，在碑刻文献上作了进一步的探讨，撰有《读汉魏碑刻题记》。他个人收藏的汉碑几乎十备八九了。砖瓦拓片，也占有相当的数量。

他执教开封河南大学及南京中央大学有年，桃李满天下，所以他四出访书访碑，常能获得意外的照顾和助力，他的俸给也较优厚，每月收入，百分之三十供膳宿杂用，百分之七十花在买书上。每次逛书铺，总是挟着几册图书，施施然回家，很是得意。他对于图书的识别力，超过一般书贩，很便宜的买得人弃我取的书，常有珠玑当作砂砾，良玉当作碔砆，他就如识宝的波斯奴，捆载而归。如花六角钱买到光绪初年上海制造局最早的铅印本《水窗春呓》，三元钱买到金坛从未刊过的许多稿本，因此朋友们和他开玩笑，称他为“谢三元”。他和郭橐驼一般，有名我固当之概。他在苏州，以数元买到飘隐居士许锷的《石湖櫂歌百首》稿本，又以八元买到手稿及刻本稀见的笔记小说八种，其中一本是杨乃武与小白菜一案的资料，对于清廷的黑暗政治是足资证考的。他的书越聚越多，邺架摆满了几间屋子，即就笔记而言，已有二三千种。甚至北京图书馆和他作一预约，将来不需要这些书时，让给图书馆，以供众览。他慨然允诺，且准备编一书目，并附提要。

谢老能书，笔致遒秀，骤看几乎不辨出于老年人之手。同济大学建筑系教授陈从周，擅画花卉竹石，画上总要请谢老题上几个字，便觉相得益彰。谢老又能诗，诗很清新，但他率意为之，纯任自然，打破此道的清规戒律，别有一种风格。他每获稀见的书，动辄在书页后面，撰写跋语，更附着一二诗什哩。

“中国的夜莺”朱逢博

在世界歌坛上，具有中国的“夜莺”之称的是谁呢？这就是我们广大音乐爱好者所欢迎的女高音歌唱家朱逢博。各种报刊上，记载朱逢博事迹的很多，这好比名胜古迹，尽管人们用照相机一再拍摄，但因为取景角度的不同，依然可以给人一种新鲜的印象和感觉。我在这儿就用另一角度来为朱逢博摄一帧生活照吧！

朱逢博生于一九三七年，原籍浙江吴兴。自从她的曾祖游宦东鲁，遂寄寓大明湖畔。祖父朱一民，研究水利和建筑，清季参加过革命组织同盟会。父亲培寿，渊源家学，曾任华东水利学院教授。她读书上海同济大学建筑系，那位赴美为纽约设计建造东方园林明轩的陈从周教授，就是她的老师。她读到五年级，在最后一学程，例须实习，正值上海计划开辟闵行一条街，同济大学建筑系的学生，就被派往工地实习。工余展开文娱活动，当她高歌一曲，响遏行云，真巧得很，给上海实验歌剧院的主持者听到，认为她具有歌唱天才，便向上级推荐到专业单位，作进一步深造。在《白毛女》中为喜儿伴唱，唱那《北风吹》《扎红头绳》，吸引了满座听众，她的名儿也就大噪而特噪了。

但她的成功，不是偶然的，是经过这样的一段路程：天才一发掘一培养一努力一创新一成功。

她三十岁才和施鸿鄂结婚。施鸿鄂在芬兰赫尔辛基第八届世界青年联欢节古典声乐比赛中获过金质奖章，当然造诣很高。朱逢博在这方面，又得到了很大的助力。人民政府更给她政治待遇，为全国人大代表。且到国外去演出，到过日本、朝鲜、法国、加拿大、苏丹、圭亚那、意大利、委内瑞拉等国，那“中国的夜莺”的称号，就是委内瑞拉报刊上传扬开来的。她秉性灵敏，善于仿效，幼年曾随她的父亲旅游各地，不论到哪里，不多几时，便能讲哪里的话，讲得很流利，所以她到了外国，也就能唱各国的歌曲，不仅娴熟歌词，复能了解歌词的含义，从内心里表达出深厚的感情。

我在她家作客，她讲着一口十分流利的普通话，很直率地和我聊天，得知她多才多艺，能唱京剧、昆剧、梆子戏、评弹，又喜打篮球、垒球、桥牌，出入骑自行车，至于朗诵、演话剧，更不在话下了。她经常演唱的歌曲，就有数十种。她爱栽花木，到外国去，就带回许多奇花异草来种植，窗前有一隙地，绛碧芳菲，甚为悦目。又蓄着几头芙蓉鸟，真可谓鸟语花香。又饲养着一只小狗，那小偎依着她，她到哪儿，小狗跟到哪儿。她又谈到时常应各处邀请，演唱歌曲，尽管这些歌曲很是熟练，但从不敢丝毫大意，临唱前还有着紧张心理，希望上帝保佑，不要唱错一字一句。这些内心活动，观众们在台下是看不出来的。因为经常晚上演出，且歌唱时必须具有充沛的真实情感，演毕后精神仍然兴奋，影响了睡眠，所以常服安眠药物，明晨起身，胃部常感不适，早餐也就废除，成为习惯。她平时进饭不择菜肴，什么都能下箸，这是有一原因的，她幼时颇多东西不要吃，她母亲善于诱导，不是说这个吃了能润肤，便是说那个吃了能美容，她为了希望长大后成个美人儿，也就什么都不偏食了。

她喜欢穿绿色的衣服，一次到法国演出特制了一件绿丝绒的演出服，不料失窃了，还国后，再做一件，同样绿丝绒的。她对于图画有深切的癖好，不论中国画、西洋画，点缀壁间，几乎满满的。还要我孙女有慧给画一梅花立幅，并点明要绿萼梅。

一百三十六岁的奇人

这一位一百三十六岁的老翁，当得“奇人”的称呼。鄙人据实讲述，或许读者诸君认为鄙人在作剑侠小说式的神话哩！这老翁姓刘，不知道他叫什么名字，因为他的行径，神出鬼没，所以都称他刘神仙。他是河南人，操着四川话，足迹又常在陕甘一带。有一年，他到上海来，鄙人不认识他，也不知道他的行径。不意，一天鄙人在家绘画，老友蒋竹庄和一位大学教授某君来舍访谈，鄙人当然殷勤招待。谈了一回，竹庄问：“你知道刘神仙这人吗？”鄙人答着不知道。竹庄说：“这位刘神仙年纪一百三十六岁，马相伯、杨草仙所望尘莫及。他于洪杨时代，曾晤过石达开，其人现在居住萨坡赛路徐朗西公馆中。我和某君深慕他的大名，很想和他一见，可是我和徐朗西素昧平生，不敢贸然从事，知道你和朗西甚为熟悉，能否请你介绍一番，然后和刘神仙接谈，庶免唐突。”鄙人听了，也为好奇心所冲动，便说容鄙人先去和朗西接洽，接洽后，再给回音。鄙人立刻驱车赶到萨坡赛路徐公馆，向朗西说明情形。朗西说：“竹庄先生，素所钦佩，能驾临一谈，甚为欣幸。但这位刘神仙一早出去，往往深夜回来，非预先约定时间，恐不易会面。”

鄙人就说："那么明天早晨前来拜见这位刘神仙如何？"彼此说定了，鄙人给了竹庄回音。明天一早集合了前去，见这位老翁白发飘萧，苍癯似鹤，精神矍铄，确具异禀。竹庄研究静坐养生之道，因问他健康长寿之法。老翁道："我不知道什么养生，只知道吃、喝、拉、撒、睡，解决了这五项问题，什么都不管。"后来我们谈到石达开，他说："石达开三十六岁，患肚泻病死。"他座头悬一葫芦，贮有丸药，小如六神丸，据说有起死回生之效。当西安事变，蒋介石腰部受了伤，时常发疼，医治绝少效果，老翁的徒弟杜星五，得老翁的传授，能以医道治疑难杂症。这时杜星五住在南京秣陵饭店，委员长知道了他，就请他去诊治，居然给他治愈，原来便是用老翁的药丸。我们拜访了老翁，老翁对于鄙人却有特好的印象，问着鄙人的住址。过了一天，他居然光降寒舍，瞧了鄙人所绘的佛画，说："原来你是画家，你根器很好，最好把所有的一切抛撇了，随我周游名山大川去。"鄙人那里有这决心？妻室儿女舍不掉，所以直到如今尚在干着牛马的生活。有人告诉鄙人，刘神仙已于前年病故了，并附带着许多奇闻，说刘神仙有一次和人赌东道，他连喝了三打白兰地、二十瓶白干，没有醉意。有人谈起关外某馆的羊肉，怎样的腴美适口，可惜远在数千里外，不能一快朵颐，他说："这便当的很，我来代办。"不多一回，热腾腾地搬出一碗羊肉来，这碗上有字，便是关外某某馆。有一次，人家派了汽车来接他，他一定不肯坐，说是汽车坐不惯，汽车尽管开回去，我随着便来，及汽车开回某家，禀告主人，不料刘神仙已跑来了，他说："我的双足，速率不在汽车之下。"这许多话，在说的姑妄言之，鄙人也就姑妄听之，可是刘神仙的确是传奇人物。

炸死于宜昌之刘仁航

在八年抗战中，鄙人的朋好牺牲了好几位，最可惜的，要算下邳刘仁航灵华。他喜欢研究佛学，留学日本，曾入彼邦所设立的佛教大学，毕业后，足迹常在南洋群岛一带，后来在上海办慈航画报，鄙人摄有化妆照片，名《社会百面观》，蒙他惠题诗什，为之增光不少。抗战时，他在宜昌，被倭寇的炸弹炸死。有一班扶鸾朋友，在乩坛上扶到他，说他正在做某处城隍，这种神话，是不足证信的。他别署天养馆主，著有《乐天却病诗》《东方大同学案》《天下泰平书》《七大健康法》《记忆力增进法》《苏克雷地教育》。他的思想很特别，认为“人群不如动物群，成人不如儿童，男劣于女”，他又谓：“二十世纪之文化，为诗化时代，诗化无国界，无种界，无性界，无教界，无主义界，无众生界，乃至无虚空界，无语言音声界，同入于化海，得大解脱。”他因此发起觉华诗社，社址设在上海西门路仁吉里二十七号，用以联络世界诗友。原来他在北京，恰巧泰戈尔来华，很受到泰戈尔的影响哩！他和伍廷芳、萧一山、焦易堂、廉南湖很友善，南湖曾集梦东禅师句赠给他：“长夜绵绵照世灯，宗风不让岭南能。虚空口启山河舌，哪有闲心打葛藤？”南社诗人周仲穆，和他时相唱酬，仲穆富革命思想，被张勋所杀。事前，仲穆把他所著的《更生斋文稿》，托刘付印，刘转托其友，不料经民二变乱，文稿全失，刘深自歉疚。他主张素食，不杀生灵，又提倡女权，把“乾坤”二字颠倒为“坤乾”，有所谓坤化运动，他便是此中的主干，常谓“两性心理，雄恶雌善，《镜花缘》作者，断定女慧男蠢，故现今欲讲进化，非抑男不可。”又谓：“卓文君乃千古女杰，显相如之文于天下，实有功于文运。”又谓：“袁子才尝语某总督曰：千秋后人皆知苏小，不知有公也。今予果不记某总督之名。”他想把女性社会作为中心，联合世界人类，组成一女政府，废兵去杀，配合优种，实现大同。他立论诡异，人家称他神经病，他却毫不在意。

亡友杨度之生平

大约在民国二十年的秋天，杨皙子度遽尔逝世，鄙人曾去吊丧，那凄怆情形，偶一回忆，犹历历在心目间。光阴荏苒，距今已十有五年了。他是湘潭人，受业于王湘绮，他的妹妹，嫁给王家，为湘绮老人的第四媳。清末，一般志士纷往日本留学，他约了妹夫同赴扶桑，不料湘绮大为震怒，谓：“皙子诱我子习倭学，辱我也。”此后不与会面。《湘绮集中》曾载有那么一段文字。杨所学的是法政，归国后，疆吏交荐其才，得旨以四品京堂候补，充宪政编查馆参议，旋授内阁统计局局长，和袁项城很有交谊。有一次，项城放归，流言殊盛，亲故恐连累及祸，不敢送行，只有严范孙和杨度便衣送至车站，黯然而别。民国后，项城为大总统，属意杨度为教育总长，杨坚辞。袁问他道：“难道你薄部长不愿干吗？”杨回答说：“教育是闲曹，我愿帮忙，不帮闲。”洪宪之役，杨为筹安六君子之一，为人訾议。项城死，他就返湘办矿务，郁郁不得志。长腿将军慕他名，招他入幕。长腿好赌成性，每夕必呼卢喝雉以为乐。有一次，硬拉杨入局，竟博进二十八万元，没有几时，挥霍净尽。觉得和长腿将军气味不相投，就婉辞来沪，杜月笙礼聘他为私人秘书。他工八法，真草隶篆，无不擅长，又能画九笔梅花，著以胭脂，靡觉古艳，订了润例，广结墨缘。鄙人在云南路办艺乘社，他时常来饮酒谈天，酒后挥毫，恣肆超逸，尤多精品，即在艺乘社举行一次“杨度书画展览会”，参观的人很多，几至户限为穿。据闻他有寡人之疾，夕必御女，他的致死，无非因精力就衰而未守色戒。这是否确实，却非鄙人所知了。

曲园老人外纪

朴学宗师俞曲园，清之德清人，讳樾，字荫甫，号曲园，又尝隐名为羊朱翁。著《耳邮》一书，凡四卷。王均卿收之入《笔记小说大观》，其提要云："是书为近人俞曲园所著，羊朱翁者，俞字之切音也。"自序有云："耳闻多于目见，关于人事者十居其八，关于鬼神者不过十之一二而已。劝惩所在，仍不外乎男女饮食之间，其取名《耳邮》者，盖犹是宋人张端义《贵耳集》之微旨也。"曲园官编修，提督河南学政。罢官归，侨居吴中护龙街马医科巷，其宅比邻鹤园。某岁，星社假鹤园雅集，园主人庞君蘅裳，犹指出墙乔木曰："此曩昔曲园老人之居也，今子孙式微，宅已易主，然其春在堂匾额，尚高悬于堂，令人缅怀往日诗酒之盛不置。"曲园在吴，一意治经，以高邮王氏为宗，其大要在正句读，审字义，通古文假借，曲经以及诸子，皆循此法以行之。夏日喜午睡，特制一竹枕，枕端镌"塑锁梳"三字，人不之解，有叩之者，则曰："临睡宜澄虑不思，如泥塑偶像然，又当缄口不言，一似锁状，不思不言，则仿佛乱发之经梳栉而通理，遍体舒适，酣然入梦矣。"其晦涩有如此。曾主讲杭州诂经精舍，至三十一年之久，章炳麟其得意弟子也。

著作甚多，有《春在堂全集》《隐语》《荟蕞编》《右台仙馆笔记》等。善书，能作各体，有《墨戏》一卷，极错综变幻之妙。如“一团和气”，篆书，作圆形；“南山之寿”，草书，如寿星状；“福寿双修”，草书，如两人相对；“驱邪降福”，草书，如钟馗像；“大悲”，篆书，如菩萨像；“蓄道德能文章”，篆行草杂糅如魁星像；“曲园长寿”，草书，如携杖老人；“曲园拜上”，草书，如人拜像；“曲园对月”，草书，如人凭栏望月；“曲园写竹”，篆草杂糅，如画竹石；“右台仙馆”，篆隶杂糅，如山居建筑；“曲园课孙”，草书，如课读；“万卷书”，如架上积轴。所书楹帖便面，流传于苏浙者，不可胜计。某作书也，不择笔，虽秃毫败管，一经运用，无不挥洒如意。其次，遍觅笔不得，乃借漆匠之漆帚以为之。盖其时适雇漆匠，髹饰其春在堂也。护龙街渔郎桥头小酒肆，肆主蠢不知书，而藏有曲园联额凡一束，询之，则其父识曲园，曲园常至其肆酌饮，进以时鲜之品，曲园啖而甘之，兴至挥毫，数年来，不觉积存如许也。

南开大学之创办人严范孙

严范孙

日人肆暴，动辄毁我文物，如沪上之东方图书馆、天津之南开大学，均付诸一炬，损失之重，为从来所未有。南开大学之最初创办人，为严范孙先生，其时尚在前清光绪中，擘画经营，不遗余力，佐以张伯苓博士之襄助，始克有此成绩。而结果如此，恐范孙地下有知，定必大呼负负也。范孙尝游欧洲，故思想乃极新颖，与寻常之宿儒耆旧，固执不通者迥异，人以是多之。生平喜收藏，后悉捐助于南开之图书馆。其名贵之品，为予所知者，有王渔洋手抄之诗集，宋版本《夏侯阳算经》，及《测圆海镜细草》《李公卫会昌一品集》、元版本《鄂州小集》《玉山璞稿》《碧鸡漫志》，又袁子才亲注之《北梦琐言》、陈眉公之《妮古录》原稿本，今皆乌有矣，惜哉！范孙工韵语，予曾见其《黄海放舟诗》三首云："一夜风涛万种声，满船嚣叫复喧争。吾曹未习操舟术，屏息蒙头听死生。""行如醉后舞氍毹，卧似忙中转辘轳。无计跳身船以外，至终惟有忍须臾。”“更须猛晋莫回头，已到中流岂得休。海上风波行处有，缘何畏险却乘舟。”诗殊奇诡可诵也。范孙性风雅，栽花植竹，为其生涯，南开校中多卉木，即范孙所手种者也。每届花时，辄觞诸名流，吟咏为乐，若干年来，积成巨帙，范孙复编次之，每花一诗，每木一什，不使重复，名之曰《群芳百咏》；李莼客为之序，未付梨枣，大约亦在劫灰中矣。范孙有一怪癖，每日必展山水画卷。或询之，云：“此身虽在尘嚣，此心却不可不置诸秀峦清涧之间，秀峦清涧不可得，其惟于丹青尺幅中求之，所谓慰情聊胜于无也。”闻者笑颔之。

刘三之风义

刘季平，于干戈扰攘中一瞑不视矣，伤哉！刘赋性疏狂，以江南刘三为号。生平与曼殊上人相交为最契。曼殊书札中，与刘者计什之五六。曼殊赠诗，更有“多谢刘三问消息，尚留微命作诗僧”之句，尤为一时传诵。与革命烈士邹容为总角交。邹以《苏报》触怒清廷，系诸囹圄，刘日夕探询，辄以油酥饺、如意酥、寸金糖等为馈，盖烈士素所嗜食者也。烈士死，刘三哭之恸，慨然以私人之田园，让地数弓，为埋骨之所，至今凡过华泾，莫不知有刘高士其人。刘为南社诗人，然诗什流传绝鲜，予仅见其赠曼殊一首云：“苏子擅三绝，无殊顾恺之。怀人红绊影，爱国白伦诗。流传成空相，张皇有怨辞。干卿缘底事，翻笑黠成痴。”又一“天风雨艺黄精”断句，见者咸许为可传。曩年病酒，就医陆君士谔，数剂而愈。刘感之，以所藏曼殊山水画一帧加题识为报。陆之哲嗣清洁珍之甚，悬壶杭州，挟之以往。不料此次事变，失守时仓皇出走，未及携带，而竟致遗失。日前晤清洁，谈及此画，犹嗟惜不置也。刘工书法，予年来搜罗名人手简，得其一纸，虽寥寥三四行，然写于唐人写经格上，殊古逸可喜。拟付诸装池，藉留纪念。

野鸡大王徐敬吾

曩与同事周屏侯谈四十年前之上海掌故，屏侯谓某报曾述及野鸡大王事，但语焉不详，颇以为憾。彼年事尚幼，即闻大王之名。大王为粤东香山人，提倡革命，甚为激烈，在前清光绪间，已剪辫易服，设一书铺于青莲阁茶馆下，专售革命诸书，如《自由血》《女界钟》《革命军》《孙逸仙》《三十三年落花梦》《黄帝魂》《扬州十日记》《苏报案记事》《廿世纪大舞台》《猛回头》《驳康有为政见书》《俄罗斯大风潮》等，有数十种之多，大都出于金鹤望、马君武、陈巢南、章太炎、邹容、黄中黄、陈天华诸子手笔。盖大王任爱国公学庶务，诸子均往来爱国公学，声气相通，甚为契合也。爱国公学在静安寺路口，新世界之西邻，其时尚荒凉无市廛。大王于公事毕，即赴自设之书铺，而青莲阁旧址，在四马路中市，即今世界书局所在地。每晚，山梁中人，麇集其间，搔首弄姿，以诱游蜂浪蝶。大王营业于脂妖粉魅中，人遂以野鸡诨号赐之，其真姓名为徐敬吾，反掩而不彰。当慈禧太后庆寿，举国皆悬灯结彩，歌颂备至，而万寿无疆之标帜，所在皆是。大王亦不甘落寞，步趋人后，却于书铺门前标“万寿失疆”四字，并书一横披：“请看今日之域中，竟是谁家之天下。”人以为触犯忌讳太甚，为之惴惴恐惧，而大王谈笑自若也。大王以到处演讲，被捕数次，及出狱，必借缧绁至照相馆摄留一影，饰作囚徒，以为光荣纪念，清吏无如之何也。

严复是预言家

清末有两大翻译家，曰林琴南、曰严又陵。林以译小说著，严则以西方学术思想灌输我国，如《天演论》《原富》《名学浅说》《群己权界论》《群学肄言》，其尤著者也。严谙于世界大势，及国际情形。当世界第一次大战开始，我国颇有以为德人无败理，反对对德宣战者。严却不以为然，谓："西方一德，东方一倭，皆犹吾古秦，知有权利，而不信有礼义公理者也。德有三四兵家，且借《天演》之言，谓战为人类进化不可少之作用，顾以正法眼藏观之，殊为谬说。战真所谓反淘汰之事，罗马法国，则皆受其敝者也。故使果有真宰上帝，则如是国种，必所不福。"又云："日本以岛国而为君主立宪，然其国训民，不取法同型之英，而纯以德为师资。"又云："吾国之繁庶如此，假以雄杰起而用之，可以无敌。而日操戈同室，残民以逞，为足痛也。"以上立论，皆切中肯要。夫德国既不为上帝所福，则学步之日本，其不福也更可知。严之目光远大，在第一次世界大战之先，已知德日两国败亡于第二次世界大战之后，能不令人叹服哉？

光复上海之四烈士

辛亥年光复上海商团同志会，日前假豫园萃秀堂举行公祭先烈，并摄影聚餐，招待来宾。参与其盛，并特邀于伯循、潘有猷、胡朴安、陈其采、吴绍澍等前来指导，且于席上演说，予叨陪末座，得与其盛。为光复而牺牲之烈士，设位于米家书画舫，盖一船室也。烈士凡五人，曰荣九松、俞志伟、张沛如、刘舜卿、沈文彬，位旁更列何日琰之遗照一帧，戎装佩剑，状极英俊。何氏乃商余学会会长。所谓商余学会者，即商团之先声也。荣、俞、张、沈四烈士，死于攻制造局之役，刘舜卿则赴宁攻天保城，被张辫帅所戮，死状极惨者也。商团同志，当时凡五千余人，今来参加者，仅一百八十余人，其余或已化为异物，或则散处他乡，一时无从探访。来者大都蓄须，年在花甲左右，最少者为赵升实，当时为敢死队，只十七岁，今亦五十有二矣。堂壁缀以各种纪念物，有陈英士所颁给商团之铜章，有好义急公等褒语，又有给光复上海商团最出力之李文洪优等奖凭，照片多帧，有全体早操所留之影，均军服荷枪，惟皆垂垂有辫，因开创之际，尚在前清光绪三十二年，固仍沿清制也。一照四人，有赳赳干城之概，足旁累累皆炮弹枪子，则攻克天保城携来之胜利品也。会中更有一纪念册，黏存诸沪军都督所颁之公文，及商团臂章，又有李平书、沈缦云、王一亭、孙玉声、郁屏翰等发起商余学团之缘起。是日郁元英适在座，因以见告，此缘起即其先祖屏翰先生亲笔所书。既而施宴设席，诸同志口沫横飞，大谈其以往革命史，谓当光复之际，陈英士于《民立报》馆中特辟一室，夜间不备灯烛，与诸同志秘密商议起义事。英士颇以无兵力作后盾为忧，诸同志以商团多热血健儿，且有枪械，愿为先锋，于是英士胆始壮，遂下决心，一面攻道台衙门，一面包围制造局，枪械不足支配，无枪者挟大刀以赴敌。即有枪械者，每人亦只二颗子弹，用罄即无以施射，然以先声夺人，清兵竟丧胆，急悬白旗，亦云幸矣，但商团同志之誓扫匈奴不顾身之勇气，洵足垂史乘也。

蒙古诗人三六桥

饮水侧帽之词，出于黑水白山间之纳兰容若手笔，惊才绝艳，传诵中原人士。不意晚清三六桥，为韦鞲毳幕中人，居然作雅颂之声，篇什流播，足与纳兰后先辉映，虽不谓之佳话，不可得已。《石遗室诗话》载：“六桥为樊樊山弟子，富于隶事，逼肖其师，尤熟于满蒙各地方言，凡故实稍雅驯者，多以入诗。可诵者，如‘沙亥无尘即珠履，板申不夜况华幨’。沙亥，蒙言鞋也。板申，蒙言房屋也。又‘尚嫌会面太星更，万里轺车我忽征’。星更，绥远方言稀也。又‘蔬餐塞上回回白，楼比江南寺寺红’。盖蒙人不事耕种，六七八等月，稍有蔬食。回回，白菜名，而庙宇穷极精华也。”六桥为杭州驻防官，以杭有苏堤六桥之胜，乃有诗云：“除却西湖不是春，崇楼杰阁日翻新。倘援安石争墩例，我算西湖旧主人。”与俞曲园殊友善，曲园日记有云：“六桥，蒙古人，名三多，六桥其号，年十七，袭三等轻车都尉，喜为诗，有《可园诗钞》。”人以其三字为姓，配号而呼之曰三六桥，余戏以桥字韵，成小诗调之曰：“里外湖堤两六桥，相传一十六条桥。诗人别有六桥在，三六居然十八桥。”与六桥往还及唱和者，尚有赵荨楼、任卓人、陈寿松、袁巽初、嵩允中、吴学庄、邹筠波、方佩兰、李益智、何棠孙诸耆旧。相处久，人亦忘其为蒙古人也。喜观剧，时贾璧云蜚声红氍，六桥日往观之，赠以诗云："万人如海笑相迎，月扇云衫隐此生。我惜贾郎仍不幸，倘逢刘季亦良平。"陈甘簃谓："以张良貌似妇人女子，陈平美如冠玉，皆子都宋玉之美，非西施郑旦之美，可谓拟于其伦。"六桥亦工词，晚游调寄昭君怨云："新霁落花春曙，骄马一鞭何处，缓辔踏芳洲，绕红楼。帘里有人如玉，帘外有人愁绿，相见正无因，卷帘嚬。"狄平子称其风格逸丽，不减迦陵。六桥一度为归化副都统，晋库伦办事大臣。入民国，为盛京副都统，及侨工事务局局长。

金嗓子周璇

周璇的气质和风韵，今日的明星难以企及

电影界有两位女明星，饶有才艺，而遭逢不幸，致未能尽其所长，遽尔离世。所以事隔数十年，还是有人纪念她们，在报刊上一再撰文为悼惜。不幸的女明星，一是阮玲玉，一是周璇。阮玲玉，我见过多次，周璇却始终没有会过面，实则机缘很多，却是错过的。如亡友范烟桥、程小青，当时为她作唱词。又丁聪的父亲丁慕琴和我很熟悉，他家门上，有特别标记，把两根小树枝，一横一直钉着，俨然成一“丁”字，我是常去的。慕琴好客且喜热闹，每逢星期六，总是邀集了许多文艺界人士，在他家作文艺晚会，说说笑笑，弹弹唱唱，又复翩翩起舞，直至宵永更深始散。周璇是个参加热闹的常客，如是者有年，可是我从没有参与其盛，否则早和周璇相识了。

周璇喜欢拍照，坐的、立的、全身的、半身的、单人的、和人合摄的，累累赘赘，拍得很多，无不意态静秀，婉转多姿。

她把照片印了赠送戚友，慕琴所得，便有数十帧。

我有一寓居北京的友人张次溪，他是张煌溪的哲嗣。煌溪和革命先烈李大钊很相契。大钊被捕，煌溪冒险去探视，几被株连。次溪也见过大钊，大钊死，写了好多篇纪念文章。他有电影癖，最赏识周璇的演艺，托我物色周璇的玉照，我就学着古代微生高乞诸其邻的往事，向慕琴相商，承慕琴见贻了十多张，挂号邮寄次溪，次溪如获连城之宝，一再来函表示欣感，并托转谢慕琴。十年浩劫次溪逝世，慕琴作古较早于次溪，那些周璇的遗照，却不知去向了。

周璇所演的原影剧，为了纪念她，曾经放映多次。最近中国唱片公司，重制了一套《金嗓子周璇录音带》，配合着新音乐，更臻美备，真正达到了昔人所谓“音容宛在”了。

我的儿子汝德，购了这套录音带，晚上乘凉，合家听着，情趣盎然。这许多录音带，有田汉、伊丽、程小青、陈蝶衣、范烟桥的词，严华、贺绿汀、金玉谷、黎锦光的曲，遏云绕梁，的确不愧金嗓子之称。其中《钟山青》，词是范烟桥作的，我犹记得几句，如云：“巍巍的钟山，龙蟠虎踞石头城，啊……画梁于呢喃的乳燕，柳荫中穿梭的流莺，一片烟漫，无边风景，装点出江南新春。”录之，藉以兼悼含冤而死的亡友范烟桥。

末代少保金息侯

前清官衔，犹留旧制，有太师、太傅、太保。为皇帝典学时授读诸臣之称，降一级有少师、少傅、少保。我生也晚，却见到一位少保，当然是末代的了。少保为谁？便是满族瓜尔佳氏金息侯老人。他名梁，一署东华旧史，世为杭州八旗驻防。早年即有神童之号。戊戌变法，上了万言书，几遭不测。著有《瓜圃丛刊》等二十多种，又选取翁同龢、李慈铭、王闿运、叶鞠裳四家所记载的名彦，为《近世人物志》，凡六百人。虽述而不作，在文史上是有相当贡献的。又《清史稿》以废绌，编纂者纷纷散去，致是书不了而了，也是由他整理成帙，以谋印布。但当时有些人认为他随意窜改，多所损益，是颇有微辞的。

我和他相识，很为有趣，其时我早闻其名，也阅读过他的著述。有一次，某小型报载金息侯来沪消息，恰巧隔一天，我在衢路间忽然看见一位长袍短褂，具有贵胄气派的老人，我暗地里猜测：这位或许便是金息侯。大约又过了两三天，我访黄霭农于慈孝村，这时高朋满座，那位长袍短褂我猜测是金息侯的老人经霭农介绍，果然是金息侯。彼此一见如故，订为忘年之交。他住在西摩路女婿关姓家，和书法家谭泽闿为比邻，霭农在新闻路，相距也是很近的。承他不弃，即席成诗见贻：“海上久传小板桥，新闻争识旧闻高。春江掌故今心史，妙笔能从痒处搔。”原来他不仅知我谬撰掌故笔记，并我自称“旧闻记者”，也略有所悉了。

某年，南社高吹万老人七十寿辰，吹万的寿辰，后于苏东坡诞辰九日，便于十二月十九日，借苏寿作消寒雅集，地点假武定路的玉皇山道院。这天我离家较早，先趋金息侯寓所闲谈，息侯与吹万为神交，闻之欣然同往，揖让之余，息侯即赋诗一首云：“吹万楼高正好春，东坡生日会诗人。笑同虎虎多生气(原注：余亦七十岁，同为虎年生)，互祝眉山身外身。”息侯固善书，曾为我写一扇头，小说家张毅汉见而大为称赏说：“息侯的书法纯任自然，毫不做作，真能符合到一‘写’字，很为难得。”即托我代求一小幅，息侯却自谦地说：“我既不能诗，又不能书，诗是张打油的俚语，书是张天师的画符，不足道也。”实则他又能画，所绘《云林夜月图》，以篆法出之，自成一家。复能刻印，古雅绝伦，但不轻作。

他在沪上盘桓了一个时期，又到杭州，和我通问，谓：“上海无山水可赏，只有友朋之乐，书卷之亲。西湖有六桥三竺，九溪十八涧之胜，左右耐人玩赏，书卷似乎成为多余之物，亦就摈之不阅读矣。”最后他又作北京寓公，每日不废笔墨，一度中风，稍愈犹强起握管，以“自强不息”自励，因号不息老人。且把所作随时打印或油印以贻友好。我将所赠汇装成册，内容有《京园志余》，条目如《太平花》《瀛地疑案》《海棠春》《长春园》《圆明园被焚》等，约一百则。又《张作霖事略》，共分三十四章，甚为详赡。兼及张学良，珍闻秘讯，足资考证。又《说文科学化》，数万言，又《义易主象》，又《自然气功

金息侯书扇面

新法》，且附图说明。又《聚餐游戏诗》，凡参与宴饮者，如马寅初、齐白石、张学铭、李济深、陈莲痕、王病蝶、黄警顽、张聊止、蒋维乔、关颖人、张元济等共百人，他每人赋诗一首。这些作品，外间得见者寥寥无几，他逝世有年，我就把它作为纪念品了。

老上海孙玉声

我寓居上海六十多年，人们称我为老上海，实则是不够格的，因为比起真正的老上海孙玉声前辈，我便是后生小子，不足道了。

孙玉声，名家振，生长在上海，所以别署海上漱石生。我认识他，已在他的晚年，他颀然身长，瘦瘦的脸，既不戴眼镜，又不蓄须。他和一些光下颔的，组成无须老人会。他居住南市，距豫园不远，湖心亭是他经常憩息的所在。他撰湖心亭一诗，当时脍炙人口，我尚能背得出来，如云："湖亭突兀宛中央，云压檐牙水绕廊。春至满阶新涨绿，秋深四壁暮烟苍。窗虚不碍蒹葭补，帘卷时闻荇藻香。待到夜来先得月，俯看倒影入银塘。"他对于上海，起着荜路蓝缕作用，《新闻报》最早的总主编，就是他老人家。上海最早的游乐场楼外楼，是地产商经某所创办，那设计策划的，又是他老人家。萍社，为猜谜射虎规模最大的组织，玉声是其中领袖，后来甄选了许多谜条，刊成《春谜大观》。他又办过京剧院，出版《梨园公报》。他经常和一些诗人相往还，被推为鸣社祭酒。承他不弃，介绍我参与社末。他逝世，才由他的令坦郁葆青继其事，葆青别署餐霞，为昧园主人，辑有《沪渎同声集》。

他擅小说家言，著有《海上繁华梦》，旧上海的种种事物，叙述得一清二楚，和吴友如的社会写真，均足为后人考证之需。他写这部书，尚在清末，化名警梦痴仙，很露骨地针砭社会，痛斥黑暗。当时的青年子弟，为了嫖和赌，倾家荡产的不知万几。他固席丰履厚者，不惜量珠为聘，从楚馆中娶得一校书为侧室，又和赌徒为伍，探得其中多端的诡秘，有了这些真实资料，在书中尽情揭发，藉以警惕青年，作为晨钟暮鼓，用心亦属良苦。这时写稿没有稿费，真所谓赔了夫人又折兵了。

他又著《上海沿革考》，我主《金钢钻报》笔政，承他为撰《沪壖话旧录》，举凡上海的名胜古迹、剧院歌场、衙署官舍、迎神赛会、男妇服饰、四时食品、节令习俗、书画名家、高僧才媛、豪商富贾、交通建筑、学艺娱乐、金融概况、军警法令等，包罗万象，连登两年始辍，可是这部遗著没有汇刊成册，凡谈上海掌故者，无不引为遗憾。

星洲奇人王翰之

王翰之书法

新加坡一称星洲，华侨甚多，我有好几位朋友，旅居其间，王翰之便是其中之一。他初在澳门，擅技击，有“武术大师”的称号，当时日本、泰国、韩国等地的武术权威，先后和他较量，无不甘拜下风，向之请教。他为国增光，一洗东亚病夫的耻辱，这是很不简单的。年来他应新加坡武术教练总会之聘，担任技术教授，又兼八卦拳研究会的总教练，桃李门墙，蔚然称盛。且举行对打多次，纷载报刊，更拍摄了纪录片，成为当地妇孺皆知的传奇人物。尤其是他的八卦拳震撼一时，人们尊之为拳王。原来他研究力学多年，从中吸收营养，运之于拳，立于不败之地。又从朱大可耆宿读《易经》，渗透了易理，悟出一卦一打法，共六十四打，适合八八六十四卦。他融会变化，著有《拳论百则》《八卦拳论》，武术界奉为圭臬。

没有见到王翰之的，总认为他是一位彪形大汉，赳赳昂昂，待见到他时，岂知出于意料，竟是一个恂恂温文的书生，个子既不高，气概又不壮，真有前哲所谓“以貌取人，失之子羽”了。他多才多艺，曾从南社诗人沈禹钟治诗词，古风及律绝都来得。又从陆澹安学书法，正草隶篆，挥洒自如。又从陈巨来学刻印，布白施朱，秉承浙皖，作有《培风堂印谱》。其他善绘画，善针灸，善堪舆，善子平术，一专多能，令人叹服。

我和他的父亲壮飞老人，同隶文史馆，老人白发修髯，精神矍铄，他的武术是追随宫宝田的，宝田于清季入宫，为光绪侍卫官。民国后，曾和张作霖比过武，当时张走百步，发枪打宝田不中，大惊其技，便授之为三省巡阅使兼秉三军总教练。壮飞老人亦步亦趋，尽得其传。那么翰之的成就，是有其渊源的了。

美国朋友林培瑞

我正在撰写一部《清末民初文坛佚事》，尚未完成，那美国朋友林培瑞(Peiry Link)，很迅速地出版了英文本的《清末民初文坛佚事》了。蒙他从泼林斯登大学远程邮寄来挺厚的一册，那是多么使我兴奋啊！这部佚事，虽和我各具机杼，并行不悖，但总感觉到我落后了一步，未免引为愧事。

这本书里，还制版印入了当时写作者的照片，如天虚我生和他的后人陈小蝶、次蝶、小翠合摄的一影，《广陵潮》作者李涵秋，主持《新闻报》副刊数十年的严独鹤，鸳鸯蝴蝶派三巨头徐枕亚、吴双热、李定夷，具笑匠之名的徐卓呆，《啼笑因缘》作者张恨水和他的夫人，弱不禁风而自署石破天惊室主的顾明道，范烟桥和赵眠云的双人照，翩翩年少的周瘦鹃、江红蕉，说界前辈包天笑、程瞻庐，二次革命曾任江苏省讨袁军总司令的何海鸣，我在一九二三年所摄的半身影，也厕列其间，这许多照片，这里都无从找觅了。在文字方面，涉及面很广，如《苏报》《清议报》《强学报》《中国白话报》《点石斋画报》、竞立社、南社、星社、寰球中国学生会、平等阁、恽铁樵、叶圣陶、蔡元培、郭沫若、宋教仁、于右任、章炳麟、胡适、戈公振、刘铁云、钱杏邨、程小青、徐碧波、熊佛西、钱病鹤、东亚病夫、我佛山人、沈从文、苏曼殊、袁寒云、伍廷芳等，凡数百人。但都语焉不详。

林培瑞是哈佛大学的文学博士，不但精通汉文，兼能说得一口很流利的普通话，甚至他拜访了侯宝林，居然参加相声演出。我和他第一次会面，是在上海和平饭店，这时赵超构老人也在座，他就为我和超构老人合拍了一张全身照。此后他三次来沪，都蒙他临舍畅谈，即在我家吃饭，运箸和进中国莱肴，惯常得很，原来他的夫人是美籍华人，所以有些生活也就东方化了。我家的一台收录两用机，就是他赠送的。前年他得一女，很为喜悦，我诗以贺之："采帨悬门光照室，颁来佳讯喜怀开。它年有女传家学，不让东方咏絮才。"

缘缘堂主人丰子恺

现在报刊，不是都有漫画吗？谈到漫画，就得谈上始创者丰子恺。记得一九二五年，上海文学研究会所办的《文学周报》，郑振铎托胡愈之向子恺索画，赓续在《周报》上发表，加上“漫画”这个题目，从此我国始有“漫画”的名称。他撰有《我的漫画》，又《子恺漫画》，朱自清为作序，此后美术出版社刊行《丰子恺漫画选》，都风行一时。谈到开明书局，就得谈上老编辑丰子恺。谈到中国画院，就得谈上该院院长丰子恺。谈到弘一法师李叔同，就得谈上大弟子丰子恺。实在可以谈上的太多，一连串的谈着，未免累赘，使读者生厌，不如到此截止吧！

丰子恺一作子颛，名润，又名仁，又名仍，乳名慈玉；后从李叔同皈依佛门，法名婴行。前清光绪二十四年（一八九八年）九月二十六日，生于浙江崇德县石门湾，一九七五年九月十五日辞世，那是在浩劫中，备受磨折凌辱，抑郁致患肺癌而牺牲的，年七十八岁。他的父亲名𬭎，清末举人，弃儒就商，设丰同裕染坊，母钟芸芳，娴雅温淑，生子女十人，子恺行七，九岁丧父，赖其母抚养成人。他自幼即喜绘画，印描《芥子园画谱》，小学毕业后，赴杭州入浙江省立第一师范学校，从李叔同学图画、音乐，从夏丏尊学写作，成绩斐然。

子恺的画，植基于李叔同，又受日本画家竹久梦二的影响，他又在《太平洋画报》上看到陈师曾所绘的《落日放船好》《独树老夫家》等简笔画，更启迪了他。他的人物画，取法七道士。七道士所作画，粗笔焦墨，别具轮廓，仿佛漫画，而苍劲自具意致，非率尔为之。七道士，世往往不能举其真姓名。据《广印人传》有云："曾衍东，山东人，流寓永嘉，字七如，别号七道士，工书及篆刻，善写人物花鸟。"我在钱玉斋处见七道士上所作《塾戏图》，诸生徒捉迷藏，状态生动，神情毕肖，是不易多得的。子恺自谓："漫画创作，分为四个时期，第一是描写古诗词时代，第二是描写儿童相时代，第三是描写社会相时代，第四是描写自然相时代。但又交互错综，不能判然画界。只是我的漫画中含有这四种相的表现而已。"总之，他的漫画别具一种风格，和钱病鹤、马星驰、丁慕琴、杨清磐、黄文农、毕克官、华君武、胡亚光等强烈于讽刺性不同。他喜画杨柳，起因有那么一段话："昔年我住在白马湖上，看见人们在湖边种柳，我向他们讨了一小株，种在寓屋的墙角里，因此给这屋取名为小杨柳屋。此后常取见惯的杨柳为题材。"又说："埋头写作到傍晚，不免走到西湖边的长椅子里去坐了一会，看见湖边的杨柳树上，好像挂着几万串嫩绿的珠子，在温暖的春风中飘来飘去，飘出许多弯度微微的S线来，觉得这一种植物实在美丽可爱，非赞它一下不可。便以画代赞，继续不已。"他又这样说过："爱杨柳，是爱其贱的秉性，无求的生活，不忘根本的美德。剪一根枝条来插在地上，它也会活起来，后来变成大树。它不要高贵的肥料和工深的壅培，只要有阳光、泥土和水，便会生活，而且生得非常健美。杨柳主要的美点，是其下垂，花木大都向上发展的。向上原是好的，但我往往看见枝叶花果蒸蒸日上，似乎忘记下面的根。怎么只管高踞在上面，绝不理睬它呢？怎么只图自己光荣，而绝不回顾处在泥土中的根本呢！只看杨柳，越是高、越往低，千万条细柳，条条不忘根本。”言外有意，耐人深思。

子恺受叔同的佛家思想，不杀生物，绘有《护生画集》，这是一九二八年，祝叔同五十寿辰而作的，共五十幅，作于上海，叔同为书，由佛学书局出版。第二集，共六十幅，一九三九年作于广西宜山，也是叔同为书的，佛学书局出版。一九四〇年有英译本。第三集七十幅，一九四八年作于厦门，叶恭绰书，翌年由大法轮书局出版。第四集八十幅，一九六〇年作于上海，朱幼兰书，是年由新加坡时代图书公司出版。第五集九十幅，一九六〇年作于上海，朱幼兰书，一九六五年，由新加坡时代图书公司出版。第六集一百幅，一九七三年作于上海，由虞愚书，一九七九年出版于新加坡。

《护生画集》先后费时达半个世纪，共作画四百五十幅，乃子恺所有画集中最大的一部作品，也是他生前最珍视的一部画稿，因为这画稿是为其老师李叔同祝寿而开始的。李叔同出家，子恺思想起着很大的影响，有人就把这《画集》看成为宗教的宣传作，曹聚仁曾说了一句偏激的话：“在这时代，《护生画集》可付诸一炬。”但子恺《画集》第三集序言中说：“护生是护自己的心，并不是护动植物。详而言之，残杀动植物这种举动，足以养成人的残忍心，而把这残忍心移用于同类的人。故护生实在是为人生，不是为动植物。”当时马一浮深表同情于子恺。

我曾看到《护生画集》的一部分。觉得很有意思，如画一人持帚扫雪，远处有一小鹿，奔驰在雪地上。题云：“自扫雪中归鹿迹，天明恐有猎人寻。”又一人据坐石上，仰首观枝头栖鸟，题云：“好鸟枝头亦朋友。”又书斋前细草蒙茸，题云：“绿满窗前草不除。”又一女童作画，一猫蹲其肩头，题云：“小猫似小友，凭肩看画图”，子恺爱猫，所以所作颇多狸奴。他阅到高吹万《望江南词》有句云：“鸡抚群雏争护母，猫生一子宛如娘”，他绘成一图赠吹万，吹万为制诗笺。又画一人拟杀鸡，一客趋前阻之，题云：“客人忙拦阻，我今天吃素。”又一人持竿，水波不动，题云：“香饵自香鱼不食，钓竿只好立蜻蜓。”又陋屋前飞燕成双题云：“唯有旧巢燕，主人贫亦归。”又瓶插花枝题云：“残废的美。”又鸟鸣笼中题云：“囚徒之歌。”又厨房烹鱼题云：“刑场。”又扑蝶题云：“残杀的儿戏。”又一犬蹲于门前，一人擎伞提灯归，题云：“风雨之夜的候门者。”均蔼然仁者之言。

关于《护生画集》，却有一个曲折的小故事。子恺在厦门，和广洽法师很莫逆，后来广洽法师赴新加坡，主持龙山寺，把《画集》合刊成为巨册，附言中谈到：“惟第二集画稿，行踪最奇，先由出资刊印者某君保存，战后，其人家遭变故，原稿不知去向”云云。不知什么机缘，溆浦朱南田，供职上海酿造厂，擅诗词，爱好书画。一日忽于古玩市场上，发现《护生画集》第二集文画原稿，已装裱成册，索价一百二十元，一再还价，以九十二元成交，奈南田手头拮据，先付定洋二十元，回家筹措，为数不敷，结果售去一件三人沙发，凑数购归。他喜心翻倒，做了一首五律诗：

未识丰翁面，先联翰墨缘。
护生心恻恻，祝寿意拳拳。

画笔简而约，书风静茗禅。
沽资何所得，鬻椅凑囊钱。

子恺闻此佳讯，喜不自胜，即探得南田住址，致书南田。谓：“衲正打算重刊各集，苦于复制品不甚清楚，不宜重行制版。”其意颇思一观该书，以温旧梦。南田翌日便持这《画集》呈阅，子恺大悦。此后来鸿去雁，往还不绝，后竟请南田割爱。信上说，“昔李易安爱藏书画，凡见心爱物，沽金钗、典貂裘，掷千金不吝，收藏甚富。及至世乱，辗转流离，损失殆尽，写《烟云过眼录》以记其事，世人对藏书画称子孙永宝，其实能传三四代者有几，岂能永宝？看来佛门倒还有千年藏经，所以我以为藏之佛门，比个人保管为好。”南田慨然允诺，由广洽法师携往新加坡，把六集原稿，收在一起。直至一九八四年，广洽参加丰子恺石门缘缘堂重建落成典礼，《画集》原稿六册，捐献给浙江博物馆，且在杭州文澜阁举行《护生画集》捐献仪式，南田也参与其盛。

朱南田和我很熟稔，他著有《红雨润心庐诗稿》，请子恺题签，子恺谓：“我给你题几句，扉页我去请马一浮先生写。”时一浮在黄山避暑，未备印章，仅署蠲叟。子恺谓待我去杭州，请他补钤名印。岂料十年浩劫，子恺所题和一浮所书，俱付劫灰。幸南田探访子恺病，时子恺初痊，为写一诗，夹在旧书中，抄家时没有抄去，为仅存的硕果。又子恺弟子胡治均，也是我的熟友。他的母亲张爱稼太夫人，去年百岁寿庆，定制了寿碗贻送戚友，蒙他见惠一对，预祝我的期颐百岁，这是很可感的。他在浩劫中经常偷偷去慰藉乃师，子恺性质刚强，日间虽被批斗，晚间还是画他的画，有时把画就的小幅，给治均带去，日子既久，所以子恺的画，积有成数，甚至子恺又把所有的近作，装成一袋，袋上写着“敝帚自珍”四个字，也给治均保存，治均奉为至宝。有一次，治均恐被人看见，深夜前去，这时子恺已入睡，可是不脱衣服，和衣睡着，治均问乃师：“这样是否太不舒适吗？”子恺答复说：“红卫兵不舍昼夜地批斗我，夜间来揪，便得跟随他去，不得不如此。”说得何等可怜啊！从此子恺养成习惯，入睡不解衣了。

丰子恺作品《西方三圣》

子恺的画，有闲适意致的，我看到他有一幅，疏帘高卷，月儿一弯，照在栏杆和桌上间，桌子杂列着紫砂壶和几只茶杯阒无其人，题云：“人散后，一钩新月天如水。”着黑不多，具有空旷寂静之感，署名为TK。毋怪郑振铎对这幅画感到兴趣。子恺又曾为王凤琦画两个儿童捧大西瓜，历劫尚存在着。又新加坡的周颖南家，壁间悬着子恺精心之作，颖南子女很多，大儿子看到了，请其父颖南为他代索一件。可是其他子女，都嚷闹着每人要一件，这使颖南很为难，觉得如此无厌之求，不好意思向子恺开口的，只得敷衍子女，俟有机会，一一代求，不料子女迫不及待，一再催促，颖南无从应付，只得以实情向子恺相商，讵意子恺慨然奋笔，居然每人一幅，如愿以偿，这一下直使颖南合家欢腾，如得天赉。又朱南田一日去女画师顾青瑶家，见她案头铺着一幅将完工的《柳塘春晓》，画的杨柳，袅娜多姿，力称其妙。她说："画杨柳当推丰子恺为圣手。"南田这时，尚未认识子恺，萦诸心中，苦于识荆无从。后若干年，有幸认识了子恺，谈及往事，恰巧报章上发表了子恺的画，把原稿由邮局寄回，即赠给了南田，南田直到目前还是挂在墙上，题着"小语春风弄剪刀"。这幅画，两个姑娘，坐在窗前，相对剪裁，喁喁小语，窗外几枝杨柳，从高处直垂下来，在春风中轻轻地飘拂着姑娘的云鬓，一双燕子在柳枝边掠过，似乎偷窥姑娘们的作业。

子恺随遇而安，如在浙江上虞白马湖畔的，称为小杨柳屋。贵州遵义南潭巷的，称为星汉楼。重庆沙坪坝的，称为沙坪小屋。以及上海的日月楼等处。他生长于石门湾，一度迁居嘉兴杨柳湾金明寺弄，又常去上海江湾关心所办的立达学园，所以有人戏称他为三湾先生。最主要的当然是他家乡石门湾的缘缘堂。这堂是在原有的老屋惇德堂翻建的，他亲自绘图设计，极高大、轩畅、明爽、朴素之美，时在一九三三年，是一幢三开间的南向楼房，楼下中间是厅堂，西边为书斋，东边是家人就餐处，"缘缘堂"三字匾额，出于马一浮手笔，两旁挂着李叔同写的屏条，又有吴昌硕画的梅花巨幅，沈寐叟、李叔同的对联。他自已也写了楹帖，录王荆公的诗句："草草杯盘供语笑，昏昏灯火话平生。"庭除间有半圆形的花坛，他亲种樱桃、蔷薇、凤仙、鸡冠、牵牛等花木，还有一个扇形的花坛，种了芭蕉，以体现

“红了樱桃，绿了芭蕉”的词意。书斋里藏着图画一二万卷，由此可见主人何等的志得意满，准备终老是乡了。但不意仅享受了五年清福，及日寇侵略，肆意焚毁，这样好的家庭环境，竟成为一片焦土。子恺痛惜之余，撰写了一篇《还我缘缘堂》，立主抗战到底，在最后胜利之日，定要为无数同胞因暴敌侵略所受的损失，和自己“缘缘堂”的损失，一起向日寇算账。

一九八三年，徐春雷撰了《访重建后的缘缘堂》一文，在这文中，可以窥见一般概况，我摘录些于下：整个建筑，由三楹高楼和一个小院及后园组成。从东边墙门走进小院，首先跃入眼帘的，是正厅上面叶圣陶手书的“丰子恺故居”，横的匾刻成阴文，石绿填字，显得淡雅悦目。回转身来，才看到墙门上方的“欣及旧楼”四个大字，这是子恺生前将缘缘堂，与老屋惇德堂相比之下欣然题写的，现在集了子恺的字仿制复原。小院中栽着子恺喜爱的牵牛花和数株芭蕉。“缘缘堂”三个隶体大字，是马一浮写的，亦仿制而成，那幅吴昌硕所画的红梅中堂，由唐云重绘了。堂的两旁悬挂对联，一是李叔同书“欲为诸法本，心如工画师”，一是子恺自书“暂止飞鸟才数子，频来语燕定新巢”，都是仿制品。其他尚有钱君匋、曹简楼、谭建成、赵朴初、沈本千、沈定庵、赵冷月、吴长邺、岳石尘、刘雪樵等书画，居然琳琅满目。又有一尊半身铜像，这是广洽法师及弟子陈光别捐资，由子恺弟子曾路夫雕塑的。又前楼作为陈列室，陈列子恺各个时期的照片和他的一些作品与遗物。原来的卧室兼画室，基本照原样布置，靠后壁是一张简易双人垫架床，两侧为书箱书橱，前面窗口放一九抽屉的写字台和一把藤椅。所有的床、台、橱、椅，均为上海日月楼旧居的原物。书桌上放有子恺生前用过的文房四宝及《辞海》等书籍，书橱中陈列有他的出版著作和译作原稿。此外还展出一些他生前用过的烫酒紫铜壶、缘缘堂笺纸、画笺木刻印版、眼管、眼镜、暖炉、手杖等。特别要提的，是那枝陈旧的橘红色的派克钢笔，据一吟（子恺之幼女，一名一宁）介绍，这枝钢笔伴随她的父亲有几十年之久，建造缘缘堂的费用全仰仗它的辛勤耕耘。当举行开幕典礼，被邀参加的人很多。我和一吟是相识的，但她不敢邀我去，因为我年逾九十，她担不起责任，实则我是心向往之的。胡治均归来告诉我一些，并谈及当时缘缘堂被焚，由子恺的叔父加林抢出两扇大门，外面斑斑焦痕，里面尚完好，现在重建的缘缘堂，这大门依旧移用，但翻了一个身，把里面作为外面，留着日寇焚掠的遗迹，以示不忘宿仇。

子恺于二十二岁和徐力民结婚，子女较多，除一吟外，我都不相识，据我所知有陈宝、宛音、华瞻、元草、新枚。有一次，子恺和小儿女在一起，子恺提出一问："什么事情最好玩？"不知其中哪一位，稚气可掬的回答："最好玩是逃难，逃难既得乘火车，又得登上大轮船，多么开心。"子恺为之大笑。

子恺的趣事，尚有可谈的。当一九四七年，他在杭州连开两次画展，一次是浙江美术协会举办的，一次是省民众教育馆举办的，专为招待外宾。奈两次画展，子恺的画，每次被偷去一幅，为此，子恺在报上发表"告窃画者"，公开召请窃画人来，愿为补题上款。又一次，他画了三头羊，每头系着一索，由牧羊人牵着走，有人看了对他说："羊是合群的，所以'群'字从君从羊为形声字，只消系了一头羊为领先，其他跟随着不须多系。"子恺恍然大悟，弃去重画，这无异名画家戴嵩，画两牛相斗，牛竖着尾巴向前猛冲，甚为得势，但受到牧童的窃笑，诘问他，才知牛斗时，尾搐在两股间，和它兽不同。子恺始叹什么都得体验考察，闭门造车，是不合辙的。他什么都画，家中小儿女的动态也入了他的画幅，如《阿宝赤膊》《软软新娘子、瞻瞻新官人》《瞻瞻的脚踏车》《阿宝两只脚、凳子四只脚》《花生米不满足》等，都是寥寥数笔，甚至只有一簇头发，连脸的轮廓线也没有，但形象却跃然纸上，真是化工之笔。还有一个挽车工人，忽然附庸风雅，叩门求索子恺一画，子恺竟允其所请，立即伸纸挥毫应付他，且为题上款。另有一故事，这是子恺后人宛音亲自讲给人听的："子恺为一作静物写生，特地到一家陶瓷店选购一瓶，店伙见他挑来挑去，总是不合适，连忙从架上取下一只金碧辉煌的细瓷花瓶，一再称赞怎样的精美，可是子恺看不上眼，更自行挑选，他偶然在屋角发现了一只瓶子，虽瓷质粗糙，且蒙着灰尘，十分满意，店伙连忙解释说：'这是江北瓶子，且又漏了，买去没有用。'子恺说：'漏了不要紧，我就要这个。'说着忙付了钱，携了漏瓶就走，原来这瓶线条自然而流畅，具有一种简朴的美，店伙哪里理解，认为这个顾客是患着神经病的。"又"在二十年代，子恺到农村去，看到田野旁树丛里，几个农妇在操作，各种各样的姿态，引起他的画兴，他立刻掏出速写本，躲在大树后面画了起来。当他画兴正浓的时候，不料被其中一个农妇发觉了，这时风气闭塞，除耕稼外什么都不知道，她立即提醒同伴，接着一群娘子军，赶过来，大兴问罪之师，责问：'你画我们做什么？准是画了去卖给洋鬼子，叫洋鬼子来捉我们的灵魂。'她们其势汹汹要抢这个画本，弄得子恺有理说不清。正在危急的时候，幸亏本村一位老乡亲来为他解围。"

子恺为了谋生，为了抗战逃难，行踪无定。除了上面所谈的居处外，曾住过上海江湾同安里及安乐里、立达学园的永义里（李叔同自来沪即寓居该处）。又迁居旧法租界雷米坊，又杭州皇亲巷及马寺街、田家园、静江路，又石门湾南深浜，又桐庐宁薰坊，又长沙天鹅塘，又桂林马皇背、泮塘岭，又迁黔北遵义的罗庄、南潭巷，又重庆刘家坟、凯旋路，又厦门古城西路。此后回到上海闸北西宝兴路汉兴里，又迁至南昌路邻园村其弟子钱君匋所办的万叶书店楼上，又福州路三山会馆西面六百七十一弄七号，乃开明书店章锡琛的旧宅。我曾到那儿作客，蒙子恺书一小册页，惜于浩劫中被掠去，迄今子恺的手迹，片纸无存，为之痛惜。后又迁陕西南路，直至终老。

子恺相熟的人，都一时名流，如叶恭绰、叶圣陶、吴梦非、梅兰芳、郑振铎、陈之佛、郎静山、欧阳予倩、梅迪生、竺可桢、胡刚复、柯灵、宋云彬、胡愈之、巴金、王西彦、张梓生、郁达夫、田汉、舒舍予、朱自清、鲁迅、谢冰心、陈望道、周予同、徐调孚、沈雁冰、邵洛羊、朱光潜、关良、姜丹书、刘海粟、舒新城、内山完造等，结苔岑之契，联缟纻绞伫之欢。

李叔同有两位大弟子，一刘质平，一丰子恺。我曾看到一帧照片，是一九一八年，叔同将入山修梵前摄的。叔同高坐在中间，刘质平盘膝坐在地上，子恺亦盘膝坐于右面。大家认为刘质平传受了叔同的音乐，的确质平的音乐造诣很高，他的哲嗣雪阳，也是个音乐家。丰子恺传受了叔同的佛学，实则子恺兼两者而有之，擅奏钢琴和提琴，编了《音乐入门》《孩子们的音乐》《近世十大音乐家》《世界大音乐家及名曲》《西洋音乐楔子》《音乐的常识》《近代乐圣的生涯和艺术》《开明音乐讲义》，且在春晖中学教授音乐课，没有修养，哪有这许多成绩，真可谓多才多艺了。

世有“须眉男子”之称，可见须是男子的特征。最近看到报载："美国的长须者，他的一对八字胡须，长达一百八十五厘米，这人名米勒，年五十三岁，为加州的货车司机，十一年前开始蓄须"，且附有照片，这是多么怪异啊！又传说翁同龢为光绪帝的训蒙师，翁长须飘拂，光绪常爬上翁的怀抱，拈着师傅的须儿，这又是多么有趣啊！因此我就想到几位名书画家，颇多蓄须，如曾农髯、张大千、黄蔼农、汤定之、吴待秋、朱大可等，子恺也是其中之一，他居母丧，即开始留须。有一位潘文彦，写了一篇《丰子恺先生的胡须》，其中有那么一段话："十年动乱之初，先生（指子恺）的胡须也遭了殃。记得那天上灯时分，我刚端起晚饭碗，消息传来：'丰子恺自杀了！'在恶梦般的黑暗年月里什么意想不到的事情都可能随时发生，我立即放下饭碗，急急赶到日月楼去，踏上最后几级楼梯时，我的心怦怦直跳，真有说不出的紧张。及至推进门去，见到他老人家正在浅斟细酌，方知是讹传。那时，首先映入我眼帘的，是先生慈祥的胡须短了一截，不用说我也完全明白，已经发生过什么样的事儿了。我当时已呆住着，不知道该用什么话去安慰他。先生见我惊讶，反而满不在乎地说：'这有什么要紧。野火烧不尽，春风吹又生'，他借了白乐天的两句诗自慰慰人，于是相顾而笑。"究属子恺的须，是怎样短了一截的，该文似匣剑帷灯，不够清楚明白。据我所知，那天为了发现两幅子恺测验儿童智慧的画，一张题着"东方有个红太阳，西方有个绿太阳"，一张题着"我抱爸爸去买糖"，批斗子恺，说他"颠倒是非，故意讽刺当道的领袖"。这时子恺正患着感冒，打了一个喷嚏，又指他"破坏严肃空气"，立即出剪，剪截长须，藉以惩戒，恶作剧如此，抑何可憎可恨，又复可笑啊！

闽诗人陈兼于，和我同隶上海文史馆。我在他那里看到一首有关丰子恺先生的七律诗，并附有识语，亦极有意致，录之以殿我文。其标题云："秋夜读丰子恺先生《我与弘一法师》一文，顷为法师百年祭之辰，丰翁亦下世数年矣，书此志感"：

浙山闽水底处寻，百年精气郁萧森。
艺臻物我相忘境，学有天人一贯心。
寺塔长空圆日影，海潮终古振雷音。
丰翁妙语层楼喻，把臂真看共入林。

附识："子恺先生以人生比作一个三层楼，一是物质生活，二是艺术生活，三是灵魂生活。法师之出家，由于不满足于艺术生活，登上三楼，一探宇宙之真相、人生之究竟。宗教为高度艺术之境界，故其为僧，出于生活之要求，无足为异云。"

翻译权威伍光建

译书由来已久，如《周礼·象胥疏》：“北方有译者，译即易，谓换易言语使相解也。”又《隋书·经籍志》：“汉桓帝时，安息国沙门安静，赍经至洛，翻译最为通解。”清同治六年，李鸿章奏设翻译馆，时江南制造局初设于上海，以制造枪炮，须明西学，乃附设翻译馆。同治九年，广方言馆移并，译书百余种，为从事新学的知识大宝库。其时尚有金粟斋译书处，乃蒯礼卿所创办，汪允中、包天笑、方漱六主持其事。地点在沪市南京路，以太嚣杂，迁白克路登贤里，获得叶揆初叔父叶浩吾的日文译稿及严复所译的《天演论》《原富》《穆勒名学》等，即开始发刊。浩吾的书是直译的，不甚受人欢迎，严复的书，遵循信、达、雅三字要诀，颇引起一般新学者所重视。此后商务印书馆亦设编译所，规模比较大，严复的书，由商务印书馆汇印为《严译名著丛刊》，风行一时。和严复相竞爽，销数更在严复以上的，为林琴南所译的欧美小说，如《茶花女遗事》《吟边燕语》《块肉余生述》《十字军英雄记》《拊掌录》等，林琴南不谙外文，魏易、王晓斋等口述，而林氏以文言译之，往往出于意译，有时隽永超过原文，所以胡适之称赞他："古文的应用，自司马迁以来，从没有这样大的成绩。"商务印书馆汇刊《林译小说》，配着木箱供应，影响很大。

在民国初年，一度译文不为读者所喜爱，于是外文而华化，如包天笑的《梅花落》《馨儿就学记》，便是一个例子。一度译文畅行，又复华文而外化，朱鸳雏的《痴凤血》，便是一个例子。大凡文字一经翻译，什九失真，当时我友俞天愤，他戏把一篇华文，请甲翻为英文，再把这篇英文，请乙翻成华文，又请丙把这篇华文翻为英文，又请丁把这篇英文翻为华文，这篇文章，面目全非，不知所云了。

我国的翻译家很多，如马君武、苏曼殊、周建人、周启明、刘半农、周瘦鹃、程小青、傅东华、傅雷、李青崖、郑振铎、施蛰存、戴望舒、陈望道、丰子恺、谢冰心、耿济之、柳无忌、孙大雨、黎烈文、赵元任、赵景深、徐志摩、徐仲年、裘柱常、孙俍工、秦瘦鸥、焦菊隐、邹韬奋等，那是指不胜屈的，然以代表性来谈，还得推崇严复和林琴南、伍光建鼎足而三了。

伍昭扆，广东新会县人，一八六八年(即同治戊辰)生。名光建，一名于晋，幼年就读新会麦园村乡塾，明于思辨，颖悟冠群，而志趣不凡，年十五，考入天津水师学堂，习数理，每试辄列第一名。这时候官严复适任水师学堂总教习，他在该校凡二十年，弟子虽多煊赫，引为最得意的，便是伍昭扆。昭扆肄业五年，以最优等毕业，奉派赴英国。入格林威治海军学校，受教于莱伯特、皮雨逊诸名宿，深究物理数学，又习英国文学五年，仍以第一名毕业。归国后，执教其母校天津水师学堂。这时严复升任总办，倚重昭扆如左右手。甲午中日战争，伍激于义愤，慷慨请缨，以双目近视，未被调遣。战事结束，他随滁县吕增祥(秋樵)东渡日本，襄理洋务。增祥久居合肥李鸿章幕，学问行谊，性情识度，见称于当世，诗文书法，尤为艺林所重。严复晚年与友书，谓：“平生师友，令人低首下心而无间言者，吕君止而已（君止为增祥别字）。”伍自识增祥，乃兼治文哲之学，博览中西典籍，见闻益复宏广。庚子之役，他由津沽避居上海，与钱塘汪穰卿同为《中外日报》撰稿，并设计插画、评论，面目为之一新。常州盛杏荪创办上海南洋公学（即交通大学前身），延聘伍氏为提调，他对学生宽严并济，诸生翕然从之。时学校甫兴，绝少适当课本，他抽暇自编力学、水学、气学、磁学、声学、动电学、静电学、热学、光学等九种，精审显豁，图解习题，尤为赡富，商务印书馆为之付印，学部大臣审定，列为中学教科书。商务之张菊生、夏粹芳，明察潮流，复以伍氏博学，请编《英文课本》，成六卷，从字母拼音以迄英语名著精选，浅深相接，期以六年培成英语人才，及书出版，各校纷纷采用，凡清季光宣以至民国初元，国人之习物理英语的，无不读伍氏之书。当时之谈西学的，无不知伍氏其人。

伍氏一度从政，清季，群僚纷言立宪。光绪丙午，设考察政治馆，派端午桥、戴鸿慈等五大臣，出洋考察宪政，伍氏任一等参赞，诸大臣倚赖实多。所至欧美各国，每值演说，都请伍氏任之，他义正理充，吐属温雅，听者为之惊服。归国后，声誉益隆，端午桥、张安圃、岑西林等，先后开府两江、两广，均延伍氏主持洋务、外交，折冲樽俎，备著功绩。英舰曾借细故，直驶广州沙面，卸炮衣相胁，伍氏不为慑惧，卒以理服敌方。己酉，清廷赐文科进士出身，严复与伍氏师生同与其列，一时传为佳话。时初设海军处，伍氏以海军耆宿，出任顾问，兼一等参谋官。庚戌，扩为海军部，伍氏任军法司、军枢司、军学司司长，公暇，仍不忘一般教育文化。辛亥春，与蔡元培、张菊生等，创立中国教育会，被推为副会长。鼎革后，他以南方气候阴湿，有失体健，迁地为良，居住北京。历任黎元洪、冯国璋两总统顾问，又财政部顾问、财政部参事、盐务署参事、盐务稽核所英文股股长。时方革新盐政，稽核所总办萧山张岱杉与会办英人丁恩，商订章则，请伍氏起草。他瞻顾周详，行文条达，保持国家权益很多。任股长十年，以老乞休。后北伐军兴，他南下，任行政院顾问、外交部条约委员会委员。此后卜居上海，较多闲暇，因得重事译著。

他历年先后译著，有《西史纪要》《法宫秘史》《十九世纪欧洲思想史》《法国大革命史》《人之悟性论》《霸术》《泰西进步概论》《罗马英雄》《红字记》《红百合花》《弱女飘零记》《费利沙海滩》《妥木宗斯》《财阀》《洛雪小姐游学记》《饭后哲学》《伦理学》《泰丕》《旅客所说的故事》《在山上》《革命的故事》《大街》《坠楼记》《死的得胜》《海上的劳工》《结了婚》《罪恶》《置产人》《洛士柴尔特的提琴》《伽利华游记》《二京记》《俾斯麦》《安维洛尼伽》《希尔和特》《甘地特》《维克斐牧师传》《大伟人威立特传》《拿破仑论》《约瑟安特路传》《巴尔沙克短篇小说》；尤著名的，有迭更司的《劳苦世界》、歌德的《狐之神通》、布纶忒的《狭路冤家》、大仲马的《侠隐记》《续侠隐记》(一称《三剑客》)，为伍氏的代表作，绝版数十年，近由湖南人民出版社重印。这些当时都由商务印书馆出版，且有列入《英汉对照名家小说选》。又《山宁》《列宁与甘地》，由华通书局出版。《夺夫及其他》，黎明书局出版。《债票投机史》，神州国光社出版。《造谣学校》《诡姻缘》，新月书店出版。

抗战军兴，他体力不济，未克西行，杜门不出，但译事仍未稍停。然出版机构，人都随政府西迁，稿件复不便邮寄，又不愿在敌伪刊物上发表，故所成均未付梓。计有《第一次欧战的缘起》《英国第二次革命史》《一六四〇年的英国革命史》《俄皇大彼得本纪》《古希腊英雄记》《朱理罗曼》《中国人致英国人书》《英国地方自治纪略》等五十余种。此外尚有巨著二种，一为《苏联文明》的原作者威伯夫妇慕伍氏名、并得前驻英大使郭复初的介绍，寄书伍氏，托译汉文，伍氏接受。盛情感动之下，年余才完成，不幸敌伪破坏文化，国人在沪的，搜索株连，为患无已，伍氏便把译稿付之一炬。一为英国史学名家吉朋，著有《罗马帝国衰亡全史》，乃应中华文化教育基金委员会之约而翻译的，字斟句酌，考证弥详，二年始竣，因原书附注尚待补译，留未付印。一九四三年春间，他患气喘，心脏颇呈衰状，经西医诊治，服药注射，稍见舒解。入夏，势忽转剧，疗治无效，延至六月十日已刻，终于沪寓，春秋七十有七。遗嘱火葬，翌晨在静安寺路万国坟山（今静安公园）举行。夫人吕慎仪，娴淑端庄，为增祥长女，先九年逝世，亦火葬于此。子三，长伍庄，号周甫，任职资源委员会。次伍荀，号况甫，上海复旦大学外文系副教授，从事自然科学之译作，酷嗜京剧。逝世后，家人检得他所保存的戏单、戏广告、剧评，得胜留声机器公司，及谋得利洋行的唱片目录册，尚有他手抄唐西园、罗瘿公、言敦源、张季直、黄秋岳，关于捧角的诗词及凌霄汉阁与袁寒云论剧长书。又有数字的剧名，列为一表，如《一口剑》《二进宫》《三江口》《四进士》《五人义》《六国封相》《七星灯》《八大锤》《九龙杯》《十面埋伏》《百花亭》《千钟禄》《万里缘》（数字剧自一至万，附列甚多，不仅每一数字一剧），还有一些川剧、越剧、甬剧、常锡剧、木偶剧。又贴留了徐慕云的《故都宫闱梨园秘史》，具有掌故资料。季伍范，号蠡甫，声望更盛，他和我同任市政协之文史资料委员，可是彼此参商，没有见过面。他为文艺理论研究专家，有时作国画，署名敬庵。著作有《理想之歌》《丹橘颂》《珍珠曲》，被转译为英法文。复创作大型话剧《一代英豪》。任上海复旦大学文学教授。女二，长伍莹，字孟纯，次伍璞，字季真，今年已八十余高龄。我和季真频通音讯，承出示她尊翁昭扆六十岁时所摄的照片，戴眼镜，目光炯然，顶发微秃，不蓄须，穿马褂，具学者风度。昭扆喜昆曲，藏有《无瑕璧头段串关》《铁旗阵三十段串关》《通仙枕末段八出》《十六段中兴图八出》《通天犀四出总本》，这些都是楷书精抄本，昭扆自旧书铺购来，惜不知出于谁的手抄，但每册上都钤有"伍光建印"朱文章，可知是他喜爱之物了。别有一册，无首无尾，那就不知是什么，总之也是昆曲本。又一本为石印的昆曲样书，首冠吴瞿庵《六也曲谱序》。又昭扆手录《玉台令》《归国谣》词二阕，书法也很秀逸。

他生值民族革命思想动荡之大时代，识见先进，以灌输西洋学术文化为己任，致力于此，殆四十寒暑，计先后译著共一百三十余种，约一万万言，其内容或董理西洋文化之全面，或分述西洋语文、科学、哲学、文学、历史、政治、经济及一般社会之真谛，就体裁而言，则论说、批评、史传、小说、剧本、童话、随笔，诸体俱备，而选材皆寓深义，务使这一时代之读者，了然于泰西立国之道，盛衰之理，及名儒之言论，英雄伟人之行事，以兴起见贤思齐之心，树立发愤自强之念，更旁及社会道德之观念，民间生活之素描。而于说部，尤多择其抒写至性真情之作。他早期用文言，署名君朔，笔墨有类盲左。后期用语体。民初，胡适之创白话运动，很推重他，称为"语体新范”。平生不置产业，身后仅遗稿与藏书二三万卷，社会人士，于重庆假国立中央图书馆举行追悼典礼，吴敬恒撰追悼会缘起，详述其一生。参加者，如居正、于右任、胡适、但焘、马衡、洪深、老舍、江一平、梁寒操、陈树人、叶楚伧、邵力子、顾颉刚、徐蔚南、陈望道、汪旭初、沈德鸿、刘成禺、戴天仇、张伯苓、王庞惠、郭泰祺、曾虚白、梁实秋、万家宝、程沧波、程天放、郭沫若、胡风等，均属一时名流，各报纷载其事。

他起居有节，晨五时必起身，略作运动，饮食注意营养，不贪口腹，每餐备四五种小盘，每盘食品，都有其不同营养价值，人称：“伍老餐桌上，一味味的都是药品。”早餐后，执笔二三小时，外出散步一小时，整理收拾工作一小时，午后睡半小时。醒起，浏览书籍，或访友清话，或赴梨园听歌。服御方面，非常俭朴，从不讲究，为赴西友宴会，则更衣修整，恐失国体。住的方面，他说：“人生一半的时间在住处，故必须注意住宅环境与阳光空气等。”他的北京住宅，有一五十平方的房间，满置书籍，俨然一小小图书馆。后经数度迁移，损失了一部分，他故世，即捐赠广肇公学。行的方面，每天必徒步若干里，风雨无阻。七十岁以前，每值夏暑，必去张菊生的庐山别墅小住，幽情遐致，旷怀自逸。原来他择交甚严，与张菊生尤为莫逆。他卒后，菊生挽以联云：“天生有才胡不用？士唯有品乃能贫。”除菊生外，尚有一位外国朋友，和他也属知交。这位朋友为爱尔兰医师柯司泰复。三友每日相聚，说古道今，引为至乐。柯为当时时疫医院创办人，热心公益，笃于友道，喜爱我国书画古玩，有所得，辄请菊生、昭扆为之鉴别真伪。昭扆经常外出，或数年，或数月，柯医师每月来伍宅，一瞻其一家老小，有何病痛，为之诊治。

伍氏与严复有戚谊，不仅师弟关系，因伍氏娶吕增祥长女，次女为严复之长媳。据伍季真见告，增祥廉洁奉公，清风两袖，黎庶爱戴，有吕青天之号。擅书法，蜚声南北。酷爱碑帖，某次，曾质衣物而购买一帖，珍之如琅球。五十二岁，即殁于任上，身后萧条，遗孤四人，艰于度日。第二子吕彦直，由姊氏抚养，并携之赴法国留学，未久归国，考入清华大学建筑系，奉派去美深造，学成回国，设计广州中山堂及南京中山陵，凡数百级，建筑平面形象如木铎，取木铎警世之意。且以我国传统风格为主，融合西方建筑精髓，简朴、浮厚、坚固、美观，四者俱备。

伍氏欢喜种植，但不讲求珍品，即草花亦所滋培，芳杜柔蘅，触目皆是，最爱石榴花，庭前植数树，仲夏花开，蒸霞簇锦，红酣如火，他盘桓其间，怡然自得，果实累累，朵颐大快。正北京时，喜逛古玩摊头，和旧书铺，书破无所谓，古玩明知其为伪，摩挲作为消遣。少壮时，喜吸高级雪茄烟，晚年戒绝。任何赌博，即棋类亦不喜弄。公余之暇，往往朗诵前人诗词，或抄录成帙，谓："一以练声，一以练字，闲处光阴，无穷情趣。"

风趣老人朱孔阳

若干年前，我曾采用宋代刘政之一句话："精神此老健如虎"作为标题，记述了老友朱孔阳的许多趣事。那时他年八十有九，的确身体挺健，惟两耳有些失聪，但备着助听机，和朋好谈话，也就解决了问题。一般失聪者有一惯例，自己听不见微弱的语言，认为他人也如此，发声特别提高，尤其孔阳精力充沛，嗓子宏亮，更在其他失聪者之上，几乎隔邻都能听到，人们劝他不要如此费劲，他总是改不过来，习惯成为自然了。

他一八九二年三月二十四日生，江苏松江人。松江别名云间，所以他署名总是称云间朱孔阳。为什么这样不惮烦，那是有原因的。这朱孔阳三字的名姓，实在太现成了，《诗经·豳风》有那么一句："我朱孔阳"，姓朱而取名孔阳的便不乏其人。他和郁达夫为杭州之江大学的同砚友。一次，郁达夫看到报纸上刊载着朱孔阳升任某官职，即致书同砚友朱孔阳，商恳为其戚属某安插一个位置，同硕友朱孔阳接到了这封推荐信，为之莫名其妙。原来他一介书生，依然故我，没有登上仕途，那位腾达的朱孔阳为另一人，与他无干。孔阳把这信留存，作为笑柄。此后他便在姓名上冠上云间二字，限以地域，免致混淆。他的同砚友操笔墨生涯的，尚有吴江范烟桥，所以孔阳鬻书润例，就是烟桥为他修定的。小引云："云间朱云裳(孔阳早字云裳，晚年谐声为庸丈)。振奇人也。好学不倦，任劳任怨，能贾余勇，从事翰墨。以居西子湖边久，得山水之助，故弥多秀气，而硁硁之操，每于挥毫落纸时吐露一二，宜其所作，裴然可观矣。闻武林人之识云裳者，莫不爱其人兼及其书画(孔阳兼擅六法，偶作花卉，洒然有致)，求之者踵接，云裳颇以为古，爰为重订润例以节之。"在寥寥数语中，孔阳的为人，不难于此得其概况。记得某年夏天，他和陶冷月举行扇展，冷月作画，由他作书，在报上登一广告，标为"陶朱公卖扇"。陶朱公为古代范蠡的别署，他们两人一姓陶，一姓朱，凑合起来，令人发笑。他和著名的经济学家马寅初为相交四十余年的老友，当一九八一年六月十日(农历五月初九日)，为马寅初诞辰一百周年，北京大学为庆祝百年大寿，拟为寅初刊行文集，孔阳因制《马寅初百岁好学图》以进，特请王退斋画像、唐云画松、程十发画竹、施翀鹏画兰、陆鲤庭画石、孔阳补以梅花，并集甲骨文书"百岁好学图"五字。最为难得的，敬请南汇百岁老人苏局仙题词，合南北两寿星，藉祝双百长寿。当弘一法师李叔同诞生一百周年，刊纪念文集，孔阳亦以书幅应征。在一九七六年的初冬，他和刘海粟、高络园合作一花卉直幅，时孔阳年八十五画梅，高络园年九十一画竹，刘海粟年八十一画朱竹，有人戏称他们三艺人为"海陆空三军"。海当然是刘海粟，陆是络的谐音，空是孔的谐音。苏局仙知道了，立撰一联，书赠孔阳："海上三军抱绝艺，云间一鹤独闻天。"按络园为梅王阁主人高野侯的昆弟，即在这年逝世，孔阳于一九八六年四月一日作古，只留海粟一人，也就溃不成军了。孔阳先后两夫人，我都会面过，先为惠新华，有松江女才子之称，能绘事，常和孔阳合画花卉；后为金启静，她是刘海粟的女弟子，又留学东瀛，亦擅丹青，乃中国女子书画会发起人之一。我九十寿辰，蒙他们夫妇合作一画为赠，钤印为联铢阁，铢字为金和朱的联合体，抑何其妙。孔阳子德天，雅善辞翰，女德九，曾从我学文，精乐理，现在东鲁音乐院授声学，可谓一门风雅。

他读书杭州之江大学，是属于自助部，那是该校校长裘德生发起的，为清寒子弟着想，半工半读以充学费。孔阳课余，专为校方用铁笔写蜡纸，印为讲义，这样奋力为之，养成了他写字刻图章的基本功。此后，他在杭州书刻方面颇有声誉，一度寓居杭州龙翔里二弄三号，所以有人这样的揄扬他："孔阳先生，云间名士，湖上寓公，秉冰雪之聪明，具湖海之襟抱。书集钟王颜柳之长，画臻苏米倪黄之妙。"他间或为人画像，颊上添毫，神态毕肖，也一度订有润例。我认识他，已迁居沪西天平路树德坊一弄九号。这时我授课徐家汇志心学院，和他寓所相去不远，课后常到他家叙谈为乐。

他好客成性，大有孔北海座上客常满、樽中酒不空的风概。每逢休沐日，来客更多，无非谋饱眼福，一窥其清秘之藏。他不怕麻烦，一件件搬给人看，实在所藏东西太多了，客人来到，他总是问您喜欢看哪类的东西，他就把你所喜欢的由你赏鉴，那常在他案头和手边的，累累都是珍品，真可谓触目琳琅，盈眸瑰宝了。他有一宋宣和年间的城砖，原来方腊攻破徽州，城墙被毁，事后由知州卢宗原重修，在砖上刻有："后唐石埭洞贼方清破陷州城，次年秋始平，至大宋宣和庚子，威平洞贼方腊窃发，攻陷徽州，烧劫净尽，盖缘城壁不修，至壬寅年，制砖缮完，可保永固"等文，楷书五行七十七字，重七斤有余，承他拓印一纸见贻，原件捐献博物馆，《考古杂志》制版刊登。又藏清宋牧仲（荦）所遗的纹石，极细致可喜，凡十余枚。顾二娘、顾横波、潘稼堂等的名砚，绛云楼画眉砚，有钱牧斋亲笔题字，砚很纤巧，附一小铜镜，为柳如是遗物，匣盖镶嵌玛瑙珊瑚及碧玉，展玩之余，仿佛尚饶脂香粉泽呢。又有蔡君谟的兰亭砚、徐天池肖像砚、朱为弼红了樱桃绿了芭蕉砚，及王世贞、孙克弘、袁焕、李兆洛、张廷济、李莼客、刘铁云等自用砚。复有笔筒四，砂壶五，其中一壶为改七芗自制的，尤为可珍。彪炳照眼，古气盎然，孔阳自诩他拥有“五湖四海”，壶谐声为湖，那大的笔筒，俗呼笔海，“五湖四海”，并非夸言了。他另有一个笔筒，是用炮弹壳改制的，我动了一下脑筋，便对他说：筒上何不镌刻四个字：“偃武修文”？他连称妙妙，后来不知道他镌刻了没有。他藏印章更富，钤成一册，颜之为，“浣云壶藏印”，这五个字是他自己写的，生前送给了我，印有吴熙载的，瞿子冶的，曹山彦的，潘伯寅的，莫是龙的，孙星衍的，张敦仁的，钱叔盖的，查初白的，吴梅村的，文彭的，陈曼生的，费龙丁的，吴昌硕的，高邕之的，甚至有赋疏影横斜，暗香浮动梅花诗林和靖的，为君复二字朱文。又瓷印“清漪园”三字白文印，漪字微缺，清漪园乃颐和园的前身。孔阳逝世，这印由其后人德天捐给上海文史馆，孔阳是文史馆馆员。德天出示一扇，一面钤苏东坡、俞曲园、唐伯虎、六舟和尚、袁寒云、陈季常印，一面钤李时珍、吴弘道、林则徐、姚令仪、汤绍恩、项子京印，在藏扇中堪称别开生面。

他平生节衣缩食，癖嗜收藏，数十年来，物归所好，什么东西都有些。他喜搜罗名人尺牍，和我交流。又书画、典籍、竹刻、古钱、照片等，应有尽有。照片中，以他读书之江大学时，孙中山来校演讲，和师生同摄的集体照，尤具史料价值。别有一帧很奇异的，某年，阳羡储南强辟治善卷洞，邀他和顾颉刚、陈万里、都锦生、胡佐卿五人前往探胜，不意车至半途，因天雨泥滑，汽车翻身，堕入下坡，车由数十人拖上，欣幸不但人无损伤，车亦安然无恙，即就出事处留影作为纪念。又有一匣印泥，古艳可喜，是顾若波的。银元宝一只，重十两，刻有宋高宗绍兴年号。又宋徽宗一枚银质印。又董香光临米元章《四十二章经》，有倪承宽、孔继涑题识，他送给上海玉佛寺，由刻碑名手黄怀觉泐石作为壁饰。他应聘上海中医学院医史博物馆，为博物馆收集与医术有关的秘笈、药方及种种实物，不辞劳瘁，具有相当贡献。《上海中医杂志》特辟一专页，载孔阳收集的医史文物，彰以图片，引人注意。某岁，弘一法师李叔同的弟子堵申甫，以乃师弘一亲笔所书的《断食日志》一册出让，孔阳斥三百金购之，为两面开页的日本式簿册，封面有“丙辰新嘉平一日始，黄昏老人李息”等题字，黄昏老人李息，这是弘一的别署，断食分前后二期，每日述及生理变态，经过胸闷、头晕、肩痛、舌生白苔、流涕、咳嗽等反应，实则所谓断食，不是绝对的；梨、橘、香蕉，还是少量进啖的。据孔阳本意，是为医史博物馆代购，不料院方主持者，乃老医师程门雪，认为是书和医史无关，不之采纳，孔阳谓：“医术不外乎生理，此有关生理之探试和研究，是求之不易得的。”程意转，孔阳很不高兴，靳而不与，自归笥箧。他又珍藏同邑同光间名医凌鹏飞所著《良医诗》一册，鹏飞为俞廷飏高弟，精医，善绘芦雁，工诗古文辞，此诗包括洪杨前后百年内江浙医家一百八十余人，首冠为光绪治病的陈莲舫，当时称为御医，兹从诗后附识，始知当时在京伺候请脉的，尚有杜钟骏、张彭年、施焕、周景焘。

其他有述及何鸿舫，陆润庠父九芝等，为医林掌故。但附识欠详，有些漏遗，孔阳一一为之考释，征询医学前辈，并乞助其姻兄杜诗庭，费时年余，方告厥成，影印一册，以广流传。又藏精忠柏片段，那是在抗战时期，从嘉兴斥重金购到，据说为阮元家物，阮元宦游秀水所获得，辗转入于孔阳手，珍藏数十年，慨然捐献杭州岳墓管理所，以垂不朽。这段精忠柏，长八十三厘米，最宽处二十五厘米，上刻篆体精忠柏三字，因越年久，字迹只隐约可辨了。

他撰有《古砚留》《名印云鸠》。所谓“云鸠”，原来他初字云裳又为云间人，鸠有聚集意。《左传》有“以鸠其民”，又撰《云常语》，稿本没有发表，自序略谓：“我是平常人，有的是平常心，做的是平常事，说的是平常话。”凡一二百则，无非是他的人生哲学谈，他的夫人惠新华加以批识，亦含有哲理。孔阳云：“余二十三岁学饮酒，至五十九岁，前后三十六年，害多益少，即勿饮，转眼五年矣。书此，愿人少饮，最好不饮。”“志过高者难成，愿太奢者不遂。”“洁面以水，洗心以诚。”“幼少之时所读书，历久难忘，其天性未漓，欲寡心清故也。瞽者善辨，其目无所见，心无所纷，湛然而静故也。”“宁循理而死，毋违理而生。”“临事须于纷扰中镇静，急迫处从容。”“炼心以应变，炼身以习劳，炼识以决几，炼才以经世。”他在抗战八年中，与费穆等九人，从唐蔚芝（文治）读经史，至胜利为止，他的思想意识，多少受乃师的影响。

他喜旅游，两次赴甪直，在萧梁天监二年建造的保圣寺，瞻仰传说是唐代杨惠之所塑，实则出于宋代高手的罗汉像加以考证。他善于鉴赏，各地所有的书画文物，纷纷邀他去分真别伪，他总是不辞跋涉，凌驾希踪，因此到的地方很多。耄耋之年，犹往黄山，攀上莲花高峰，打破了历来老年人上陟绝顶的记录。他还有豪言壮语：“我们和日本一衣带水，正拟渡海而东，登富士山头，作一远眺俯视哩！”

他曾说：“为人一世，一世为人。”他忙于社会工作，如任职青年会、红十字会，因此他又诙谐地说：“我是青红帮的别派。”青红帮，过去在社会上，极占势力，长江一带，尤为通行，起自明末清初，假秘密结合的力量，灌输民族精神，起很大的作用。但他和青红帮是不相涉的，他的所谓青红帮，指的是青年会和红十字会罢了，听的人为之大噱。他在杭州，一度为了恢复泉唐公墓，到处奔波，马寅初任董事长，他任总经理，所以他常说：“我上半世为活人服务，下半世为死人服务。”他的思想是儒家的，有时也参涉释家悲天悯人的观念，有鉴于犯罪青年，身入囹圄，失去自由的痛苦，便请求入狱为犯罪青年作劝导演讲，获得允许，演讲若干次，苦口婆心，罪犯为之感动，甚至有下涕的。但这些讲稿，不知有存与否了。

松江醉白池，有一石刻，十鹿九回头，具有悠久历史，他一再接目，也喜画鹿，石刻的鹿，带些象征性，所以他所绘的鹿，也是似是而非，在依稀仿佛中。同邑程十发经常画鹿，神态毕肖，他又开玩笑说：“云间昔有二陆，陆机、陆云，今日亦有二鹿，小程和老朱，可是后来居上，我愧不如。”他又喜绘不倒翁，题句有褒有贬，褒之为“立定脚跟，仆而复起”，贬之为“空具面貌，全无心肝”。也画人像，戏题：“你说像，他说不像，像与不像，人本无相。”他不论画什么，画就了，总是张诸壁间，朋好看到了，赞他好，他便欣然送给你。我处有一画，也是赞好换来的。

关于朱孔阳，尚有一些拉拉杂杂的事可记，扩充一下，作为余兴罢。他抗战时期，曾任浙江省抗战后援会常务委员，主办伤兵医院，抢救抗战将士数百名。又主办二十四所难民收容所，收容难民二千余人。一九三三年，随最后一批撤离杭州的难民到达上海租界。当一九一〇年，孙中山先生民主革命的思想浪潮影响松江地区，孔阳由南社前辈杨了公的介绍，参加中国同盟会松江支部，那“中国同盟会松江支部”的印章，即是孔阳手刻的。他有一弟子甘珩，善刻印，他晚年所用闲章，大都出于甘珩手刻。记得他有“休莫阁”三字白文印，意思是退休莫退步，离休莫离责。又有“看看看斋”朱文印，“看看看”三字,各个不同的篆法,大约也是甘珩奏刀的。他平素诙谐谈笑，和蔼可亲。有一次，戏对一宁波朋友说：“你们宁波人，动辄提到四明山，你可称为四明人的代表。”问他为什么？他又说：“你明于诗，明于文，明于事，明于理，那是十足道地的四明人哩！”当他九十岁，他撰写了一联“九秩聋翁翁不老，三江明月月常圆”，他自己解释：“这三江，指的是我出生在松江，读书在之江，寓居在沪江。”又把“蓬莱三岛”，谐声为“朋来三祷”，即“祷勿赞我，祷勿让我，祷勿累我”。他殷勤好客，更欢迎我去闲谈，每次上午去，总是留我午膳，他的夫人金启静亲下厨房，添制数馔。金夫人真能干，不但谙艺事，且精烹调，不忙不乱，数肴具备。我一方面有感他们夫妇的盛意，一方面又感叨扰太过，过意不去，因此以后每访，改为下午。某次闲谈，忽然谈到测字，他说你不要小觑测字者为江湖术士，其中确有灵心四映，谈言微中的。曩年有二书生在测字摊上拈得一“串”字，问应试有无得中希望？测字者立刻笑形于面并恭喜道，“你们两位平步青云，连中无疑，那‘串’字，不是很显著的象形吗？”旁立别一书生，即把这“串”字，也请测字者探索试事，测字者却说：你们两人无心拈得一“串”字，有连中之喜，你是有心拈这“串”字，“串”字下加一“心”字，不是成为一“患”，是凶多吉少的。还有一人问婚姻，恰巧拈得一“死”字，其人未免颓然丧气。测字者谓“死字上为一划，下为鸳鸯的鸳字头，一床锦被盖鸳鸯，姻缘美满，可贺可贺。”他说，凡此种种，都属佳话，我虽不擅测字，却能测物，任你持什么小东西，我都能测。当时我即出一把钥匙，请他一测我的流年，他不加思索，立为判断，说得很巧妙，可是所说的今已记忆不起了。他说：“这是小玩意儿，信口开河，不足凭信的。”又他患病在床，自知不起，在纸上还写着带滑稽性的留言：“云间朱孔阳不辞而行，抱歉。承诸公还来吊唁，感谢。”他有一薄册，随意涂抹，字有大有小，又多圈改，是留着给自己看，他的哲嗣却给我寓目了。其中所写的，有些似诗非诗，似铭非铭，似偈语非偈语，耐人玩索。和他晚年往还的，如王凤琦、高君藩、施蛰存、杨松森、彭长卿、施南池、谢凤鸣、邬式唐、王正公诸子都记名于册上。又有一页，写着三多五少，即：“多读书、多静养，多藏拙。少应酬，少言语，少生气，少自负，少出门。”此外尚有陶朱公手杖，原来他小住西湖，杭友赠他一杖，后来转赠其友陶心华。陶和朱又复结合起来，以名用具。他珍视文物，为了使文物更好地获得保存，捐献了重要品一二百件，古籍图册，也归诸公家，南京博物院、上海博物馆、上海中医学院医史博物馆、浙江省博物馆、杭州市文管会、太原市文化局、杭州市佛教学会、上海玉佛寺、上海文史馆等的表彰证及感谢书，纷如雪片，他顾而乐之。他一九八六年四月一日病逝。年九十五，与画家沈迈士同日捐馆，两老均为文史馆馆员，迈士长一岁为九十六。有一遗憾事，补笔于此。我有《味灯漫笔》

一书，乃曩年所记人物掌故的汇编，某书社取去为谋出版，乃排版甫就，而时局变迁，某书社负责人不敢贸然问世，即毁版不印，仅以一样书见贻。孔阳固具嗜痂癖者，见之爱不忍释，他乃请其友许窥豹为作抄胥，誊写成册。最近齐鲁书社，裒集我的旧作《近代野乘》和《味灯漫笔》，合刊成书，标之为《逸梅杂札》，赠一册给其哲嗣德天，颇惜他老人家已不及目睹了。德天知我所居的里弄为养和邨，这三个字是沈恩孚（信卿）所书的，因检出他老人家所遗书画，有沈恩孚楹联，蒙见惠留念，这又沐受他老人家的余泽，我在这儿深深地表示感谢。

南社盟主柳亚子

一九八七年，为柳亚子一百周年纪念。为了百年祭，当然有所点缀，并有“柳亚子和南社纪念研讨会”的成立，拟在苏州定期举行。我在南社，忝列末座，曾和亚子联杯酒之欢，追念之余，岂能不有所纪述。至于亚子怎样创办南社，怎样参加社会活动，这些荦荦大端，我都不谈，因这些早有人谈过，再谈似乎赘余，多此一举了。

亚子在《南社纪略》上，写过一篇自传式的文章，人传不及自传的正确，这是第一手资料，我先来做个誊文公，但这篇文章较长，我把它简略一些，偷工减料，尚希读者鉴谅：

“我是江苏吴江县北厍镇大胜村人。原名慰高，字安如，更名人权，字亚卢，再更名弃疾，字亚子，现在却名号统一，只以亚子两字作为我的符号了。我的高祖古楂先生，讳树芳，曾祖莳庵先生，讳兆薰，祖父笠云先生，讳应墀，都是以文章道德，望重一乡的。我的父亲钝斋先生，讳念曾，清廪生，能写小楷，散骈文和小诗都可下笔。我的叔父无涯先生，讳慕曾，是以酒量、书法、算学三项著名的。我生平倔强的个性，遗传于父亲者为多。我母亲姓费，名漱芳，晚号德圆老人，从小跟一位女先生徐丸如读书。这位女先生，便是乾嘉时代吴江名士徐山民先生的女儿，她的母亲吴珊珊，还是随园主人袁子才的女弟子呢。我母亲虽然后来废学，但《诗经》和《唐诗三百首》却滚瓜烂熟的能够背诵，我小时候读唐诗，就是在她膝下口授的。我们的家庭，世居大胜村，清光绪二十四年秋，才搬到黎里镇上来。那年我是十二岁，记得先前一两年，就学做诗文，到这时候，可以写几千字的史论了。父亲头脑很新，戊戌政变时代，左袒康、梁，大骂西太后，我受他的影响很多，我曾有拟上光绪的万言书。光绪二十八年，到吴江县城应试，始和陈巢南相识。我的父亲和叔父都是长洲（今吴县）大儒诸杏庐先生的弟子，而巢南曾从学于杏庐先生，所以从辈分上讲，我还是应该叫巢南做师叔呢。光绪二十九年春，我因巢南和同邑金鹤望先生的介绍，加入中国教育会为会员，到上海进了爱国学社，认识章太炎、邹威丹、吴稚晖、蔡孑民几位先生。爱国学社解散，我回到家里闲住了半年。光绪三十年，到同里进鹤望先生所办的自治学社念书，醉心革命。光绪三十二年，又到上海，进钟衡臧先生所办的理化速成科，想学造炸弹，结果生了一场伤寒大病。后来想进健行公学读书，却被高天梅拉去教国文，就在这个时候，加入中国同盟会。同时，复以蔡孑民先生的介绍，加入了光复会。这年旧历九月九日，回到乡下和郑佩宜结婚。光绪三十三年冬，薄游上海，偕刘申叔、何志剑、杨笃生、邓秋枚、黄晦闻、陈巢南、高天梅、朱少屏、沈道非、张聘斋小饮酒楼，便孕育了南社组织。直至宣统元年十月一日，这晚清文坛上的怪物，居然呱呱堕地了。”

亚子的出身和他的品性，此文具有大概的轮廓。他的取字亚卢，以亚洲的卢梭自居，更慕南宋词家辛弃疾的为人，辛氏号稼轩，所以他袭用弃疾、稼轩，为自己的字号。辛氏别署青兕，他复请顾青瑶刻了“前身青兕”四字的印章（青瑶为顾若波的女孙，能画、擅诗、工篆刻）。他的旧居大胜村在分河之滨，有一古柏，高耸入云，树身又极巨大，当年叶楚伧往访，楚伧南人北相，体颇魁梧，抱之不能尽其围。筑有养树堂，堂有联云：“无多亭阁偏临水，尽有渔樵可结邻。”为境绝佳，后因地方不靖，亚子父柳钝斋迁居黎里，亚子不忘其旧，乃请南社社友黄宾虹、顾悼秋、余天遂、楼辛壶、陆子美等，各作一画，名《分湖旧隐图》，又征社友题咏，汇成一帙。以上所谓南社孕育者，不尽为南社社友，如刘申叔、何志剑、杨笃生、邓秋枚，便没有加入南社。

亚子绘图寄意，尚有《梦隐第二图》《江楼秋思图》《江楼第二图》《辽东夜猎图》。一九二七年，他亡命日本，著《乘桴集》，明年四月回国，作《樱都跃马图》，至于作《秣陵悲秋图》，那更沉痛出之。原来他的同乡张秋石女烈士殉难南京，时为一九二七年。亚子由日本回国，赴南京访寻秋石骸骨，不可得，便请陈树人绘了这幅《秣陵悲秋图》，亚子自题上《摸鱼儿》一词；还有一幅，出于山阴诸宗元手笔，宗元在画上题了诗，如云：“天下伤心又此秋，蛾眉肝胆世无传。石头城下栖霞道，痛哭应登扫叶楼。”亚子又撰了一篇《张应春女士传》，应春是秋石的字，后来在黎里镇莲荡南岸无多庵旁建了个衣冠冢，和明末叶天廖女小鸾埋骨处相近。亚子又撰了《礼蓉招桂庵缀语》三十二则，都是为秋石而作，那秋石本名蓉城，曾化姓名为金桂华，这是礼蓉招桂的由来。我和秋石的堂叔张仲友同事某校，颇多往还，承仲友赠我一帧秋石的遗影，貌很娟秀，温文尔雅，遭这惨祸，能不惋惜！南社诗人沈长公，是秋石的父执，长公子晒之，擅刻印，刻了“礼蓉招桂之庵”一印，赠给亚子，亚子写了一对联答谢他：“虎父从来无犬子，凤雏终见握龙韬。”有一次，亚子的女儿无垢以玫瑰花乞父题诗，亚子作一五律，读了觉得似为秋石而作，见者引以为奇。

一九三一年，亚子致书其友姜长林，追忆往事，又谈到秋石。最近上海图书馆编《柳亚子书信辑录》一册，付印问世，其中致姜长林的很多，可是我看到的这封信，却没有收入，大约是铁网遗珠了。现在把这封信，节录于下：“我的生命史中最热烈的一段，就是在闸北的情形，甚么武力统一，甚么做余兴，大概你也忘不了吧！最奇怪的，我似乎离不了春姊（指张秋石应春而言）和你两个人，你们一起出去，我就感到烦闷和无聊，夜间非等你们回来后畅谈一下子才睡觉不兴。搬到法租界后，还是这个样子，常常谈到十二点或一点钟不肯睡觉。大家都像小孩子一般，一点也没有大人脾气。在史冰鉴将来的以前，我心中很恐慌，怕来了一位大人，就把我们都拘束起来了，谁知她也是一个小孩子，我们兴致愈弄愈好，这时候的情景，我有点忘不掉啊！现在死的死了，活的又天各一方，真是不堪回首，奈何！”亚子另有一诗，涉及秋石与史冰鉴：“张娘妩媚史娘憨，复壁摇赐永夜谈。白练青溪厄阳九，朱栏红药护春三。”

亚子的《书信辑录》中，除姜长林外，致柳非杞的也很多，且饶有趣味，如云：“老不给你回信，因为你硬要我写毛笔信的缘故。砚台和笔墨，早有一位尹瘦石先生送给我了，但要我磨墨开笔，实在太讨厌，因此，只好索性不写。你直接写信给我，最好写平信，不要挂号或快信，因为打图章，太麻烦了。”又云：“题牛诗如下：‘吹笛骑牛谁氏子，沈吟我自念犹龙。函关倘遣戍西出，会见流沙尽向东。’末句的意思，我自己也不甚了解，哈哈！我的字，弄得不好时，是什么人都不认识的（某次，有人把亚子信中不识的字，剪给亚子辨认，亚子也认不出来）。”又云：“倘然你能到金刚饭店请我吃一次酒，那就更好了，（假定）你身上还是麦克麦克的话。”亚子在信中谈到汪旭初，谓：“旭初是我姨丈，我的姨母和我年龄差不多，也许我还小，死去已十多年了。旭初先生对我批评‘个性极强’四字，深得我心，我非常高兴。我是王仲瞿，他不愧为舒铁云。”

汪旭初著《寄庵随笔》有《南明史稿待杀青》一则，谈及亚子，如云：“安如（即亚子）为费敏农甥，敏农，韦斋从兄也。安如少慧，尝读书舅家。舅家诸兄弟多病口吃，安如戏效之，已而成习，其吃乃甚于诸兄弟。年十六七，投文《江苏杂志》，始相把晤，叙辈次，余为尊行，而安如年长于余，志业相契，故脱略形迹，欢若平生。性率直无城府，喜怒毁誉，皆由中发。初每以卧龙况余，及论事不合，则于报端著文诋余曰：‘卿本佳人，何苦作贼’。家饶裕，而以奔走国事，挥斥殆尽。南社草创，其经常之费，亦取给于安如。自余浮游南北，安如蛰居乡里，中间三十年，唯费韦斋丧时，一聚首而已。中日战起，安如以直言除党籍。先是避寇香港，香港陷，徙居桂林，时余方卧病歌乐山，从非杞处得其消息，始复以诗札相存问。安如属草《南明史》，精力所殚，又因余为介，从朱逖先质疑事，并搜集资料，今俱老矣。”亚子和费韦斋也因细故闹翻，誓生死不相往来。及韦斋辞世，亚子去吊丧，刊《韦斋诗集》为撰一序，述及诟谇事以致歉悔。亚子诗崇唐，辑有《全唐诗精华》，由正风出版社刊行，反对宋诗，实则他具有强烈的民族思想，因一些遗老，喜效宋诗格调，他痛恶遗老，迁恶到宋诗罢了。南社中颇多崇宋的，掀起唐宋诗之争，朱鸳雏起而和亚子对抗。

亚子一怒之下，在《南社丛刻》二十集上载一布告，驱逐朱鸳雏出社，及鸳雏死，亚子撰了《我和朱鸳雏的公案》说：“这是我平生所很追悔而苦于忏赎无从的事。”此后，亚子编《南社社友姓氏录》，那被除名的朱鸳雏仍旧列名在内。亚子和高天梅是同学，天梅为高吹万的侄子，当然天梅呼吹万为叔，亚子随之亦以叔称呼吹万。天梅颇自负，称“江南第一诗人”，亚子不服气，有诗讥讽天梅云：“自诩江南诗第一，可怜竟与我同时。”《南社丛刻》第一集，是天梅编的，亚子认为编制太杂乱，没有条理，说“天梅书生习气，做事太马虎”，引起天梅的不欢。一九一五年夏，亚子和吹万、姚石子，各带了眷属，同游西湖，归来刊印了《三子游草》，为了赠送和出售问题，又和吹万闹了意见。事后亚子逢着社友，总是说：“这是我少年气盛，和一时误会的缘故。到现在，我是由衷地向高先生道歉。”林庚白参加南社，常到亚子寓所谈天。一日论诗不合，争闹起来，亚子大发脾气，举起一棒，向庚白掷去，庚白逃，亚子追，环走室中。亚子深度近视，行动不便，大声叫骂，他的夫人郑佩宜听到了，阻挡了亚子，庚白才得溜走。过了些时，两人又复言归于好。庚白且贻诗云：“故人五十尚童心，善怒能狂直到今。”亚子得诗欣喜，谓：“入木三分骂亦佳，胜于搔痒搔不着。”亚子的行径的确带些童性的天真，令人可恼亦复可喜。他的夫人郑佩宜，名瑛，通文翰，辑有《太原闺秀比玉集》卷。亚子和夫人伉俪甚笃，因刻了一方印章“佩宜夫婿”。但有时也会和夫人闹别扭，佩宜没有办法，乃请姚鹓雏来解围，因鹓雏的话亚子是能接受的。

亚子对于抄书，是不怕麻烦的，他为了研究《南明史》，自取笔名为南史。一次，借到一部《南疆逸史》，较任何本子都完备。他就不惜功夫统抄一过。又一次请人在素纸上打好朱丝格，把苏曼殊所有的诗，抄成一整本。每集的《南社丛刻》，都是由他把社友交来的诗词和文，誊抄了给印刷所，原来交来的稿，有行书，有草书，手民不易识得，又纸张大小不一，很难编排，且有些用极精雅的笺纸，写作俱佳，经手民之手，沾上油墨污迹，是很可惜的，不如誊录了，可以把佳笺留下来，付诸什袭。在亚子来说，这是不得不如此的事，抄在规定的每页二十四行，每行三十格的红格纸上。在第五集抄成后，交给胡朴安，请他经手交印刷所排印，不料朴安偶一疏忽，把这稿本丢掉了，亚子对此大发脾气，一定要朴安赔偿损失，但这损失是无法赔偿的，成为僵局。幸而叶楚伧做了调人，因这时亚子由楚伧拉去任《太平洋报》文艺编辑，兼编专电，朴安也在该报，彼此同事，楚伧提出解决办法，就是亚子所兼专电职务，归朴安担任，这样亚子工作减轻，得重抄第五集稿，亚子也就一笑了事。

亚子的南明史料，广事搜罗，不遗余力，有些是钱杏邨(阿英)帮他收集或赠送，有些是谢国桢(刚主)帮他收集或赠送，凡代收集的都需抄录后还给人家，所费的精力和时间，是难以计算的。一九四〇年亚子旅居九龙柯士甸道，他的外甥徐孝穆随着亚子寄寓九龙，亚子蓄志编《南明史稿》约百余万言。稿本很潦草，由孝穆为之重抄，亚子的字，不易认识，他看惯了，也就顺利进行，且抄得很快，几个月便全部抄完。及香港沦陷，仓皇出走，什么都不便携带，那部《南明史稿》被毁于锋镝中了。

徐孝穆既是亚子的亲属，当然对亚子的情况比我更知道的多，蒙见告一系列亚子的生活琐事，为外间不易得知的。亚子患神经衰弱症时发时愈，发时什么都废置，愈时却既兴奋，诗啊酒啊，闹个不休，游杭酒醉，欲跳西湖，幸由朋辈阻止。他衣着素不讲究，喜买书，花钱在所不计，衣着上花钱，他是舍不得的。经常穿着极普通料子的长袍，一件花呢袍子，年久色变灰黄，佩宜夫人拟为他重制一件，他大反对，结果由夫人亲自把它拆洗，翻过来再做，他穿上身很高兴，一再称他的夫人能干。穿西装的时间不长，除非在应酬场合，尤其亡命日本，不得不穿西装。穿中山装，这是他崇拜孙文学说，当孙中山就任临时大总统，他有当过总统府秘书。对孙中山印象很深，也就喜把中山装着身了。饮食方面，喜欢吃肉，东坡肉及红烧蹄子或豆腩栗子烧肉，他吃得津津有味，为之健饭，这些菜肴都是他夫人亲下厨房为他调制的。他以言论激烈，触犯了当局，一九二七年五月八日，突来缇骑逮捕他，躲入复壁中，幸而免祸，这也是他夫人急中生智，想出这法儿来，总之，亚子完全书生本色，在家一切，都是夫人一手料理，真正成为十足道地的贤内助。对外一切，都是朱少屏为之应付，所以亚子虽是南社的主任，可是认识的社友，没有少屏多。所以创造南社为亚子及陈巢南、高天梅鼎足而三，有人认为遗漏了少屏，应当列入少屏为四位创造人，这的确是有道理的。他家由大胜村迁到黎里镇，他把黎里这个名儿，美化一下，常称为梨花里。这座屋子为清乾隆年间官府的邸第，共有四进，屋宇宽敞，因此足够储藏图书，他又广收地方文献，坐拥百城，引为至乐。那磨剑室，就是他的书斋，复壁是现存的。他时来上海，居住旅馆，从不讲究设备，自亡命日本回国后，住过上海黄陂路、西门路，都是旧式房子，直至他担任上海市通志馆馆长，才搬到复兴中路四二四号，后又迁居复兴中路五一七号的花园洋房，为了避免有人注意，底层给唐惠民医生设立诊所。“八一三”抗日战争，上海沦为孤岛，他就秘密离沪，避居香港，太平洋战争爆发，香港沦陷，他辗转到了桂林，桂林被轰炸，又迁居重庆，生活都很艰苦，他的斋名，如什么羿楼，隐寓后羿射日之意。又取王船山“从天乞活埋”的诗意，榜为活埋庵，以及更生斋，这些都是流浪时期所取的。最后住在北京颐和园的益寿堂，和故宫附近的北长街，榜为上天入地之室，为他平生最安适的住处。

亚子寓居桂林时，诸同文如尹瘦石、熊佛西、何香凝、端木蕻良、欧阳予倩、谢冰莹、林北丽、宋云彬、陈孝威、司马文森、王羽仪、李玉良、巨赞、吴枫、黄尧、安娥等，觞亚子及佩宜夫人于嘉陵馆，一时裙屐联翩，觥筹交错。瘦石擅速写，即在席上一一绘像，像旁各签一名，成为漓江祝嘏图。李一氓书引首，题识者有俞平伯、夏承焘、聂绀弩、廖沫沙、黄苗子、任中敏等，承瘦石采及葑菲，要我题写，我集龚定盦诗成一绝以应：“秀出天南笔一枝，中年哀艳杂雄奇。只今绝学真成绝，坐我三薰三沐之。”亚子当时有自题二律，我仅记其二句：“班生九等分人表，青史他年任品题。”曾几何时，同文纷纷辞世，存者不多了。

在此之前，有一次盛会，时尚在民十三年，柳亚子夫妇，约刘季平（即江南刘三）、朱少屏、陆丹林游苏，时丹林任职道路协会，取得特别免费票，适冯文凤女画家由港来沪，乃邀之同去。到了苏州，住阊门外铁路饭店。第一天午饭及晚饭，在冷香阁与留园进之，亚子作东道主。次日，苏地社友陈巢南等，设宴拙政园及狮子林，为一时盛会。文凤携有摄影机，摄照数十帧。又预先写了聚头扇，以赠亚子伉俪，在席上传观，季平初见文凤隶书，大为赞赏。返沪后，季平特邀文凤到华泾黄叶楼作客，与其女刘缃相见，从此时相往来，不幸刘缃短命而死，数年后，文凤也客死异域。

他的外甥徐孝穆，在上海市博物馆工作，能书，能画，能刻印、刻竹骨、刻砚台、刻紫砂壶，属于艺术上的多面手。一度他随亚子寓居北京，因得识何香凝、叶恭绰、郭沫若、沈雁冰、傅抱石及老舍等，都为他题竹拓专册。亚子有一端砚，石质极佳，孝穆为之镌刻，砚背刻亚子像，须眉毕现，神情宛然，亚子非常喜爱。亚子逝世，佩宜夫人便把这砚还给孝穆，以留纪念。孝穆在上海，居住进贤路，亚子来沪，到他家里，为他写“进贤楼”匾额，作为他的斋名，钤上汾湖旧隐及礼蓉招桂庵印章。孝穆又为亚子刻印，拓有印存册子，亚子为题：“刻画精工值万钱，雕虫技小我犹贤。何当掷去毛锥子，歼尽嵎夷奏凯旋。”金鹤望为印存作一骈文序，如云：“游心于阳冰之间，蹴足及安庐之室。”所谓安庐，便指亚子字安如而言。

亚子头脑较新，他对新诗和旧诗问题，有这样的说法：“我们自己欢喜做旧体诗，尽做也不妨，至于因为自己欢喜做旧诗，而就反对新诗那未免太专制了。”由于民族思想很激烈，十多岁即撰《郑成功传》，发表在日本留学生所编刊的《江苏杂志》上，吴江吴日生，明季抵抗清兵，壮烈不屈死，亚子征集其旧刊，又得吴尧栋的手抄本，奈次序凌乱，错讹较多，亚子因请陈巢南重为编纂，印成《吴长兴伯集》为《国粹丛书》之一，附有《唱酬余响》《袍泽遗音》等，得者珍之。

亚子双目近视，懒于行动，他自己说：“坐黄包车怕跌跤，坐电车怕挤，汽车又嫌太费，除非有人拉了我走，一个人实在没有自动出门的勇气。”他坐车怕跌，原来在京口曾经覆过一次车，受到轻伤。后到绍兴，那《绍兴日报》的陈编辑，把自备车供亚子乘坐，并嘱车夫加意扶持，他的《浙游杂诗》即有一首云："余郎婉娈故人仔，重遇樽前已十年。更喜陈生能厚我，一车供坐最安便。"所谓余郎，指同社余十眉之子小眉，这次是不期而遇的。

尚有些零星事，足资谈助。他认重阳为诗人节，家乡有八角亭，为胜迹之一，所以他每逢这天，经常邀集诗友，登亭眺赏，对菊持螯，尽永日之欢。他做诗不大喜欢集句，因其缺乏性灵。他主持上海市通志馆，不常到馆，所有的事，致书胡道静，托他代办，因此道静所积亚子手札，约有四五百通之多，不意浩劫来临，全部被掠而去。那《亚子书信辑录》仅载有二通，这是其友吴铁声喜集书札，道静分给了他一些，才得留存。事后道静深悔当时没有全部交给铁声，或许全部留存哩。亚子有义女三人，一谢冰莹、一萧红、一陈绵祥。绵祥、陈巢南之女。亚子晚年远离家乡，把家中所藏的书籍图册，分捐苏州博物馆、北京博物馆及上海图书馆。如今把黎里故居作为柳亚子纪念馆，所有捐献的东西，都有复制品，陈列馆中。亚子的长君无忌，从美国归来，在纪念馆前摄了照片，我获得其一。影中人无忌与夫人高蔼鸿，亚子女儿无非，无忌女光南，无忌外孙女郑婉文、亚子外甥徐孝穆、孝穆子维坚，雁行而立，亚子有知，定必掀髯色喜哩。亚子百年纪念，我集龚定盦句成一绝云："亦狂亦侠亦温文，朴学奇才张一军。何处复求龙象力，屋梁高待后贤扪。"

状元女婿徐枕亚

自五四运动开始，作家别辟新途径，提高思想认识，涉笔以语体为主，把词藻纷披的文言小说，摈诸文坛之外，称之为“鸳鸯蝴蝶派”。指该派行文，缠绵悱恻，动辄有所谓“卅六鸳鸯同命鸟，一双蝴蝶可怜虫”等俳句，成为滥调。尤其以《玉梨魂》作者徐枕亚，为“鸳鸯蝴蝶派”的代表人物。实则以文采取胜，而骈散出之，始作俑者，当推唐代著《游仙窟》的张鷟为祖师。这部小说韵散并用，在我国已失传，却保存在日本，收入汪国垣校录的《唐人小说》中，上海古籍出版社付诸印行。直至清代，陈蕴斋（球）所作《燕山外史》。根据明冯梦祯所撰《窦生本传》，把窦绳祖遇合李爱故事，演衍为三万一千余言的骈俪小说，统体四六成文，当时吴展成认为千古言情之杰作。陈蕴斋，浙江嘉兴人，落落寡交，家贫卖画自给。这书本备插图，以短于资力，不得不作罢。窦绳祖为燕山人，因称《燕山外史》。此文错翠镂金，不参散句，那就比“鸳鸯蝴蝶派”还要“鸳蝴派”了。大兴胡文铨题词有云：“丽制推张鷟，新编托董狐。”可知他是《游仙窟》的继承者。那著《玉梨魂》的徐枕亚，属于再继承之后起，代表“鸳鸯蝴蝶派”是不够格的。此后学步枕亚，自郐而下，一味淫啼浪哭，甘居下流，凡此都归罪于枕亚，似乎尚须加以公允的评判。

枕亚生于光绪己丑年，名觉，别署徐徐、眉子、辟支、泣珠生、东海三郎、东海鲛人、青陵一蝶等，江苏常熟人。其兄啸亚，后易名天啸，别署天涯沦落人，著有《天啸残墨》《太平建国史》《神州女子新史正续编》《珠江画舫话沧桑》《天涯沦落人印话》，有海虞二徐之称。啸亚喜篆刻，枕亚擅书能诗，其父亦翰苑中人，著《自怡室杂钞》，有句云：“伴我寂寥饶别趣，一勤铁笔一勤诗。”深喜二子之能传其业，而书香不替哩。枕亚十一岁即作元旦诗“愁人那有随时兴，锣鼓声休到耳边”。及弱冠，积诗八百多首，己酉作客梁溪，诗稿散佚，及追忆若干，标之为《吟剩》。读书虞南师范学校，既而迁至虞山北麓的读书台，为梁昭明太子选文处，如此胜迹，益增潜修咀含之乐，为他生平最得力处。同里有陈啸虎、俞天愤、姚民哀、吴双热相交往，和双热尤为莫逆，啸亚、枕亚本届同气连枝，三人更订金兰之契。民国初年，周少衡(浩)在沪市江西路创办《民权报》，三人联翩应少衡之招，同任该报辑务。尚有李定夷、蒋箸超、包醒独等互执笔政，这时文艺篇幅，占很大版面，枕亚撰《玉梨魂》，双热撰《孽冤镜》，都为骈散式的说部，两篇相间登载，仿佛唱着对台戏，因此所称“鸳鸯蝴蝶派”双热亦与枕亚并列，均成“逆流”中人。

那《玉梨魂》究属是怎样的一部书？魏绍昌所编的《鸳鸯蝴蝶派研究资料》，在作品部分，载着《玉梨魂》的片段。有《全书内容提》，我不惮辞费，做个誊文公，把它录在下面：

“《玉梨魂》，徐枕亚著。全书三十章，民初发表于《民权报》，一九一三年九月出版单行本。写的是当时一个青年寡妇和一个家庭教师的恋爱故事。这个家庭教师叫何梦霞，苏州人。父亲潦倒以终，他自己又怀才不遇。因此，只不过二十来岁的人，就觉得世上的艰苦辛酸，都已尝尽，成天郁郁寡欢，多愁善感。那年，他被介绍到无锡的乡村小学来当教师，住在远房亲戚崔姓的家里。崔家只有一个老翁，一个媳妇，一个孙子，女儿在外地上学，儿子前两年死了，全家笼罩着一层寂寞凄怆的气氛。梦霞是崔老翁请去顺便教小孙子读书的。某日，梦霞看见庭前一棵梨树落了一地的花瓣，勾起一番哀思，于是效学林黛玉，将花瓣拾起，用土埋好，并立石为志，题名‘香冢’。不料到了晚上，他将就枕，忽然听得窗外有一阵幽咽的哭泣声，急忙披衣窥视，只见梨树之下，站着一位脂粉不施、缟衣素裙的美人，满面泪痕，哀痛欲绝。又一日，梦霞从学校回来，发觉室中少掉了一部他写的《石头记影事诗》稿本，却多了一朵曾在发髻上簪过的荼蘼花。梦霞又惊又喜，立写一信，交给每晚来上课的小学生，要他转交母亲。翌日，小学生带来了回信。从此梦霞和寡妇白梨影的恋爱，就这样开始了。这一对男女的感情非常热烈，然而他们都不敢打破当时礼教的设防，坚守着‘发乎情止乎礼’的古训。只是通通信，做做诗，借此吐露相思的苦闷。他们很少见面，即见了面，双方都拘束着、矜持着，不敢有所表示。一次，梨影病了，梦霞去慰问，两个人你望着我，我望着你，一句话也不说，流了几点眼泪，各人做了一首诗，写在纸上，给对方看看而已。梨影想自己决不能跟梦霞结合，就打算把小姑介绍给他，以弥补这个缺憾。事情得到崔翁的同意，已说定了，可是男女双方都很勉强。梦霞的心上人还是梨影，小姑也为这不自主的婚姻而伤怀。三个人都怨、都恨。小说着意剖析梨影那种陷入迷惘之中苦闷而不能自拔的心情，爱这个人而无法得到这个人，又舍不得放弃这个人。她要梦霞跟小姑结婚，其实就是藕断丝连的意思，那么成了自家的近亲，以后还能接近他。可是梦霞来信，却说：欲出奈何天，除非身死回。梨影百感交集，一面为梦霞误会了自己的深意而悲伤，一面又为梦霞这种坚定不渝的爱情而铭感。再这样做下去，要给家族诽议，社会指谪的，只有断绝的一途，要断绝，又只有死的一途，忧忧郁郁，梨影得了病而死了。死后不到半年，小姑也自怨自艾地死了，小姑死了一年多，梦霞参加革命战役，又在战场上死了。”

情节是这样，笔墨很纯洁，主题是抨击旧社会的封建礼教，为了婚姻不自由，牺牲了不知多少的男女青年，在当时来讲，这书是有进步思想的。全文在报上登载毕，即徇读者之请，刊为单行本，由民权出版社出版，不知重印了多少次，为民初最畅销的说部。第一版封面，出于吴兴沈伯诚手绘，封面作茶褐色，用玻璃版精印，在月色濛濛中，一澹妆婵娟，倚树饮泣。大约玻璃版不能多印，此后重版，封面易去，无复初版的工致了。书以“葬花”一章始，三十章“凭吊”结束。书中人的梦霞，即枕亚夫子自道，他确在无锡乡间蓉湖教过书，喜读《红楼梦》，著有《红楼梦余词》，由他的好友陈惜誓加以评点，如什么元春省亲、李纨教子、黛玉葬花、探春征社、湘云咏絮、香菱学诗、紫鹃试玉、小红遗帕、宝玉晤情、晴雯撕扇、宝钗论画等，凡六十阕，书中所谓《石头记影事诗》，即指此而言。据刘铁冷见告，梨娘、鹏郎，实有其人，云间沈东讷和枕亚同事，曾见到梨娘、鹏郎。

《民权报》对袁世凯的刺宋教仁，首先揭发，大肆挞伐，袁氏痛恨极了，但《民权报》设在租界江西路上，没法封闭它，结果釜底抽薪，不准该报销行内地，仅仅限于租界范围，销路不多，难于维持，只得停版。枕亚失了业，应上海中华书局的招请，编撰几本尺牍一类的书，既脱稿，那位主持辑政的沈瓶庵，随意窜改，几致面目全非，枕亚拂袖而去。恰巧这时胡仪邴、刘铁冷、沈东讷等合办《小说丛报》，创刊于一九一四年五月，以枕亚的《玉梨魂》声望很高，即请枕亚担任主编，别撰《雪鸿泪史》，在《丛报》上登载，这一下，轰动了许多读者。《雪鸿泪史》，故弄玄虚，托言为《玉梨魂》主人何梦霞的日记，首列识语，有云："《玉梨魂》出书后，余乃得识一人，其人非他即书中主人翁梦霞之兄剑青也。剑青宝其亡弟遗墨，愿以重金易《雪鸿泪史》一册，余慨然与之曰：'此君家物也，余乌能而有之。'剑青喜，更出《雪鸿泪史》，一巨册示余，余受而读之，乃梦霞亲笔日记……余既读毕，乃请于剑青，为抄副本付刊……为之细分章节，每节缀以评语，以清眉目，凡与《玉梨魂》不同之点，无不指出。此后《玉梨魂》可以尽毁，而余于言情小说亦未免有崔灏上头之感。江郎才尽，从此搁笔矣。"实则都非事实，原来出于他一手笔墨。这书在《丛报》上没有登完，即抽印单行本，为什么这样急迫呢？是有原因的。那时接近年关，社中须付许多账款，单行本出版，读者争购，一切账款都靠此应付过去了。可是出版不久，就有人检举，其中部分诗词，是攫取他人的。枕亚也承认因为赶写匆促，不及自作，后当补易，以赎前愆。果然后来重作，把他人作品删去，笔墨也就一致了。

《玉梨魂》一书，既轰动社会，上海明星影片公司把这部小说，由郑正秋加以改编，搬上银幕，摄成十本。张石川导演，王汉伦饰梨娘，王献斋饰梦霞，任潮军饰鹏郎，郑鹧鸪饰崔翁，杨耐梅饰小姑筠倩，演来丝丝入扣，且请枕亚亲题数诗，映诸银幕上，女观众有为之揾涕。即而又编为新剧，演于舞台，吸引力很大。那《玉梨魂》一书，再版三版至无数版，竟销至三十万册左右。可是枕亚当初在《民权报》披露时，是不取稿酬的，此后印为单行本，乃民权出版社广告部马某私人所经营，版权归马某所有，对于枕亚，不给酬劳，枕亚是个文弱书生，憾之而无法对付。直至他自己在交通路创办清华书局，费了许多口舌，才得收回版权，作为购《雪鸿泪史》的赠品。各地又纷纷盗版，复有译为语体，称为《白话玉梨魂》，枕亚为之啼笑皆非。当之《雪鸿泪史》在《小说丛报》上抽出印单行本，枕亚别撰《棒打鸳鸯录》，具《红楼梦》的雏型，以补《丛报》之缺。及清华书局成立，把《棒打鸳鸯录》易名为《双鬟记》，由清华印为单本。又印了他的《余之妻》，及所编的《广谐铎》《谐文大观》。数量最大的，为《枕亚浪墨》四集，分说蠹、艺苑、艳薮、谭荟、杂纂，除他的长篇小说别刊外，凡他所作的零金碎玉，一股拢儿搜罗其中，复有短篇小说若干种、笔记若干种，以字数计，约一二百万言，洵属洋洋大观。小说如《自由鉴》《弃妇断肠史》《神女》《碎画》《红豆庄盗劫案》《芙蓉扇》《平回传信录》《洞并怨》《香莲塔》《蝶梦花魂录》《孤邨喋血记》，笔记如《经传井观》《辟支琐记》《曹腾室丛拾》《花花絮絮录》《清史拾遗》《诗话》《古艳集》等。他喜文虎为萍社巨子，录入他所作的谜说。他又喜诗钟，又录入他的分咏、碎锦、鸿爪、鼎足等格，标之为《诗梦钟声录》。该书局又复刊印了许指严的《新华秘记》、李涵秋的《侠凤奇缘》、姚鹓雏的《燕蹴筝弦录》、徐天啸的《天啸残墨》、闻在宥的《野鹤零墨》、蒋箸超的《诗话》、吴绮缘的《反聊斋》《菱蓉娘》等。又主辑《小说季报》，布面烫金，非常精美。他为什么要这样做，是有原因的。那《小说丛报》风行一时，内部却发生了矛盾。枕亚是书生本色，没法对付人家，愤而脱离，办清华书局，主编《小说季报》，和《小说丛报》相竞争，多少带些赌气性质。《季报》每期容纳三十余万言，用上等瑞典纸印，成本较大，定价每册一元二角，这时的杂志，如《礼拜六》，每册只售一角，其他亦在四角以下，那《小说大观》，每册一元，购买力已成问题，销数不多。《季报》定价，更超出一元，那就使一般读者，望书兴叹了。枕亚为挽救计，每定全年，赠送天啸书屏联一幅、枕亚书四条，都是以宣纸手写的。但自一九一八年创刊，出至一九二〇年即停刊了。此后，枕亚遭到家庭变故，情绪殊恶，既沉溺于酒，又沾染了阿芙蓉癖，精神萎靡不振，惮于动笔，即《季报》所载的《让婿记》《蝶花梦》，都由许廑父代笔。又撰《刻骨相思记》，分上下集，登报征求预订，奈撰了上集，下集延搁着，没有办法应付，也由廑父捉刀。许出笔迅速，每晚可写万言，有"许一万"之称。此外，有《兰闺恨》及《花月尺牍》，为陈韬园代撰，《燕雁离魂记》，不知出于谁手？又《秋之魂》《泣珠记》，都有头无尾，没成全书。清华书局，奄奄无生气，难以维持下去，不得已，把所有书盘给福州路的大众书局，归樊剑刚其人发行。

枕亚的变故，是怎样一回事呢？他的母亲，满头脑的封建思想，性情暴戾，虐待媳妇，天啸夫人吟秋，不堪恶姑的凌辱，自刭而死，枕亚有《余归也晚》一文，述其事，如云："嫂之死也，殆必有大不得已者，其致死之原因何在？嫂自知之，余兄亦知之，余虽未见，亦能知之，嫂知之而不能活，兄知之而不能求，余知之而并不能言。"为什么不能言？那是他在封建礼教之下，不能直揭母氏之恶，这是一种隐痛。不久，他的妻子蔡蕊珠，也不容于恶姑，硬逼枕亚和她离婚，他没有办法，举行假离婚手续，私下把蕊珠迎来上海，秘密同居，及生了孩子，产后失调，遽而逝世，他伤痛之余，撰了《亡妻蕊珠事略》《鼓盆遗恨集》《悼亡词》一百首，又《杂忆》三十首，也是为蕊珠而作。事有出于意外，那北京刘春霖状元的女儿沅颖，平素喜读枕亚的《玉梨魂》，又读到了《悼亡词》，深许枕亚为一多情种子，备置钦慕，由通信而诗词酬答，我索枕亚写一尺页，枕亚录寄给我《有赠》诗四首，下面不署名，我当时也不知其所赠者为何人，盖其恋爱史尚没有公开哩。诗云：

误赚浮名昧夙因，年年潦倒沪江滨。
却从蕊碎珠沉后，又遇花愁玉怨人。
风絮劫中初入梦，绮罗丛里早抽身。
天公倘有相怜意，甘待妆台作弄臣。

心灰气绝始逢君，目极燕南日暮云。
瞥眼华年销绿鬓，铭心知己拜红裙。
余生未必情根断，不死终嫌世累纷。
等是有家抛不得，茫茫冤海一相闻。

断肠人听断肠词，渺渺关河寄梦思。
骨肉成仇为世诟，肺肝相示有天知。
鹃啼已是无声血，蚕蜕终多不了丝。
爱汝清才悲汝命，教人何计讳狂痴。

双修福慧误三生，忧患深时命易轻。

令我空挥闲涕泪，知君难得好心情。
尺书碧血缄身世，小印红钤识姓名。
呜咽津沽一条水，为谁长作不平鸣。

大约过了半年，枕亚向刘家求婚，可是刘春霖认为择婿应是科第中人，徐枕亚是掉笔弄文写小说的，在门当户对上有些问题，犹豫不能决定。幸而沅颖出了点子，先由枕亚拜樊云门(樊山）为师，云门和春霖素有交谊，云门作伐，春霖也就应允了。不久，枕亚北上，举行结婚典礼（我藏有这帧结婚照，惜在浩劫中失去），当时《晶报》上登载《状元小姐下嫁记》记其事。枕亚曾为我写一扇面，右端钤着朱文小印“令娴夫婿”，可知沅颖尚有令娴的别署，也足见伉俪之笃。可是沅颖是娇生惯养的，下嫁之后，生活很不惯常，既而一病缠绵，就香消玉殒了。枕亚一再悼亡，颓丧消极，即消然回到常熟南乡黄泥镇。旋杭战军兴，他一筹莫展，人亦憔悴落拓，无复张绪当年。一天，他正仰屋兴嗟，忽有人叩门，家无应门之僮，自起招纳，来客挟纸一束，说自上海来，因慕徐先生的大名而求其法书，具备若干金作为润笔，他大喜收受。来客说，必须和徐先生亲洽，他自道姓名，即为本人。来客看他衣衫不整，颇加怀疑，经枕亚一再说明，才把纸束并润资付之而去，乃期取件，其人展视一下，谓这是伪品，徐先生的书法珠圆玉润，不是这样僵枯无力的，坚欲退件而索还原润。可是枕亚得此润金，早已易米，于是交涉不了，恰巧枕亚有友来访，知道这事，便斥私囊以代偿。实则枕亚固能书，以境遇恶劣，所作或稍逊色，不如以前的精力弥满，加之其人先存怀疑之心，以致有此误会。然枕亚的晚境可怜，真有不堪回首之慨哩。他贫病交迫，一九三七年逝世，一子无可依靠，由天啸携往重庆，不听教诲，天啸没有办法，只得任之。其时张恨水亦在重庆，大不以天啸为然，结果如何，不得而知了。

写到这儿，觉得尚有些可资谈助的，索性附在篇末。枕亚虽一时享着盛名，可是有名无实，生活一向是艰苦的，所以他所著的《刻骨相思记》书中主人江笑山，便隐射他自己。在第一回的楔子中，有这样几句话："落落青衫，一文之钱不值；叠叠黄卷，千钟之粟何来？梦里名山事业，自知辜负千秋；眼前末路生涯，竟叹艰难一饭。"读之者为之一掬同情之泪。他曾编过《旭报》，时期很短。一九一六年，他创刊《小说日报》其中容纳长篇小说，如天愤的《薄命碑》，逸如的《未来之中国》，星海的《换巢鸾凤》，他的《余之妻》，也连载该报，后来都刊为单行本。该报停刊了数年，许廑父复刊《小说日报》，枕亚的《杂忆诗》，载在《日报》上，也是为悼亡而作，诗有注语，详述经过事迹，且登载了他的夫人蔡蕊珠的遗影。他又撰写短篇小说，如《侠央痴情》《战场客梦》《不自由的离婚》等，为"枕亚浪墨"的遗珠。又和吴双热合辑《锦囊》，其中大部分咏红楼人物及其他零星杂志。他嗜酒，某夜醉卧路旁，身边时计和资钱，被人窃去，乃作《酒话》，誓与曲生绝交，大约过了半个月，又复一杯在手了。有一次，和许廑父在清华书局对酌，各醺然有醉意，时为中午，一人力车夫把空车停在门侧而赴小饭摊谋果腹。廑父笑着对枕亚说："请你坐着，我来拉车，一试身手。"枕亚俨然为乘客，廑父在附近拉了一个圈子，还到书局门前，骤然停下，枕亚在车座上几乎摔下来，才想到人力车夫到了目的地，把车杠缓缓放下，这是在力学上有讲究的，两人异口同声说："什么微小的事，其中都有学问，不能忽视哩。"

南通状元张季直

翻到朱汝珍的《词林辑略》，载清光绪二十年甲午恩科，这科人才特别多，如江春霖、王铁珊、孙师郑、王小航、熊希龄、陈昭常、张其淦、梁士诒、刘迁琛、沙元炳、沈淇泉，都是具有太史公称号的翰林。那三鼎甲状元张季直、榜眼尹铭绶、探花郑叔进，更一举成名天下知了。

科场情况，很为复杂，争夺竞逐，也就有幸有不幸了。所谓不幸的是沈淇泉，幸的便是张季直。我曾经写过一篇《争状元一席的内幕》，兹把它节录一段如下：沈淇泉于清光绪己丑恩科。受知于顺德李芍农、衡山陈伯商，始膺乡荐，庚寅二月，北上应保和殿复试，四书文题："耕者九仕者世禄"，试帖诗题："经涂九轨"得经字。淇泉结联："车同钦盛世，机巧黜重溟"，因其时维新人士提倡筑铁路，而顽固派反对甚力，该卷大为汉军徐荫轩所赏识，置诸第一，且进呈光绪，亦颔首称善，一时朝贵争相延誉。不料，在此紧要关头，淇泉忽得母病急电，即仓促南下，三年丧服满，再度入都，先补贡士，复试列一等，继补殿试。这时，衡文阅卷的大臣，都喜培植自己的得意门生，借此夸耀。黄慎之颇思擢拔淇泉，阅卷一过，向淇泉翘着拇指说：

“好好！”可是翁同龢却拟擢拔张季直，于是季直成为淇泉敌手。淇泉向慎之探季直卷，慎之说：“不兴，不兴！”过了三天，淇泉至乾清门往听讯息，忽有人从稠众中拍淇泉肩，长揖道贺，其人自言江西徐姓，素喜相法，特来访觅状头，并谓：己丑曾相过李盛铎，认为可登高第，李果然中了榜跟，今日相君，紫气布满天庭，必获首选无疑。淇泉笑着道：“状元已有人定去。”便拉了徐某往访季直暗相之。徐左右环视，退谓淇泉：“此君秋气满面，必分刑部，即翰林亦不能得，遑云状元，请放心可也。我寓鸿升店某号，明日请我吃喜酒，不验打招牌。”一笑而散。淇泉当然很得意，以为状元可稳稳到手，岂知在评定等第之际，翁同龢力诋淇泉卷，盛誉季直。张之万却不赞成，认为季直卷字迹干枯，无福泽，其人必老迈，不宜为多士之魁。翁乃商诸汪柳门，汪谓：“沈淇泉了母丧，是庚寅补殿试的，如庚寅得状元，那么新科没有龙头了，不妥不妥。”并把这理由直陈张之万，最后便决定取季直卷为第一，以淇泉补殿试故，抑之又抑，而把尹铭绶、郑叔进、吴筠孙递升为榜眼、探花、传胪，淇泉仅点翰林。

季直大魁天下后，便完全以人民的地位，出私人的资财，创办各种事业，属于教育的，如师范学校、纺织学校、盲哑学校、气象台、博物苑、图书馆等；属于实业的，如垦殖、纱厂等，规模很为宏伟，尤其那大生棉纺织厂，去年乙丑恰为九十周年，为了纪念创始人季直，树立铜像，同时在南郊公园季直墓地，也立铜像一尊，均由名雕塑家唐大禧精工塑制。他的嫡孙张绪武、嫡孙女张柔武，及在港澳和海外的张氏后裔，都来参加庆祝，成为一时盛事。

季直一生的事业，实在太大了。记载其事业的，有刘厚生的《张謇传记》，日本驹井德三的《张謇关系事业调查报告书》，张孝若的《南通张季直先生传记》且附有年谱年表，此外又有《张季子九录》，中国社会科学院近代史研究所，列入《民国人物传》中。荦荦大端，都有人记过了，我来摭拾一些小的往事为谈助。先哲谓："贤者识其大者，不贤者识其小者"，我就甘愿做个识小的不贤者吧！

季直先世是江苏常熟人，躲避兵乱，才从常熟的土竹山移徙到南通，便寄籍为南通人了。季直生于清咸丰三年五月二十五日，名謇，字季直，晚号啬庵。岂知他读书的学名为吴起元，因为兼祧外家吴氏，直至应考，才恢复张姓。他读书很颖慧，有一次，一个武官跨着一匹白马，经过书塾门前，老师随口出一"人骑白马门前去"七字对，他立即应以"我踏金鳌海上来"，口气阔大，老师为之惊叹，认为"此儿不凡，将来在科第上必能出人头地"。

季直一生，做了许多事业，除上述外，如入吴武壮军幕，庚子事变，为刘坤一定策，招抚徐宝山，掌教文正书院，赴日本考察参观，协助端方主持南洋劝业会，治黄河及改革盐法，运动立宪，辛亥革命，和雷奋、杨廷栋共撰劝告清室一篇奏疏。此后，廷栋将原稿装裱成卷，请吴湖帆绘《秋夜草疏图》，季直题了四首诗。民国成立，任实业部长及农商总长、全国水利总裁。袁世凯和他有师生关系，袁氏致书，辄称季直"我师"，及登显位，改称季直"先生"，任总统，又改称季直"仁兄"，他一笑置之。袁氏策动筹安会，季直痛切劝说，请他"做中国的华盛顿，不要效法国上断头台的路易"。袁氏听了，为之悚然，但野心未戢，结果做了八十三天皇帝便死了。

据季直哲嗣孝若所记，他老人家日用衣食，非常节约，在这奢风扇荡的新社会，是值得对照相比的。如云：他穿的衣衫，有几件差不多穿了三四十年之久，平常穿的大概都有十年八年。如袜子、袄子破了，总是加补丁，要补到无可再补，方才换一件新的。每天饭菜，不过一荤一素一汤，没有特客，向来不杀鸡鸭。写信用的信封，都是取人家来信翻了过来，有时候包药的纸，拿过来起稿子或者写便条用。拿了口利沙的空酒瓶，做了一个塞子，寒天当汤婆子，告诉人这东西适用得很。平常看见一个钉、一块板，都捡起来聚在一起，等到相当的时候去应用。常说："应该用的，为公益用的，一千一万都得用；自用的、消耗的，连一个钱都得考虑，都得节省。"前辈尚俭，大都如此。口利沙酒瓶是白瓷的，很光致，权充汤婆子，我也用过，但像季直这样身份，节俭如此，或许孝若表扬先人的美德，说得过分一些，也未可知。至于季直的亲笔信札，我见过较多，没有发见写在包药纸或废纸上，大都用普通信笺，署名张謇，往往把这"謇"字写得很长，似乎成为两个字，且连行带草，仿佛"宝宝"两字，一位张状元，成为一个张宝宝了。我又看见过他一封信，署名××男子，男子上面两个什么字，已记不清楚。

他向来少看小说，却对于吴敬梓不做官，不爱财，非常尊敬，也就阅读了吴敬梓的《儒林外史》，认为稗史中的上乘文字。当光绪十二年，他应礼部试没有中试，从天津乘船返南，船上遇见了张仲仁（一麐），为解寂寞，他出《儒林外史》给仲仁消遣，仲仁寓目之余，为之爱不忍释。直至季直七十寿，仲仁作了祝寿诗，还提到这件事，如云：

矮屋年华卌六余，归舟嗢噱集巾裾。
《儒林外史》劳君授，喜读生平未见书。

此后，张季直把这部《儒林外史》给家人当功课读。

凡翰苑中人，必工书法，季直当然在这方面下过功夫，他什么字帖都要临三五十遍，每日临池，从不间断，尤其致力于欧阳询、颜真卿、褚遂良三家。晚年很爱刘石庵、何子贞的书体，且颇有见解，当时季直的前辈翁同龢的日记，即述及其事，如云："季直论书语甚多，谓陶心耘用卷笔非法，极服膺猨叟(即何子贞)，直起直落，不平不能拙，不拙不能涩。石庵折笔在字里，猨叟折笔在字外。"季直于楷书外，兼擅篆隶，常云："最初临帖要像古人，到了后来要有自己。写字最要结体端正平直，决不可怪，更不可俗。"俞曲园八十六岁，集鲁峻碑写了一副对联赠给季直："陈太丘如是其道广；颜鲁公何止以书传。"郑苏堪亦推重季直，称："书法有棉里针，惟啬翁。"

他曾经这样说："一个人一生要定三个时期：三十岁以前，是读书时期；三十岁到六七十岁，是做事时期；七十岁以后，又是读书时期。"所以，他为了晚年读书，必须有个幽静的地方、闲适的环境，就在家乡南通的南山一带及江口，建造了若干别墅，有的傍着山，有的临着水，有的在山之巅，有的在水之涯，有的是假原来寺院加以修葺，但所建都无宏大轮奂的气概，却具茅屋竹篱的野趣，他不时去盘桓数天，读书啸傲其间。最初所建的，为林溪精舍，在狼山北麓下观音院旁边，小桥流水，松竹成荫，暑日居此，帘影如波，簟凉于水，最为相宜。溪边有一奇石，吴昌硕为题"小磊落矶"。季直写了好几首诗，其中五律云："香炉峰下地，连着几盘陀。朝夕阴阳半，谣吟坐卧多。敷茵花不拂，题字石频磨。好事人应笑，其如老子何！"军山麓下又建一个东奥山庄，内有受颐堂、倚锦楼之胜。又在西小山中，建西山邨庐。季直有《邨庐晨起》《邨庐书事》《介山堂独坐望月》等诗。介山堂，为邨庐的客厅。又在马鞍山上建我马楼，楼上有个岑台，登此北可见城市，南可眺望江水的浩淼。又黄泥山有卓锡庵，季直就其旁建虞楼，因登楼观江，在云雾中依稀望得见隔江的常熟虞山。虞山有翁同龢的庐墓，藉寄睹景怀人之意。山下植桃二千株，花开烂如锦绣，所谓天生果园者便是。在西山别筑梅垞，那儿把大大小小的树根，和高高低低的石片，设法连缀起来，叠成很别致有趣的屏幕风，在每一个片段上题一名称，因为起伏远近，有云的形状，题之如棋云、倚云、冕云、漏云、扶云、匝云、枕云、扇云、仪云、云之门、香雪嶂等。梅垞边有一亭，榜为绣云槛，人处其间，几乎做了“楚辞九歌”中的云中君了。又狼山有个观音院，季直收罗了许多观音像，有画的、绣的，或出于古人，或出于近代，在雕刻中，有玉的、石的、木的、竹的，各个不同。每逢观音诞日，开放给人参观，他撰了一篇《狼山观音院后记》，据说这些观音像，本为杭州井亭庵僧静法所藏，静法圆寂，乃归南通，季直益以水晶、青铜、象牙、琉璃、瓷陶等像，更属洋洋大，当时拟延弘一或太虚主持是院，未果。

季直觉得独乐不如与众同乐，便把城南的奎星楼改辟了公园，疏泉堆石，筑屋建桥，经之营之，花了他老人家很多的精力和资力。最有趣的，每处的题名，由他在各种碑帖上拣几个字，集起来，复放大刻了匾，如清远楼，集王右军字；回碧楼，集宋太宗字；与众堂，集颜真卿字；南楼，集褚遂良字；覞青处，集虞世南字；水西亭，集米南宫字；适然亭，集黄庭坚字；嘉会堂，则为汉《史晨碑》；宛在堂，则为汉《礼器碑》；石林阁，则为隋《龙藏寺碑》。古色古香，非常朴茂。还有一处题戒旦堂，季直作了跋识，提倡早起，为妇女游园憩息之所。园中也多集句的对联，如宛在集古乐府宋人词云：“陂塘莲叶田田，鱼戏莲叶南，莲叶北。晴雨画桥处处，人在画桥西，画桥东。”公园湖水环绕，所渭“有水园林活”，增加了许多美景。季直从苏州买来游船，题名苏来舫。又在淮阴买了很玲珑小船，称为沤舟。最后定制一只汽油船，赶为七夕游湖之用，名星河艇。他的三伯父七十寿，季直在园中建一楼，名之为“千龄观”。这天来祝寿的，六十以上的凡一百多位，且有一百零三岁的，合计起来，将近一万岁，那么“千龄观”成为“万岁观”了。季直有一首诗：

濠南云水映楼台，碧瓦朱甍观又开。
不是私家新缮筑，要容敬老万人来。

无非说明，这个千龄观也是归诸公家的。逢到秋饮黄花酒时，他征集各种名菊，举行菊花大会。有一年过端午节，他为免辜负风光，在园中开展端阳会，请人家藏有钟馗画像的，一起送来陈列悬挂。最古的南北宋，较近的有元明人作，清代最多，戟髯佩剑，角带蓝袍，状貌俨然，鬼魅慑伏，他自己做了《钟馗长歌》，索人和作。鹤为清品，园中不可无此丹顶素羽的点缀，便买几对鹤，代价在千金以上，一时没有这个闲钱，他就发起卖字买鹤，润笔收入，居然买到三对鹤，如愿以偿。一九二三年冬天，他又发起九九消寒会，约了诗友，轮流宴客，他自己不能饮酒，却出二十年的陈酿供客举觞，朵颐为快。他又喜歌曲，办伶工学社，邀请梅兰、欧阳予倩到南通演剧，在新盖的更俗剧场内建梅欧阁，并悬一联：“南派北派会通处，宛陵庐陵今古人。”同时，那徐树铮也到南通作客，亲访季直，大唱昆曲，唱完了带笑说道：“小梅唱一出戏，得先生一首诗，我唱了曲子，也想求一首诗。”季直莞尔答道：“当然照例。”

季直诗很多，词则罕作，实则他是很喜欢这长短句的。如谓：“见清丽芊绵之词，则怀为之适，见芳芬悱恻之词，则意为之深，见悲愁慷慨呜咽沉痛之词，则气之涌而泪淫淫为之下，亦可见词之能移人，则岂不以其低徊掩抑，因句长短，足致其往复之思于不尽欤！惜往者未尝为，而今又不暇以为也。”

季直于师友中，和翁同龢恩情最厚，翁被谴，居常熟白鸽峰，季直频去省视，最后一次为光绪甲辰五月十七日，时翁以抱病，不料仅隔三天即作古，遗命以自挽联嘱季直代书，季直为之大恸，垂泪为书联云：“朝闻道夕死可矣，今而后吾知勉夫！”

季直办过女子师学校，附设绣工科，聘针神沈寿为主任，季直以沈寿体弱多病，深恐她绝艺的失传，便请她讲述绣艺，季直一一记录，半载后，成《雪宧绣谱》印行问世。及沈寿客死南通，季直为之埋骨南通门外的黄泥山，题碑曰“沈雪宧之墓”。沈寿的丈夫余觉，对季直颇多意见，撰有《余觉痛史》，并书一门联：“佛云不可说，子曰如之何！”《痛史》中且揭有《谦亭杨柳诗》，其中是否有暧昧事，传说纷纭，不一其说。总之，对于季直之一生，小疵不掩其大醇，先哲所谓“大德不逾限，小德出入可也”。不妨付诸谅解之列。

季直后人只有孝若，名祖怡，因此对之非常钟爱，延诗人张景云教诲之。孝若也擅韵语，深得父欢。季直曾于家书中，评孝若诗，谓：“诗尚不恶，但组合处未能细入。昔人言诗文之要曰：一经一纬，一宫一商，经纬以丝织言，宫商以乐律言，经纬主色主意，宫商主音，若更加之以一出一入，一彼一此，则文章之道，与文章之妙尽矣。兀且留意于经纬二字，即以意组织，若能明白色相音节，则已进矣。所谓宫商者，质言之，同一字也，有时宜用阴平，有时宜用阳平；同一意也，有时宜用此字，有时宜用彼字耳。”孝若也善书法，季直又告之：“学山谷书，须知山谷之所学，山谷用俯控之笔，得之《瘗鹤》，褚河南书永徽《圣教序》，即俯控之笔，可体玩也。山谷书于平直处顺逆处须注意，须更观山谷谨严之字，乃能悟其笔法。”孝若抱有宏志，曾历游欧美，考察各国实业，又任智利国全权公使。归国后，颇思有所建树，奈其时政权纷争，党同伐异，往往不择手段，孝若被仇嫉者买通其仆人，死于利刃之下。

季直卒于民十五丙寅年（一九二六年）七月十四日，七十四岁。或传其死原因，谓季直喜啖汤圆，以多进滞食，一病不治。

且顽老人李平书

李平书其人，凡是老上海，没有不知道他的。当辛亥革命光复上海，他老人家起了号角作用，功绩是相当伟大的。

平书，原籍苏州，其高祖璇采，移居上海西门内冬青园，便寄籍上海。他名安曾，后改名钟珏，号瑟斋，六十岁别署且顽老人。清咸丰癸丑（一八五三年）十二月十六日生于浦东高桥，卒于丁卯（一九二七年），享寿七十五岁。父亲少琳，乃邑中名医，培植他读书，肄业龙门书院，师事兴化刘融斋。为文汪洋恣肆，并通经世之学，学使黄漱兰更以国士相许。学成出仕，历官东粤陆丰湛川知县，后由张之洞延入鄂幕。壬寅回沪，为桑梓服务，主持江南制造局，又总理总工程局，办中国自来水厂、闸北水电公司、贫民习艺所、上海医院等一系列的地方公益事业，所以他七十寿庆，刘炳照即有一联涉及其事，如云：

伟绩著匡时，游五岭三楚以还，更桑梓关心，德泽遍申江，应见亿万家颂祷；

耆年逢杖国，喜椿树萱花并茂，又孙曾绕膝，觥筹满子舍，共祝八千岁春秋。

平书和南市信成银行主任沈缦云为莫逆交。缦云具革命思想，于右任办《民立报》，实出于缦云的资助。且介绍陈英士和平书相把晤，他们愤于清王朝的昏瞶，残酷压迫有志青年，力主揭竿起义，经常和沈信卿、吴怀疚、莫子经等秘密商讨。一自武汉兴起义师，轰轰烈烈，远插风声，奈南京尚未攻下，徐固卿率领的第九镇失挫，且汉阳有不利之讯。陈英士力主上海先动，苏杭应之，南京庶指日可下。这时钮惕生、叶惠钧都在座，一致以英士所言为然，定于九月十三日起义。平书任救火联合会会长有年，便以小南门的联合会火钟敲一百零八下为信号，士绅毛子坚，热心地方事业，素性又极风雅，曾聘杨东山主其家，编《海上墨林》，为《墨林今话》之续。他和平书相稔，见义勇为，毅然担任敲钟之举，钟声既响，立即起事。这时已成立军政府，革命军集合西门外斜桥西园，进攻江南制造局。平书和制造局总办张楚宝（弢楼）有旧，事前，局方领到苏藩库银十万两，作为赶造军火之需。这时，风声紧急，华界很不安静，楚宝和平书相商，拟把库银寄存租界，平书告以彼家隔邻贞吉里有空屋一所，可以租赁下来，为藏银之处。屋既赁定，制造局派警卒四名，荷枪驻守。起事的下一天，沈缦云、王一亭等和平书商筹救急军费，平书以藏银情况见告，人家喜出望外，乃请平书偕江浙同乡会负责人前往取领，计十九万九千四百余两，为光复上海解决了财政问题。

陈英士冒险率敢死队，乘傍晚放工之际，拥入制造局，被局方拘执。平书知之，亲访楚宝，请释放英士，楚宝坚决拒绝，平书退出，立饬所办商团，助革命军逾垣而入，且举火焚烧，局中秩序大乱，楚宝由旁门逃逸，英士脱绑，指挥占领该局。既而英士被举为沪军都督，任平书为民政总长，以伍秩庸（廷芳），在外交上颇有声誉，为求各国领事的承认，非秩庸不为，也由平书劝驾，请秩庸担任外交，遂得奠定大局，人民没有一个不爱戴他的。

上海本有城垣，城垣毗接法租界，法人绘图，谬拟拆城推广租界。平书力主被拆不如自拆，以严界限，奈守旧的大为反对。平书召集南市和北市绅商，于救火联合会大楼开会，痛陈拆城之有利无害，于是全体赞成，表决立拆，报告沪军都督，都督下令速拆勿迟，商团及救火员备工具协力动工，不旬日，全城尽拆。

平书还有一件佚事，足资谈助。自前清甲午以后，我国始盛行纸卷香烟，日甚一日，风行遍及各地。有人谓："中国人日吸的纸烟，倘枝枝衔接，可绕遍地球。"辛亥光复，上海有志之士，创设禁吸纸烟会，在张氏味莼园（俗称张家花园）开大会。先一日，伍秩庸邀平书前往演说，可是平书虽不吸纸烟，然日必吸吕宋烟三四支，那么劝人不吸纸烟，何异五十步笑百步，拟不往，经秩庸一再敦促，便毅然登坛，先陈明向日不吸纸烟，而吸吕宋烟，今为奉劝大众，以身作则，从今日起，立志戒吸，并言纸烟之为害，听者无不动容。

他办过义塾，有谕义塾学生书，很为恳切，略云："凡为弟子，第一要学做人。人品不一，大概分为二等，曰好人，曰坏人。要学好人，须要心平气和，言语诚实，在家事父母，孝顺不敢违犯，事伯叔兄长，恭敬不敢傲慢，饮食但求充饥，不计精粗，衣服但求蔽体，不尚华美。出门见人，第一要谦恭，与人往来，最要退让，与人讲话，最要谨慎。要学吃亏，莫占便宜，明吃人亏，暗得便宜，力争便宜，后必吃亏。譬如人骂我一声，我忍之，打我一下，我避之，似乎吃亏，然彼骂我打我，欲激我之怒也，我不与较，彼之计穷，而我之理足，岂非我占便宜乎！

假使骂我打我，而我还骂还打，彼此争胜，我不胜彼，我不休，彼不胜我，彼不休，及到后来，两败俱伤。”这许多话，在目前来说，仍得称之为金玉良言，足以为法。

二次革命，平书遭袁世凯之忌嫉，便避居日本，恰巧这时东京举行大规模的书画会，知平书的平泉书屋颇多珍藏，邀他携带赴日，参加该会。他就携去卷册屏轴，辟屋两楹，为平泉书屋藏品陈列处，特制橱架，布置雅洁，观赏者络绎不绝，平泉书屋之名，震于彼邦。此后，平书迁居神户，设立平泉书屋书画古董铺，又聘珂罗版技师日人丰仓氏，在寓置备器具，试印各种书画，有宋李迪山水册八页，赵松雪钤有收藏印，历来未见印本，日本鉴赏家无不引为眼福。又《汉娄寿碑》向无足本，平书于壬子三月，在上海获得旧拓全本，以新置珂罗版印机，印成二百四十部，为其生平唯一得意事。他的神户寓所，花木繁盛，室内几净窗明，陈列图书，颇饶雅趣，日临李阳冰小篆为课。旧有横匾，嵌西洋画，他易以刘石庵书“蕴真惬所遇”五字，广狭适合，爰即名之为“真惬室”，著《真惬室杂咏》八首，以述其摩挲饮宴之乐，一为墨宝、二为古画、三为旧瓷、四为鼻烟、五为烟壶、六为茶、七为酒、八为音乐。他的妹婿费龙丁，及松江杨了公，都是南社社员，来神户便下榻其寓所。了公好出游，长于吟咏，时廉南湖设扇面馆于神户，相与酬唱，不少清新俊逸之作。平书著有《平泉爱国歌》《平泉爱众歌》，为古风体，传诵一时。

平泉书屋收藏，曾请我友王念慈，一一为之著录。念慈固丹青名家，绘有《松阴觅句图》，嘱我为题一绝：

寂寂春城画角哀，闲怀强持一徘徊。

任它世变风云急，且向松阴觅句来。

念慈由平书介绍，得与费龙丁订交，甚为契合。及龙丁去世，他悼惜之余，辍画一年，义高有如此。著录始终未印。据我所知，平书有顾亭林六十五岁小像一帧，系禹之鼎所绘，坐树荫间，须眉苍古，一僮为侍，上方亭林自题一律，又有梅文鼎、尤西堂二题，下方有黄宗羲、钱陆灿二题为艺林共赏。又王石谷真迹颇多，有石谷四十七岁所作仿巨然《长江万里图》，原本绢素十二幅，改装为一大卷。又平书友人严长广，偶于常熟获见宋代元嘉十七年所刻的《石帆铭》，归告平书，平书急命购归。石长英尺五十三寸，阔二十七寸，上端《石帆铭》三字，作小篆，每字长五寸，下列四言铭词，共二百二十四字，历一千数百年，字迹无损。又常熟《虞君墓志》，署名玉山陶岘，陶为大历时昆山书家，同为苏松太三属罕见的石刻。又宋庆历五年内府覆刻的《淳化阁帖》十卷，平书初得是帖，以庆历官帖，世所罕闻，考诸家著录，亦均未载，颇滋疑惑，出示霍邱裴伯廉，审定为北宋拓本，又经陆廉夫、俞粟庐、吴昌硕观赏，也认为稀世之珍。昌硕且题长跋。日本东京碑帖会知之，借去陈列，彼邦人士无不诧为奇迹。是帖第二卷以下，每卷尾有周声驰、邓文原、赵松雪、倪云林等印章。平书不欲自秘，亦以珂罗版印行，卷数较多，成为巨帙。

平书自日本归来，仍居沪上，愤国事日非，不毋抑郁，加之朋好酬酢，饮酒过度，胸腹颇感不适，乃往访赵竹君，竹君乃词人赵叔雍之父，知岐黄术，一经诊察，亦觉有异。平书为疗养计，偕其夫人携孙女金钧往昆山蚕桑学堂，该校固平书创办的。未几，果发温热病，旬日不解，致神智昏昧，妹婿费龙丁为邀松江韩半池赴昆，为之治疗，病稍愈，来沪办理嫁女，概从省俭，不徇俗例，妆奁唯《二十四史》一部，书画两簏，女婿王静涵，亦风雅士，清芬世泽，很为相得。

此后，平书往来昆沪，在昆山之麓购地三亩，建楼三楹，筑亭一，凿池一，成一小小园林，内有古梅十二株，均百余年物，名之为梅园。吴昌硕、王一亭赴昆，小憩园中，昌硕为梅写生，一亭绘《梅园图》。越旬日，苏州陆廉夫、俞粟庐也来访，廉夫亦画梅为赠，梅园虽小，得此点缀，大为生色。

平书和蔡尔康为谱兄弟，蔡氏字子茀，谐间为紫黻、支佛，别署铸铁庵主、缕馨仙史，在早期报界，声誉很隆。蔡氏有一帧名片，列着他的履历，如“申报副主笔，沪报总主笔，新闻报开创正主笔，南洋官报采访委员，历掌万国公报，广学会正翻译”，可见一斑。所谓《沪报》即《字林报》的中文版，这报创刊于光绪八年（一八八三年）四月二日，说来很可笑，它为什么不在初一出报，原来初一恰为日蚀，认为不吉利，这是《字林报》主笔西人巴尔福氏的主张。《沪报》的杂著栏，刊有《花团锦簇楼诗草》和《野叟曝言》长篇小说，为各报刊登长篇小说的起始。蔡氏邀谱弟平书襄理编辑，平书每天撰一时事论文。这年，越南事起，《字林报》消息灵通，《沪报》译载，较它报先一天发表，因此销数激增。又添聘苏稼秋、黄子元等为编辑，和平书很为相得。

平书一度为《上海日报》撰写论文，如《论过去之上海》《论现在之上海》《论将来之上海》，具有独特的见解和卓荦的计划，事后，平书付诸淡忘，直至民初续修《上海县志》，杨逸（东山）于故纸堆中寻出，送修志局，载入《县志》杂记中。平书乃别写一通，自为书后，杨逸和姚文枬亦为跋语，刊成一册，平书书题《二十年一瞥》，时为乙丑夏日。实则，平书为《沪报》

所撰，什九多散佚，如《洋务首在得人论》，得某督军的赏识。又《唾余录》一卷，今亦无存。

平书先后师友交往，都一时名流，如徐颂阁、杨莲甫、杨杏城昆仲、屠敬山、汪渊若、周彦升、魏槃仲、张鸣珂、岑西林、王存善、袁观澜、蔡乃煌、汤蛰仙、郑苏堪、俞恪士、程雪楼、李少荃、张香涛、王引才、俞曲园、孙蕖田、江建霞、张彦云、童薇研、雷君曜等，请益联欢，颇多佳话。

平书家世代为医，因此平书亦谙医术。王秉恩的如夫人患脚气，邀之诊治，服方有奇效。和青浦陈莲舫常相切磋，后莲舫入宫治光绪病，名震南北。莲舫曾与平书创立医学会于沪市小花园，为上海医会之权舆。歙县鲍小洲家传抄本秘方，平书择其平正切要者，录刊二十方以行世。又汇抄杭州王孟英所辑《潜斋简效方》，潜斋，孟英的医寓。又录吴县潘泉孙的《救急百方》合刊成册，以秉前贤施药不如施方的遗旨。平书尝涉猎西医译籍，颇思冶中西医于一炉。这时，粤东张竹君女士，素习西医，毕业博济医院，于辨症用药，俱有神悟，深叹中国女医太不发达，议创办中西学堂，平书大为赞同，便于乙巳三月开校，竹君课西医，平书课中医，其他国文、英文、数理化等课，别请教师分授，成绩斐然。又附设女病院，以规模狭小，乃在南市扩建上海医院，推张竹君为监院。刊有《征信录》一书。

平书偶事吟咏，传世不多，录取其在日本箱根诗二绝：

欲觅温泉趁急行，偶因歧路近宫城。
还登来凤楼中宿，静听千条瀑布声。

繁华京国厌缁尘，山色湖光最可人。

何日海滨容息影，须磨蜗舍寄闲声。

（原注：快车谓之急行车。余于神户之门磨海滨，拟购一屋）

平书有建屋筑园癖，到处有且住为家之计，但行踪无定，旋即它迁。苏州狮子林，一度为平书所有，其时上海巨商贝润生赴苏，在车上恰巧晤着平书，握手言欢，颇解寂寞，既而平书谈及狮子林有出让之意，贝氏询其代价，平书谓："归诸公家，则定万金，若属于私人，非万五千金不可。"贝氏曰："我购以为贝氏祠堂，那么就和私人有别，请让值成全了吧！"结果以万金易得，便作为林泉颐养以乐晚年之所，并买邻地以扩其境，托他的堂弟谨之擘划布置，增益台榭，疏浚池塘，所耗却为三十万金。狮子林为旅游必到之处，但知道这段经过的，恐很少很少了。

他老人家年届古稀，门生故旧，为他作七秩寿庆，他说："古称七十为中寿，《礼》八十曰有秩，故以八十为八秩，今之未至八十而称秩，这是失当的。"他戒儿孙，勿得称祝，有醵资为纪念之举的，他说："诸位诚欲加惠，那么助我刊印一书吧！"他乃编成《且顽七十岁自叙》以代年谱。由张元济、周桂笙、冯超然、金剑花、王愈同、雷补同、韩紫石、史量才、狄楚青、哈少孚、唐文治、沈商耆等为之付梓。平书的谱兄左子兴，任新加坡领事，邀之南游，平书著《新加坡风土记》，附刊于《自叙》后，历述该处之风俗人情。曾谈所谓人参果及槟榔、椰子、洋桃、波罗蜜，均鲜隽殊常。并尝试冲凉，因该地气候炎热，必须于日中冷水灌濯，自首至足，淋漓尽致，在当时颇不习惯，实则和今之淋浴是相似的。该书由俞复（仲寰）题签，有耿道冲序文，以及书画、寿诗、寿联，都制版印入，如何诗孙联云：

奇兴林亭，放怀畅咏；
托抱管乐，齐年老彭。

又杨东山长联云：

七旬偕老，四代胪欢，看松柏霜清，无恙平泉乔木在；
五岳卧游，百城坐拥，正溪山秋好，还携宝晋画船来。

平书逝世，地方人士垂念他一生功绩，特请雕塑名手江小鹣为铸一铜像，列于小南门火钟楼下。那时我居住阜民路，和火钟楼相近，得以经常瞻仰。一九四六年，移置豫园湖心亭九曲桥畔。一九六五年，又迁至南火车站蓬莱公园，像立于石座上，黄炎培撰书题记："先生名钟珏，字平书，上海人，公元一八五三年生。肄业龙门书院，达识勤事。清末，历主粤东县政，廉干善教，尝主遂溪，练民团抗法兵入犯，因以褫职，然卒使遂溪、吴川勿为旅顺、大连、威海卫续。归办上海地方自治，为全国首倡，兴利抉弊，规模弘远。辛亥，上海响应革命，以其智且勇，指挥赞助，迅奏厥功，奠定东南大局，保全无数民命与物力。一九二七年殁，公谥通敏，范像永念。中华民国纪元三十五年月八。"

"十年浩劫"，什么文物都付劫灰，这个具有革命历史性的铜像，也难逃劫难，能不为之扼腕叹息啊！我在《市容建设报》上发表了《市容间应添列的人像》一文，呼吁为李平书重铸铜像，但人微言轻，恐无济于事吧！

他有弟钟梁、钟泰，后人甚多，如祖庆、机芳、逢钧、盛钧、新钧、金钧、祥钧、景昭、明卿、吉谦、高吉，玉树庭阶，三代不替。

南社奇人黄摩西

词曲家吴瞿庵（梅），早年有戊戌六君子之狱，谱《血花飞》传奇，传奇被焚毁，而黄摩西一序，柳亚子却采入《南社丛刻》嬛中，瞿庵附一跋语，如云："摩西原名振元，字慕韩，余主教东吴时老友也。为人奇特，内丁艰后，即蓄发蓬蓬然，招摇过市，人皆匿笑之。其于学也，无所不窥，凡经史、诗文、方技、音律、遁甲之属，辄能晓其大概，故其为文，操笔立就，不屑屑于绳尺，而光焰万丈，自不可遏，至其奥衍古拙，又如入灵宝琅，触目皆见非常之物，而拙处亦往往有之。中年慕石斋、梨洲、陶庵、九烟之为人，易名曰人，以九烟曾用此名，意欲附之焉。斋中悬一额，曰'揖陶梦梨拜石耕烟之室'。其楹联云：'黑铁腐神州，盘古留魂三百里；黄金开鬼市，尊卢作祟五千年。'可以知其为人矣。"又评其文云："合金铁皮革为一炉，见之者辄惊其奇肆，而谨守绳尺者，又以为不合律度，两是之可也。"

吴瞿庵的一段跋语，对于黄摩西其人，好像画家用柳条炭起稿，钩成了一个轮廓，留出空白，俾作局势虚实的布置，及点染烘晕的余地。这布置和点染谈何容易，尤其充实内容，那是不能捏造的。

事有凑巧，日前，那黄摩西的曾孙钧达，从常熟浒浦乡问村来沪见访。原来这问村的屋子，就是摩西的旧居，濒扬子江边，传说当年乾隆下江南，路过此地，问及村名，奈以地方小，居民又不多，没有名称，难以致答。此后即称之为问村，直至如今。但传说往往与事实有差距，姑妄听之而已。

摩西为南社名宿，我是南社的后辈，不及追随他老人家的杖履，可是很敬羡他，对他的事迹，曾记录了一些，但略而不详，兹蒙钧达见告，足补我的缺憾，这是多么欣快啊！急急把我所知和钧达所记的，为摩西撰一传略，但笔墨凌乱芜杂，在所不顾了。

摩西生于清同治五年（公元一八六六年），旧历七月二十八日子夜。其父若愚，早失怙恃，家境清贫，在乡间一个小铺子当学徒，以免冻馁。由少而壮，以自己的积贮，和戚友的资助，才在浒浦镇上设一小店，招牌为裕昌隆，克勤克俭，得以糊口。三十六岁，始与邱氏结为伉俪，翌年诞生一女，取名杏珍，后又怀孕十三个月，所生即摩西，分娩幸告平安，因取乳名为安宝。有人谓“怀胎逾期，有伤元气”，若愚为之取名振元，大有望子成才之意。若愚兄弟三人，合居浒浦的几间小屋，一自孩子增多，小屋太挤了，正在踌躇，恰好问村有一亲戚合家离乡，把二间旧屋让给若愚，若愚便在这基础上，庀材加建三间比较宽畅的新屋，遂于光绪元年（一八七四年）乔迁问村。不久，若愚劳瘁致病而死，此时摩西才十岁，赖母亲邱氏耕田纺织为生，书声机影，相依为命。摩西目击母亲的辛苦，侍母甚孝。有一次，母亲胫腿间患一大疖，红肿化脓，呻吟卧榻，摩西用口吸吮之，脓尽渐愈，乡里称之为孝子。

邱氏无力供子女读书，深为忧虑。适对门一家乡绅，延请本村人秦鸿文为塾师，教其二子，邱氏向绅家苦苦恳求，俾摩西为旁听学生，才得读书机会。以勤奋，故颇有神悟，如是者若干年。摩西偶作小诗，有云："先生爱我影附形，我从先生禽学鸣。"鸿文称他"绝代才华况妙年"，他却谦抑地答道："莫将迦叶称高足，丈六平量不到颠。"其颖慧有如此。绅家二子均不成器，经常来找摩西代笔为文，或约他外出玩耍，摩西有诗讽之云："可恨软尘是恶客，随风日日进门来。"

摩西年未弱冠，即中秀才，金锣报喜，声震邻里。及后应乡试，辄以辞句怪僻，意识放诞，有悖礼教，致名落孙山。从此他绝不作举业想，潜心老庄之学，以卖文为生。时常熟邑宰某，爱其才华骋发，聘之为县衙书史。邑宰某喜藏书，廉俸所得，悉以购置书籍，衙署内曲册累累，有小石渠之号，摩西因此获得博览群书。且广通声气，结识曾孟朴、张隐南（燕谷老人）、萧蜕公、黄谦斋、陈苏竹、赵古泥诸名流，且有通谱为金兰之交的，相与论文谈艺，引为至乐。

常熟虞山，号称天堂一只角，谓仅逊于苏州、杭州，俗语"上有天堂，下有苏杭"，极言其生活享受的富裕。常熟也是人文荟集之处，摩西遍及游踪。萧蜕公的《摩西遗稿序》，有一段记述摩西的行径，如云："少鹜道家言，日啖朱砂，又习剑法及诸异术。常尽月不寐，数日不食，独游山中，往入入夜，趺坐宿岩树下。友朋促席，剧谈无已，客倦仆，君滔滔然忘日时。与章太炎先生善，而论议多相左，然与人言，未尝不称太炎也。"摩西自己的诗，也有："我时年少爱狂游，村昏日落来投宿。朝涉沸水岩，暮煮玉蟹泉。"又言子墓和墨井，唐常建诗中所谓"曲径通幽处，禅房花木深"的破山寺（即兴福寺），石梅的昭明太子萧统读书台（今为书台公园），这些清旷疏逸的地方，更使他流连忘返。又翁松禅的白鸽峰遗址，也有他的踪迹。他对故乡常熟，热爱之余，付诸豪吟，如云：“右瞰大江左俯海，沐日浴月相吐吞。”又云：“尚湖一勺不成酒，江海汪洋吞八九。此酬彼唱声如雷，醉扫青天笔为帚。”口气是何等阔大啊！

摩西有书癖，购书、藏书、读书，成为三部曲。他无书不读，无书不窥其奥，兼知岐黄术，为人治病，有奇效。古人好读书，有三上之说，即马上、枕上、厕上。凡可以利用的时间，都不离书卷。摩西不仅如此，进餐时，右手执箸，左手执卷，往往食而不知其味。有一次，雨夜归家，钉鞋未脱(这时尚没有皮鞋和套鞋，雨时出行，鞋底满布铁钉，较高离地，以免水渍，称钉鞋），坐榻沿阅书，倦极，即掀被入睡，沾满泥迹的钉鞋，卷入被窝中，及天晴，其母为之曝晒衾被，始发现钉鞋裹在被内，且因有钉故，被单裂损一洞。其母以摩西如此不会照料自己，便早为之娶媳胡氏，俾成家室，摩西是年二十二岁。后生一子一女，子名肇伯，女名文瑾。

当摩西三十而立之年，卜居吴中，得交吴瞿庵、吴湖帆、金鹤望、范烟桥等人，相互往还，乐数晨夕，鹤望评之为“思想崛奇而先于人”。烟桥曾说：“摩西雄于文，恣肆如龚定盦，沉着如王仲瞿。”摩西死，烟桥主编《苏州明报》，为辟《黄摩西专号》，占极大篇幅。我的旧作《味灯漫笔》有一则涉及摩西吴中寓所，爰节录于下：“摩西以执教东吴大学，寄寓吴门，为是甚久，其所居为严衙查宅。严衙，明严文靖受廷参之所也。查即世称查半天之后裔。楼下瓦砾纵横，几不可置足，而楼特宏宽，楼板双层，厚数寸，长至四五丈，窗户亦轩敞，大如厅事。摩西吟哦其中，为意殊得。”所榜“揖陶梦梨拜石耕烟室”，即属该居。张有“黑铁体金”一联，据黄钧达检得摩西所著《蛮语摭残》，与外传二十四字有异，实为三十二字，兹补记于此：“黑铁窝神州，骨化形销，盘古留魂三百里；黄金幻鬼市，目招心注，尊卢作祟五千年。”

摩西执教东吴大学，尚在清季庚子年，时章太炎反对清政权，大吏谋逮捕，摩西即介绍太炎任东吴讲席。东吴为美国人孙乐文所主持，清吏有所顾忌，不敢妄加罗织。摩西和太炎两个书呆子，一天课后，相与外出疏散，在小茶寮品茗，闹了个笑话。原来彼此都没有携带钱囊，垂暮欲归付茶资，均无所出，不得已，摩西还去取钱，嘱太炎稍坐一下，奈摩西既归，适友人寄来书籍数册，摩西亟启封阅书，一卷在手，把太炎忘置茶寮中。太炎又不识途径，甚为焦急，急中生智，商请茶寮派一小僮送之归，给以茶资和小费，才得解脱。摩西囚首垢面，懒于沐浴，体发奇臭，授课时，前三排学生都不肯坐，甚至有带香料以解秽的。而讲解却很风趣，滔滔不绝，口沫喷溅，前排亦使人受不了。他批课卷，有零分的，有一百数十分的。规定一百分为最高分，他这样的越规定分，主校政的，只得请他人重为评定，给以适当分数。他还有一个笑话，当他在家乡时，和黄君谦号谦斋的最为莫逆。一日，谦斋来问村拜访摩西，促膝而谈，谈至傍晚，谦斋告辞去，摩西以积愫未倾，乃送谦斋，边谈边行。谦斋居徐市，距问村有十多里，直至夜间才到谦斋家，摩西乘月色如昼，返回问村。谦斋也以为所谈不畅，复送摩西，边谈边行，直至黎明，才到摩西家。一夜送迎，仍回原处，闻者无不大噱。摩西的笑谈，尚不仅此。他生平爱猫，家畜中小猫三只，他告诉人说，“这些猫是祖孙三代”，和猫朝夕相处，夜则同衾而眠，吃饭，子女可以不同桌，猫却不能不列席，用比较高的凳子，容猫后脚站在凳子上，前足伸桌，什么都给猫分尝，同甘共苦，所以他家的猫，无不肥硕白净，与众迥异。摩西双目高度近视，一日匆匆外出，又复心不在焉，抓猫为帽，戴在头上，见者为之窃笑。所以金鹤望作《黄摩西传》，列为吴中四奇人之一。

摩西在吴有一段罗曼史。这时他的恋人程稚依喜读《石头记》，以晴雯自况。她秀外慧中，遇人不淑，遂大归奉母，卜居紫兰巷。她深慕摩西的才名，愿以师礼事之，摩西也爱她婉淑多姿，相与缱绻，称之为安定君。稚依偶作小诗，常请摩西指正。这样经过一个时期，不料好事多磨，她的夫家拟把她卖入曲院中，她惊骇逃匿，不久抑郁而玉殒。摩西痛悼之余，撰一联，长至三百三十四字，为从来联所未有。最近友人陈家铨自成都抄来原文，爰录之以供同文赏析：

鸳鸯待阙廿三年，绝艳眷惊才，问眼底乌衣马粪，龌龊儿郎，谁堪檠架？奈氤氲使者处，未注定正式姻缘。雾鬓风鬟，乍谢牧羊憔悴。绣襦甲帐，又临跨虎危疑。明月易奔，小星难赋，十斛珠聚作六州铁，谁实为之？例诸钟建负我，宁畏鸩鸟微言！网取西施赠人，原出鸱夷左计，矫情成薄倖。猛回首前尘，半霎绿叶绯桃，钿盟都误，更累卿赍志而终。豪如牡丹王，烈如芙蓉神，痴如茶花女，欲界魔宫，种种悲凉历史，印遍脑筋，怎一个愁字了得。

鹣鲽忘形五百日，感恩兼知己，较世间熨体画眉，寻常伉俪，尤觉绸缪。在专制社会中，算略遂自由目的。拗莲捣麝，但拚并命迦陵，善病工愁，忍听断肠杜宇。红霞偷嚼，绛雪无灵，七香车送入四禅天，嗟何及矣！从古旷代丰姿，断不双修福慧。奚况书呆寒乞，岂宜永占温柔，暂别即长离，最伤心通替。重看朱樱翠黛，玉色犹生，尚向我含颦苦语。始以横塘曲，继以上云乐，乱以华山畿，笙朝笛夜，喁喁美满名辞，荡为血泪，剩几声魂兮归来。

此中重重影事，惜没有笺释，便使人依稀仿佛，无从捉摸了。

作为大学讲义的一部巨著《中国文学史》，即出于摩西手笔，线装二十九册，是国学扶轮社用铅字有光纸印行。印数少，坊间绝罕见，亡友王佩诤藏有一部，奉为至宝，不轻示人。我一再访找，也得一部，可是“四凶”肆暴，付诸一炬了(听说，最近某出版社打算重印，奈征订数量寥寥乃作罢)。蒙陈玉堂以彼所编写的《中国文学史旧版书目提要》一书见惠，开卷首列摩西的《中国文学史》，可见摩西是文学作史的奠基人了。玉堂称之为“史料之多，实集中国文化之大成”。且介绍该书备极详细，谓：“共二千三百七十八页，约一百七十万余字，起上古，迄明代。凡制、诏、策、谕、诗、词、赋、曲、小说、传奇、骈散文，乃至金石碑帖、音韵文字等，无所不包。第一第二册，有《总论》《文学之目的》《历史文学与文学史》《文学史之效用》《文学之起源》《文学之种类》《文学全盛期》《文学华离期》《文学暖昧期》等，都有他独特见解。且那时风气未开，小说、戏曲被摈于正统文学之外，他却纳入文学史中，也是不同凡响的。”

东吴大学发行《雁来红》期刊，由摩西主编，逐期刊载沈三白的《浮生六记》。沈为清乾隆时的一位寒士，这部稿本，无力印行，埋没了一百多年，直至清季，给苏州杨醒逋在护龙街旧书铺购得，便已缺了二记。这时，天南遁叟王韬，正为《申报》馆的附属印书机构尊闻阁搜罗佚著，而醒逋为王韬的内弟，即把这部抄本给王韬刊入《独悟庵丛书》中。及摩西编《雁来红》，《丛书》已绝版，乃重刊《浮生六记》。过了数年，和摩西同隶南社的吴兴王钧卿，在进步书局编《说库》六大函，《浮生六记》又收入《说库》中就广为流传了。

摩西在上海主编文艺期刊《小说林》，有一篇极长的发刊辞。他连续发表了《小说小话》，和梁启超的《小说丛话》相辉映。又化名野蛮，作《蛮语摭残》《哑旅行》《银山女王》，与吴奚若合译《大复仇》，与沈伯甫合译《日本剑》，又《大狱记》，也收入《说库》中。又《膏兰集》手稿，尚存其后人钧达家，月前钧达来访，曾出示，毛笔写在红格簿上，封面署"忏红情阁主游戏笔"，稿均由摩西自加浓圈密点，可见是他精心之作了。其他尚有《摩西遗稿》，萧蜕庵作序，当时和他"三千剑气文社"同社的庞树柏，拟为印行，奈树柏突然因病逝世，谋刊没有成为事实。此后凌敬言又代为征集，得文二十七篇，诗八百三十五首，词二百三十六阕，也没有结果。又《石陶梨烟室集》更不知其下落。《摩西词》燕谷老人为之刊印，当时南社黄忏华曾见贻一册，卷首有赵古泥为绘一像，戴着眼镜，正襟而坐，燕谷有一序，谓"黄子摩西，学博而遇啬，其所为词，每使余悄然而悲，悠然而思，如见黄子髿髿短发，披散项间，负手微吟于残灯曲屏间，其殆所谓究极情状，牢笼物态，有以致之乎。"这书封面上，忏华书有识语百余言，出于亲笔，奈亦失诸浩劫。摩西还与沈粹芬合辑《清文汇》二百卷，收录清文万余篇，计一千三百余家。自撰一长序，略谓："二百数十年中之政教风尚，所以发达变化其学术思想者，循是或可得其大概，而为史氏征文考献者，效负弩之役。"由国学扶轮社出版。他一生著作等身，光怪瑰丽，汪洋恣肆。赵紫宸、潘慎明、孙蕴璞等，有黄摩西纪念会的组织，无非作刊行遗著的准备，但战乱频仍，也未能如愿。深希出版界，能竟前人未竟之功，收拾丛残，广为罗致，能刊印多少是多少，倘再因循下去，恐散失殆尽，欲刊无从，岂不可惜。

摩西镌刻了很多印章，他阅读的书，分别钤上“摩西”“慕庵”“癖三”“黄振元”“黄人过目”“黄氏藏书”等印，然后分门别类藏诸书箧，真能做到井井有条，所以要检什么书，一检即得，虽昏夜无灯，也能取之不误。

他虽非书家，而所书绝秀雅，能作扇册，可是他不轻为人作，自谓：“在八法上没有下过苦功，是不能示人的。”所以外间绝少见到。昆山管快翁的《补梅草堂诗话》，有一则云：“常熟金兆藩，述其乡人黄摩西《燕子矶阻风》诗，有两句云：‘千年壁险因神鬼，六代洪荒葬帝皇’，又有‘缺月残阳到地底’七字，则童年学吟时句也。余曾托友人倩其书扇，皆录已诗。”我师胡石予先生和管快翁交甚契，慕摩西名，也托快翁辗转求得书扇一柄，我曾见过。他虽不擅丹青，却喜倩人作图以寄意，如《城西闻笛图》《长剑倚天图》《人面桃花图》《倚马图》《机声灯影图》《双湖载梦图》《黄卷青山红袖三好图》等，今不知尚存与否了。

钱仲联的《梦苕庵清代文学论集》，对摩西评价很高，又述及摩西发病事，略云：“就诗论诗，南社初期的杰出诗人，不能不推常熟黄人。他的诗，奇才横溢，藻采惊人，在艺术风格上，属胡天游、王昙、龚自珍一派，但用以抒发革命的激情，就取得比前人更为卓越的成功。”又云：“一九一一年冬，武昌起义快两个月，孙中山先生从海外回国，南京光复的消息传到苏州，他兴奋地来到火车站，想登上开往南京的车，前去参加革命，却在这时，足疾发作，病仆在地上，不能前去，于是放声大哭，不得不返回严衙前寓所。”据我所知，癸丑夏日，他愤懑袁世凯的专制独裁，残杀党人，大发狂疾，首触铁丝网，流血被面，以家藏钱牧斋《有学集》精本拭秽。这年九月十六日戌时，死于苏州齐门外疯人院，四十八岁。当时章太炎、曾孟朴、吴癯庵、李烈钧、胡汉民、柏文蔚等纷致挽联。

摩西故居问村，为五间屋，有一小楼，楼大约十五平方，是摩西读书、著述、睡息之所，今其后裔钧达仍居于此。以越年多，屋倾圮，乃于前岁拆建，无复原来形式了。室内尚留一榻一案，及书架、书箱、砚台、印章、残稿及加有眉批评点的书。

我处藏有摩西手稿《催眠术治疗精义诸论》一篇，凡三纸，写在蓝行白纸上，作行草，略有涂改。可知这部《催眠术治疗精义》又是他的作品了。又油印纸两张，为《新学界杂志》，内容分文学、历史、地理、博物、化学、物理、宗教、数学、哲学、美学、人类学、医学、社会学，但这综合性的杂志，不知曾否刊行。又《轰天雷》说部，作者署名藤谷古香，是苏州毛上珍印行的。徐卓呆见告，藤谷古香为摩西化名。后经考证，藤谷古香乃常熟孙某，与摩西无涉的。

先师胡石予先生

我的老师很多，记忆得起的，有汪家玉、袁希洛、章伯寅、龚赓禹、汪典存、程仰苏、吴粹伦、高祖同、陆绵、朱遂颖、杨南琴、陈晋贤、余天遂、费玄韫、魏旭东、方和甫、王采南、程瑶笙、陈迦庵、樊少云、罗树敏、严昌、狄咏棠、陈舲诗、蒋寿芝、顾慰若、李叔良、董伯豪、练寿康、胡石予诸先生，以越年久远，当时春风施教者，无一在世，怀念师门，曷胜怅触。在数十位老师中，给我印象最深的，便是胡石予先生。

胡石予先师，江苏昆山蓬阆镇人，名蕴，字介生，别署石翁、萱百、瘦鹤、丹砾、老跛、胡布衣、闲主人等，生于一八六八年戊辰三月十六日，卒于一九三九年八月二十八日，享寿七十有二。生平著述有《半兰旧庐文集》《半兰旧庐诗集》《半兰旧庐诗话》《灸砚诗话》《秋风诗》《章郇诗存》《梅花百绝》《后梅花百绝》《锦溪集》《松窗琐话》《画梅赘语》《缥渺史》《诗学大义》《读左绎谊》《四史要略》《岳家军》《蓬溪诗存》《胡氏家训》《家书留稿》等，什九没有刊行，经过十年浩劫，损失很多，无从访觅，这是多么可惜啊！

先师十九岁即以诗文称于里闾，和同学七人结文社。与管快翁订忘年交，快翁居太仓南门外雪葭泾，筑补梅草堂，先师常往访谈。快翁能画梅，以苍劲纵横胜，先师从之学画，为后来画梅数十年的始基。他自题画梅润例有云:“鳏生画梅三十年，题画诗亦千百首”，流传是很广的。《画梅赘语》，即记述作画经过，涉及管快翁，如云：“当弱冠时，曾得管先生快翁墨梅数幅，实开其端，先生语之曰：‘作画不可拘拟画稿，但取笔意可耳，异日成就，自有左右逢源之乐，虽写千幅，构局无一本雷同者，若一一临摹，便终身脱离画稿不得也！’余生平颇守此宗旨，则先生可谓我画梅之师矣。”我曾目睹快翁的画梅手迹，寓苍劲于疏逸之中，先师确得其神髓。按快翁名槐，字少泉，快翁是他的晚号。

我承先师的垂爱，为我绘了较多的梅幅，惜经过十年浩劫，所剩无几了。记得的，有一立幅，水墨不设色，逸气盎然，题云:“莽莽苍苍，寒星之芒，孤涧有光，满山流芳。是帧为某君所写，右方一角污于墨，易去，嘱装潢家补缀之。戊午春日，石予识于吴门草桥学舍。”又加题云:“逸梅同学弟，敦气谊，重然诺，不矜才，能自立，自是有志之士，以拙画赠之，为癯仙添一知己。辛酉季秋，胡蕴志于草桥学舍。”一九二八年，我谋食海上，寓居沪北青云路，适逢“一·二八”之役，虽烽火硝烟，破家荡产，可是这幅画却没有损坏，真可谓历劫不磨。又绛梅立幅一，题云:“花知主客俱不凡，一夜春风融绛雪。逸梅吾弟乔迁沪上，写此为赠，己巳春初，胡蕴录范成大红梅句。”又红梅册页一，题云：“愁红怨紫漫相猜，谁貌罗浮片影来。画到胭脂颜色冷，始知桃李是凡才。张船山诗，逸梅同学友雅属，庚申孔诞日写，石予。”钤二印，一“病梅”，一“一树梅花”。墨梅扇二，一题：“尘牍渐清闲徙倚，一樽薄酒酬梅花。薛慰农句。逸梅吾弟雅鉴，戊辰重九后三日，石予。”扇的又一面，为张丹斧书，一狷一狂，相映成趣。一为吴闻天书，先师画墨梅。先师画梅外，间亦写兰。我又藏写兰册页一，怪石一拳，兰茁石隙，伍以灵芝二枝，别饶韵致。题云：“兰生空谷，不以莫服而不芳。戊辰秋仲，石予写于听秋轩。”这兰也是墨的，后给谢闲鸥看到了，为之设色，赭石花青，都是淡淡的。当抗战军兴，先师避难安徽铜陵，为遣愁计，绘了些扇，预备平靖后送给友好，其中有一柄写了我的款，不料铜陵沦陷，先师客死，这些画扇，都散失掉了。

我最近检理杂物，忽地发现当年读书草桥中学，在手工课上，所制的帖架一具。这架是木质的，上端作参差起状形，近底有一小横栏，系以螺丝钉，使之稳固，写字时，搁字帖于栏上，临摹较便。版面是空白的，因请石予先师绘墨梅二枝，一苍老，一稚弱，题有“疏影横斜水清浅。甲寅残冬，石予”十三字。甲寅为一九一四年，距今八十寒暑，这架髹着广漆，幸而画未浸蚀，成为文物性的纪念品了。

这话也有五六十年了。谱弟赵眠云邀我陪着先师出游梁溪，同访江南老画师吴观岱。既返，先师画墨梅立幅，并题七古一首，写在画隙，先师自谓：“班门弄斧，借诗以掩其陋。”这是谦逊语，诗录于下：

九龙灵气入君袖，化作一枝笔苍秀。
山水人物日出奇，大江南北推耆旧。
入门喜得见山人，长髯白雪瘦有神。
论画一吐心得语，中天月朗开层云。
山人出山为壮游，匹马北看黄河流。

万山挟我画师去，绝好奇缘燕市住。
知己乡士老南湖，秘阁同观万轴图。
宋元以还作者众，追摹日夜心神舒。
归来雄视六合内，龙门身价高一代。
投赠不肯不择人，是何意趣群疑怪。
沧桑世界感飘萧，人老河山酒一瓢。
秋风岁岁病缠苦，今日快谈兴高举。
对客殷勤无倦容，貌古语古情亦古。
出示杰作精气凝，我敢许君大寿徵。

题句多，梅旁几乎写得满满了。当游梁溪时，蒙孙伯亮殷勤招待，先师也画梅赠给他。题诗二首于其上：

夕阳老树影横斜，仿佛孤山处士家。
正是东风催解冻，满林晴雪有梅花。

导我山游初雪时，未遑溪馆一题诗。
要当重访高人宅，寄语梅花莫怪迟。

先师画梅，虽订有润例，但极低廉。某岁，柳亚子、高吹万、姚石子、余天遂、汪家玉、樊少云、赵眠云、范君博和我九人为先师重订画例，增加润金，然所增亦无几。总之，借此结墨缘，其他在所不计。先师四十五岁，时为一九一二年参加南社，画梅结缘更多，和胡寄尘神交没有谋面，寄尘题《近游图》索先师画梅，画成题诗云：

尔我未识面，结想在梦寐。
我为我写照，瘦有梅花意。
君貌复如何？倘与花无异。

先师又为高天梅画梅，题诗不粘不脱，如云：

淫霖作秋患，遂伤禾与棉。
吾民生活事，哀哉听诸天。
兀坐思愈苦，写梅心自怜。
故人久不见，乃寻翰墨间。
风雨犹未已，对此将何言。

东江王大觉，致函先师索画，有云：“与公未识一面，未通一札，读公诗文，窃仪其人。今忽尔以寸笺达公者，欲乞公画梅耳。则绿萼梅为我二人作介绍矣。西向发此言，想见剖函时掀髯一笑也。寄奉《青箱集》《乡居百绝》各一册，为先施之馈，法画亦祈早日见饷。此函专为乞画而发，不及它语，留它语，作第二函资料也。”先师复之，谓：“画梅喜画巨幅，纸小便无用武地。”大觉答以一诗：

画梅幅小负君才，却似幽花撑壁开。
试问乾坤如许大，可能容得几枝梅？

姜可生托柳亚子代索先师画梅，有两信致亚子，其一略云：“同社胡石予君，其人何似？闻善画墨梅，足下愿为我媒，丐得一帧否？昔彭雪琴眷杭州名妓梅仙，后梅仙死，彭氏尝誓画十万梅花，以志终身不忘之意。愚想慕彭氏为人，而所遇复同，独恨愚不能工画事，且所恋之梅影，犹在人间，黄金作祟，好梦如云，世少黄衫客，李益终为薄悻人耳。石予先生倘不我弃乎，则我死后，也留得一段伤心史，不让彭氏独步。愚命系一发，死期迫矣，足下其速有以报我。”其二略云：“早日接海上颁业琅函，并石予先生法画，交颈枝头，灵犀一点，石予知我者也，乞代为谢。”

张景云为南通张季直西席，且为先师外甥，索先生画梅，答书极详赡，我深喜其中的隽语，节录一段，如云：“余家小楼下，种蕉三年，今高与楼齐矣。其叶放半月者，深绿色，未几绿稍逊，色浅碧，间以澹黄，净比秋河，媚如春柳，每当晓露夜月，推小楼之窗，倚小窗之槛，一种秀色清影，时涵溢于吟榻囊书妆台奁镜间，余家止此劫余一楼，倘所谓一室小景非耶！王禹偁《竹楼记》云：‘夏宜急雨，有瀑布声，冬宜密雪，有碎玉声。’余于芭蕉亦云。方今盛暑，烈日可畏，而余空庭如张翠幕，绿荫浓厚，颇受其益也。画梅稍迟，俟秋凉时为之，决不致与岭梅同放也。”

先师以诗自课，用竹纸装订成册，经月写满，又易新册。诗多如陆放翁，风格亦与放翁相类，作田园闲适语，耐人寻味。当时先师执教吴中草桥学舍，沐其教泽者，有吴湖帆、江小鹣、胡伯样、范烟桥、蒋吟秋、江红蕉、叶圣陶、顾颉刚等。圣陶、颉刚喜抄先师诗稿，先师因有句云：“吾门两生叶与顾，手抄吾诗乐不疲。”和先师同事的陈迦庵画师，也累累录存。又同事魏迪元，更把先师的诗稿油印出来，俾赠同好。所以先师对迪元更为相契。一自迪元离职赴吴扛，先师甚为系念，致短简颇有情致，涉笔似晚明小品。其一云：“昨夜梦足下，相处四五年，不觉其久，别三日便尔，甚矣足下之劳我思也！”其二云：“南廊残菊数盆，曝久干矣。剪其瓣，沸水泡之，香气清越，微苦，泡两三次，色淡而甘，饮之历许久，齿舌间尚留余味，惜足下不来共此耳！”其三云：“二十五日书到否？自足下之去，河又冰，邮船又阻，今再寄一诗，未知何日得达也。鸭淡园久绝芳躅，不念诸葛子瑜寂寞耶！”其四云：“读君书，如披南郊行旅图，想落日河干，虹桥十丈，古木数株，寒鸦有声，蹇驴得得，锦囊佳句，收拾当不少耶？茅店酒家，曾觅得一二佳处否？”其五云：“自君去此，得诗仅三首，其二即寄君者，霜叶满阶，扫护兰根，用以自遣耳。”

先师诗，我亦有见即录，抄成一大册，油印诗亦藏一大册，均在浩劫中被毁，劫余所留不多，兹录存以窥一斑：

百岁堂堂六尺身，漫云弱草着轻尘。
一庭疏雨凉肝胆，万卷秋灯泣鬼神。
落落朝昏初有我，悠悠天地付何人？
高吟一破长岑寂，留得荒江万古春。
万鸦寒噪暮云昏，失却天边远岫痕。
漠漠霜芜归客路，苍苍烟树故人邨。
青衫橐笔新诗卷，黄叶溪堂旧酒樽。
太息故园摇落甚，一篱秋菊半无存。

胜赏携良侣，余寒殢晚春。
湖山一樽酒，风雨十年人。
我亦闲中醉，空谈劫后尘。
痴云漫大地，天色总沉湮。

一天晓雾浸湖凉，绝艳光容叹渺茫。
深幕垂垂迟觌面，累人梦想九回肠。
闻道河山不管愁，强寻好梦说从头。
十年忽忽三千日，两醉春风楼外楼。

我和先师哲嗣叔异、敬修很相稔。叔异已逝世，敬修治文字学，间或过从。蒙以先师遗稿，复印见贻，其中有《秋风诗》，那是辛亥秋，陈去病主编《民苏报》于苏州沧浪亭，去病见是诗，击节称赏，认为记革命事，有诗史价值，录刊该报文苑栏，凡二十六续。又《半兰旧庐诗话》若干卷。所谓“半兰”，那是老屋经过洪杨之役，库门砖刻残存半个兰字，因以为名。又有若干纸作垂戒语，未标题目，大约乃《胡氏家训》，其中也多至理名言。

先师崇尚俭德。他任草桥学舍课，凡二十五年，当时学生，颇多世家子弟，习于浮华，而先师布衣朴素，生平不穿绸，不御裘，请人刻了“大布之衣”的印章，藉以自励，因此人们都称他为“胡布衣”。对于学生，也就言教身教，兼施并举了。某年，其哲嗣敬修与陶妃白结婚，先师以家长身份致辞，所谈无非以节俭勤劳为主旨，且把《胡氏家训》一书给儿媳以代见面礼物。有一次，他来上海，住居叔异的蒲柏路寓所，叔异任市教育局专员，又兼《新闻报》教育新闻主编，出入汽车代步，他大不以为然。他衣服脏了，换下来待洗，儿媳见了，以为过于敝旧，为他别置新衣，他又说：“习奢非治家之道。”我生活简朴，先师对我印象很好。这时他已息隐乡间，觉得寂寞，时常以诗代简，络绎不绝地寄给我。一度竟邀我移居他的半兰旧庐，谓：“乡间开支较省，且逢到假期，可回来伴我晨昏，亦一举两得。”垂爱如此，今日回忆，为之怆然欲涕。

先师尚俭，师母曹夫人亦自奉节约，平素体无华服，食不兼馔，而施人未恐不周。其乡蓬阆镇之西北二里，有鹤颈湾，石桥毁于清季，架之以木，亦朽且断，每晨负薪提蔬的，必绕道而行。数十年来无资重建，曹夫人欲出私蓄以鸠工，未果而病逝。于是诸哲嗣相与启笥检遗金而泣，愿建该桥，以成母志。乡民颂其遗爱，名之曰“胡夫人桥”，耆宿金鹤望为之记，镌石以垂久远。

先师晚年，忽患丹毒，特来上海施行手术，反致肢废不能步行。叔异为置一车，可以推行场圃间，并摄一影，先师在照片上自题数语：“栗里陶潜，晚年脚疾，兀兀篮舆，未容外出，假寐隐几，长吟抱膝。”他受到这样的困厄，已极痛苦，不料抗战军兴，乡居频惊风鹤，先师由家人扶持，避居锦溪，做了好多首《锦溪诗》。不久，锦溪又不安全了，辗转到了安徽铜陵的章郇，厥后铜陵沦陷，病了失于医药，竟致客死他乡。当周年时，高吹万、范烟桥、赵眠云和我，发起举行公祭于沪市法藏寺。是日凄风苦雨，似彼苍助人悲叹然。参与者，有包天笑、姚石子、吴粹伦、姜可生、丁惠康、蒋吟秋、谢闲鸥、徐平阶、高介子等数十人。挽联甚多，如舒新城、金兆梓合挽云：

> 行谊类郭有道、王彦方，居江海而潜身，默化乡邦似时雨；
> 诗才追范石湖、陆参议，写田园以托志，别开蹊径见高风。

四壁及案头，陈列先师遗墨，有书有画，所画以墨梅为多，间有绛梅，绛梅且题有：“胭脂买得须珍重，不画唐人富贵花。”

或烘托为雪中清姿，无不枝干纵横，古逸可喜。又有几方先师自刻印，为外间所少见。原来先师和张顽鸥相往来，顽鸥善篆刻，先师得其指导者。

哲嗣叔异，当抗战时期，供职重庆，绝少酬酢，乃发愿画梅，以纪念亡父。规定日画一幅，因颜其居为“一日一树梅花斋”，虽祁寒盛暑不辍。曾于中国艺文馆开个人画梅展，章行严、杨千里很为推许。郑晓沧更有题识：“痛惜东南耆老尽，两家往事已烂斑。因缘墨渖心犹记，满壁梅花不算鳏。”注云：“此先严帆鸥老人慰胡石予先生悼亡句也。”石予先生工绘梅花，名满江左，抗战军兴后，二老并归道山，今叔异已传其家学，追怀往事，益不胜风木之悲。叔异后又远渡重洋，游学美国哥伦比亚大学，一度于艺术表演会上，当众挥毫画梅花一幅，彼邦人士，大为赞叹。及叔异学成返国，把晤之余，出示其所画，疏横逸秀，俨然先师典型。

《半兰旧庐诗》，曩年南社高吹万，即拟斥资为谋刊印，先师婉谢。此后，陈迦庵、范烟桥、赵眠云和我，又拟刊诗祝寿，先师又婉谢，以致稿本纷纷散失，若早日印成，得以传布，则虽经浩劫，或尚有一二本可以访求，而今已矣，能不奈何徒唤！

报坛巨子严独鹤

《申报》和《新闻报》，那是旧上海的两大刊物。在报坛上又有所谓“一鹃一鹤”，鹃是指《申报》编副刊《自由谈》的周瘦鹃而言；鹤是指《新闻报》副刊《快活林》后改《新园林》的严独鹤而言。瘦鹃不是每天在报上露脸，独鹤却每天来一《谈话》。因此，独鹤的名字更为显著，外界几乎把独鹤作为《新闻报》的代表人物，不知该报尚有总经理汪汉溪、总主笔李浩然了。独鹤的《谈话》，为什么有这样的广大读者？原来独鹤每天所写的《谈话》，短短的三四百字，要言不繁，很为俏皮，又复圆转含蓄，使人读之，作会心的微笑。有时独鹤患病，不能到馆，由另一编辑余空我代写，空我依样画葫芦，也是每天来一《谈话》，但读者们觉得不很够味，认为独鹤所谈是圆圆的，空我所谈成为扁扁的了。

独鹤生于一八八九年十月三日，浙江省桐乡县人。名桢，字子材，别号知我，或署槟芳馆主，笔名独鹤。夫人逝世，续娶陆蕴玉，小名有一“雪”字，因颜其斋名为玉雪簃。少时读书上海制造局兵工学校，后入广方言馆。毕业后，在桐乡执教数年，乃来上海，担任中华书局编辑。这时，沈知方创办世界书局，就邀独鹤和平海澜、谢福生等同编英文书籍。不久，独鹤又应《新闻报》之聘，把副刊《庄谐录》改为《快活林》，一新耳目。及“一·二八”难作，创巨痛深，无从快活起，《快活林》停顿了一个时期，重行恢复，易称《新园林》，独鹤主编，前后达三十年左右。他知道长篇连载的小说，能吸引读者，所以副刊上的长篇，都出一时名手，如李涵秋的《侠凤奇缘》《战地莺花录》《镜中人影》《好青年》《梨云劫》《并头莲》《自由花范》《魅镜》，平江不肖生（向恺然）的《玉玦金环录》，程瞻庐的《鸳鸯剑》，许瘦蝶的《尚湖春》弹词，顾明道的《荒江女侠》。这《女侠》说部，上海友联公司摄成电影，大舞台编演京剧，又出版了《荒江女侠》单行本，轰动一时。独鹤会动脑筋，有鉴于若干年前，南社巨子陆秋心，发起集锦体的点将小说，在叶楚伧主编的《民立报》上发表，篇名《斗锦楼》，全篇约二三万言。秋心开了头，即点某某续写，把被点者之名，嵌之于后。例如点着西神：“你是什么东西，神气活现。”周而复始，也是一种文字游戏。独鹤仿着它，刊登了好多篇，如《海上月》《奇电》《蓬蒿王》《红叶邨侠》《夜航船》《米珠》《怪手印》《珊瑚岛》《新嘲》《闺仇记》等，执笔者为独鹤、大可、指严、东雷、枕亚、浩然、谔声、律西、天侔、眷秋、真庸、警公、天虚我生、天台山农等人，刊竣后，曾由大成图书局刊单行本《集锦小说》两集，风行一时。写谐文和杂札的，尚有朱枫隐、缪贼菌、陈秋水、夏耐庵、曹绣君、费只园、屠守拙等，经常写稿。守拙善用边珠体为游戏小品，因有“屠连珠”之称号，我也厕列其间。有时我和独鹤一同参观某种展览，须明天副刊有所记载的，独鹤往往要我执笔，在副刊的版面上，留出五六百字的地位，晚饭后必须交稿，那是很局促的，好得我这时精力充沛，出笔迅速，也就应付过去了。副刊上每天有一漫画，最早是马星驰画的。勾勒几个军阀的形状，真是惟妙惟肖，具有辛辣的讽刺意味。记得一九一七年，军阀张勋拥溥仪复辟，旋即失败，张勋逃往荷兰使馆，托庇外人，马星驰便画了一个汽水瓶(其时汽水俗称荷兰水)，那翎顶辉煌的张勋，躲在瓶中，一根大辫子翘出在瓶外(张勋留着大辫，时称辫帅)，丑态引人发笑。此后继马星驰作漫画的，为杨清磬、丁慕琴(悚)。有一次，慕琴的漫画太露骨，触犯了当局，独鹤被传去就审，几被拘留。

一九二九年，上海报界组成东北观光团，各报派一代表，独鹤代表了《新闻报》，应邀前去。到了北平，由钱芥尘殷勤招待，他们两人，本是老朋友，当然无所不谈。既而谈到副刊所载的长篇小说。行将结束，拟物色一作者，别撰长篇，芥尘接着说："那么我来介绍一位张恨水，他写的《春明外史》，在此间很受社会欢迎，不妨请他为《新园林》写一以北方社会为背景的说部，来换换口味如何？"独鹤虽没有阅读过恨水的《春明外史》，却在姚民哀所辑的《小说界之霸王》上，看到过一篇恨水所写的短文，觉得描写深刻，措辞隽妙，是具有印象的。立刻请芥尘介绍会面，居然一见如故，谈得很融洽。所写的小说便是这部名震一时的《啼笑因缘》。这书登载的第一天，便获得读者的好评，独鹤写信告诉了恨水，恨水在鼓励之下益发有劲，全书二十二回，一气呵成，简直把樊家树、沈凤喜、关秀姑、何丽娜、刘将军几个写活了。写到末了，更有"曲终人不见，江上数峰青"之妙。恨水认为说部的续写，什九失败的，《红楼梦》《水浒传》，续写都不能写好，所以他不愿意写《啼笑因缘》的续编，但由于读者的请求，还是续了下去。独鹤又动了脑筋，和徐耻痕、蒋剑侯办了三友书店，向《新闻报》商购版权(已登载过的小说稿,向报馆购版权,只千字一元,代价不高)。重行排印，出版《啼笑因缘》正续集，销行之广，不言而喻，独鹤和耻痕都得到了相当的利润。这时评弹界朱耀祥、赵稼秋，请陆澹安为编《啼笑因缘》弹词。弦索登场，加以说噱，卖座之盛，为从来的未有，因此《啼笑因缘》这个单行本，销数激增，独鹤等当然又发利市。接着，明星影片公司，又请独鹤为编电影剧本，把《啼笑因缘》搬上银幕。明星公司在这个戏剧上，化了很大的本钱，又在报上大大地宣传，岂知半腰里杀出程咬金，那办有大中华影片公司的顾无为向法院控诉，说明他已拍摄《啼笑因缘》，登记在前，获有执照，明星公司不得再拍。这确是明星公司的失着，给人以可乘之隙，结果明星公司败诉，不得已，托人向顾无为情商，又付出一笔酬谢金，才得公开放映。经过种种纠纷，见载大小报刊，这部《啼笑因缘》单行本的销数直线上升，也就再版三版四五版了。恨水来上海，独鹤陪他听《啼笑因缘》的评弹，他听不懂，又陪他看《啼笑因缘》的电影，他看了不很满意，说是分幕分得太散漫，不够紧凑。

独鹤编《新园林》，觉得太忙了，请周冀成为助理编辑。冀成笔墨也很流畅，在报上写稿署名“鸡晨”，有人开玩笑说，这真是“鹤立鸡群”。独鹤不但注意长篇小说，又复罗致了两部连载笔记，其一是刘成禺的《世载堂杂忆》，为掌故性的作品，成禺自云：“典章文物之考证，地方文献之丛存，师友名辈之遗闻，达士美人之韵事，虽未循纂著宏例，而短篇簿录，亦足供大雅谘询。”约一百五六十篇，后来刊为单行本，为《近代史料笔记丛刊》之一。《杂忆》登毕，接着登载的便是汪东的《寄庵随笔》。汪东字旭初，为章太炎大弟子，东南大学的文学教授。所记的，大都是抗战时期，国府西移，重庆山城的人文之盛，也有一百多则。笔墨风华隽永，更在《杂忆》之上，今由上海书店托我整辑，付诸印行。

《新闻报》又发行过《新闻夜报》，副刊名《夜声》，也是独鹤编辑的。写作者以青年作家为主，独鹤弟子很多，纷纷供稿。当时有一联华广告公司请顾冷观编辑《小说月报》，又兼编姊妹刊物《上海生活》。《新闻报》和联华文告公司取得联系，每订《新闻夜报》的，赠送《上海生活》，双方都推广了销路，也是出于独鹤的计划。后独鹤升任了《新闻报》的副总编辑。

独鹤每天写《谈话》，不料发生了一件特殊事故。独鹤家居雁荡路口的三德坊，每天赴馆，总是乘着自备的包车。有一天，他循例乘着包车赴馆，刚下车，预备乘电梯上楼，突然有人持一锉刀，向他颈项间刺来，独鹤惊避，然已受伤流血，即由车夫送医院急治，幸伤势轻微，住了二三天即出院。那凶手当场被门警抓住，交给警局，解往法院审理，受审时，凶手却侃侃而谈，谓："平素喜读独鹤的《谈话》，天天阅读，成为常课，日子久了，觉得独鹤的《谈话》，具有特殊的魅力，不读也就罢了，读了精神上就受到他的控制，什么都不由自主，可知独鹤是有'妖法'的。我为了安定自己的精神，不得不向他行刺……"法官听了他的口供，认为这人有神经病，经过医生诊断果然是个疯子。监禁了若干时期，释放出来，这却使独鹤大不安心，万一他再来开玩笑，怎能受得了。结果由独鹤花了钱，送他入疯人院医治。

独鹤脱离了世界书局，写作关系还是不断的。那《红杂志》是世界刊物的第一种，原来世界书局初期，铺面髹以红漆，称为红屋书店，《红杂志》无非以符红屋而已。《红杂志》的发刊词，乃独鹤所撰，略云："英国有小说杂志，Red Magazine，红光烨烨，照彻全球，今《红杂志》之梓行，或者亦将驰赤骝、展朱轮，追随此外国老前辈，与之并驾齐驱乎。"独鹤为编辑主任，发刊词例由编辑主任自己动笔。实则独鹤仅仅挂一虚名，负责编辑是施济群。济群自己主办《新声杂志》，出了十期，撰稿者都是一时名流，世界书局的主持人沈知方，特地邀他来的。《红杂志》出满百期，改名《红玫瑰》，赵苕狂任编辑，独鹤又复挂一虚名，但为以上两种杂志撰写了许多短篇小说，后来抽印成《严独鹤小说集》。其他有一长篇《人海梦》，只出了两集，没有结束，不了而了。又文化出版社，请他把《西厢记》改写为白话小说，也是有头无尾。又编过电影剧《怪女郎》，又和洪深、陆澹安等办过电影讲习班，后来享盛名的胡蝶、徐琴芳、高梨痕等，都在讲习班中沐受他们的教泽。独鹤主要的作品是《谈话》，当时有莲花广告社的倪高风，一度拟把若干年来的《谈话》汇聚拢来，刊一单印本，凭着独鹤的声望，招些广告，登在书的后面，广告费可抵销印刷费。可是着手整理，所谈的都是针对当时的社会和政局，在彼时来看，徒成明日黄花，失去时效，也就没有刊印。独鹤晚年也深感耗了一辈子的心血在《谈话》上，迄今成为废纸，为之追悔。

独鹤一度和陆澹安、施驾东等，在北京东路办大经中学，独鹤任校长，延聘名师，担任教务。又请王西神、陈蝶仙作诗词讲座。这时我和赵眠云合办国华中学，请陆澹安来兼课，所以两校是时通声气的。

独鹤收入很不错，可是家累很重。他的弟弟严畹滋、严荫武的儿女教育费，都由独鹤负担。畹滋我没有遇到过，记得我第一次遇到荫武，大家不相识。他肥硕得很，简直像开路先锋般的庞然大物，旁有友人胡佩之对我说：“你估计他体重若干磅？”我答着说：“可和二百数十磅的严荫武媲美。”胡佩之大笑说：“原来你们两位不相识，这位就是正式严荫武。”于是握手言欢，开始订交。有一次，荫武有事访徐卓呆于新舞台的后台，卓呆是喜开玩笑的，对荫武说：“我先得给你介绍一位朋友。”及出，那是大胖子名净许奎官，一对庞然大物，相与大笑。

独鹤生于十月三日，恰为旧历的重阳节，很容易记得，我们几个熟朋友，逢到这个佳节，总是借这祝寿之名，大家聚餐一下，以快朵颐。有一次，有人请独鹤点菜，独鹤客气不肯说，有一位说：“不必问，备一蛇羹即可，鹤是喜欢吃蛇的。”我说：“仙鹤吃蛇，是旧传说，不是事实。我知独鹤爱吃蠔油牛肉的，不如点一只蠔油牛肉吧！”独鹤笑着对我说：“你真先得我心，不愧知己。”独鹤经常戴着结婚戒指，可见伉俪之笃。性喜出游，春秋佳日，不是探六桥三竺，就是访灵岩天平。星期余暇，足迹常涉剡曲灌叟的黄园。灌叟黄岳渊，善培菊，有一千数百种之多，著有《花经》一书行世。独鹤书赠一联云：“著述花经传弟子，安排菊历遣辰光。”行书很挺秀，可见他的多才多艺了。

一九四九年后，《新闻报》改为《新闻日报》，不久即停刊，馆址并给《解放日报》。独鹤脱离辑务，任上海图书馆副馆长(正馆长乃版本目录专家顾起潜)，十年浩劫，独鹤受严重打击，致含冤而死，时为一九六八年八月二十六日，年正八十。独鹤幼子且被禁，家中遭抄掠，值钱的东西都被掠去，他的夫人陆蕴玉环顾室中，却剩有一架电风扇，便把它卖掉，得价七十元，才草草办了丧事。蕴玉尚健在，谈到往事，还是流涕。

医术传世丁福保

近来坊间重印了《古泉大辞典》《清诗话》等很有价值的专书，那编纂者丁福保的大名，又复热烈起来。实则他所刊行的书很多，据我所知，有《佛学丛书》《道学指南》《道藏精华录》《道藏续编》《说文诂林》《群雅诂林》《佛学大辞典》，凡此种种，日后或许都会把它重印出来。总之，他所刊行之书都是传世之作，丁福保当然也是传世之人了。

丁老字仲祜，又字梅轩，别号畴隐，又号济阳破衲，原籍江苏常州，先世即迁居无锡。无锡二丁，都是著名的，长者丁云轩，字宝书台，号幻道人，为光绪癸巳恩科副贡，乃一位丹青家，花卉翎毛，师法陈白阳，敝笥中尚藏有一把画扇，是他精心之作。上海棋盘街的文明书局，出版了大量的碑帖、笔记、稗史，这个书局，就是丁云轩和廉南湖所创办的。仲祜是云轩之弟，在学术上成就更大。他十六岁应江南乡试，阅卷者评其文："抗手班扬，瑰奇宏肆之文，仍有规矩准绳在内，洵是作手。此文在梁溪（无锡别名），当掩过芙蓉山馆十层。"芙蓉山馆，为杨芳灿的斋名，杨芳灿才名昭著金匮，刊有诗文集者。当时吴敬恒（稚晖）也称仲祜为奇童子，原来他十四五岁，即通治汉魏六朝数十百家之文，的确为常人所莫及。

丁老读书江阴南菁书院，这书院振朴学于东南，创办者，为瑞安黄体芳、长沙王先谦、茂名杨颐、长白溥良，均一时名宿。主讲者，有南汇张文虎、定海黄以周、江阴缪荃孙、慈溪林颐山，彬雅多文，风流弘奖，培育了很多人才。如钮永建、孙寒厓、汪荣宝、赵世修、陈庆年等，丁老也是其中的佼佼者。当时，王先谦即督促他治《尔雅》，谓："《尔雅》为群经枢辖。"又谓："《书目答问》版本略具，甚便初学，诸书可依以购求。"这一套垂训，给丁老影响很深，后来编纂《群雅诂林》即植基于此。他的藏书累累数十万卷，也是受到乃师王先谦的启迪。编有《畴隐居士学术史》即有一则记其事："光绪二十一年乙未，余二十二岁，肄业江阴南菁书院，见院中藏书甚富，如入二酉之室；适五都之市，为之荡目悦魄，发我十年聋瞽，狂喜无已。乃手抄院中藏书目一册，而私自祝曰：'它日果能处境稍裕，必按此书目尽购之。'"后来竟购得许多典籍，藏书目所有的，他都置备，甚至藏书目所未有的，他亦有之了。并更多珍本，和名人手批本及外间稀少的孤本，真可谓有志竟成。至于这许多书是怎样罗致的，那是他和书贩相交往，时常借钱给书贩，到各地去收书，一般书香门第，子孙败落，把祖传的书册，悉数出让，书贩探悉了，廉值拥载而来，便先给丁老挑选，去芜存菁，许多不易得的珍本、孤本，都在他的诂林精舍中了。当时他设立医学书局于沪市静安寺路三十九号，此后又设立诂林出版社于大通路瑞德里六号，他即居住其间。因为他坐拥百城，朱古微、李审言、况蕙风等一些名流，纷纷向他借书，他毫不吝惜，只提出一个条件，阅览了，请在书本上写些眉批，且钤印记，于是更扩大了名人手批本的数量。袁世凯次子袁寒云挥霍成性，常处窘乡，往往把家藏的善本抵押给丁老，得资以济燃眉之急。有的到期赎回，有的即归丁老收贮。有一次，寒云以唐代鱼玄机女诗人诗集初刻本，向丁老抵押二千金，该书历代名人亲笔题识凡若干纸，很为名贵，丁老乃置诸案头，日夕瞻赏，押期将满，给傅增湘知道了，便由傅氏代寒云赎取，书便归傅氏所有了。

他编刊的书，除上述几种外，尚有《方言诂林》《全汉三国晋南北朝诗》《汉魏六朝名家集》等，嘉惠士林，厥功非浅。他一个人做这些工作，当然来不及，就延聘周云青、丁宝铨、黄理斋若干位助手，一方面备了很多有关的书，由他指导，加以剪贴，这样节省了重抄时间，又减少了错字。但剪用的书本，却耗费了一笔巨大代价。当时这部《说文诂林》，他搜集资料，先后达三十年，及出版，装订六十六册，七千六百余页。马叙伦盛赞其书，谓："此书搜集古今治说文者之说，凡一千余卷，剪裁原本，循次编印。其搜抉之勤，比次之功，令人敬佩。图书馆既可备参考之资，而私家治说文者得此书，亦便于寻检。"该书完成，即从事编纂《群雅诂林》，采书浩繁，不亚于《说文》，他自己没有力量刊印，乃让给开明书局，开明付了一笔相当大的稿费，但一计算，工料颇感困难，搁置了若干年，直至开明停业，那稿本不知怎样处理。经过十年浩劫，稿本是否尚存，也就说不定了。

丁老兼治医学，曾应南京医科考试，得最优等证书，特派为考察日本医学专员，他写了很详尽的《旅东日记》。归国后，自己行医，中医参酌新医术，就诊的病人很多，他雇一人坐在门口，看到病人步行来的，诊费只须铜元一枚，如果说明境况艰苦，医药费全免；坐人力车来的，诊费四个铜元；乘汽车来的，

中国钱币界元老丁福保逝世四十周年纪念币

那就按照诊例每次一圆。对病人必亲自敬茶，诊后送出大门，习以为常。有时劝病人不必服药，只须多呼吸新鲜空气，进些白脱油，并说："白脱油的功用很大，不但富于营养，妇女进之，有润泽皮肤作用，胜于面敷雪花膏。"又说："多啖蔬菜，可减低血管硬化。多吃香蕉，小便不臭。揩身洗脸用冷水，可免感冒伤风。"所以他老人家，虽隆冬，每晨在日光下，也冷水摩擦。他所著的医学及卫生书，出版了不下百种，承他不弃，出一本即贻我一本，我都一一珍庋着。直至浩劫被掠，及拨雾见天，发还了我一些。他的哲嗣丁惠康博士，抄家更甚，致父亲遗著，一无留存，我就把劫余的书，送给了惠康，惠康非常感激。未几，惠康突然病死，年七十有四，实则浩劫中受到折磨，影响体健所致。

丁老幼年，体弱多病，长者忧其不寿。直至三十岁时，人寿保险公司尚不肯为他保十年寿险。他用科学方法自己锻炼，至四十岁，果日臻健康，至五十岁尤健于四十岁时，至六十岁，则尤健于五十岁时，年届七十，其体力精神强健多多。他一生不服补品，其时上海某人参铺，获得丁老照片，即作为广告资料，登载报端，有“丁老服参，精神矍铄”云云，完全说谎。我们熟知的，为之暗笑。

丁老劝人呼吸新鲜空气，他躬行无间，晚上睡眠不关窗，严寒天气，人们拥炉取暖，他却在庭院中乘风凉。有一天，某某去拜访他，谈得很投契，既而他老人家忽欲小便，请某某宽坐一下，不料他小便既毕，忘记有客在座，便缓步庭院，呼吸空气去了，某某只得不告而别。同时常州蒋维乔（竹庄），也是自幼体弱，此后学因是子静坐法，得以转弱为健，老年还是神明气爽，讲学不辍。某日，丁老和竹庄晤谈，谈到养生之道，一主张空气，一主张静坐，两不相下，最后作出结论，将来谁先死，便是失败，谁后死，便是胜利。据我所知，丁老作古在竹庄之前，竹庄也就自诩静坐操必胜之券。实则致死原因很多，不是这样简单的。

丁老的日常生活，每天进水果四枚，鸡蛋两个，粥汤一碗，内置白脱油一大块，牛奶半磅，蔬菜少许。他说：“番茄功用很大，每一番茄，可抵一只最好品种的橘子。”进了这许多，当然要谈到出路问题。他认为，每天最好如厕二次，少则一次，否则，滞积发生毒素，混入血液，那是很有害的。甚至天天大便，尚恐排泄不彻底，每星期须灌肠或服泻剂一次。我曾问他：“泻剂什么最妥当？”他说：“不妨用贝麻油。”他又说：“人体既当从事物质的卫生，更当注意精神卫生，精神的卫生，便是心性的涵养。自己固宜抱着乐观主义，心地既宽，那么目所见，耳所闻，都是充满着愉快的色彩和声调。否则，感时花溅泪，恨别鸟惊心，怡情养性的花鸟，也会变成撩愁媒苦的品物，那岂不是自寻烦恼么！至于得失荣辱，一切置诸度外，与世无争，与人无竞。人家骂我，当作耳边风，飘过就算；人家打我，认为和我开玩笑，叫他不要吵扰，人家也就罢休了。否则骂了我，和人家对骂，打了我，和人家对打，骂不过打不过人家，那就大气特气，不肯甘心，身体方面受了很大的损害。即使打骂胜人，那打骂时必然动着怒。昔人戒怒说得好：'怒心一发，则气逆而不顺，窒而不舒，伤我气，即足以伤我身。'事值可怒，当思事与身孰重，一转念间，可以涣然冰释。处于家庭，绝对不可有气恼。事事退一步想，便和平谅解，没有芥蒂。对自己的夫人，万万不能得罪她，她的生辰，不要忘记，届时买些她喜爱的东西给她，作为无形的礼物，那么既得她的欢心，决不会无端向你絮聒，向你有所要求，你就能自得其乐，消除一切的烦恼。"他认为日光可疗病，日光是唯一的宝物。他说："有许多人梦想天能雨金雨粟，忽然一朝有金粉金屑，纷纷从半空中吹坠，落在人们的头上、身上、人家的屋顶上、大地马路上，甚至田野上，那么世人必然要变成疯狂，抛弃一切正业，争先拾取，那还能谈得到社会秩序吗？实际天天不断有金粉金屑从半空中坠下，落在人们的头上、身上、屋顶上、马路上、田野上，所谓金粉金屑，就是日光，太阳给与地球上一切生物的光和热，其价值实在超过雨金雨粟哩。我国提倡日光浴，当以《列子》为最早，如其中《杨朱篇》云：'宋国有田夫，自曝于日，顾谓妻曰：负日之暄，人莫知者，以献吾君，将以重赏。'后来晋代陶渊明《咏贫士》诗云：'凄厉岁云暮，拥褐曝前轩。'唐白居易《咏负暄》诗云：'杲杲东日出，照我屋南隅。负暄闭目坐，和气生肌肤。初似饮醇醪，又如蛰者苏。外融百骸畅，中适一念无。旷然忘所在，心与虚空俱。’这两诗都说日光浴，居易诗尤为详尽，且能在静坐日光中，深得排除杂念之法，于参禅最为有益。”所以他老人家天天晒太阳，即深秋初冬的气候，他还是赤了膊，在太阳中晒一二小时，从来没有伤过风，咳过嗽。本其经验，著有《日光疗病法》一书。他又和我谈了许多杂话，觉得很有意义：“生平不懂交际，人家来拜访，我从没有回拜过什么人。人家请我吃饭，我也不懂得怎样回请。”“走路是全身运动，最能得益，所以出外能安步当车，不仅可省车钱而已。但走路以不疲乏为限，疲乏便与身体不宜。”“精神必须调节，做了一小时的工作，宜休息一刻钟。老年人只能做半小时工作，休息半小时。”他是主张素食，不进荤腥的。有一次，我们文艺界人士，在香雪园举行聚餐，这天，李石曾来参加，也是素食者。为了他们二老，特设一席素菜，高据上座，我们在下面照样鱼脍肉羹，恣意进啖。一方面又有些小节目演出助兴，有某擅口技，表演杀猪，当时李石曾高呼“打倒屠宰场”，此君讨了个没趣。丁老又发起星一粥会，就是每星期一的晚上，在他家中吃粥，由他作东道主，好得只备几碟素品，如油条、花生、咸菜、萝卜干等，简单得很。惠而不费，无非借这晚上，大家晤谈晤谈而已。我有时也参与其盛，记得吴敬恒有时也在座，吴老是口没遮拦，讲了许多笑话，曾说：“姜太公在此，百无禁忌，现在这话不对了，应当是姜太婆在此，才得百无禁忌。”这句话耐人探索。

丁老尚有些格言式的隽语，如云：“拂尘涤砚，焚香烹茶，插瓶花，上帘钩，事事不妨亲自为之，使时有小劳，筋骸血脉乃不凝滞，所谓流水不腐，户枢不蠹也。”又云：“笔墨挥洒，最为乐事。素善书画者，兴到时不妨偶一为之，若因应酬促逼，转成魔障。”又云：“能诗者偶尔得句，伸纸而书，与一二老友共赏之，不计工拙，自适其意可也。若拈题或和韵，未免着意。至于寿诗挽章，概难徇情。”又云：“院中植花木数十本，不求名种异卉，四时不绝更佳。呼童灌溉，可为日课，玩其生机，伺其开落，悦目赏心，无过于是。”他撰有联语，也是从修养中得来。如云：“曝日半间屋，穷年万卷书。”又云：“检书几案窄，昂首海天宽。”又云：“心闲缘事少，日永爱书多。”又云：“万卷诗书春富贵，一楼风月夜繁华。”又云：“入世未工疏结客，归山无计且登楼。”又云：“岁月将阑防失足，利名大好要回头。”

丁老多艺能，且复擅诗，但诗名为它艺所掩，人不知之，更少见到。我在这儿，摘录数首如下：

闲坐得句

宵静坐虚籁，新凉一味清。
灯残知夜永，月出觉心明。
无念全真性，看云悟世情。
中年能达理，大道识亏盈。

拟山居

门外秋山静，空庭落桂花。
图书一二榻，鸡犬两三家。
鱼跳月波碎，鸦栖风柳斜。
夜来将入定，万籁寂无哗。

秋　兴

闭户时寻乐，清宵事事幽。
风吟三径竹，雁语一天秋。
长笛来渔艇，疏灯下小楼。
开编心自远，日与古人游。

题五十岁小影四首

年华五十如弹指，误落尘凡剧可哀。
夙世未能成佛去，此生又为读书来。
藏收十万又三千，笑傲侯王别有天。
莫谓老夫生计拙，长安卖药自年年。

道院谈经亦偶然，神仙未学学逃禅。
题诗又是留尘迹，一笑人间五百年。

神龛空寂一灯明，秋尽寒来布被轻。
居士莫嫌风味薄，本来无物本无生。

写　怀

悠悠岂必尽知音，漫向人前论古今。
道外无言方是道，心中有事即非心。
独超众岳昆仑壮，尽纳群流沧海深。
我是年来无一字，荒江抱膝且长吟。

他收藏的东西，当然以书籍为大宗，其他为甲骨，这许多甲骨，大都是著《老残游记》刘铁云家旧物。古泉锈绿斑斓，收藏很富，中国泉币学社，在一九四〇年八月成立，就是他和张䌹伯、罗伯昭、戴葆庭、郑家相、张季量、王荫嘉、马定祥等十二人创始。当时借沐园花坪拍了一个合影，迄今四十余载，影中人除马定祥外，什九下世，这帧影片，亦唯定祥所独有。丁老所藏古泉，用线一一系在硬纸板上，每板若干枚，凡数十板，洵属洋洋大观。他晚年把所有的房屋田地及所藏的东西，捐献公家，并分给友好。自周代迄清代的古泉三全套，及甲骨等，归上海市博物馆。他曾花重资购自常熟铁琴铜剑楼的宋元孤本十余种，捐给北京图书馆，请同邑侯湘绘捐书图，他亲自撰记。他说："自今以往，不蓄财产，勿造新屋，勿置一切精好之物。须将书籍、碑帖、古泉等散去，空其所有，本无一物带来，亦将无一物带去。"他赠给我明版《史记》，及贾秋壑《世彩堂韩昌黎柳河东集》影印本。又拟赠我《二十四史》一部，这礼物太重，我婉辞掉了，但心领之余，还是值得感谢的。

他老人家头脑很灵敏，很会出主意。他有屋在闸北，给亲戚居住。一九二七年，北伐胜利，都市拓宽马路，以畅交通。他闸北的屋墙突出着，也在拆毁之列，亲戚得此消息，非常着急，商请丁老，他灵机一动，就嘱亲戚回去，不要声张，立雇泥水匠粉刷墙壁，在墙上大书《总理遗嘱》，这样一来，屋墙居然保住不拆。丁老外间声誉很盛，匪徒觊觎，写一恐吓信给他，他置之不理。一方面杜门不出，那所居的瑞德里，大门外再加铁栅，非熟人不放进去；一方面，他和各报馆编辑都很熟稔，便在报上发表丁老做投机生意破产新闻。他又故意把医学书局出盘，并抬高盘值，当然不会有人接受，书局还是他的，只不过放一烟幕弹罢了。这样果然有效，匪徒不再来纠缠他了。

写到这儿，觉得尚有些琐事可谈。他早年治数学，曾编过数学书，执教于京师大学堂，那是廉南湖推荐的。世称历算家为畴人，清阮元有《畴人传》，所以他别号畴隐居士，是有由来的了。他的日文，得力于盛杏荪设立在上海虹口谦吉里的东文学堂，这时罗叔蕴为校长，日本人藤田丰八为教习。他读了许多日文书及《日本文典》，翻译医书六十八种。宣统年间，他的翻译书，在南洋劝业会得最优等奖凭。此后，在德国都郎万国赛会及罗马万国卫生赛会，皆列入最优等，得文凭奖牌等物。古泉中，以小泉、大泉、公泉、幼泉、中泉、壮泉，称为六泉，最为名贵，丁老却获见壮泉(那藏古泉富甲一时的刘燕庭所藏六泉，独缺壮泉，号称六泉，实仅五泉)，丁老向其人购买，索值五百六十元，竟如数酬之。五百六十银元，其时为巨数，丁老引以自豪，撰一长文，纪其来历。他礼聘贤士鲍扶九、杨践形、工金石、一通易学，均助丁老编纂。又顾实(惕生)，历任沪江大学及国立东南大学文学教授，著有《中国文字学》《汉书艺文志讲疏》等书，丁老与之约，如逢大学不开课，即请来彼处主持辑政，馆俸悉按教授例。人们向丁老有所求托，彼必出一小册详细录存。或问其何不惮烦如此，他说："我的头脑中只有学术，其他俗事，不容混淆其间。"他是朱柏庐《治家格言》黎明即起的实行者，所以我外出访友，必先到丁老处，这时很少来客，便可以畅谈了。

弘一法师李叔同

一九八四年的秋天，曾应杭州虎跑李叔同纪念室之邀，在六桥三竺间，盘桓了三天，写了一篇《李叔同纪念室絮谈》，如云："南社有两位诗僧，一苏曼殊，一李叔同，而李的成就在某些方面更胜于苏。最近杭州虎跑，成立了李叔同纪念室，举行揭幕典礼，我在被邀之列，由媳妇高肖鸿陪侍，九十高龄居然能跋涉一番，在我的生活史上，是值得添上一笔的。"李叔同原籍浙江平湖，诞生于天津河东地藏，越二年，迁居河东山西会馆南路西大门。因此为天津人，所以他的两位孙女文娟和莉娟，特地从天津赶来，参与其盛。上海去的有金石家钱君，丰子恺的女儿丰一吟，刘质平的儿子刘雪阳，以及朱幼兰、朱显因、胡治钧、石英、李大鼎、彭慧、吴加平、卢永高等。子恺、质平是叔同的弟子，君是子恺的高足，三代关系是很密切的。我虽籍隶南社，可是时期较晚，不及亲挹前辈叔同的风范，但总算搭着些边缘吧！那天揭幕的，是浙省文联副主席黄源。幕是红绸的，一经揭开，那叶绍钧所书的"李叔同纪念室"六字横额，赫然呈目。室分三间，陈列着叔同生前的书法、篆刻、绘画、手札及所著的书籍，和身后的纪念册，应有尽有。还有他早年所饰黄天霸、褚彪的京剧照、茶花女的新剧照等，距今将近一个世纪，这些遗物，是多么令人向往。其中一本装帧特别古雅、内容非常充实的《李叔同手迹集》，外间绝少流传，那是这天朱幼兰捐献的。又李叔同白描像，是费新吾所绘，油画像则出于徐悲鸿手笔，都是神情毕肖，栩栩如生。尤其书幅颇多至理名言，更足为度世金箴。如“与古人争，是谓有志；与今人争，是谓无量”。又“律己宜带秋气，处世须挟春风”。又“日日行，不怕千万里；常常做，不怕千万事”。又“实处着脚，稳处下手”。又“身在万物中，心在万物上”。那《城南旧事》电影中的《送别曲》：“长亭外，古道边，芳草碧连天……”就是采取叔同的旧作。那个歌谱，也陈列在玻璃橱中。又叔同所编撰的《音乐小杂志》，是介绍西洋音乐到我国来的先导刊物，是何等的珍希！国内遍访无着，由丰一吟辗转托人，从日本复印过来的，今亦为陈列品，供人观览，成为奇迹。当时我们摄了集体照，再攀崖拾级，在叔同塔前，又拍照留影，作为它年鸿雪。次日晨起，微雨及雾，总认为转瞬能雨止雾散的，我就记起先师胡石予先生的两句诗，不觉低低地默诵着：“深幕垂垂迟觌面，美人春晓待梳妆。”不料登上玉皇山，浓雾兀是不消，凭窗眺望，别有一种景色。我就对君说：“今天真领略了苏东坡那句‘山色空濛雨亦奇’的诗意，您擅丹青，大可作为画材。”既而那办事人员导刘辉乙君取出一本书册来，请大家题写，君即把这句苏诗，用隶书写在上面，轮到了我，我书法丑拙，却固辞不获，只得乱题一下：“李叔同先生，由入世而出世，复由出世而入世，伟哉此人！”原来叔同出家做了和尚，而悲天悯人，不忘众生的疾苦，他老人家的典型，洵足长留共仰。我们又历涉了云栖、灵隐、岳墓、石屋洞、九溪十八涧诸胜，边游边谈叔同的垂徽往迹，我提议：“纪念室还得充实一些，不妨把丰子恺、刘质平两位大弟子的作品和遗物，附着陈列，犹诸孔庙，以孔子为主，而亚圣孟子并七十二位贤人也得列着旁庑，俎豆馨香，固无妨于泗水文章、杏坛礼乐，这一点，我想主办人可以考虑一下的。”

李叔同生于前清光绪庚辰九月二十日，一九四二年十月十三日圆寂于福建泉州。当时披剃于杭州虎跑，所以虎跑为设纪念室。听说泉州也在筹备别辟纪念室，那儿所藏叔同的遗物，比虎跑为多。当叔同临死前数天，写“悲欣交集”四字给侍者妙莲和尚，临终一切事务，皆由妙莲负责。妙莲今尚生存。那位叔同弟子为编《弘一大师年谱》的林子青居士也还健在。这是刘雪阳告诉我的。又叔同别一弟子李芳远，和我书函往来，他的书法，酷肖乃师。我把它粘存成册，颜之为《天涯芳草》。他又署空照，更粘存为《空谷传声》。我藏叔同的遗札一，是吕伯攸送给我的，失于浩劫，芳远知道了，别赠一札，以弥缺憾。芳远于一九八四年病死，所有叔同遗物，不知散落何处了。芳远也编了《弘一大师年谱》，没有刊行。

李叔同真是一位奇哉怪也的人物，由绚烂而归于平淡，由浪漫而转为孤寂，截然为两个阶段。他早年留学日本东京的上野美术学校，专习绘画。旁及音乐，其间并与留日同学曾孝若、吴我尊、谢抗白、李清痕、欧阳予倩、马绛士等，创立春柳社于东京，研究西洋戏剧，他扮演《黑奴吁天录》的爱美柳夫人，颇著声誉。旋再演《巴黎茶花女》，自己置备了好些头套和女子服装，那是不惜工本的。加之他演艺的超脱，于是相得益彰，博得一位日本戏剧学家松居松翁的赞叹，称为：“李君的优美婉丽，决非日本的俳优所能比拟。”他早年做了许多悱恻缠绵的诗篇，风流自赏，顾影翩翩，和曲院中人高翠娥、杨翠喜，极罗艳绮香、灯红酒绿之乐。有诗赠翠娥曰：

残山剩水可伶宵，慢把琴樽慰寂寥。
顿老琵琶妥娘曲，红楼暮雨梦前朝。

忆翠喜词：调寄菩萨蛮

燕支山上花如雪，燕支山下人如月。
额发翠云铺，眉湾淡欲无。
夕阳微雨后，叶底秋痕瘦。
生小怕言愁，言愁不耐羞。

更流连于诗妓李苹香的天韵阁，苹香诗请叔同修正。如：

绣丝竟与画图争，转讶天生画不成。
何奈背人春又去，停针无语悄含情。

潮落江村客棹稀，红桃吹满钓鱼矶。
不知青帝心何忍，任尔飘零到处飞。

诗共六首，作簪花格，识有“辛丑秋日为惜霜先生大人两政”。惜霜为叔同别署，辛丑为光绪二十七年。真令人莫测，这样的一位豪华公子，竟然出家做苦行僧，持守着戒律极严的律宗，直至六十三岁逝世。

叔同的遗物，有些留存在夏丏尊处，有些留存在传授音乐的弟子刘质平处，丏尊和质平都已作古，遗物在丏尊处的，不知其下落，在质平处的，都由其子雪阳什九保存着，经过“文化大革命”，历劫不磨，这是冒着极大的风险，才得全瓯无缺，真可谓难能可贵。

刘雪阳知道我很敬仰李叔同，承他殷勤挟着一大包叔同图片，和其他东西给我瞻观，我就和雪阳相商，暂留我家三四天，俾得细细阅赏。从这些遗物中，可以发觉叔同不仅诗文、书画、篆刻、戏剧、音乐、佛理，具有高深的造诣，那为人的人格，简直到了泰岱的极峰，为之俯首钦伏。

叔同给质平的信札很多，信中称质平为仁弟，自称为不佞。时质平留学日本，经济非常拮据，甚至学费断绝，叔同尽力为助，信中略云："学费断绝，困难时，不佞可以量力助君，但不佞，窭人也，必须无意外之变，乃可如愿，因学校薪水领不到时，即感无法，今将详细之情形，述之于下：不佞现每月收入薪水百有五元，出款，上海家用四十元（年节另加）、天津家用廿五元（年节另加）、自己食物十元，自己零用五元，自己应酬费、买物添衣费五元，如依是正确计算，严守之数，不再多费，每月可余廿元，此廿元可以作君学费用。将来不佞之薪水，大约有减无增，但再减去五元，仍无大妨碍，自己用之款内，可以再加节省，如再多减，则觉困难矣。助君学费，有下列数条，必须由君承认实行乃可：一、此款系以我辈之交谊，赠君用之，并非借贷与君，不佞向不喜与人通借贷也。故此款君受之，将来不必偿还。一、赠款事，只有尔吾二人知，不可与第三人谈及，君之家族门先生等，皆不可谈及，家属如追问，可云有人如此而已，万不可提出姓名。一、赠款以君之家族不给学费时起，至毕业时止。但如有前述之变故，则不能赠款，如减薪水太多，则赠款亦须减少。一、君须听从不佞之意见，不可违背。不佞并无他意，但愿君按部就班，无太过不及。注重卫生，俾可学成有获，不致半途中止也。君之心高气浮，是第一障碍物，必须痛除。以上所说之情形，望君详细思索，寄回信复我。助学费事，不佞不敢向他人言，因他人以诚意待人者少也。即有装面子暂时敷衍者，亦将久而生厌，未能持久，君之家族，尚不能尽力助君，何况外人乎！不佞近来颇明天理，愿依天理行事，望君勿以常人之情，推测不佞可也。”此后一札致质平，则署名演音，那是行将出家时所寄者，有云：“书悉。君所需至毕业为止之学费，约日金千余元，顷已设法借华金千元，以供此费。余虽修道念切，然决不忍置君事于度外。此款倘可借到，余再入山，如不能借到，余仍就职，至君毕业时止。君以后可以安心求学，勿再过虑，至要至要。”目今谈教育者，有尊师爱生的口号，这是起着相互作用的，不尊师，师便无从爱生；不爱生，生亦无从尊师。李叔同这样对待刘质平，当然由质平尊敬老师所致，则是不待言而自知的。至于叔同俭己助人的风格，属于少见罕闻，足为师道的规范。叔同别有一信，勖勉质平备至，略云：“君之志气甚佳，将来必为吾国人吐一口气。但现在宜注意者如下：一宜重卫生，俾免中途辍学，习音乐者，非身体健壮，不易进步。专运动五指及脑，他处不运动，则易致疾，故每日宜有适当之休息，及应有之娱乐，适度之运动。又宜早眠早起，食后宜休息一小时，不可即弹琴。二宜慎出场演奏，为免受人之忌妒，能不演奏最妥，抱璞而藏，君子之行也。三宜慎交游，免生无谓之是非。留学生品类尤杂，最宜谨慎。四勿躐等急进，吾人求学，须从常轨，循序渐进，欲速则不达矣。五勿心浮气躁，学稍有得，即深自矜夸，学而不进，即生厌烦心，或抱悲观，皆不可。必须心平气定，不急进，不间断。六宜信仰宗教，求精神上之安乐，据余一人之所见，确系如此，未知君以为何如？”叔同圆寂，有人搜罗他许多信札，刊印《晚晴山房书简》，以上几封，都没有收入，珊网遗珠，当然是很珍贵的。

叔同喜录格言，有《格言略选》，虎跑纪念室，曾印作书签，可是为数不多，雪阳出示，则洋洋大观，较为全面。爰撮录一些，为本文所未尝述及的。如“人好刚，我以柔胜之；人用术，我以诚感之”。又“善用威者不轻怒，善用恩者不妄施”。又“谦，美德也，过谦者怀诈；默，懿行也，过默则藏奸”。又“声名，谤之媒也；欢乐，悲之渐也”。又“谦退，第一保身法；安详，第一处世法；涵容，第一待人法；洒脱，第一养性法”。又“毋以小嫌疏至戚，毋以新怨忘旧恩”。又“以情恕人，以理律己”。又“以冰霜之操自励，则品日清高；以穹窿之量容人，则德日广”。这些格言，都出叔同手笔，字字端肃，一笔不苟，写给质平保存，今尚完好。

叔同，法名演音，字弘一，尚在出家之前，别有一信致质平，即以演音字弘一具名，信云：“不佞近耽空寂，厌弃人事，早在今夏，迟在明年，将入山剃度为沙弥，刻已渐渐准备一切，所有之物皆赠人，音乐书籍及洋服赠足下，甚盼足下暑假时返国一晤也。”

叔同圆寂于泉州不二祠温陵养老院晚晴室。林子青所编《弘一法师年谱》，谓：“九月初一日，书‘悲欣交集’四字，留有照片。”又谓“自写遗嘱”，但《年谱》未载，那是致刘质平的，封面有“遗嘱（加着墨圈）刘质平居士披阅”。其原文云：“余命终后，凡追悼会、建塔及其他纪念之事，皆不可做，因此种事，与余无益，反失福也。倘欲做一事业，与余为纪念者，乞将《四分律比丘戒相表记》印二千册。”以下为小字：“以一千册，交佛学书局流通，每册经手流通费五分，此资即赠与书局，请书局于《半月刊》中登广告。以五百册，赠与上海北四川路内山书店存贮，以后随意赠与日本诸居士。以五百册分赠同人。此书印资，请质平居士募集，并作跋语，附印书后。仍由中华书局石印，乞与印刷主任徐曜坤居士接洽，一切照前式，唯装订改良。此书原稿，存在穆藕初居士处，乞托徐曜坤往借。此书可为余出家以后最大之著作，故宜流通，以为纪念。”末了“弘一书”三字较大，下钤“弘一”朱文印。

叔同早年作画，有二照片，一半身女子，为木炭画，一半裸体女，为油画，均栩栩似生。其他照片，有和曾孝谷等春柳社同人合摄。一饰日本军官，侧着头，留髭须一撮，神气很足。一西装半身照，少年英俊，二十六岁所摄。又二帧。丰子恺均题有“弘一法师在俗时留影”九字，一首向左侧，一首向右侧，手持一展开的折扇。又一帧，叔同闭目端坐，似入定状，题“弘一将入山修梵行，偕刘子质平、丰子子恺摄影”，右为子恺，左为质平。又一帧为叔同断食后之像，旁注“丙辰嘉平十九日”。又僧服立像，又戴风帽半身像，题有“弘师遗影，施至伟写”。又一帧半身僧服，微笑，髭须鬑然，状极慈祥，题有“弘一法师肖像，二十六年深秋，师由青岛返闽过沪，为留此影，时正烽火连天，大场犹未陷也。二十八年冬日，丏尊记于沪上”，那是夏丏尊逾年补记的。大场，为上海的郊区。最后为圆寂时所留影，侧身卧于木板榻上，俨然似熟睡状，题有“中兴南山宗弘一律师涅槃瑞相，壬午秋九月初五日谨记”。旁为夏丏尊亲笔手迹，写在照片衬纸上：“问余何适？廓尔亡言。华枝春满，天心月圆。胜法居士以其所供养之音公遗影属题，为书音公‘辞世偈’，癸未春日，丏翁。”

叔同是把西方音乐介绍到国内的第一人，他的一首《祖国歌》，为一简谱，歌词如："上下数千年，一脉延，文明莫与肩，纵横数万里，膏腴地，独享天然利……"我在读书时，还唱过这支歌，迄今尚能背出什之四五来。这个歌谱的原稿，藏在黄炎培家。

刘雪阳又藏着叔同手写的《地名山名及寺名院名略考》。这些地、山、寺、院，都是叔同踪迹所至及卓锡之处，且注年份。附语："其余未详，俟后考"，可见尚没有完全。"略考"所列四十九处。

《弘一大师年谱》，首列姓名别号，凡七十有余。我编《南社丛谈》，搜罗得一百有余，可是雪阳所列近二百个，为最详尽的了。笔名署有善字，如善量、善炬等，凡十二。用胜字，如胜慧、胜行等，凡十二。用智字，如智幢、智因等，凡十二。用无字，如无住、无说等凡十。用大字，如大舍、大舟等凡八。其他如玄、妙、龙、明、鲜、普、光世、觉、满、微，都和禅理有关，奈太累赘，不克备录。

质平有《弘一大法师史略》手稿，承雪阳见示，其中颇多珍闻佚事，为第一手资料，爰摭取一些，以广流传："叔同先世营盐业，家素丰，及业务亏负，遂中落。三十九岁出家，学头陀苦修行，布衲简朴，赤脚草履，习以为常。体质较弱，衣多穿，则患鼻红，少穿，不能御寒，质子为制骆驼毛袄裤。所用蚊帐，破敝不堪，破了用布补，或用纸糊，当他五十诞辰，诸徒为他祝寿，细数该蚊帐破糊多至二百余处。由在沪的质平，购透风纱帐以代替。他治律宗，戒律甚严，每日只食二次，第一次晨六时左右，第二次上午十一时，过午即不食。食量胜常，当五十寿辰，一次进面二大盘，见者愕然。他出家后，曾生大病三次，第一次在上虞法界寺，病未痊，被甬上僧人安心，跪请去西安宣扬佛法，他被迫，已登船，质平知之，从船上背负回，因足力不胜，艰于步履。第二次，病于鼓浪屿，叔同自谓九死一生，为生平所未经历。第三次，病于泉州养老院，预知迁化日期，函致夏丏尊、刘质平诀别，附录二偈。叔同因云游无定，经典随身携带，常用行李约五件，竹套箱二、网篮二、铺盖一。他写字常用毛笔，用墨却很注意，质平向友人处访得乾隆陈墨二十余锭，悉以奉献。他谓字之工拙，占十分之四，而布局却占十分之六。写时闭门，不许他人在旁，以免乱神。人评他的书法，乃学问、道德、环境、艺术多方面之结晶。所有书件，交给质平，一请质平广结墨缘，一嘱质平保存。后经日寇侵华，盗去一部分，又在上海举行义卖，所得资金，创办叔同艺术师范学院，为叔同在家时之纪念。又在泉州建立墨宝石碑，大小四十座，为叔同入山后之纪念。

叔同著述，据我所知，有《秋草集》《李庐诗录》《二十自述诗》《三十自述诗》《乐石集》《清凉歌集》《前尘影事集》《李息庵法书》《华严集联三百》《临古法书》《李庐印谱》《醺纨阁印谱》《篆刻拓本》《护生画集》《永忆录》《寒笳集》《自行钞》《人生之最后》《晚晴集》及佛学方面作品数十种。

笑匠徐卓呆

那东方卓别林，又称“笑匠”的徐卓呆，他的笑料，实在太多了。从何谈起呢？仔细一考虑，还是分着时期来谈。他平生多才能，生活又多变化，最初过的是体育生活，就先谈他的体育生活吧！

他原名傅霖，号筑岩，由筑岩谐声为卓呆，又因“梅”字也可写成“槑”，“呆”字成为半个“梅”字，一署半梅。他是吴中浒墅关人，所以一口吴侬软语，眼睛一霎一霎的怪有趣，人们见了他的尊容，就要发笑。他是早期的日本留学生，这时尚在前清光绪年间，学的是体育，什么徒手操、哑铃操，以及其他种种体育活动，都给他学会了，连得跳舞，他亦步亦趋，居然也被学了去。但这时他对于跳舞，仅仅是由好奇和兴趣出发，认为学了是没有用的，姑妄学之而已。及毕业回国，他就把有用的体操，编写了几本体育入门书，把徒手操、哑铃操等种种动作和种种姿势，授意于人，绘成图幅，有的是实线，有的是虚线，使它系统化，表示左右旋转，上下俯仰的动态，把这稿本让给上海商务印书馆，刊印出版。这时，各学校纷纷采用，作为教本，并把体操列入科目之中。他的夫人汤剑我，也是留学日本学体育的，一门体育，共同工作，各学校争聘他们夫妇俩，来教徒手哑铃等操，培养出许多体育人才。上海著名体育家、年登耄耋的陆礼华女士，还是他们的小学生。汤剑我又从天台山农学习书法，写得一手好魏碑，并录收书法方面的弟子。

卓呆是戏剧爱好者，这时上海有个兰心戏院，设在博物院路（不是后来在迈尔西爱路的兰心戏院），时常由旅沪西侨所组织的剧团，在这儿演出，演的都是世界名剧，开话剧的先声。卓呆每逢开演，他必去观赏，观众什九是外国人，所以票价很高，他限于经济条件，没有办法，总是买三楼票，但也需银币一元，而所得的戏剧知识，确实不少。

大约一九一七年吧，张状元季直，在南通办着伶工学校，请卓呆去教课。既而又委他和欧阳予倩一同东渡，考察日本的俳优教育，俾伶工学校，有所借鉴。卓呆回国后，课外又常在《时报》上写些剧评，竭力提议改良戏剧。恰巧这时有位王熙普（钟声），担任沪绅沈仲礼所设立的通鉴学校的校长，在报上登着广告，提创新戏剧，招青年去学习。这很对卓呆的胃口，连忙来沪访问这位校长王熙普，有所商谈，彼此水乳交融，非常投契，王钟声便邀卓呆来合作。但学校开了学，不上什么课，不过天天排戏，作实地练习，都由熙普指导着。有一天，戏中有一跳舞场面，其时上海还没有跳舞场，无人熟谙这门技术，这怎么办呢？幸而得知卓呆曾在日本学习过，便请卓呆教跳舞，当时认为学了没有用，现在却派了大用场。所以卓呆日间在南市某校教体操，晚上到通鉴来教跳舞。由于他循循善诱，跳舞逐渐开展，甚至社会上相习成风，什么探戈、狐步、华尔兹，成为时髦人物的新活动。

卓呆不仅致力于体育，又复从事于戏剧，上面已涉及到他的戏剧爱好了，他是通日文的，经常到日本人集居的虹口，购买些有关戏剧的日文杂志，单行的剧本，买得更多。又读了些世界著名的剧本，揣摩研究，一方面又和包天笑合译了嚣俄所著的世界三大悲剧之一《牺牲》，印行问世。他觉得演剧必须化装，这化装术，必须懂得些。不久，他认识了一位日本化装家浦山鸥梦，向他请教，花了三四个月的工夫，给他学会了，便自己试行化装，拍了许多照片，可惜在"一·二八"之役，全部化为劫灰。后来刘半农参加开明社演剧，这时半农尚在童年,饰一顽童,就是卓呆为他化装的。卓呆又觉得舞台上有开打，又须懂得一套应用武术，那浦山鸥梦，武术也是在行的。复从了他学武术，所以卓呆对于演剧的基本功是很扎实的。他很想由理论而化为实践，恰巧他在日本即认识了陆镜若（商务印书馆主编《辞源》陆尔奎的儿子），是位戏剧家，借那味莼园来演戏，演《猛回头》，要求卓呆担任一角，他就在剧中饰一青年小学教师，第一次登台，怯生生的自己不够满意。不料过一天，那《民立报》的《丽丽所剧评》，这是郑正秋写的，为报上评剧的开始，《剧评》中对于卓呆大大地捧场，他受宠若惊，才相信自己在戏剧上是有些前途的。便打听得这位郑正秋住在十六铺南码头，专程往访，二人一见如故。正秋是潮州人，潮州人讲究喝工夫茶，就用小杯请他品饮，从此经常往来，成为同志。有一次，陆镜若等假座兰心戏院演《社会钟》，邀卓呆在剧中饰一傻子，他觉得很成功。

辛亥革命，震动人心。卓呆为丹桂第一台排了《扬州十日记》《嘉定三屠记》《史可法》等戏，这些适应性强的演出，当然很受社会欢迎。此后，卓呆创办社会教育团，用戏剧来灌输社会教育，常演出于南京路谋得利小剧场，颇著声誉。又编了三十多出的滑稽戏，郑正秋要他去演出，很能卖座。卓呆往往在自编的戏剧中演着角色，做了正式的演员。为了演各种角色，备了许多私房行头，样样都有，凡十几箱，他很宝贵，目之为“百宝箱”，可是“一·二八”之役付诸荡然。他对于演戏，由生而熟，熟练了很镇静，有时和后台的同道聊聊天，有时在后台看小说，甚至写小说，习以为常。他又和欧阳予倩、朱双云等共九人，组织成一剧团，在笑舞台演《红楼》戏，演《晴雯补裘》，卓呆饰晴雯的嫂子。他一度赴苏州演出，这是老戏剧家李君磐所主持的。君磐带来两个学徒，一个黄秋士，一个就是后来大大有名的小说家张恨水；所以他认识张恨水，比任何人都早。某年夏天，他应朱双云、张石川之约，赴杭州城站的第一台演戏，卓呆却深慕六桥三竺九溪十八涧之胜，可是足迹从未到过西湖，他的夫人汤剑我，也是徒慕其胜而没有到过杭州，欣然同往。一有余暇，什么断桥残雪、三潭印月、孤山、烟霞洞，几乎流连忘返，直至演戏合同期满，大家回上海，而汤剑我对于西湖依恋不舍，还得畅游一下，把所得的演出费，统统消耗光，没有川资，将手上的金戒指都兑掉，始得上火车。剑我在车中，犹低低念着：“山外青山楼外楼”，卓呆笑着接了一句：“指环薪水一齐休。”在他七十岁时，写了一部《话剧创始期回忆录》。

这时，电影剧风起云涌，除了明星影片公司、上海影戏公司外，大家创办了小规模的公司拍摄电影。卓呆玩世不恭，和汪优游合办开心影片公司，商标为猪八戒吃钥匙，拍了些话剧式的电影。又办了一家蜡烛影片公司，开幕之日，某滑稽朋友送了一对硕大无朋的蜡烛，说是“点大蜡烛”。这是妓院中的一种名目，卓呆却受之无忤。他们的出品，有《神仙棒》《隐身衣》《爱神之肥料》《临时公馆》《怪医生》《活招牌》《活动银箱》等，卓呆和优游，每剧都充着要角。这些剧本，大都寓讽刺于滑稽之中。记得我为艺华影片公司编《新婚的前夜》，又为上海影戏公司编《国色天香》，这两部电影，卓呆都担任客串式的演员。

日本有所谓“连锁剧”，那是戏剧和电影连合起来的。卓呆在日本观赏过，就献计给上海九亩地的新舞台来仿行，改称为“连环戏”，共演了两部，先为《凌波仙子》，后为《红玫瑰》。连环戏是这样的，把一部戏一分为二，一半在银幕上映，一半在舞台上演，凡舞台上不容易演的，都用电影来替代，室内的戏，在台上实演。如正在台上实地演出，换了一场面，电灯一暗，挂起银幕，舞台上的人，都上了银幕，映了一些，顿时电灯一亮，银幕上的人，又在舞台上接演下去，相互交替，变化多端，观众是喜欢新奇的玩意儿，很轰动一时，连卖满座。

他由体育而戏剧，由戏剧而小说。他写小说，在演剧时即开始涉笔。我幼年时，阅看《小说月报》，就看到他的小说和剧本，给我印象很深。他又担任《时事新报》编辑，翻译俄国托尔斯泰的小说。他不懂俄文，是由日文转译的。这时，中华书局扩充编辑部，他就辞《时事新报》，进入中华书局，并把刘半农也介绍给中华，才成了刘半农的大名。卓呆工作，流动性很大，又担任《晨报》编辑，和姚苏凤同事。他出笔很快，什么都能写，写的字数不须计算，在写字台上，置着一小钟，一小时所写就是一千字。刊行的单行本，我所忆及的，有下列若干种：

《上海旧话》(笔名赫马)、《第三手》《秘密锦囊》《无聊》《非嫁同盟会》《烟灰老四》《两条道路》《人肉市场》《针线娘》《乐》《情博士》《何必当初》《馒头庵》《万能木》《软监牢》《明日之上海》《水里罪人》《木乃伊》《八一三》《卓呆小说集》《阴阳怪气》等。又电影剧《黄金万两》《奇中奇》《兄弟行》《母亲的秘密》等，又《电影摄制法》《电影放映法》等。

他的作品，实在太多了，上面仅仅是不完全的计数，此外还有《笑话三千篇》《李阿毛外传》《唐小姐》。又日本人式场隆太郎所作的《四十岁以后无病生活法》，他译为《老人经》，谈生理卫生，分着好多项目，如《人生的区别》《人为什么会死》《荷尔蒙与寿命》《齿与寿命》《近世返老还童法》《早起之效用》《老人与烟草》《老人与冷水》等，由于他的译笔生动活泼，可当小说看。他的长女孟素，为务本女学高材生，不幸短命而死，他老人家很是悲痛，写了一本《创痕》。他看到一些不成熟的新诗，很不顺眼，也写了滑稽性的新诗，称之为《不知所云集》，又做了篇自序，从头到尾，都是虚点，不着一字，藉以讽刺那些说空话，言之无物的流行作品。他的所作，有科学性的，如《飞机何以能飞》《近代战争的利器》《战费之今昔》《保健食料》。属于幻想的，有《火星旅行》等。

有一次，他在浴堂里洗澡，觉得洗澡的浴客，一个个虽有肥瘦高矮之分，但赤裸裸地看不出他们的身份，等他们浴罢穿了衣服，才得看出他们每个人的地位来，就写了篇小说《浴堂里的哲学》，是怪有意思的。他的后期杂作，以刊载《万象》及《大众》两种杂志为多。时汤剑我患心脏病死，续娶夫人华端岑，把这些汇装成册，为两厚本。

华端岑很能干，和卓呆共同研究，制造科学酱油，很是鲜隽。起初是赠送戚友的，此后要的人太多，为了限制，定出价目做起酱油生意来，称之为“良妻牌酱油”。他和人通信的信笺，特请钱瘦铁题了“妙不可酱油”五个字，为“妙不可言”的蜕化语，言与盐同音，既有“妙不可盐”，不妨称“妙不可酱油”，从取笑中做了广告。这时他的笔名为酱翁，又号卖油郎。

谈到他的笔名，饶有趣味性，他一度住居闸北，自称闸北徐公，不让当年邹忌的城北徐公专美。凡妇女年事增长，犹有丰姿的，称半老徐娘，他又自号半老徐爷。《杨家将》中有杨老令公，他生肖属羊，便称羊老伶工。文人往往采取古雅的字面，题着斋名，如什么秋水轩、听松庵、含英阁、吟芷居等等，他故意舍雅为俗，为破夜壶室。文人取名，也须有书卷气，他却别署李阿毛。我们和他开玩笑，叫他阿毛哥，他回过头来，向我开玩笑。因我常为各刊物写补白小文，他就称我为补白大王。又和评弹兼小说家的姚民哀搭了挡，补白大王长，补白大王短乱叫着。旧例致人的信，结末不像现在的简单，必须因人而施，如对士人称文安，对商人称筹安，对官僚称升安，卓呆写信给我，特称补安。

当时上海潮音出版社，为我刊印一本小册子《慧心粲齿集》，我请卓呆撰一序言，他又涉及到了补白，略云：“郑子逸梅，善作短隽之文，凡新出之各杂志，莫不有郑子之作。编者以其至短，难以成页，故悉殿于页尾，于是，‘郑补白’之名传遍著作界矣。夫木桶无油灰则漏，棺材无炭屑则松，彼油灰炭屑，即木桶与棺材之补白也。由是观之，补白之功用，岂不大哉。”不伦不类，引人发笑，这一下直影响到现在，各刊物上提到我，总是加上“补白大王”的头衔。最近有人来采访，他的采访稿，标题为《补白大师郑逸梅》。由大王而大师，似乎升了一级，追究根源，始作俑者，其徐姚乎！

他的滑稽行径和滑稽口吻多得很，我编《金钢钻报》，他袖出一稿，托我发表，说：“借此骂一个我痛恨的人。”我展阅一下，只是某年认识某某，某年又认识某某，一系列都是如此，使我莫名其妙，问他是什么意思，他说："最后的某某，就是我们所痛恨的人。因为上面所列的某某，都是过世的，最后的某某是生存的，就是把他当做赤老（苏沪人士称鬼为赤老）看待了。"某年他偕着施济群赴苏游玩，济群吐了一口痰在池子中，他对济群笑着说："尊用痰盂，好像太大了吧？"在旁的人听了，无不作会心微笑。话剧愈演愈糟，成为低级的文明戏，他说："这不是话剧，而是话柄。"友人张舍我尚没有配偶，托人代为物色，附带一条件：对方必须身体健康，否则时常生病服药，我们卖文为生，是负担不起的。卓呆听到了，说："要做张舍我的夫人，须得先在水门汀上摔三下，而不贴伤膏药的，才能及格。"他筑室于沪郊江湾，请袁寒云写"淘圃"二字，作为室名，人们问他何所取义，他说："这无非说明我是在都市中被淘汰出来的意思。"有一次，钱化佛画一佛像，画成后，神态恰像卓呆，便赠给了卓呆，他把它悬挂室中，告诉人说："我是佛菩萨转世的。"电影艺人姜起凤欠了卓呆的钱，向他索偿，不料非但不还，反出言不逊，这却惹怒了他，说："我要不客气了，叫你上海站不住脚。"卓呆知道姜氏负债累累，便在报上登一《姜起凤启事》广告，说："我将远行，凡人欠欠人，请即来舍办理。"这一下，纷纷人来索债，姜氏无法应付，只得溜之大吉。"一·二八"之役，他的江湾淘圃，适中炮弹，他收拾残余，却把这个炮弹壳子捡起来，配着红木架，留作纪念。某次，星社假座半淞园，举行雅集，事前通知，凡来参加雅集的，须带一件有趣的东西作为展览。卓呆为星社一分子，就把这个炮弹壳陈列着，标着说明："皇军赠我的大花瓶，有倾家荡产的价值。"他恨极日寇的侵略，抗战胜利，星社聚餐，每人自带一熟肴来，不纳餐费，卓呆的一味，是萝卜煮猪肠，下箸时，他介绍给人说："这个肴名，叫做萝卜头切腹。"大家哄堂大笑。

他有一个儿子叔绵，卓呆托老友胡亚光教他作画，当然彼此相熟，不收贽敬。及拜师一天，卓呆陪了叔绵前往，却具备一红封袋，呈给亚光。亚光谓："说明在前，何必客气？"再三推辞，可是推辞不掉，只得姑妄收之。卓呆走后，亚光拆封一看，原来是银币二毛，为之失笑。

他平素不喜欢看绍兴戏，越剧某名角登台，捧场者很多，有人请卓呆写一横幅，他写了"越看越好"四大字，悬诸台旁，或问卓呆："你素不喜欢看绍兴戏的，这不是违心之论吗？"卓呆却振振有词说："这确是由衷之言。"或再问其故，他说："越看越好，就是说只有越人看越剧，才觉得好，我是他乡人士，看了会惹气的。"

我有一纪念册，请他写几个字，他题着四句："为人之道，须如豆腐，方正洁白，可荤可素。"我又有《百梅集》，请每人写一涉及梅花的诗，他写了一句："春来诗半说梅花"，把他别号半梅嵌入其中，那就雅隽得很，别成风格了。某岁，他应上海九福公司之聘，为该公司作药品宣传，在报上登着"李阿毛信箱"，谓："读报者无论什么问题，有所询问，都可投入信箱，当逐一解答。"这很引起读者的好奇心，纷纷写信投箱。那位李阿毛，却解答得很风趣，人家倾佩李阿毛是个"智囊"，实则卓呆虽见多识广，决非万宝全书，他仅仅把可答的答，不可答的不答，谁能拆穿这个秘窦？且什之八九，都是他挖空心思，自己提出若干问题，自问自答，谁也无从知道这提问的张三李四，就是李阿毛在唱独脚戏。间或提出几个医疗问题，他答着什么药可治什么病，什么丸可治什么症。而什么药什么丸，都是九福公司的出品，使人不觉得这是为九福公司做广告，这种广告术是很巧妙的。我是喜欢搜罗书札的，把几位亡友的遗札，装裱成册，名之为“人琴之恸”，给卓呆看到了，对我说：“请老兄不要出续编。”诸如此类，笑话百出，是记不胜记的。

有句俗语，“六十学吹打”，卓呆做了实行者。当他耳顺之年，再度赴日，学习园艺，归来作郭橐驼生活，写了《造园研究》，分着《造园材料及局部》《造园的设计》《我国造园的将来》，且附着许多图片。卓呆又擅作盆景，丘壑林麓，可用报纸来代替树石，涂上化学药料，这种报纸做的假树假石，居然经得起风霜雨雪，兀然不动。这时他恢复筑岩之旧名，也就名符其实了。

他有女儿三人，除了孟素下世，一名綦，一名絜，当“反右”时期，他的一位最得意的乘龙快婿，戴上右派帽子，自戕而死。这一个晴天霹雳，他老人家大为震惊，从此抑郁寡欢，不多说话，体亦渐近龙钟，自己不能俯身纳履，结果是患食道癌，不能饮食，送入医院，他一看病床号数，恰与他预定墓穴的号数相同，他写给家里人四个字“病无希望”，果然一瞑不视，享年七十八岁。他的夫人华端岑尚健在，年逾八十。

朴学大师胡朴安

我和朴学大师胡朴安先生为忘年交，我始终以前辈礼对待他，他老人家和我无话不谈。可是他生长于安徽泾县的龙坦屯，屯在万山围绕中，北面倚山，前临溪水，正是个好所在。辛亥革命前，即来上海，已历数十寒暑，但“乡音未改鬓毛衰”，还是满口泾县的土话，他虽无话不谈，可是我有些话不甚懂得，在了解上未免打了个折扣。

他生于前清光绪四年戊寅九月十三日，卒于一九四六年丙戌五月二十一日，恰值古稀之岁。和他相交而存世的殊罕其人，那么记叙他的往事，有舍我其谁之叹了。

我涉笔人物掌故，成为习惯，编著《南社丛谈》即有《南社社友事略》，凡一百七十余人。朴安，当然是其中之一。惜乎尚不够详赡，最近袁君义勤借给我《朴学斋丛书》之一《五九之我》一册，那是胡家斥资所印，属于非卖品，印数寥寥。经过浩劫，这种作品，难以看到的了。这所谓《五九之我》那是朴安于一九三七年所作，这年为他五十九岁，尽八个月的精力，写成了这书。他自己说：“用极诚恳的态度，极普通的文字，使前尘梦影，一幅一幅从脑中经过，而留之于纸上，使它日寻梦时，不至渺渺茫茫，毫无依据。”那书就是等于自传或回忆录，展阅之余，更能充实我的写作资料，这是应当向袁君表示谢意的。

从来朴学家，无不威仪棣棣，文质彬彬，埋首故纸堆中，作探赜索隐之举。朴安却不是这个类型，他亦庄亦谐、亦狂亦狷，饶有趣味性和生活气，这是我乐于为他下笔的。

他寓居沪上，而家乡观念很重，留有家乡照片数十帧，编刊《朴学斋丛书》，把照片制版登载卷首，且做了《思故乡歌》。如云：“不禁思起我之故乡，儿时游钓不能忘。不禁思起我之故乡，天涯烟水劳相望。不禁思起我之故乡，往事回头半渺茫。窗前明月，屋角斜阳，至今可是乃无恙？”这歌浑成自然，几近天籁。他的弱弟寄尘，著有《江屯集》《福履理路诗抄》，为南社著名诗人，且能译述西洋诗为绝律近体，不失原作的神理和韵味，尤为难能。而寄尘之诗，实为朴安所授，其成就竟超过朴安，真所谓“青出于蓝而胜于蓝”了。

朴安谈他的幼年事，节录一二于下：“性强硬，仆跌非破皮流血不哭。好与群儿斗，斗必求胜，不胜则视为大耻辱。入门馆读书，馆师六十余岁，精力已衰，学规极其散漫，学童日以演戏为乐。我年事虽小，而喜扮强盗，二三尺之高，翩然而上，三四尺之远，翩然而越。后易一馆师，凡到馆最早者，是日背书有优先权。我每为到馆之第一人，彼此互相争早，天微明，群儿聚馆门而俟，我每由后门越墙而入，故群童皆不如我之早，盖得力于做强盗。一日，与群儿斗，纠结不可解，我兄伯春奉母命呼我，且斥责我，我不服，转而斗伯春，伯春长我三岁，身高于我，而斗则屈我下。我以足蹴伯春，伯春仆地，石破其颅而流血。我骇极而逃，时已薄暮，冥色四合，我家雇工，恐我迷路，自后追之，约一里余，前临一涧，宽可五尺，水流甚急，我一跃而过，雇工力不胜，对涧大呼，旁观笑之，谓：三十岁男壮丁，反不及十岁孩童。”

他好武，家中有一贮藏杂物之楼，因没有人去，把梯子撤掉，他就瞒着家人，用沙袋悬于中梁，便缘柱上下，读书之暇辄击沙袋，以练身手。又缚小铁条于胫足间，以练超跃。受创不出声，家人始终没有知道。他的同学王某，拳学少林派，那是渊源于家学的。他向王学习，从基本功着手，两脚为骑马式，如膝要屈，腿要平，腰要直，头要顶，两手握拳等，动作甚多，而以快与巧取胜；那开合虚实之势，攻击防御之法，得其要领。从陈微明学太极拳，微明为陈苍虬诗人之弟，也有诗文集行世，且能文能武，尤为杰出。朴安的拳法，因此才归正宗。记得有一年，他得意的女弟子陈乃文，邀诸友好及老师为联欢会，我也在被邀之列。朴安兴至，在中庭一试身手。他的另一位女弟子王灿芝（秋瑾女侠之女）舞剑，这印象迄今犹留我脑际。既而朴安伸着颈项，叫我用手尽力叉着，经他一挺，我力竭倒退，为之惊叹。

朴安读书，从过四位蒙师。年十五，他的父亲自设门馆，伯春和朴安，均趋庭受教。所教面很广，“四书”“五经”、古文古诗，以及子史等等，又闹了个笑话。原来他读“纲鉴”至汉高祖溺儒冠，他心窃慕之，乃潜取同学之帽，承之以溺，同学诉之于师，他的父亲也大加谴责，并诏以前哲“择其善者而从之，其不善者而改之”。谓：“溺儒冠当在不善须改之列，怎能学习呢！”他问：“汉高祖起兵讨秦可笑吗？”父答以：“果有秦始皇，自当讨伐。”越日，问诸同学：“今日有没有秦始皇？”有一顽皮同学，立出来说：“我就是秦始皇。”他把这同学猛打一拳，几至流血。说是：“暴秦给我讨伐过了。”

胡朴安与人合著《校雠学》

他喜读韩昌黎的文章，敬慕昌黎之为人，韩文中之《原道》和《谏佛骨表》他读得滚瓜烂熟。这两篇都是辟佛的，所以他也是重儒轻释了。一天，有一和尚，手持木鱼，盘坐募化，口喃喃诵“南无阿弥陀佛”，他更提高嗓子读《原道》，结果和尚只得避去。他父设帐之家，颇有藏书，他时常发箧翻阅，注意杂书等类，深恐父亲阻止，偷偷地以油灯照读，灯光如豆，复以黑布蒙其三面，不使光线射至父室，一次夜深假寐，几肇焚如之祸。杂书中，最喜看尤西堂的游戏文，袁子才的散文，以及《幽梦影》《板桥杂记》等书，既而发箧，得《九数通考》及《梅氏丛书》，为了好奇，转治算学，无人指示，冥索默求，乃悟我国的四元即西方的代数。复发箧，得《朱子大全》《近思录》涉猎了理学方面，影响了他，从此言语行动一变而为恂恂儒雅了。他赴郡试，购得《农政全书》《纪效新书》，又读而好之。族人某赠他《齐民四术》，一夕阅毕，于是自诩为知兵农水火之学。既明新学之为用，研究《泰西新史》《格物入门》《格致汇编》《化学初阶》等书不离手。后好文字学，对于《说文解字》，他具有别解，认为须加修改。若干年，在芜湖万顷墟任开垦，时刘申叔于安徽公学执教，陈仲甫寓科学图书馆，办《白话报》，二人都精于文字学，他颇得切磋之益。

上海有国学保存会所设之藏书楼，朴安常去看书，得识陈佩忍、诸贞壮、高天梅、苏曼殊、朱少屏诸人，均籍隶南社，他有一段自述，如云："曼殊性疏散，其于人似有意，似无意。贞壮为张季直之得意门生，与我辈之草泽文人，其思想与行径，似乎稍有不同。少屏当时忙于社会之事。踪迹较密者，佩忍、天梅二人而已。二人皆好饮酒，皆好作诗，尤喜醉后发狂言。我之酒量，或过于二人，诗虽不逮，亦勉强可以追随，因佩忍、天梅而认识柳亚子，遂加入南社。南社为文字鼓吹革命之机关，与日本东京之同盟会，遥遥相应。初由柳亚子、高天梅、陈佩忍三人发起，开成立会于苏州之虎丘，我之加入南社也，则在成立之第二年。我加入后，我弟寄尘亦加入。南社同人好为慷慨激昂之诗人，以意气相交结，与我之个性颇相近。"他也多藏书，自云："好买书，每月买书之费，有时超过生活费两倍以上。我之积书，始于民国纪元前五年，以后年有增加，苟生活费有余款，皆用以买书，至于今日，积书在五万册以上，盖已有三十余年之历史也。"他晚年和管际安、童心安，合筑屋舍于沪西延平路，以三人名中，均有一安字，便榜之为"安居"。这儿我是常去的，书橱、书架、书箱，可谓满坑满谷，总之，除坐卧一席外，余皆置书，以我估计，远远超过五万册了。但他所置的书，都属于实用的，从不讲究版本。他说："矜宋诩明，非我辈寒士力所能及，我不勉为之也。"他读书逢到疑难，不惮查检之烦，非得其要领不可。因此，他常对学生说：“遇不认识之字，不要即问先生，翻过数种字典而犹不得其解，然后再问，因查书极有益于学问。”

《美术丛书》为一巨著，初为线装本，分若干集，后改为精装本二十册，配一木柜，甚为美观。那是邓秋枚所创的神州国光社出版的。第一集即朴安所编，第二、三集，秋枚自编，四集以后，始由黄宾虹编。又《国粹学报》，也是秋枚所创办，复出《国粹丛书》，朴安撰《吾炙集小传》，收入其中，末附秋枚一跋，却有“与胡生韫玉同辑小传”云云。朴安大不以为然，谓：“韫玉是我之名，现已废弃不用。胡生之称，系先生对于弟子所用者，我与秋枚，不过老板与伙计之关系，秋枚是文字资本家，我是文字劳力者，此不可不一言以辨正。”当时国粹同人，有章太炎、刘申叔、黄晦闻、陈佩忍、李审言、黄宾虹等。罗振玉、王国维、廖季平，则经常为《国粹》撰稿。他对于以上诸子，略有评论，谓：“太炎、申叔，深于乾嘉诸儒之学，申叔之精，虽不及太炎，而博或过之。惟太炎不信甲骨文，亦不重视金石文，治学方法，不能辟一条新路。吾友程善之常为余言，申叔诸著作，多数取诸其祖与父之旧稿，此言我不能证实，但善之亦非妄言者。晦闻深于史学与诗学，而诗学出史学之上。佩忍熟于掌故，而文极条达，诗词慷慨可诵。审言熟于选学，骈体文又极谨严，自谓胜于汪容甫。且笺注之学，近世殆无出其右者。宾虹深于篆刻书画，而画尤精，出入宋元间，不作明人以后笔法。鉴别之眼力尤高，近世之作山水者，推为巨擘。罗振玉在甲骨文上，有传布之功。王国维治学方法，似乎在太炎之上，更非罗氏所可及。友人某君常为我言，自王国维死后，罗氏发表之著作颇少，其言亦深可味。四川廖季平，考据极精，申叔盛称其《六书旧义》，廖氏本班固四象之说，注重形事意义四事，颇新奇可喜，在我做的《中国文字学史》上已稍论之。”所论殊精当，可作学术参考，又见清末民初儒林之盛况。而朴安多方面获得高榷切磋，尤为难得。

朴安从事新闻事业，始于《民立报》，该报为于右任所创办，继《民呼报》《民吁报》而为民国发祥的报刊。他主编小品文章，搜集明遗民之事迹与其言论含有种族思想者，编为笔记类，次第载之报端。又编有《发史》一种，凡清初不肯剃发而被杀，或祝发而为僧者，悉为编入。又编《汉人不服满人表》一种，自江上之师，至黄花冈止。又作小说《混沌国》，描写清廷的腐败情况。但此等鼓吹革命的文稿，都散失掉了。惟《发史》序，萧一山的《清代通史》却引有一段，朴安录以存之。那为《民立报》撰社论的，有宋渔父、范鸿轩、景耀月、王印川、徐血儿。撰小说的有老谈，即谈善吾。绘画的有钱病鹤(后改为云鹤)，亦人才济济。此后瞿绍伊主办《春申报》，招朴安为襄助编辑，为时不久，报即停刊。继进《新闻报》，任小品编辑，乃纯粹的游戏文章。辛亥革命后，他在游戏文章中讥诮遗老，触犯股东的忌讳，他便辞职而去。

他认识叶楚伧，很有趣。那时，他和陈佩忍，同饮于沪市言茂源酒肆，佩忍忽对他说：“我有一好朋友，是汕头《大风报》的主笔，新从汕头来沪，不可不去一看。”他询问何人，佩忍不语，久之则云：“现且不言，看到时再讲。”酒罢，同到一客栈，佩忍带领而入，便见一状颇魁梧者，正在阅书，客至，释卷而起。他疑心是广东人，或是北方人，正要请教时，佩忍忽谓：“你们二位，暂不通姓名，谈了话再说。”他听对方讲的是吴侬软语；疑团更甚，没有谈到几句话，就提到饮酒，二人便同赴酒家，其人纵谈黄花岗七十二烈士殉国，又杂谈诗文，三人颓然各有醉意，彼此竟未通姓名而别。事后，朴安才知其人乃吴江叶楚伧。民元之际，姚雨平办《太平洋报》，楚伧任总编辑，朱少屏任经理，柳亚子编文艺，兼电报版，朴安作社论与编新闻。一日，亚子以第五集《南社丛刻》誊写稿（各地社友寄来诗文词稿，纸张不一，写体亦不一，均由亚子全部抄录，录入每页二十四行，每行三十字的红格纸里去，然后付印），托朴安交付印刷所，朴安粗枝大叶，不知怎样把全部誊写稿丢失了。亚子大发脾气，要朴安赔偿，这怎么办呢？结果，亚子所兼电报版，由朴安代庖，亚子腾出时间来重作抄胥，才得解决。在这时，朴安又认识了余天遂、姚鹓雏、李叔同、夏光宇，都是该报的同事。《太平洋报》费绌停止，朴安为《中国民报》作社评，又认识了邓孟硕、汪子实、陈无我、管际安、刘民畏。他的社评往往不标题目，认为标题目麻烦，写成了社评，就算了事，什九由汪子实代标。有一次，汪氏亦觉得标不出适当的题目，竟标之为“无题”，传为笑柄。此后，朴安又任《民权报》编辑，时戴季陶主笔政，署名天仇，而天仇性躁急，动辄忤人，朴安对他说：“请你把天仇二字改为人仇吧！”

有关朴安的趣事很多，足资谈助。他和马君武对局为围棋，君武下子辄悔，止之不可。他想出一抵制办法，君武悔一子，他也悔一子，君武再悔一子，他也再悔一子，往往两人各悔一二十子，致全局错乱，只得通盘重下。他常和南社的朋友赴酒店醵饮。某次，隔座猜拳，喧呶不息，又复胡琴清唱之声杂起，他很厌恶，便和朋好以巨大的声音效之，五魁八仙，超出其上。当时以朴安的嗓子为最宏亮，大家把他的名字上加上四个形容字，为英英皇皇的胡朴安，更扩充为吞吞吐吐的朱少屏，谓其讲话不爽快。期期艾艾的柳亚子，谓其口吃。圈圈点点的吕天民，谓其面有痘斑。阔阔气气的汪兆铭，谓其经常乘马车。娇娇滴滴的叶楚伧，谓其作小说题名为小凤。陪陪坐坐的陶小柳，谓其不善饮而侍坐。轻轻巧巧的胡寄尘，谓其出言吐语，声音极低。马马虎虎的姚鹓雏，谓其行为脱略。鹓雏之不羁，确有不同寻常处。一日鹓雏乘马车来访朴安，其时乘马车的都是阔人，新闻记者是没资格坐的。及下车却为鹓雏，朴安急询其："有何要事？"鹓雏说："向你借钱。"问："借若干？"答："借四元。"问作何用，答付马车钱。朴安为之大笑。一天，他赴友人酒食之约，途中遇见苏和尚曼殊，他问："和尚哪里去？"曼殊说："赴友饮。"反问："何往？"他答："也赴友饮。"曼殊欣然说："那么我们同行吧！"到即恣啖，亦不问主人为谁。实则朴安之友，并未招曼殊，招曼殊者另有其人，是两不相涉的。南社每次雅集，觥筹交错之余，例招摄影师来，摄一集体照，诸社友雁行而立，呈现着温文尔雅的气派。某次雅集，摄集体照外，朴安赤膊别摄一腾挪超纵的拳法小影，以留纪念。

他对于事物，颇有独特之见，常谓："男女进而为夫妇，当注重于情之一字，不可专注重于爱之一字，爱则日久而消，情则日久而积。我觉得对于家庭，对于朋友，对于国家，惟有一情字，始能有真正的爱。"他看到旧社会嗜学者少，溺于恶习者多，发着感慨说："近年以来，中人以上，不斗牌者十无一人，不阅庸俗小说者，百无一人，作诗填词者，千无一人，习经读史者，万无一人，躬行实践，为身心性命之学者，旷世无一人也。"又谈到吃饭问题："中国一千人中，五百人吃饭不做事，四百九十九人，为吃饭而做事，不知可有一人为做事而吃饭？吃饭不做事者，倚赖人为生活，禽兽不若也。为吃饭而做事者，禽兽以爪牙觅食，人以知识觅食，觅食之方法不同，而其觅食则一，禽兽类也。为做事而吃饭者，具有人格，出于禽兽之上，始得谓之人。”他又说：“不能在最低等的生活立得住脚，将来决不能任大事。”

他先娶唐淑贞，体羸弱，沾时疫几殆，后患贫血症，不治死。继娶朱昭，朴安教之读书，知文翰。有时朴安向国学保存会借来孤本书，朱夫人为之手抄，累累列于橱架，朴安引以为乐。子女有道彦、道彰、道彤、沣平、泌、泠、沄。那驰誉国际的道静，是他的侄子。沣平名渊，为首辟黄山许世英的儿媳，擅书画，中年夭折，朴安很为伤痛。长子道彦早年毕业于上海交通大学，留学美国，从事铁路机车设计研究。一九四八年去台湾。近三年来，斥资重印其父朴安的《朴学斋丛书》，共分为三集，第一集，收入胡氏先人胡朴安、胡怀琛（寄尘）的诗文遗著；第二集，收入朴安学术著作十余种；第三集，乃怀琛的学术著作及现尚健存的道静作品。送给大陆诸亲友和图书馆。又《俗语典》，那是朴安主持下，由夫人朱昭，前室所生之女朴平，其弟怀琛，侄道吉、道和协作编辑而成。一九八三年，上海书店为之复印，有杨树达序、怀琛序，及朴安自序。例言最后有那么几句话：“本书告竣时，于各书中续得俗语，又有一千余条，原拟附本书之后为补遗，嗣思俗语尚多，再事搜集，或可与本书相并，或竟多于本书，附为补遗，未足尽俗语之大观，因先出此编，以飨阅者，续编嗣出。”这个续编，未见刊行，今不知原稿尚存与否了。据我所知，朴安别有两种作品，神龙见首不见尾，成为遗憾。一《病废闭门记》，那是一九三九年忽患脑溢血，濒危得救，但半身不遂，自号半边翁。他初颇抑闷，既而以易理禅理，自静其心，谓：“譬如被判无期徒刑，不作出狱之想，狱中生活，亦颇自适。”撰《病废闭门记》二十万言，给钱芥尘刊诸《大众杂志》，逐期披罗，奈《大众杂志》出了若干期，便告停刊，余稿很多，存芥尘处。当时芥尘一度宣言：“倘有人为刊全书，当无条件奉赠。”可是那时纸张难购，印工昂贵，没有人接受，今则芥尘逝世，也就下落不明。又《南社诗话》，初登《小说月报》(联华广告公司所发行)上，登了数期，朴安辍笔。这时，我为《永安月刊》编委之一，因商恳朴安，续撰刊诸《永安月刊》，朴安命笔寄惠，大约连登了若干期。有一次，《诗话》续稿被编辑部不慎遗失，朴安是没留底稿的，便觉兴趣索然，中断不续了。

最近，新出《中国文学家辞典》，列入胡朴安小传，谓：“原名胡有忭，学名韫玉，字仲明，后改字朴安。一九一六年，任交通部秘书，后任福建省巡阅使署秘书，京沪、沪杭甬两路管理局编查课长，兼上海国民大学及持志大学国文系主任。一九二二年，著《中国全国风俗志》。一九三〇年，任考试院专门委员，同年任江苏省政府委员，兼民政厅厅长。一九三二年辞职，主持《民国日报》笔政。一九三九年，患病居家，专心著述，所写《周易古史观》《庄子章义》《儒道墨学说》《中庸新解》等书，均有独到见解，成一家言。他的《中国文字学史》《中国训诂学史》《文字学ABC》《文字学研究法》《六书浅说》《古文字学》等专著，也很有影响。其他尚有《周秦诸子学说》《儒家修养法》《文字学讨论》《中国学术史》等数十种。抗战初期，任上海正论社社长，上海沦陷后，闭门著述。抗战胜利后，任上海通志馆馆长，及《民国日报》社长。一九四七年，因肝癌逝世。”他的经历和著述，足补我文之不及。

难忘的赵景深

赵景深逝世，同文纷纷致以悼辞。我和他相交数十年，得噩耗不毋山阳闻笛之感。爰把我所知道的，摭拾一些，聊作寒泉秋菊之祭吧！

景深生于一九〇二年，卒于一九八五年一月七日，享寿八十有二。他字旭初，早期写作，用冷眼、博量、邹萧、卜朦胧、陶明志、鲍芹村，不仅化名，且复化姓，甚至扑朔迷离，别署罗明女士，更使人无从测度了。他是四川宜宾人，可是我没有听到他讲四川话。

他是多产作家，刊行单本达一百多种，那《近代文学丛谈》，还是他响应“五四”文化运动而写的。他的内戚李小峰，设立北新书局，更为他刊行了若干种，如《栀子花球》《作品与作家》《金雨》《猛鹰》《文学概论》《读曲随笔》《五十七勇士》《修辞讲话》《时事杂唱》《安徒生童话》《宋元戏文本事》等，他的写作面是很广的。他寓居淮海中路，是三层楼的屋子，小峰住在底层，二楼三楼都是属于景深夫妇的。四壁图书，有书橱、有书架，尤以书架为多，因为书架容纳量大，实在他的书太多，难以寻求，他就分门别类，有条不紊，如文学史，便把各种各样的文学史，和各国的文学史集中于一处，小说稗史、古今笔记、戏曲说唱、诗文词集等，同样归在固定所在。最多的要算通俗文学，中国民间文艺研究会为他刊印了一本《赵景深民间文艺民俗学藏书目录索引》，分为民间文学理论、民间歌谣、民间故事、民间说唱和民间戏曲、民俗学、民间艺术、民间文学刊行七大类，每一大类，又分若干小类和细目，恐一般图书馆所藏，尚没有这样丰富多彩哩。他的藏书，都是切合于实用的，所有宋版、元刻、明清善本，他却素不问津。他是上海复旦大学老教授，因倾蹶伤足，不赴学校，一些研究生，都到他家里受教，这些架上的书，一任研究生随意翻阅，翻阅乱了，他自行整理，面无愠色。友好向他借书，他从不拒绝，即遗失了，他设法补购，也不计较，其容人之量，为侪辈所莫及。总之，他家里满坑满谷都是书，可称书海，因此浩劫来临，那些暴徒抄他的家，对于这许多的书，实在没法辇走，只得封存不动，及劫运告终，他的藏书，幸而没有损失，引为奇迹。当“四凶”肆虐，对他的打击，很为严厉，他在“牛棚”中讨生活，满不在意。有一次，“红卫兵”高呼赵景深，他在“牛棚”中置若罔闻。既而，“红卫兵”进入“牛棚”，看到他，疾言申斥：“为什么唤你不应？”他回答说：“你们不是叫我老牛吗？今天忽然改了口，我认为是叫别一人，我哪里敢随便答应呢！”说得那个“红卫兵”目瞪口呆，其倔强，有如此。

他喜欢搜罗戏剧方面的书，由于他自幼即爱演戏，在芜湖小学读书时，曾和同学们演过《弱女救兄》，他饰儿童角色，很为成功。后来他到了上海，便和郑振铎等交往，注意到杂剧方面，撰了《读曲小记》，把戏曲研究概括为谈曲、作曲、度曲、谱曲，他的高足雷群明，称述他的老师为“立体的研究法”。

有一次，复旦大学举行一个什么纪念会，当然有些文娱节目，他和夫人李希同在登辉堂上合演《长生殿》的《小宴》一出，夫人饰杨贵妃，他自己饰风流皇帝李三郎，儿女也同时登台，扮演宫娥和舆卒，演来矩度井然，声容并茂，博得满堂师生如雷的掌声，几震屋宇。

年来我很少出门，朋踪往还，未免较疏。记得前年，他为了注释鲁迅的《中国小说史略》，招了好几位同文在他家里讨论研究，我也叨陪末座，在他家午膳，肴馔很丰，都出于他夫人手制，我们为之大快朵颐。又记得去年，龙华古寺整修完毕，邀我们游赏一番，我和他同席，并摄影留念。大约是一个秋天吧，我在市政协礼堂，又和他连座，谈了些生活和写作情况，岂料这是最后的一面，从此人天永隔了。

介绍跳舞给国人的先驱者徐傅霖

我国古代的舞，那是一种乐舞，所谓："执干戚羽籥之屑，屈伸俯仰以为容也。"这种乐舞，有异于现在的跳舞。现在的跳舞，大抵男女二人为之，以音乐节奏配合其步伐。这种形式是外来的，上海为通商大都市，受外来影响较早，这个玩意儿，首先介绍给国人者为谁？我可以回答说："这是徐傅霖。"

傅霖是苏州浒墅关人，留学日本，学的是体育，什么徒手操、哑铃操以及其他种种体育活动，都给他学会了，连得跳舞，他亦步亦趋，居然也被他学了去。但这时他对于跳舞，仅仅是从兴趣出发，认为学了没有用，姑妄学之而已。及毕业回国，他编写了几本体育入门书，把徒手操、哑铃操等种种动作和种种姿势，请人绘成了示意图，有的是实线，有的是虚线，有系统的表示左右旋转、上下俯仰的动态，卖给商务印书馆，刊印出版。当时各学校纷纷采用，作为教本，把体操列入科目之中。他的夫人汤剑我也留学日本，学着体育，一门体育，共同工作，各学校争聘他夫妇俩来教徒手哑铃等操。若干年来，培养出许多体育人才，那位上海著名的老体育家年登耄耋的陆礼华，还是他们的学生呢！

傅霖是戏剧爱好者。这时上海兰心戏院，设在博物馆路（现在长乐路的兰心戏院是新院），是外国人所经营的，时常由旅沪西侨所组织的剧团演出世界有名的剧本，为话剧的开端。每剧演出，傅霖例必去观赏一回。观众什九是外国人，所以票价很高，他限于经济条件，没有办法，总是买三楼的票，但也须银币一元。所得的戏剧知识，确非浅显。

大约一九一七年吧，张状元季直在南通办伶工学校，请他教课，并派他和欧阳予倩一同东渡，考察日本的俳优教育，俾伶工学校有所取法。他回来后，常在《时报》上写些剧评，竭力提倡改良戏剧。恰巧这时有位戏剧家王熙普（钟声），担任开明绅士沈仲礼所建立的通鉴学校的校长，在报上登着广告，宣言创导新戏剧，招青年来学习。这个运动，更符合傅霖的胃口，便访问了王熙普有所建议，双方水乳交融，谈得非常投契，熙普立请傅霖来合作，校中开了学，学生不上什么课，不过天天排戏，为实地练习。有一天，剧中有一跳舞场面，没有人熟谙这门技术，既而得悉傅霖在日本学过跳舞，就请傅霖来教授。他日间在南市学校教体操，晚上到通鉴来教跳舞。由于他循循善诱，跳舞逐渐开展，甚至社会上相习成风，什么探戈舞、狐步舞、华尔兹舞，成为时髦人物的新娱乐。当初认为学了没有用，不料现在却派了大用场。

徐傅霖多才多艺，由体育而戏剧，由戏剧而小说，由小说而园艺，都有相当成绩和贡献。且为人诙谐百出，眼睛一眨一眨的，人们看了他就要发笑。他的写作，充满了笑料，所以有"东方卓别林"之号，简称之为"笑匠"。他字筑岩，谐声为"卓呆"，又因梅字一作"槑"又号半梅。他一度寓居闸北，别署闸北徐公，不让当年邹忌的城北徐公专美。世俗谓妇女年龄增

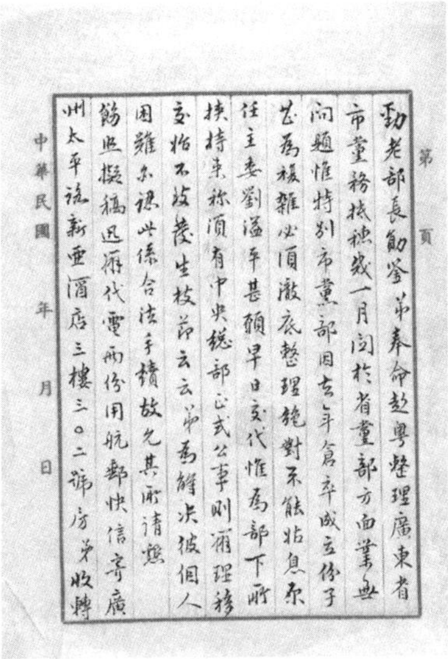

第 頁

勁老部長勛鑒弟奉命赴粵整理廣東省
市黨務抵穗幾一月關於省黨部方面業無
問題惟特別市黨部因去年倉卒成立份子
亦為複雜必須澈底整理絕對不能姑息承
任主委劉滄平甚願早日交代惟為部下所
挾持來稱須有中央總部正式公事則願理移
交始不致發生枝節云云弟為解決彼個人
困難亦認此係合法手續故允其所請懇
飭迅擬稿迅賜代電兩份用航郵快信寄廣
州太平路新亞酒店三樓三〇二號房弟收轉

中華民國 年 月 日

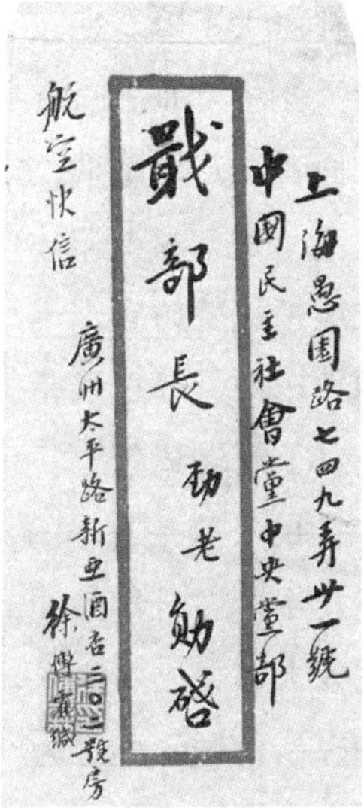

上海愚園路七四九弄廿一號
中國民主社會黨中央黨部
戰部長 勁老 勛啓
航空快信
廣州太平路新亞酒店三〇二號房
徐傅霖緘

徐傅霖信札

长而犹有丰姿的，为半老徐娘，他又自号半老徐爷。《杨家将》小说中有杨老令公，他生肖属羊，又复演戏，又谐声为羊老伶工。文人往往摭取古雅的字面，题为斋名，如什么秋水轩、听松庵、含英阁、吟芷居等，他故意化雅为俗，为“破夜壶室”。文人取名号，也是取具有书卷气的，他却化名李阿毛，我们和他开玩笑，叫他阿毛哥，他又和我开玩笑，因为我喜为各杂志写补白小文，他就称我为补白大王。当时又有一位评弹家又兼擅小说家言的姚民哀，和傅霖搭着挡，在报上时常提到补白大王，居然叫出了名。旧时写信，结束语不像现在的简单，“此致敬礼”便可，当时颇有一番讲究，如致诗人应称吟安，致商人应称筹安，致官僚应称勋安等等。他们俩似乎不约而同，致书称补安，这一下直影响到目前，有人来采访，写采访稿，还是补白大王长、补白大王短。在三十六期的本刊，刘东远和齐涤昔合写了一篇《补白大师郑逸梅》，似乎由王升级为大师了。追究根源，始作俑者，其徐姚乎。

傅霖晚年又赴日本学园艺，因此善作盆景。丘壑林麓，可用报纸来代替树石，不知他在纸上涂上一些什么药剂，这种纸做的伪东西，经过风霜雨雪，却依然无恙。这时他名副其实，又恢复了筑岩其名。

他的头脑是艺术的，可是又是科学的，一度和他的后妻华端岑女士，做科学酱油，很为鲜隽。起初是赠送朋友的，此后要的人太多，供不应求，竟定了价格，做起酱油生意来。因为华端岑帮他做，称之为“良妻牌酱油”。他的信笺，特请钱瘦铁题上“妙不可酱油”，为“妙不可言”的蜕化语，因言与盐同音，从取笑中做了广告，这时他的笔名为酱翁，又号卖油郎。总之，他妙趣横生，令人喷饭。

宋教仁轶事二三

我是南社社员，所撰人物掌故，未免有些偏私，记述了好多南社人士。宋教仁也籍隶南社，当然是记述对象之一了。《中华民国史资料丛编》中，有《民国人物传》，即宋教仁列入卷端，言之甚详，我在此再述，岂不赘余，但《民国人物传》能记的是荦荦大端，属于正史，而我这篇则记其他，以及牵涉到的人物，属于侧面，就不惮烦而涉笔为之了。

宋教仁一名炼，字钝初，又作遁初，别号桃源渔父、抱膝长吟客、第十姓子孙之一个人等。一八八二年四月五日，出生于湖南桃源县上坊香冲村，这里山峦起伏，溪水环回，可称地灵人杰。

宋教仁是父亲起龙的次子。教仁幼入私塾读书，非常颖慧，老师很喜欢他，说他将来必成大器。他极爱好地理，但却找不到这方面的书看。一天，得到一把折扇，上面印着地图，他如获至宝，此扇不离左右。后来的间岛问题，凭他的地理知识，解决了国界，向日本争回了地权，立了大功，这与他自幼爱好地理，亦不毋是潜在因素。原来间岛是吉林省光霁峪图们江中之小沙洲，一称夹江，属于我国领土，自日俄战争结束，日本方面侵占间岛，并把附近一带的延吉、汪清、和龙、珲春四县，全部纳入了间岛地区。教仁爱国心切，化装成日本人，改名贞村，冒险摄取了日方许多伪证，又在东京帝国大学图书馆翻阅了大量资料，写成一书《间岛问题》，共七章，并写了一篇序文，叙述了间岛的来龙去脉，及该地区的历史沿革，同时指出解决这一问题的正确途径。时袁世凯任军机大臣兼外务部尚书，凭着这本书和日本谈判，铁证如山，终于争回了主权。清政府认为教仁有功，大加赏赞。不料从事民族革命的其他同志，误会他变志屈节，教仁因此遭了嫌疑。他愤懑之余，大哭一场，把赏金全部散发给贫困的留日学生，自白曰："我著此书，为中国一块土，非为个人之赚几文钱。"日本政府将他看作是清政府派来的密探，使他在日本处处遇到麻烦，进退维谷，因之，一度曾比较消极。

后来，教仁来上海，当时于右任创办的《民立报》是起到革命的号角作用，右任即登门拜访，请教仁主持笔政。民立报社曾遭火灾，迁至法租界之茅阁桥，教仁开始用"桃源渔父"的笔名发表了八十多篇锋利无比的文章，切中当局时弊，乃遭袁世凯之忌恨。当时各种宣传革命的报纸风起云涌，都带着"民"字头，以《民立报》最早，之后有《民生报》《民权报》《中华民报》等等。且"民"字均书写成"民"字，以示人民已经出头。我当时曾为《民权报》写稿，该报自辛亥革命后反对袁氏恢复帝制甚激，教仁被刺逝世后，《民权报》首先揭布应洪之密电及其他证据，时何海鸣执笔政于该报，发其秘较早。未几，《民权报》亦被袁氏查封，乃改成期刊《民权素》，月出一期，我仍为此刊写稿，且辟专栏《慧心集》，每期连载。

宋教仁墓在上海市共和新路，辟地若干亩，杂栽卉木，因称宋公园。墓前立一像，手执一卷，作俯首冥思状，闻出名雕塑家江小鹣之手。一碑刻着于右任的题语，另有章太炎篆书“渔父”二大字。自浩劫来临，墓被毁，有目睹者仅见白骨一堆及皮鞋一只而已。及后重建墓园，像较矮小，太炎两篆文尚在，右任题语，由康宝忠仿写重刻，则今非昔比了。园易称闸北公园，我曾往瞻谒，提议园中设一纪念馆，罗列一些教仁遗物及手迹，俾来园参拜者有所观摩，奈人微言轻，迄今犹未实现。

教仁能书，在日本为永井德子书横幅，又在沪和我师程瑶笙同执教于某校，为师书件多幅；高天梅亦索其书，曾转赠一幅给我。我友高吹万，虽与教仁同隶南社，却未谋面，心殊仰慕，乃作访之，谈笑甚久，不料翌日即得教仁噩耗，使高吹万成为最后见到宋教仁一面的朋友。

缅怀汪亚尘

中外延誉的汪亚尘，逝世已多年了。他的夫人荣君立，收集了他的艺术论文，谋刊一专集问世，因此引起我对于亚尘的缅怀。

他是六桥三竺九溪十八涧的杭州人，我和他认识，他还是一位风度翩翩的美少年，地点在上海吴湖帆的梅景书屋。那梅景书屋，书画盈壁，每天下午，总是座客常满，彼此谈笑品评，引以为乐。这天恰巧刘海粟、汪亚尘都在座，由湖帆为我介绍，大家一见如故，握手欣然。今则海粟犹似生龙活虎，十上黄山；亚尘则人天揆隔，能不为之怆然雪涕！

亚尘的画艺，由西画而国画，那金鱼的圉圉洋洋，红鳞碧藻，尤为生平杰构。我是非常珍爱的，迄今敝箧尚留有其所绘的金鱼扇一柄，时出把玩，藉以纪念。

他在画艺上，不但有高度的修养，并有宏大的贡献。据我所知，民初，即和陈抱一、俞寄凡创东方画会，为一西画组织，荜路蓝缕，起了领导作用。继之，与刘海粟、江小鹣、唐吉生、张辰伯创天马会，复约吴昌硕、王一亭等画家，中西画相参，艺事益形广泛。及新华艺专成立，潘天寿、张聿光谋艺专的发展，适值亚尘自欧归国，便敦聘他任该校的教务长，桃李春风，云蒸霞蔚。岂料抗战开始，日寇大肆轰炸，艺专校址被毁。亚尘和他的夫人荣君立，为使莘莘学子不失学，赁薛华立路的房屋，开辟六教室，其苦心孤诣有如此。大约三十年代吧，上海成立美术协会，他又与张大千、叶恭绰任指导委员。这一系列的成绩，都是昭彰人目的。杭州经亨颐创寒友之社，特购地西湖仁寿山麓，仿西泠印社制，作为同道游息之所。亨颐离世，请李祖韩继其遗志，接主其业，当时亨颐后人利涉，声明放弃继承权，亚尘与姜丹书作书面证明，也属雅人雅事。

他是一九二〇年毕业于日本东京美术学校的。返国后，一度任《时事新报·学灯》编辑。此后，由教育部派赴日本考察劳作美术，又赴美国多次，被彼邦人士尊之为泰斗，前总统尼克松的夫人且从之学画。但他爱国情殷，抱叶落归根之想，晚年回到上海，直到一九八三年十月十三日病卒，年九十岁。

梁启超的几件小事

新会梁启超，是历史人物，他的荦荦大端，早见各家记载，毋待赘言。古人说："贤者识其大者，不贤者识其小者。"我不贤自居，谈他的几件小事吧。

启超是南海康有为的弟子。他从康游，年为十九，喜读《瀛寰志略》，早有遨游五洲之想。黎黄陂任总统时，拨款三万元给他作瑞士之游。这时朱家骅适寓瑞士，设宴接待，知启超不喜西餐，嗜好本国风味，无奈该处尚没有中国菜馆，便由其夫人亲煮鱼脍肉脔、黄齑白菜，虽寥寥数色，启超却朵颐大快。日长无聊，找些留学生作拉杂谈，有时打打扑克，藉以消遣。

他书法秀逸，尤以行楷为胜。唐浏阳赠给他一方菊花砚，江建霞太史为之刻铭。他书兴飙举，写了很多楹帖，赠送朋友以作纪念。后来此砚失掉，他大为懊丧。

他晚年在陈师曾的追悼会上，看到陈列的遗作中有集姜白石的一幅篆书联："歌扇轻约飞花，高柳垂阴，春渐远汀洲自绿；画桡涵明镜，芳莲坠粉，波心荡冷月无声"。深叹其工丽。他受这影响，也就集词成联，不自珍秘，任人挑取。他的弟弟仲策（启勋）挑了一副文为"曲岸持觞，记当时送君南浦；朱门映柳，想如今绿到西湖”。胡适之也挑了一副，作“胡蝶儿，晚报春，又是一般闲暇；梧桐院，三更雨，不知多少秋声”。他自己最惬意的是赠给徐志摩的一联：“临流可奈清癯，第四桥边，呼棹过环碧；此意平生飞动，海棠影下，吹笛到天明。”他认为“这样能表出志摩的性格，还带着记他的故事，他曾陪印度泰戈尔游西湖，又常在海棠花下做诗，做个通宵”。这消息传到外边后，要的人太多了，不克应付，他索性定了润例，公开卖字。我的谱弟赵眠云的心汉阁中，也悬挂着梁启超的集宋词联，就是这个时候购来的。他作诗，从过四川赵尧生(香宋)。又喜人境庐黄公度诗，在《饮冰室诗话》中竭力推崇公度，所以他的诗，如“青年心死秋梧悴，老国魂归蜀道难”，就是黄公度的风格。他治学很谨严，兼及版本目录。我藏有他的手稿，写在红格的饮冰室著述稿纸上，字细蝇头，列有《国史经籍志》六卷、《明史艺文志》五卷、《千顷堂书目》三十二卷，各有识考。这是亡友谢国桢送给我的，谢是梁的弟子。我什袭珍藏，作为双重纪念。

新会橙在果类中称为珍品。市间所售的，裹以桑皮纸，标为新会橙，大都是赝伪的。这是梁氏家乡产品，他有一篇《说橙》：“新会橙，天下之所闻也。老农为余言，植橙之地，亩容百五十株，每株得橙二百枚，一枚重率在三四两之间，五枚为一斤，每库可得四十斤，每亩年可得六千斤。就橙地市橙，每百斤值九两，一亩之值，殆五百四十两有奇。橙五年而实，亩值五百四十两有奇者，六年以后之事也。新树畏烈日，自第二年至第五年，必间岁植蔗及瓜豆芋栗之属以捍蔽之。植橙百亩者，六年以后，可以坐收五万四千两之利。尽吾县可耕之地植橙，岁入可骤增一万一千万，埒国帑矣。余语老农，若胼尔手，胝尔足，终岁勤营，而惟岁值六两之谷是艺，舍多就寡，舍逸就劳，抑何慎耶！老农语余，县官岁以橙贡天子，岁十月，差役大索于野，号为贡橙，罄所有乃去，百亩之橙，一日尽之矣。故今日新会橙，将绝于天下。”

梁氏逝世，上海的粤中寓公与梁氏有雅故的，设奠于静安寺。公祭之典，由陈散原、张菊生主持，陈叔通、李拔可分任招待。礼堂中悬梁氏小像，香花供奉。来客甚多。四壁都是挽联，出于李拔可、黄炎培、沈思孚、沈商耆、高梦旦、王西神、张东荪等之手。最突出的，有杨杏佛一联曰：“文开白话先河，自有勋劳垂学史；政似青苗一派，终怜凭藉误英雄。”杨皙子联云：“事业本寻常，成固欣然，败亦可喜；文章久零落，人皆欲杀，我独怜才。”

同窗叶圣陶

叶圣陶

叶圣陶的逝世，震惊文坛，莫不哀悼，尤其我和他同在苏州草桥中学肄业，回忆往昔，更为悲切。

去岁，草桥中学八十周年校庆，特邀几位老校友参加盛典。奈顾颉刚、吴湖帆、江小鹣、王伯祥、范烟桥、庞京周、江红蕉等，均早离尘而去。尚存者，仅我和颜文梁、顾廷龙、叶圣陶。廷龙适赴北京开会，文梁体衰不能行动，叶圣陶耳聋目眩，也不克远道赴苏，仅邮寄早年在草桥读书的照片，有个人的，也有师生合拍的，距今数十年，成为学校的纪念文献。我无佛处称尊，然未免有孤寂之感，岂知只隔一年，不仅孤寂，而竟人天永隔了。

圣陶一生从事教育事业，又复瘁力于写作，他的名号甚多，如绍钧、秉诚、秉臣、秉丞、柳山、桂山、郢生、斯提等，又一度有人说他抱厌世主义，他立即斋名为未厌居，刊有《未厌集》。

友人魏嘉瓒见告，秉臣这个字，是他的堂叔叶朝缙代他取的，因《诗经·小雅》有那么两句：“秉国之钧，四方是维。”既名绍钧，不妨以秉臣为字，起相互联系吧！一九一一年，武昌起义，这时他在草桥中学读书，深盼革命早日成功，光复汉土。他认为秉臣这个“臣”字，应当废弃，请教当时草桥中学的老师沈绥成，请他老人家别取一字。绥成略一思索，笑着说：古人有“圣人陶钧万物”之说，尔不愿再称“臣”，那就改字圣陶吧！从此他写作大都署圣陶，和绍钧并用了。

关于末代皇帝溥仪

看《末代皇帝》影剧，联想到溥仪的往事，涉笔记之。

《我的前半生》是溥仪的自述。据我所知，有三种不同的本子，最早是油印的，草草率率，不很成功。一种为铅字排印本，文字累赘，接近坦白认罪书。最后一种，经过老舍先生的修润，为流行的普及本。

周瘦鹃一度任政协委员，知道溥仪也是政协委员之一，一次开会，他便夹了一本《我的前半生》束装北上。果然在会议上遇到了溥仪，他便请溥仪"御笔"签名。溥仪欣然命笔。瘦鹃把这本带有"宸气"的书携了回来，非常珍视。可是一经浩劫，瘦鹃含冤而死，人之不存，书将安附。

抗战胜利后接收故宫，那时秦翰才和许大路两位也参与接收任务。翰才曾撰有《满宫残照记》一书纪念其事。他们不是接收的主要人员，所谓接收，无非检取一些。到了后来，沙里淘些次珍贵的古董和文物，归给公家保存。其他遍地都是乱纸堆儿，不在接收的范围之内。许大路觉得这些东西弃之可惜，便捆载了若干而归，其中以照相为最多，又有宴客帖、委任书、名片、奏折等等，十九是属于伪满的。有些尚完整，有些已残破。

大路捆了回来，知其友朱其石喜欢这些玩意儿，便转给其石保存。其石和我很熟稔，承他割爱，又给我一部分，我是非常铭感的。照片数帧很大，大约二十四寸吧！记得其中一帧，为溥仪幻身为二人并坐着，其它一帧更有趣，溥仪窄衣紧袖，手执武器，站在屋面上，装作一名侠客。又有一些柬折，上面有溥仪亲笔手批“知道了”三个字的。其石把他所藏的一套照相翻印为小型，装成一袖珍册赠我，其中以集体者为多，如郑孝胥、陈宝琛、罗振玉、庄士敦及日本军阀们。其石并在照相旁边，以蝇头细楷注着照相中人的姓名、时日、地点及事略，小册上也标着《我的前半生》五个字。溥仪之弟溥杰，他的离异夫人唐石霞，寓居上海有年，和我相识，擅丹青，为我绘一山水扇，秀润有致。以上这些东西，都遭了浩劫，没有留存下来，这是多么可惜啊！

末代皇帝的师傅陈宝琛

陈宝琛为前清遗老，又为同治戊辰科的翰林，这些陈旧的头衔，早已被人忘得一干二净了。自从电视剧中一再出现了陈宝琛其人，顿使陈宝琛又复喧腾人口。我是喜写人物掌故的，就摭取有关陈宝琛的轶事，作为谈助吧。

宝琛原名敬嘉，字伯潜，号橘隐、弢庵，福建闽县人。少敏慧，入翰林，年仅二十岁，主鳌峰书院及江西学政。越若干年，任内阁中书，兼礼部侍郎。好弹劾，恣谈朝政得失，与宝廷、张佩纶、邓承修，人称“四大金刚”。既而与江督曾国荃相抵触，乃隐遁啸傲，过其闲适生活，所居螺江有沧趣楼，即名其诗为《沧趣楼集》，其他又有《听雨斋词》《南游草》等。天暑，结寮于山，曰听水第一斋、听水第二斋，以避炎氛，与谢枚如、龚霭仁、陈木庵、张珍午相酬唱，《石遗室诗话》采及其诗颇多。此后，与陆润庠状元授溥仪读书，晋太傅太保。及润庠下世，日政府利用溥仪为傀儡，他头脑顽固，一味愚忠，还是追随溥仪不舍，这是他一生的污点，不容讳言的。可是他对日军的侵华，大不以为然，思想上有着矛盾。当时，日本高唱中日团结论调，有人作诗钟之戏，以“日中”二字为嵌字格，强邀宝琛应征，他不加思索，立成其一云，“日暮何堪途更远，中午未必外能强。”有献媚日方当轴以构成文字狱的，谓：“宝琛语含讽刺，不可不加以惩戒。”日方乃转饬溥仪，斥逐宝琛。

宝琛八十有二，两鬓未白，犹能灯下作小楷，黄蔼农的“蔗香馆”匾额，即出宝琛手笔，我访蔼农常见之。我的小室中，亦挂着他所书的直幅，且自录其诗：“铁画霜棱肃我襟，人天何限别时心。一从疏谏明朝断，驯见神州大陆沉。往日回思真可惜，众芳萎绝更谁任。卅年留得荒滨叟，来对西山说邓林。题邓铁香鸿胪遗墨旧作，写似展堂仁兄雅正。八十四叟陈宝琛在沽上。”那是在天津书写的，展堂即国民党元老胡汉民。那《青卞隐居图》，为王叔明惟一杰构，前人题识累累，他和朱古微、郑太夷、罗振玉、金拱北也留着墨迹。他能画松，苍劲有致，但不轻作，外间绝不见到。又嗜藏秦汉印章，凡七百余方，钤拓为《秋徵馆吉金图录》，兹由上海书店影印，为《中国历代印谱丛书》之一。他又著《抱碧斋诗话》，有讥讽冒鹤亭处，夏敬观为之辑刊，诠次中把是则列诸卷首，致造成冒夏二人的芥蒂。宝琛生于一八四八年，卒于一九三六年。其弟宝璐，字叔毅，为光绪庚寅翰林，却名不彰著。

国学大师唐文治

唐文治

国学大师唐文治，字蔚芝，别署茹经堂主，江苏太仓人。早年主持上海南洋大学（即交通大学的前身），晚年创办无锡国学专修学校，桃李门墙，遍及国内外。临终前，执其得意弟子王蘧常手，含泪呜咽，谓："方今国家初创，百废待兴，经济力量，有所不及。待若干年，国家基础奠定，资力充足，当局自能想到我所创建的无锡国学专修学校，为国家社会造就大量人才，复校重任落在尔辈身上。"唐文治病逝于一九五四年四月九日。事后，政府拨巨资，在无锡茹经堂原址，辟建为"唐文治先生纪念堂"，又在太仓西门明张溥故居的二楼，也辟为"唐文治先生纪念堂"，并请雕塑家刘开渠为之铸造铜像，以垂不朽。

那所国学专修学校，拟改名文治国学院，以上海人文荟集，即设立在上海，一时门生故旧，如王蘧常、顾廷龙、冯其庸、钱仲联、蒋天枢、张世禄、汤志钧、苏渊雷、朱东润、陈子展、饶宗颐、程千帆、周振甫、翁闿运、刘旦宅、马茂元、黄鉴如等，均属社会知名人士，发起和支持不遗余力。海外尚有唐骥千、郁增伟等，捐资为助。众擎易举，有志竟成，文治大师的宿愿，定必见偿于目前。

还有一件可喜的事，文治大师对于读书，甚为讲究，得古文家吴汝纶的传统读法，我友陈以鸿，亲沐他的教泽，谓："先生随文体不同及文章性异而改变音调与节奏，首分阴阳，即柔性与刚性，进一步分为太阳气势、少阳识度、少阳趣味、少阴情韵四种。读法有急读、缓读、极急读、平读等五种。大抵气势文急读。而其音高，识度文缓读，而其音低，趣味情韵文平读，而其音平。太阳气势文，汪洋恣肆，雄劲奔放，读时须高亢急骤，酣畅淋漓，如长江大河，一泻千里。少阴情韵文婉转缠绵，感人肺腑，读时须慢声柔气，一唱三叹，以达曲折传情之旨。少阳趣味文，从容闲宕，读时须舒展自如，不缓不急。最难读的，是太阳识度文，大都重在说理，潜气内转，敛尽锋芒，读时既不宜急快，又不可使力量减弱，务必掌握高下疾徐的分寸，把文章的深刻内容，通过优美的声腔表达出来。"

在四十年代中，上海大中华唱片公司，曾为大师录制读文灌音片一套，共十片，极为珍贵。奈因当时录音和制片技术所限，唱片又不耐久藏，大都模糊失真，兹由门生故旧，出其所储，东取一鳞，西取一爪，拼拼凑凑，居然合为全璧，由磁带录音，使失传已久的得以流传。

我所收藏的钢笔信

目前提倡硬笔书法，纷纷刊出了好几种硬笔书册，这是时代的必然趋势。所谓硬笔，乃指钢笔而言。以往一般人们保守传统观念，认为钢笔所书，不属艺术范畴，惟有出诸毛笔的，才有留存价值。我喜收藏书札，所罗致的，什九为毛笔简牍，钢笔的，标之为“书简别存”，多少带些贬低性的看法。如今经过大家提倡，在我的脑幕中逐渐起了转变作用，检出若干钢笔书札，翻阅一下，觉得渊薮自有明珠，乱厓不乏良玉。这些书札，大都是朋好写给我的，或朋好送给我的。

在这些书札中，有不少人是值得纪念的。那位小说兼园艺家的周瘦鹃，在苏州受到四凶的凌辱，苦闷极了，偷偷地来到上海透一口恶气。事前，他用周国贤的原名，写信给我，托我约好几位知己，在沈禹钟的春剩庐集会。想不到他回到苏州，就被四凶迫害致死，这封信就成为最后的遗札了。又叶圣陶老人有一信给我：“弟非惟阅览书写不便，听力亦大损。言之可笑，携助听器坐广座中听人发言，弟闻其声而不辨其义。苟有以所闻者何相问，则窘甚矣。”圣老的晚年情况，昭然若揭。又漫画界前辈丁悚给我一封长信，自述他遭车祸经过，蝇头细字写满了两纸。他的哲嗣丁聪，现已白发盈颠，可见年份是很悠久的了。又姚苏凤老报人，他编排刊物别有一种款式，为当时的典型，这信是邀我到复兴公园茗话的。又译《福尔摩斯探案》的程小青，他和我频通书函，积存很多。自小青在苏州去世，他的儿子育德，搜集乃翁手泽。我仅留了一通。其它一股拢儿寄给育德了。又铁琴铜剑楼后人瞿凤起给我的信，为了我和吴德铎重订《续孽海花》事而有所商榷，原来他与《续孽海花》的作者燕谷老人是相稔的。又词人夏承焘，这时他在杭州，见告："膝盖疼楚，不良于行，乃勉作游散，日往黄龙洞，以为锻炼。"又南社女诗人吕碧城云："此后刊落浮华，不事词翰。客中无中国笔墨，来笺恕不能写。"又刺军阀孙传芳的施剑翘，她和我通讯好多次，惜付诸浩劫，片纸不留，承她的后人，给我剑翘签名的小札，也就慰情聊胜于无了。又很特殊的，是那位数学家华罗庚的一封信，谈的是数理，并附算式，我对此是一窍不通的，聊备一格而已。又孙宝琦，民初国务总理，写给樊介轩的，用钢笔写在一帧瑞士风景明信片上，在当时的显宦中用钢笔作札是仅见的。又海外人士，如日本的九州岛教授合山鸠，以及西岛慎一等，都写得一手很好的钢笔汉字，是难能可贵的。

可附带一谈的，民初在影坛上负有盛名的电影明星，一位FF女士殷明珠，曾摄《海誓》片，人尚健在，和我通问，署名殷尚贤。一位AA女士傅文豪，曾摄《古井重波记》片，她最近给我的信，还是署名AA。这二位虽在社会上沉寂多年，但那《中国电影发展史》上，仍留着她们的史迹。

出版说明

郑逸梅先生出生于19世纪末，其创作高峰期主要集中在20世纪上半叶，特殊的历史时期，造成了他行文古奥，且有部分词句用法有别于当今规范的创作特点。为最大程度地保持原作的风貌，同时尊重作者本身的写作风格和行文习惯，本套书对于所选作品的句式及字词用法均保持原貌，不按现行规范进行修改。所做处理仅限于以下方面：将原文繁体字改为简体字；校正明显误排的文字，包括删衍字、补漏字、改错字等；文题、人名、地名、时间节点等前后不一致的情况做统一调整。特此说明。